BELICE
HONDURAS
NICARAGUA
EL SALVADOR
GUATEMALA
COSTA RICA
PANAMÁ

MAR CARIBE

OCÉANO ATLÁNTICO

Lago de Nicaragua

Barranquilla
Cartagena
Maracaibo
Caracas
Lago de Maracaibo
San Cristóbal
Río Magdalena
Medellín
Bogotá
Cali
COLOMBIA

Río Orinoco
VENEZUELA
Boa Vista
GUAYANA
Georgetown
Paramaribo
Cayena
SURINAM
GUAYANA FRANCESA

ECUADOR
ECUADOR
Quito
Guayaquil
Cuenca
Iquitos

ISLAS GALÁPAGOS (Ecuador)

PERÚ

Río Amazonas

AMAZONAS

BRASIL

LOS ANDES

OCÉANO PACÍFICO

Lima
Ayacucho
Machu Picchu
Cuzco
Lago Titicaca
BOLIVIA
La Paz
Sucre
Potosí
Santa Cruz

Brasilia

Río Paraná

PARAGUAY
Asunción

São Paulo
Río de Janeiro

LOS ANDES

TRÓPICO DE CAPRICORNIO

CHILE

Córdoba

Viña del Mar
Valparaíso
Santiago
Concepción

ARGENTINA

Río Uruguay
Iguazú

URUGUAY
Montevideo
Buenos Aires
Río de la Plata

OCÉANO ATLÁNTICO

Bahía Blanca

Viedma

Elevación en metros
4.000+
2.000–4.000
500–2.000
200–500
0–200
Nivel del mar

0   250   500   750 MILLAS
0   500   1.000 KILÓMETROS

ISLAS MALVINAS (Br.)
Estrecho de Magallanes
TIERRA DEL FUEGO

AMÉRICA DEL SUR

ÁFRICA

NIGERIA
CAMERÚN
Malabo
GUINEA ECUATORIAL
GABÓN
ÁFRICA

0   MILLAS   250
0   KILÓMETROS   500

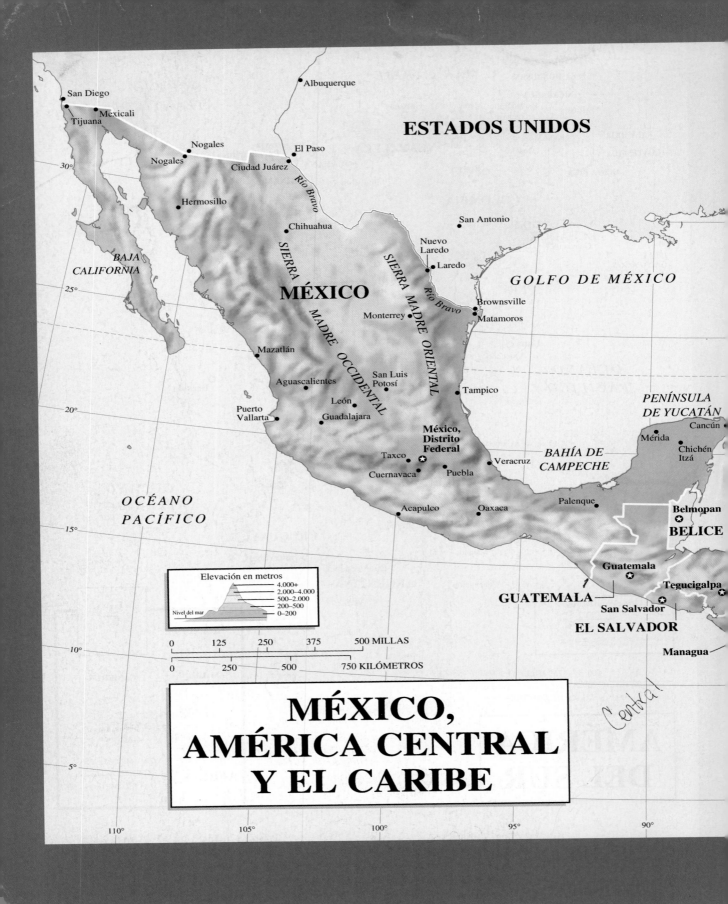

ESTADOS UNIDOS

GOLFO DE MÉXICO

BAJA CALIFORNIA

SIERRA MADRE OCCIDENTAL

MÉXICO

SIERRA MADRE ORIENTAL

Río Bravo

Río Bravo

PENÍNSULA DE YUCATÁN

BAHÍA DE CAMPECHE

OCÉANO PACÍFICO

San Diego
Mexicali
Tijuana
Nogales
Nogales
Ciudad Juárez
El Paso
Albuquerque
Hermosillo
Chihuahua
San Antonio
Nuevo Laredo
Laredo
Brownsville
Matamoros
Monterrey
Mazatlán
Aguascalientes
San Luis Potosí
León
Guadalajara
Puerto Vallarta
Tampico
México, Distrito Federal
Taxco
Cuernavaca
Puebla
Veracruz
Acapulco
Oaxaca
Palenque
Mérida
Cancún
Chichén Itzá
Belmopan
BELICE
Guatemala
Tegucigalpa
GUATEMALA
San Salvador
EL SALVADOR
Managua

30°
25°
20°
15°
10°
5°

110°
105°
100°
95°
90°

Elevación en metros

4.000+
2.000–4.000
500–2.000
200–500
0–200

Nivel del mar

0   125   250   375   500 MILLAS

0   250   500   750 KILÓMETROS

MÉXICO, AMÉRICA CENTRAL Y EL CARIBE

Central

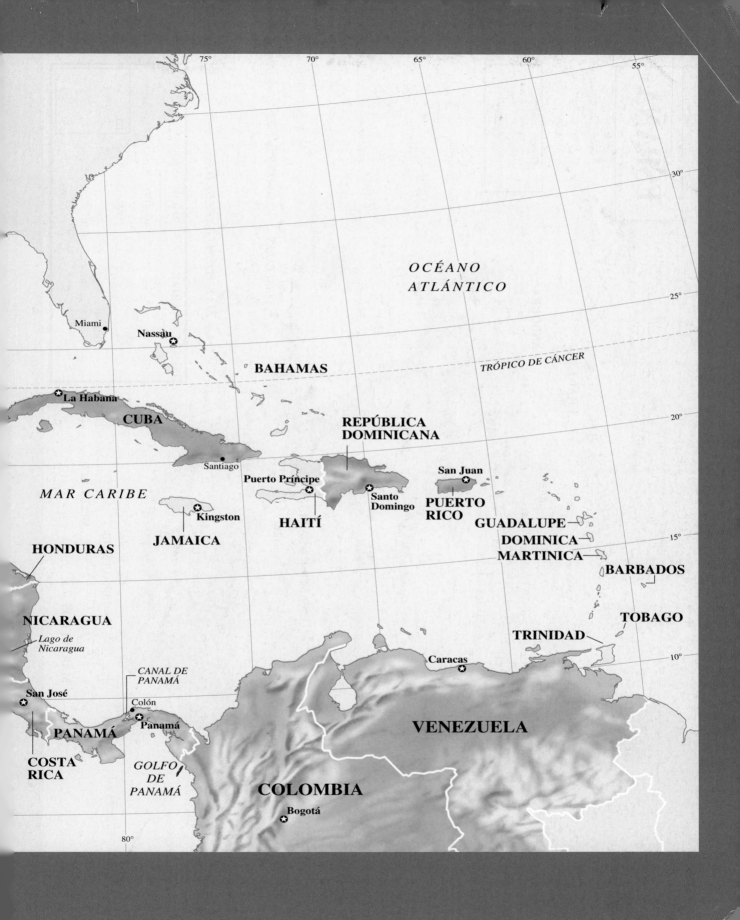

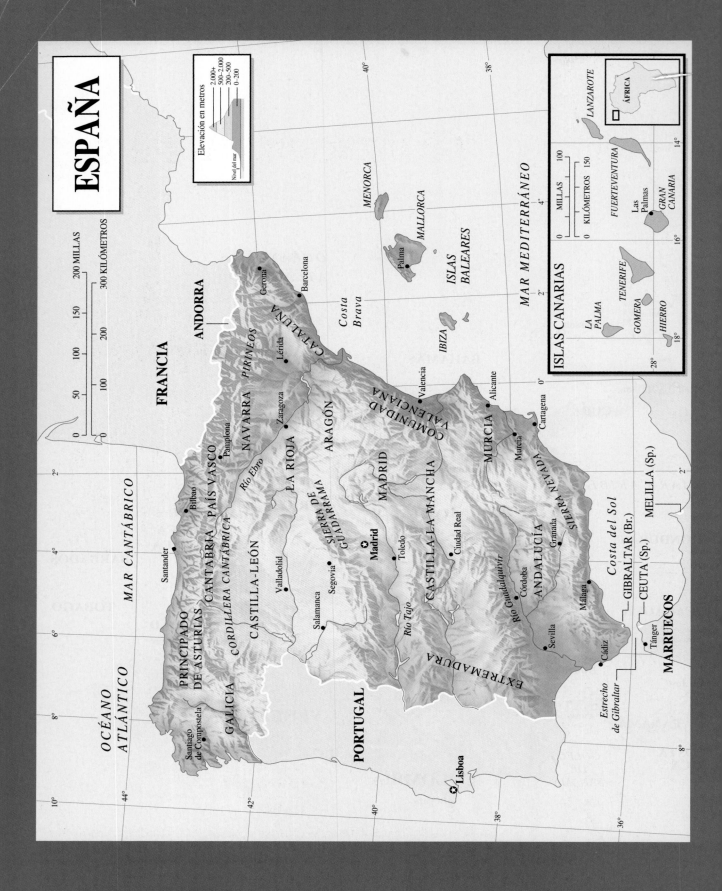

Civilización y cultura
Ninth Edition
Intermediate Spanish

Lynn Sandstedt
University of Northern Colorado

Ralph Kite

THOMSON
HEINLE

Australia | Brazil | Canada | Mexico | Singapore | Spain | United Kingdom | United States

THOMSON

HEINLE

Civilización y cultura
Intermediate Spanish
Ninth Edition
Sandstedt • Kite

Editor in Chief: PJ Boardman
Senior Acquisitions Editor: Helen Alejandra Richardson
Development Editor: Marisa Garman
Senior Content Project Manager: Esther Marshall
Assistant Editor: Meg Grebenc
Editorial Assistant: Natasha Ranjan
Associate Content Project Manager: Jessica Rasile
Marketing Manager: Lindsey Richardson
Senior Marketing Assistant: Marla Nasser
Senior Marketing Communication Manager: Stacey Purviance

Managing Technology Project Manager: Wendy Constantine
Manufacturing Buyer: Elizabeth Donaghey
Composition & Project Management: Greg Johnson, Art Directions
Senior Permissions Accounts Manager, Images: Sheri Blaney
Photo Researcher: Jill Engebretson
Permissions Editor: Llanca Letelier
Text & Cover Designer: Brian Salisbury
Senior Art Director: Cate Rickard Barr
Text & Cover Printer: C&C Offset Printing Co. Ltd.

Cover Photos: ©sun calendar: Peter Horree/Index Stock Imagery; crowd: Felix Stenson/Alamy; Mayan sculpture: RF/Corbis; bridge: Sebastian/RF/Alamy; llama: Fotos & Photos/Index Stock Imagery; dancer: blickwinkel/Alamy; fish mola: RF/Corbis; couple: Benno deWilde/RF/Alamy; Easter Island: Angelo Cavalli/Index Stock Imagery

Printed in China
2 3 4 5 6 7   10 09 08 07

Library of Congress Control Number: 2006936434

Student Edition: ISBN 978-1-4130-3010-5 / 1-4130-3010-6

Thomson Higher Education
25 Thomson Place
Boston, MA 02210-1202
USA

> **For more information about our products, contact us at:**
> **Thomson Learning Academic Resource Center**
> **1-800-423-0563**
> For permission to use material from this text or product, submit a request online at **http://www.thomsonrights.com.**
> Any additional questions about permissions can be submitted by email to **thomsonrights@thomson.com**

Credits appear on page 240, which constitutes a continuation of the copyright page.

Índice

Preface

With the publication of the **Intermediate Spanish Series,** the materials available for use at the intermediate level took a step in a new direction. We had long believed that it would be desirable to have a "package" of materials, unified in content but varied in the possibilities for use in the classroom, that would be flexible enough that the instructor could easily adapt them to his or her own teaching style and particular interests.

With this in mind, we devised the three highly successful textbooks that made up our intermediate level program. *Conversación y repaso* reviews and expands upon the essential points of grammar covered in the first year and also includes dialogues for listening and reading practice, listening exercises, abundant personalized exercises, speaking strategies, and a variety of activities intended to stimulate conversation. *Civilización y cultura* presents a variety of topics related to Hispanic culture. The approach in this reader is thematic rather than purely historical, and the topics have been chosen both for the insights that they offer into Hispanic culture and for their interest to students. The exercises are designed to reinforce the development of reading, writing, and speaking skills, to build vocabulary, and to stimulate class discussion. *Literatura y arte* introduces the student to literary works by both Spanish and Spanish-American writers and to the rich and diverse contributions of Hispanic artists to the fine arts. The accompanying exercises also stress the development of reading, writing, and speaking skills and include vocabulary-building and conversational activities.

One of the unique features of the program is the thematic unity of the texts. Each unit of each textbook has the same theme as the corresponding unit of the others. For example, Unit 7 of the grammar textbook deals with the subject of poverty and the problem of the migration of workers in Hispanic culture in its dialogues and conversational activities. The same theme "Aspectos económicos de Hispanoamérica," is treated in the seventh unit of the civilization and culture reader, and further explored in Unit 7 of the literature and art reader in the short story "Es que somos muy pobres" and in the essay on the murals of Diego Rivera.

We have found that this thematic unity offers several advantages to the teacher and student: (1) the teacher may combine the basic grammar and conversation book with either or both of the readers and be assured that essentially the same cultural and linguistic information will be presented to the students; (2) the amount of material to be covered may be adjusted through the choice of one textbook or more, making it possible to balance the quantity of material and the amount of classroom contact available; (3) if one book is used in the classroom, another may be used for outside work by those students who wish additional contact with the language; (4) for individualized programs, only those units may be assigned that are relevant to the student's particular interests. Learning also may be reinforced by using the workbook and Lab Audio Program (available on CD or in downloadable MP3 format) that accompany the series.

If several books are used, students will absorb a considerable amount of vocabulary related to the theme, and by the end of their study of the topic, will have overcome, at least in part, their reluctance to express their own ideas in Spanish. We have tested this "saturation" method in our own classrooms and have found it to be quite effective. We suggest that if several books are used, the grammar and initial dialogue should be studied first, followed by one or more of the other textbooks, and finally, the conversation stimulus section of the grammar and conversation text.

Like the earlier editions, this Ninth Edition of the **Intermediate Spanish Series** contains materials that will be of interest to students of different disciplines. Throughout, our goal has been to present materials that will enable students to develop effective communicative skills in Spanish and motivate them to want to know more about the culture they are studying.

We would like to thank the following colleagues for their valuable comments and suggestions:

Robert G. Black, *Carroll College*
Martin Camps, *University of North Florida*
Culley Carson-Grefe, *Austin Peay State University*
Gregory K. Cole, *Newberry College*
Ava Conley, *Harding University*
Michelle Connolly, *Community College of Rhode Island*
Robert Colvin, *BYU-Idaho*
William O. Deaver Jr., *Armstrong Atlantic State University*
Dr. Victor Manuel Duran, *University of South Carolina-Aiken*
John L. Finan, *William Rainey Harper College*
Alexandra Fitts, *University of Alaska Fairbanks*
Guadalupe Flores, *University of Texas at Browsville*
Carl L. Garrott, *Virginia State University*
Eduardo Gonzalez, *University of Nebraska at Kearney*
Piet Koene, *Northwestern College*
Monica Malamud, *Canada College*
Deanna H. Mihaly, *Eastern Michigan University*
Kay Past, *Coastal Bend College*
Catherine Quibell, *Santa Rosa Jr. College*
Dr. Emilio Ramon, *Siena College*
Ray S. Rentería, *Sam Houston State University*
Daniel Robins, *Cabrillo College*
Irene Stefanova, *Santa Clara University*
Angela R. Tauro, *Fairfield University*
Michael Wong-Russell, *Framingham State College*

Furthermore, we express our deepest appreciation to the great team at Heinle for their support and collaboration in every phase of this project. Throughout the development and the production of this program, the team at Heinle has provided invaluable guidance and expertise, and in particular to Helen Richardson, Marisa Garman, Esther Marshall, and Meg Grebenc. Thanks also go to all the other people at Heinle involved with this project and to the freelancers: Greg Johnson, Brian Salisbury, Jill Engebretson, Peggy Hines, and Patrice Titterington.

Introduction to *Civilización y cultura*

Civilización y cultura is a thematic approach to Hispanic culture consisting of essays written for the third or fourth semester college course as well as authentic journalistic readings in Spanish. It is designed to be used with *Conversación y repaso* and is linked thematically with that textbook. It is complete in itself, however, and may be used with other intermediate materials. The readings present twelve topics, both historical and contemporary, that serve to introduce the student to various aspects of Hispanic tradition, customs, and values. Most of the points apply equally to Spain and to Spanish America, although some treat one or the other exclusively. A strong emphasis is placed on culture contrast in order for the student more readily to relate the material to his or her own experience.

Each unit opens with a short section called **Enfoque** that presents an overview of the topic. This is followed by **Vocabulario útil,** which is a list of vocabulary along with a set of questions for students to complete in pairs, using the new vocabulary and designed to increase interaction among students in addition to providing vocabulary practice. **Anticipación** then poses some questions that urge the student to examine his or her knowledge of the topic before reading the selection.

The reading selections have marginal glosses and supplementary footnotes. The **Comprensión** questions at the end of each reading segment measure the degree of understanding of the material, and the **Opiniones** questions encourage the students to relate the topic to their own experience. New to this edition, **Opiniones** is divided into two sections: **Elementos de la lectura** and **Conceptos generales**. The reading section is followed by vocabulary-building exercises, cultural contrast points, a writing-skill exercise and debate, composition (now integrated with **Atajo 4.0 Writing Assistant for Spanish**), and role-playing activities. New to this edition is an all-new video section called **La tele** with stepped activities to aid in students' comprehension of the authentic news footage. The group exercises include pre-viewing, preparatory activities on the content of the video segment and a "what to listen for" exercise. In Units 7 through 12 there is also a section called **La prensa** that presents contemporary, authentic articles from Hispanic news sources.

The exercise material is all designed to encourage close and repeated reading of the textbook in an effort to provide a constant contact with the structures and vocabulary. There is some progression in difficulty and length between the first and last units. Abundant use has been made of cognates in order to maintain a mature and interesting level of content while avoiding the discouragement often experienced by students at this level when confronted with material written for native speakers of the language.

Since a variety of academic disciplines are touched upon, it should be possible to devise outside reading assignments, when desired, relating to the special academic interests of the individual student.

It is clear that any such treatment of Hispanic cultures must leave many things unsaid and may at times lead to broad generalizations. It is hoped that these features will serve to stimulate class discussion and to encourage individual investigation on the part of the students using the materials. The variety of topics presented should allow the instructor to add personal material in those areas where he or she possesses special knowledge or experience.

New to the Ninth Edition of *Civilización y cultura*

In response to suggestions made by users of the previous editions as well as reviewers, the following changes have been implemented in the Ninth Edition of the *Civilización y cultura.*

- Unit openers now include more detailed content, including a suggested Spanish language movie that correlates to the theme of the unit. There are also correlations to the other ancillaries in the program, and a unit map to make information more accessible and easier to review.
- Original readings have again been updated to reflect a more contemporary view of the Spanish-speaking world.
- Essay writing exercises incorporate new references to **ATAJO 4.0 Writing Assistant for Spanish** where students can go for grammar, phrases, and vocabulary to aid in their writing tasks.
- Units 7 and beyond continue to present authentic newspaper articles for additional cultural information and exploration. These **La prensa** selections are updated for the current edition and include a wider range of subjects.

- **La tele** is an all-new news-based video section that ends each unit. It contains previewing questions and exercises along with comprehension questions and a small number of vocabulary words from the video narration.

- Recommendations for further reading in the **Heinle Voices Database** at **www.textchoice.com/voices** are included at the end of the reading selection in each unit.

The Complete Intermediate Spanish Program

The Ninth Edition of this **Intermediate Spanish Series** is accompanied by an extensive collection of resources to provide a flexible, supported teaching experience. The complete program includes:

For the Student

Civilización y cultura 1-4130-3010-6

Civilización y cultura is a thematic approach to Hispanic culture consisting of readings written for the third or fourth semester college course as well as authentic journalistic readings in Spanish. The essays present twelve topics, both historical and contemporary, that serve to introduce the student to various aspects of Hispanic tradition, customs, and values. Most of the points apply equally to Spain and to Spanish America, although some treat one or the other exclusively. A strong emphasis is placed on culture contrast in order for the student more readily to relate the material to his or her own experience.

Conversación y repaso Text/Audio CD Package 1-4130-3012-2

Includes all 12 chapters of the main text plus accompanying Text Audio CDs for use with **En contexto** and **A escuchar** sections.

Literatura y arte 1-4130-3011-4

This second volume of the series features literary readings as well as artistic masterpieces from the Spanish-speaking world. This volume's 12 units are thematically tied to *Conversación y repaso*.

Workbook/Lab Manual 1-4130-3186-2

The **Workbook/Lab Manual** has four major divisions: (a) listening comprehension exercises that expose the student to the vocabulary and grammatical structures of each unit in a variety of new situations; (b) oral drills for review and reinforcement of the grammatical concepts presented in each unit; (c) controlled and open-ended written exercises utilizing the same vocabulary and structures; and (d) a Composition writing section which contains guidelines to help students learn to write a composition. Answers for these exercises and the Lab Audio Script are posted on the Instructor's side of the companion website in order to give instructors the choice of offering students the opportunity for immediate self-correction.

The **Lab Audio Program (1-4130-3187-0)** stresses listening comprehension, oral drill on the important points of grammar, and the development of speaking skills. The Lab Audio can also be downloaded in MP3 format from **www.ichapters.com**.

Video on DVD 1-4282-0510-1

The new DVD to accompany the Intermediate Spanish series presents—unit by unit—a specially selected cultural topic relating directly to material covered in *Civilización y cultura.* Corresponding activities found in the text prepare students for viewing the DVD, review useful vocabulary, summarize the video, test student comprehension, and solicit individual reactions to the film.

vMentor™ 0-5342-5355-5

Available free with every new copy of the text, **vMentor** gives students access to one-on-one, online tutoring help from a subject-area expert. In **vMentor's** virtual classroom, students interact with the tutor and other students using two-way audio, an interactive whiteboard for illustrating the problem, and instant messaging.

Atajo 4.0 CD-ROM: Writing Assistant for Spanish 1-4130-0060-6

The **Atajo 4.0 CD-ROM: Writing Assistant for Spanish** program combines the features of a word processor with databases of language reference material, a searchable dictionary, a verb conjugating reference, and audio recordings of vocabulary and example sentences. It provides easy access to authentic samples of the language, with a focus on information that is useful to the learner. New to this edition is a unique partnership with Merriam-Webster®, Inc. that integrates the entire contents of *Merriam-Webster's® Spanish English Dictionary* into the Writing Assistant program's searchable dictionary.

Sonidos, sabores y palabras with Nuevo Latino Music CD 1-4130-2169-7

Sonidos, sabores y palabras is a culturally rich program designed to use music to increase understanding of not only the Spanish language, but also the cultures and messages music conveys. *Sonidos, sabores y palabras* with Putumayo's **Nuevo Latino** Music CD is designed with the latest research in music and second language acquisition and learning scenarios that reflect the national standards and the current focus on performance based assessment.

Typing Accents for Spanish Bookmark 0-7593-0659-1

The laminated bookmark includes keyboard instructions on how to type in accents, making it an invaluable tool for anyone composing on the computer.

Heinle iRadio (Visit www.thomsonedu.com/spanish)

Heinle iRadio is a program Heinle World Languages has introduced to deliver language-specific podcasts to its customers. The program takes advantage of a technology known as podcasting. Podcasts function much like a short radio show or program, and can be played on your computer or downloaded directly onto portable MP3 players.

For Instructors

Conversación y repaso Annotated Instructor's Edition/Text Audio CD Package
1-4130-3183-8

The Annotated Instructor's Edition contains all of the content from the main text and in addition provides instructors with answers to all closed-ended activities as well as numerous teaching tips to provide assistance in teaching the program effectively.

Instructor's Resource CD-ROM 1-4130-3185-4

The Instructor's Resource CD-ROM contains 4 folders with documents in either PDF, Windows 3.1, Windows 95, or Word 6.0 formats. Clicking on any one of these will give three folders containing files related to *Civilización y cultura, Conversación y repaso* and *Literatura y arte*.

Civilización y cultura
- one document contains exams for Units 1–12
- one document contains answers to those exams

Conversación y repaso
- contains 1 answer key for all 12 tests
- each test for each unit is labeled CR1_01, CR1_02, etc...
- the oral portion of the test is labeled CR1-ORAL and it has the oral strand for all 12 units

Literatura y arte
- one document contains exams for Units 1–12
- one document contains answers to those exams

The Heinle Spanish Transparency Bank 0-8384-0987-3

Over 100 color transparencies, identified by alpha-numeric code.

Heinle Voices Literary Database

Recommendations for further reading in the **Heinle Voices Database** at **http://voices.thomsoncustom.com** are included at the end of the reading selection in each unit in both *Civilización y cultura* and *Literatura y arte.*

Guía básica 1-4130-1468-2

This guide combines both the theory of literary criticism and the practicality of how to write a literary paper into a single text.

Situation Cards 0-0302-6769-2

This set of 144 situation cards may be used for extemporaneous speaking practice or for evaluating speaking in oral interviews.

This Ninth Edition of the **Intermediate Spanish Series**
is dedicated to the memory of John G. "Pete" Copeland,
an inspirational teacher and an equally inspired
friend and colleague.

Ralph Kite and Lynn Sandstedt

Orígenes de la cultura hispánica: Europa

Los famosos «Castillos de España». Aquí hay un buen ejemplo en Segovia, aunque fue reconstruido en el siglo XIX después de un incendio. ¿Sabe dónde hay uno semejante en los Estados Unidos?

Lecturas culturales

I. La cultura romana
II. La cultura visigoda
III. La cultura árabe
IV. Otras influencias en la cultura española

Expansión

¡A explorar!

La tele

Cine

Uno de los héroes de la lucha entre los cristianos y los musulmanes fue El Cid (llamado Campeador) quien vivió entre 1033 y 1099. Una película al estilo «hollywoodense» de épicas impresionantes es *El Cid,* con la actuación de Charlton Heston, y con Sophia Loren como su esposa, Ximena (1961, 182 min.). Otra película, en este caso un documental del canal de televisión por cable *Arts & Entertainment,* lleva por título *Christopher Columbus: Explorer of the New World* (1995, 60 min.). Cuenta la historia tradicional de la lucha de Colón por conseguir apoyo por su viaje y los problemas que enfrentó después.

1

Enfoque

Muchas culturas actuales son el producto de una mezcla de otras culturas que existían antes. Esta mezcla puede resultar de actos de guerra o de inmigración. La Península Ibérica, situada entre el mar Mediterráneo y el océano Atlántico, ha recibido varias influencias de otras civilizaciones y muchas de ellas se han transmitido al Nuevo Mundo. En las lecturas que siguen se van a describir algunas de las contribuciones de estos pueblos a la cultura hispánica.

Vocabulario útil

Estudie estas palabras.

Verbos
adoptar *to adopt*
contribuir (contribuye) *to contribute*
convertir (ie) *to convert*
desarrollar *to develop*
destacarse *to stand out, to be distinguished*
influir (influye) *to influence*
llegar a ser *to come to be*

Sustantivos
la costumbre *custom*
el gobierno *government*
el habitante *inhabitant*
la lucha *struggle, battle*

el pueblo *people, village*
la tribu *tribe*
la Península Ibérica *Iberian Peninsula (the entire land mass between the Pyrenees mountains and the Strait of Gibraltar containing the modern countries of Spain and Portugal)*

Otras palabras y expresiones
bilingüe *bilingual, able to speak two languages*
entre *between, among*
occidental *western*
posterior *later*

1-1 Para practicar. Trabajen en parejas, o como lo indique su profesor(a), para hacer y contestar estas preguntas, usando el vocabulario de la lista para descubrir algo sobre sus compañeros de clase.[1]

1. ¿De dónde eres? ¿Cuántos habitantes tiene tu pueblo natal?
2. ¿Contribuyes a alguna causa aportando tu tiempo, o dando dinero u objetos usados? ¿Qué causa es?
3. ¿De qué manera influye(n) en tu vida: el cine, un libro, el gobierno, tus padres, tus amigos?
4. ¿Adoptas las costumbres de tus amigos? ¿Qué costumbres? ¿Hay alguna costumbre que quieres seguir, como por ejemplo, empezar a estudiar antes del fin del semestre?
5. ¿En qué materia académica te destacas? ¿Qué quisieras llegar a ser algún día? ¿Quisieras llegar a ser bilingüe?

[1] These questions use the **tú** form since that is what students normally use with each other.

1-2 Anticipación. Responda a estas preguntas.

1. ¿Cuáles son algunos aspectos que incluye el concepto de cultura?
2. Véase *(Look at)* los mapas al principio de este libro. ¿Dónde está la Península Ibérica?
3. ¿Qué otro país la comparte *(shares)* con España? ¿Cuál es más grande?
4. ¿Cuáles son los países vecinos de España?

I. La cultura romana

Los primeros habitantes de la Península Ibérica, en tiempos históricos, fueron las tribus celtíberas°, de origen no muy bien conocido. En el siglo III a.C.[1] llegaron los romanos y convirtieron la península en una colonia romana. Establecieron la lengua latina, su sistema de gobierno y su
5 organización social y económica. Más tarde introdujeron la religión católica. Se ha dicho° que la península llegó a ser la colonia más romanizada de todas.

Los habitantes de la península adoptaron la lengua llamada históricamente «el romance» o «el latín vulgar», o sea° la lengua oral del pueblo, y no el latín clásico escrito. El idioma° usado hoy por los casi 400 millones de personas
10 del mundo hispánico proviene° de esa lengua oral. Las lenguas «neolatinas»[2] como el portugués, el francés, el italiano, el rumano y el español se parecen —to seem mucho porque todas tienen como base el latín.

La cultura romana también influyó en las costumbres y los hábitos diarios° del pueblo español. La conocida costumbre de la siesta toma su
15 nombre de la palabra latina *sexta*, o sea la sexta hora del día. Esto refleja el dicho° romano: «Las seis primeras horas del día son para trabajar; las otras son para vivir». Claro que esto se debe a° las necesidades físicas de la gente en un clima cálido°. En estas regiones es preferible trabajar durante las horas más frescas. Hasta hoy, en muchas partes del mundo hispánico es costumbre
20 dormir la siesta después del almuerzo. En algunas ciudades más tradicionales todas las tiendas y oficinas se cierran hasta las cuatro de la tarde. Vuelven a abrirse desde las cuatro hasta las siete u ocho de la noche.

Otra tradición famosísima en el mundo hispánico es la corrida de toros[3] que combina elementos de deporte, arte y diversión en un espectáculo lleno
25 de emoción. Los romanos la popularizaron en el circo, donde se ofrecía° toda clase de juegos para la diversión popular. Hasta° Julio César[4] aprendió a torear° en la península y autorizó° las primeras corridas.

El concepto de la ciudad como centro de la cultura y del gobierno también es una de las contribuciones importantes de los romanos. Esta
30 tendencia hacia la urbanización ha sido muy notable en Hispanoamérica desde

Margin glosses:
Celt-Iberian
It has been said
that is
language
comes from
daily
saying
is due to
hot
were provided
Even
learned to fight bulls; authorized

(Handwritten margin notes: sport, circus, bull, to seem)

[1] **a.C. (antes de Cristo)** Before Christ, that is, B.C.

[2] **las lenguas neolatinas** The Romance languages, French, Provençal (southern France), Italian, Spanish, Portuguese, Romanian, Galician (northwest Spain), Catalan (northeast Spain), Sardinian, and Romansh (eastern Switzerland) are some of the known Romance languages and dialects.

[3] **la corrida de toros** Bullfight. Although the origin of the *corrida* is still debated, it is thought to have originated among the Celt-Iberians. The term stems from the fact that the bulls were "run" to the ring before the fight or *lidia*.

[4] **Julio César** Julius Caesar. Roman leader of the first century B.C., immortalized in the famous play of the same name by Shakespeare.

la época colonial. Por ejemplo, la Ciudad de México, Lima y Buenos Aires sirvieron como sedes° del gobierno español y todavía se distinguen del resto del país por su influencia y poder.

35 Los romanos, pues, influyeron mucho en la formación básica de la sociedad hispánica.

1-3 Comprensión. Decida si las siguientes oraciones son **verdaderas** o **falsas** según el texto. Corrija las falsas.

1. No se conoce muy bien el origen de las tribus que habitaban en la península antes de la llegada de los romanos.
2. Las lenguas neolatinas vienen del latín clásico.
3. Hoy se hablan más de cinco lenguas neolatinas.
4. La corrida de toros viene del dicho romano «Las seis primeras horas del día son para trabajar; las otras son para vivir».
5. En la cultura romana la ciudad es el centro de la civilización.

1-4 Opiniones. Exprese su opinión personal.

Elementos de la lectura

1. Entre el idioma, la religión y las costumbres diarias, ¿cuál es el elemento más importante en la formación de la cultura?
2. ¿Cuáles son algunas ventajas y desventajas de la costumbre de la siesta?

Conceptos generales

3. ¿Cuáles son algunas culturas extranjeras que han influido en la cultura de los Estados Unidos?
4. ¿Prefiere Ud. vivir en una ciudad o en el campo? ¿Por qué?
5. ¿Qué clima (climate) prefiere? ¿un clima frío o cálido? ¿nieve o playas? ¿templado?

II. La cultura visigoda

found itself; support

En el siglo V de la época cristiana algunas tribus germánicas del norte de
Europa invadieron el imperio romano que se hallaba° sin el apoyo° del
pueblo para resistir. Estas tribus primitivas, también conocidas como visigodas,
fueron influidas por la cultura romana. Se convirtieron al catolicismo, adoptaron
5 la lengua latina y se establecieron en los mismos centros que habían usado los
romanos. En vez de contribuir con elementos nuevos a la cultura española, más

rather

bien° reforzaron y desarrollaron los elementos existentes.

imposed
warrior; lord
protected
ruled

Su mayor contribución original fue el feudalismo, sistema económico
que impusieron° en toda Europa. Este sistema —producto de una sociedad
10 guerrera°— daba el control de la tierra a un señor°. Éste recibía parte de los
productos de la gente que habitaba su tierra y la protegía° de otros señores. El
monarca de todos los señores reinaba° sólo con el permiso de éstos. Es éste el
sistema que determinó la organización feudal de las colonias del Nuevo Mundo.

Este puente fue
construido por los
romanos en este
pueblo español de
Salamancá. Los
caminos y puentes
han durado casi 2.000
años. ¿Conoce Ud.
alguna construcción
de esa edad?

1-5 Comprensión. Responda según el texto.

1. ¿Quiénes fueron los visigodos?
2. ¿Cómo llegaron a practicar el catolicismo?
3. ¿Cuál fue la mayor contribución de los visigodos a la cultura española?
4. ¿De dónde vino el poder del monarca de los señores feudales?

1-6 Opiniones. Exprese su opinión personal.

Elementos de la lectura

1. ¿Puede Ud. pensar en algunas ventajas del sistema feudal para el pueblo?
2. ¿Cuáles son las desventajas?

Conceptos generales

3. ¿Es importante que todos los habitantes de una nación sepan algo de cómo funciona
   la economía de su país? ¿Por qué?
4. ¿Es importante saber algo sobre la historia nacional? ¿Por qué?

III. La cultura árabe

Los moros[5] estuvieron en España desde el año 711 hasta 1492, y fueron tal vez la influencia más importante para la formación de la cultura española después de los romanos. España es la única nación europea que conoció el dominio de la brillante cultura del norte de África. En el resto de Europa, la misma época se caracterizaba por falta de progreso y de desarrollo cultural.

La historia popular de España considera que la Reconquista[6] de la península comenzó en el año 711 y terminó en 1492 cuando el último de los reyes árabes fue expulsado° de Granada. Esta convivencia° de ocho siglos dio como resultado una cultura muy heterogénea.

El centro del reino° moro en España se estableció en la ciudad de Córdoba. Esta ciudad llegó a ser un gran centro cultural, con una biblioteca de unos 400.000 libros. En su universidad se enseñaban medicina, astronomía, botánica, gramática, geografía y filosofía. A causa de la influencia árabe se usan hoy los números arábigos en lugar de los romanos. En parte, los conocimientos de los árabes vinieron de la cultura griega antigua, que los moros divulgaron° con sus artes de traducción. Los califas[7] tenían una actitud generosa hacia el arte y la sabiduría° en general, porque los árabes pensaban que la creación de la belleza exterior era una forma de adoración° de Dios.

Muchas palabras árabes forman la base de los términos usados hoy en varias lenguas occidentales. Palabras como alcachofa°, alfalfa, algodón° y azúcar son de procedencia árabe, como lo son también los productos a que se refieren. También las palabras relacionadas con las ciencias: alcohol, alcanfor°, alquimia, cero, cifra° y jarope°. Muchas otras como azul, escarlata, alcoba° y ajedrez° representan aspectos de la vida diaria. Otras palabras de origen árabe son: almohada°, adobe, alfombra°, alcalde°, aduana°, barrio y los nombres de muchas plantas y flores, como azucenas° y zanahorias°. La mayoría de estas palabras comienzan con *a* o con *al* porque éste es el artículo en árabe.

En arquitectura, figuran varios ejemplos que todavía nos impresionan: la Alhambra de Granada, el Alcázar de Sevilla y la Mezquita de Córdoba con sus 1.418 columnas. Su estilo es muy elaborado en las fachadas° y los patios interiores y de ahí viene la palabra «arabesco». La religión musulmana prohíbe el uso de imágenes de seres° vivos en el decorado y por eso hay pocos ejemplos de ello. Otra característica particular de sus construcciones es el uso de azulejos°; sus métodos para hacer brillar° la loza° nunca han sido igualados°. Su arquitectura ordinaria consiste en la típica casa blanca con techo° de tejas rojas. Este estilo es popular aún hoy desde la Tierra del Fuego (al sur de Chile y la Argentina) hasta el norte de California.

Marginal glosses:
- expelled; living together
- kingdom
- made known
- knowledge
- worship
- artichoke; cotton
- camphor; cipher; syrup
- bedroom; chess
- pillow; carpet; mayor; custom house
- white lilies; carrots
- facades
- beings
- ceramic tiles; to shine; porcelain
- equaled
- roof

---

[5] **los moros** Moors. This is the general term applied to the Arabs (*árabes*) who invaded Spain from North Africa in the eighth century. Most were of the Islamic faith, followers of Mohammed (*Mahoma*), called Moslems (*musulmanes*). The Spanish Christians who submitted to Islamic rule were allowed to practice their own religion and were called *mozárabes*. Those who converted were *muladíes*.

[6] **la Reconquista** Reconquest. The period of Spanish history from 711 to 1492 (especially between 711 and 1254), when the Spanish Christians, who had taken refuge in the northern mountains, carried on a constant war in an effort to expel the Moors. The wars were mostly between individual feudal lords, but the religious factor gave some unity to each of the two sides.

[7] **los califas** Caliphs. Rulers who were successors of Mohammed and combined secular and religious authority over a given region called a caliphate (*califato*).

La bella torre de la Giralda en Sevilla (de 1198) es un monumento dejado por los árabes y los españoles la convirtieron (en 1400) en un monumento cristiano después de la reconquista de Sevilla. Tiene unos 300 pies de altura.

Jews; lived together
managed

     Los judíos° de la península no sólo convivieron° con los musulmanes, sino que ocuparon puestos oficiales de importancia y lograron° crear la
40 brillante cultura sefardita[8] en Córdoba durante los siglos IX y X.

to exalt
In about the middle

diminish; fell into the hands
collision

     La cultura mora contribuyó a engrandecer° la cultura española en comparación con el resto de Europa entre los siglos VIII y XIII. A mediados° del siglo XIII la mayor parte de la península fue reconquistada y la influencia mora comenzó a disminuir°. La provincia de Granada pasó a manos° de los espa-
45 ñoles en 1492, año en que comenzó el gran choque° de culturas en América.

[8] *sefardita* Sephardic. The name comes from the biblical place name Sepharad, which scholars think referred to the Iberian Peninsula.

1-7 Comprensión. Responda según el texto.

1. Después de los visigodos, ¿qué grupo invadió la península?
2. ¿Cuáles son las fechas del período llamado la Reconquista?
3. ¿Qué aspectos culturales se encuentran en la Córdoba de los moros?
4. ¿Cuáles son algunas palabras de origen árabe que usamos en inglés?
5. Describa la cultura que crearon los judíos durante la época árabe en Córdoba.

1-8 Opiniones. Exprese su opinión personal.

Elementos de la lectura

1. ¿Qué condiciones son necesarias para que una cultura adopte palabras de otra cultura?
2. ¿Cuáles son algunos símbolos *(symbols)* de una cultura avanzada?

Conceptos generales

3. ¿Cree Ud, que hoy día hay conflictos a causa de la religión, o que ya no ocurren por esa razón? Explique su respuesta.
4. ¿Cree que la música puede atravesar las fronteras culturales? ¿Puede citar *(cite)* unos ejemplos?

IV. Otras influencias en la cultura española

Además de las grandes invasiones y migraciones ya mencionadas, hay otras influencias de menor grado pero que se tienen que sumar a la totalidad de elementos formativos de la cultura española. Un ejemplo interesante es la cultura de los gitanos°, especialmente en Andalucía en el sur
5 de la península. Su nombre viene de «egiptano» debido a° que antes se creía que su origen era Egipto. En realidad eran habitantes del norte de la India (o lo que hoy es Pakistán). En España su lengua se llama el caló que es una mezcla de español y romaní° . Mayormente contribuyen a la cultura española la música llamada «flamenco», tal vez la música típica más famosa del país
10 puesto que se asocia con Andalucía, el destino turístico más común.

El primer documento que los menciona en España es de 1425 en Aragón. A causa de su existencia nomádica es difícil identificarlos excepto en algunos centros urbanos. Se calcula que suman a 600.000 los gitanos que viven en España. Es su costumbre evitar contacto frecuente con las autoridades
15 dada su experiencia con la discriminación y hasta opresión a manos de varios gobiernos. Adolf Hitler mandó a la muerte a una gran cantidad de gitanos. Esta actitud evasiva hace difícil proveer los servicios sociales que frecuentemente les hace falta.

Otra influencia importante sobre la cultura de España es, claro, la
20 multitud de civilizaciones encontradas en el Nuevo Mundo después de 1492. El contacto constante durante tres siglos y la cantidad de productos y comestibles°, y claro, la riqueza mineral° , originados entre los indígenas influyó notablemente en la vida española.

Hoy se hablan cuatro idiomas notables en España y varios dialectos
25 también. En el país vasco, en la zona central del norte de la península, hablan vascuence (o euskera), un idioma de origen oscuro. En la región de Galicia, en el noroeste, hablan gallego (o galego), un idioma parecido al° portugués. En el nordeste, en la región de Cataluña, hablan catalán (o catalá), otro idioma neolatino parecido al provenzal del sur de Francia.

30 El cuarto idioma es el idioma oficial de la nación, el castellano —el idioma de Castilla en el centro del país— o sea, el que llamamos muchas veces español.

Sobre la diferencia entre los nombres español y castellano para referirse al idioma nacional, un experto nos dice lo siguiente: «El nombre de
35 castellano había obedecido a una visión de paredes° peninsulares adentro; el de español miraba al mundo. Castellano y español situaban nuestro idioma intencionalmente en dos distintas esferas° de objetos: castellano había hecho referencia, comparando y discerniendo, a una esfera de hablas° peninsulares —castellano, leonés, aragonés, catalán, gallego, árabe—; español aludía°
40 explícitamente a la esfera de las grandes lenguas nacionales —francés, italiano, alemán, inglés».[9]

Y de otro experto viene un dato sobre la palabra español:

«La palabra España era pronunciada en esa forma por el vulgo° que hablaba latín en la península hacia el año 300 d. de C.° ; español, por el
45 contrario, es vocablo° venido del sur de Francia, del Languedoc, en el

---

[9] Amado Alonso, *Castellano, español, idioma nacional,* 2da edición, Buenos Aires: Losada, 1943, págs. 33–34.

[margin glosses]
gypsies
due to

Romany

foods; mineral riches

similar to

walls

spheres
languages
referred

populace
A.D.
word

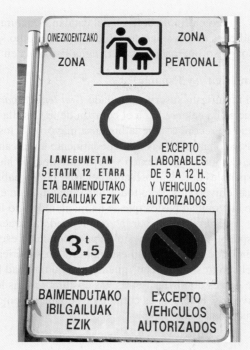

A la izquierda hay instrucciones en vascuence o euskera. ¿Puede Ud. leerlas?

siglo XIII, comenzado a usar en Provenza desde el siglo XII en la lengua escrita [y] español no es vocablo castellano…»[10]

Durante la dictadura de Francisco Franco (1939–1975), por razones de unidad nacional, se prohibió el uso de los idiomas regionales oficialmente, pero
50 se seguían usando en casa. En los treinta años desde la vuelta de la democracia a España, las culturas de las varias regiones han tenido un renacimiento°, especialmente en Cataluña (y su ciudad principal, Barcelona). Hoy todos los documentos oficiales y hasta los letreros° de la calle aparecen en catalán —a veces con su traducción al castellano, a veces no. Los catalanes han
55 desarrollado una «política lingüística» que requiere que todos los niños de las escuelas primarias y secundarias de la región asistan a la escuela donde la lengua usada es catalán. Otras medidas° insisten en que un 50% de las películas más taquilleras° sean dobladas al catalán° y que una cuarta parte de todas las que se den estén en catalán. También se requieren semejantes usos de catalán en
60 la radio y la televisión. Se manda que las etiquetas° de los productos vendidos en Cataluña estén en catalán. Una encuesta de 2003 resulta en que el 50,1% de los catalanes indica que el catalán es su lengua propia° y el 48,8% dicen que su lengua propia es el castellano. Los españoles de habla castellana reaccionan negativamente cuando los catalanes se refieren al castellano como segunda
65 lengua o lengua extranjera. Además, en 2005 los catalanes han propuesto que Cataluña lleve el título de «nación» en vez del de «comunidad autónoma» que lleva actualmente. Y en realidad la lengua que hablen no es el problema sino el espíritu de independencia que fluye del uso de su lengua propia.

rebirth

signs

measures
popular; dubbed into Catalan

labels

native language

[10] Américo Castro, *Sobre el nombre y el quién de los españoles,* Madrid: Sarpe, 1985, pág. 29. This theory, disputed by some, would explain why *español* is the only nationality/language name in Spanish that ends in *-ol.*

Pero en fin, la defensa del catalán es natural frente al hecho de que hay
70 millones de personas de habla española, como se nota en este reportaje de un
Congreso Internacional de Lengua Española en Valladolid, España.

América[11] y España

signed statement

El manifiesto suscrito°, titulado *Una lengua para un milenio,* en un congreso
75 que se ha celebrado en el corazón de la Castilla profunda, Valladolid, no

did not forget

dejó de recordar° que la inmensa mayoría de los más de 300 millones de
hispanohablantes vive en el continente americano. Acentos de los Andes,
de Colombia, de México y de Centroamérica han puesto de relieve° que los

have emphasized

españoles apenas representan el 10% de los hablantes de uno de los idiomas
80 más universales. Pero todos han coincidido en el valor de la diversidad dentro

for five centuries

de una unidad básica que se ha mantenido a lo largo de cinco siglos°.

«Es lindo escuchar la complejidad, la riqueza, los distintos acentos del
español», observó Ernesto Sábato [conocido escritor argentino]. «Así pues, el

center of gravity
note

centro de gravedad° del español está en América y por ello las conclusiones
85 del congreso remarcan° que en esta comunidad hispánica de naciones y

de gentes donde las tierras, las costumbres, las leyes y los problemas son

pillars
fruitful

diversos, la lengua es común y es donde debemos sentar los pilares° de una
fructífera° convivencia».

El País Internacional (Madrid)

---

[11] **América** Note that in Spain and Spanish America the term *América,* usually refers to the nations of *Hispanoamérica,* not to the U.S.

1-9 Comprensión. Responda según el texto.

1. ¿Qué es el caló?
2. ¿Cuáles son los cuatro idiomas de España y dónde se hablan?
3. ¿Qué hay de raro en la palabra *español?*
4. ¿Cuánto tiempo hace que España tiene un gobierno democrático?
5. ¿Qué medidas ha tomado Cataluña para defender su lengua?
6. Según el informe del Congreso, ¿dónde está el «centro de gravedad» del español?

1-10 Opiniones. Exprese su opinión personal.

Elementos de la lectura

1. ¿Hay un programa de educación bilingüe donde Ud. vive? ¿Por qué?
2. ¿Qué ventajas *(advantages)* y desventajas *(disadvantages)* hay cuando en un país hay dos o más idiomas usados comúnmente?

Conceptos generales

3. Los Estados Unidos no tiene un idioma oficial. ¿Debe tener uno? ¿Por qué? ¿Cuál debe ser el idioma oficial?
4. ¿Cuáles son las ventajas de aprender una segunda lengua?

🍀 Expansión

¿Desea más? Si Ud. desea leer más sobre la España medieval y renacentista, se encuentran más datos en la **Heinle Voices Database** en un ensayo sobre el tema: «Inicios históricos de España». También allí hay ejemplos de «Jarchas», poesía medieval y del «Cantar de mío Cid» sobre el héroe épico español en la lucha contra los moros. Visite **www.textchoice.com/voices**.

1-11 Ejercicios de vocabulario. En grupos de dos o tres personas hagan las siguientes actividades.

A. Busque diez palabras en el texto que sean semejantes *(similar)* en forma y significado a sus equivalentes en inglés.

B. Busque una palabra en la segunda columna que tenga el mismo significado de otra palabra en la primera.

I.
1. cargar
2. sólo
3. procedencia
4. aportar
5. latino
6. utilizar

II.
a. únicamente
b. origen
c. contribuir
d. romano
e. llevar
f. usar

C. Junte las palabras relacionadas.

Modelo saber *sabiduría*

I.
1. calor
2. emperador
3. pueblo
4. antes
5. rey
6. lengua

II.
a. lingüístico
b. cálido
c. reino
d. imperio
e. poblador
f. anterior

D. Complete las siguientes formas.

1. convertir   conversión
   divertir   _____
   _____   inversión

2. comenzar   comienzo
   _____   encuentro
   gobernar   _____

3. filólogo   filología
   filósofo   _____
   _____   psicología

4. trabajar   trabajador
   observar   _____
   _____   poblador

E. Señale los verbos contenidos en los siguientes derivados.

Modelo desorganizar *organizar*

1. convivir
2. mantener
3. desocupar
4. reconstruir
5. desaparecer
6. desacostumbrar

1-12 ¿Qué opina? En grupos de dos o tres personas contesten las siguientes preguntas.

1. ¿Cuáles son algunas diferencias entre la cultura española y la norteamericana en cuanto a *(as far as):* la duración de la cultura, los contactos con otras culturas y los componentes que resultan y el idioma?
2. ¿Cuáles son algunas de las diferencias y semejanzas básicas entre la situación de los que hablan «los otros idiomas de España» y los que hablan «los otros idiomas de los Estados Unidos»?

 1-13 Debate. Organice dos equipos para que ataquen o apoyen esta resolución.

Es la obligación de todo residente norteamericano aprender inglés y por eso los programas de educación bilingüe no son necesarios.

 1-14 Situación. Imagínese que Ud. es un(a) indígena americano(a) y la fecha es el 12 de octubre de 1492 en la isla de San Salvador en el Caribe. Tiene la oportunidad de conocer a Cristóbal Colón *(Christopher Columbus).* Afortunadamente Ud. habla español. ¿Qué preguntas le hace Ud. sobre España y qué le responde él?

1-15 El arte de escribir

A. Composición dirigida. Complete las oraciones según el texto, utilizando las palabras entre paréntesis y otras que sean necesarias.

1. La cultura hispánica… (producto, siglos, contactos, muchos, con, culturas, varias, es)
2. Se ha dicho que la Península Ibérica… (todas, romanizada, ser, colonia, llega a, más)
3. Otra tradición… (hispánico, toros, famosísima, mundo, corrida, es)
4. El feudalismo es el sistema que… (Nuevo Mundo, colonias, determina, económica, organización)
5. En España… (bilingüe, problema, existe, educación, también)

B. El resumen (primera parte). La preparación para escribir un resumen *(summary)* consiste principalmente en tomar apuntes *(notes)* sobre el contenido. Para tomar apuntes es muy útil reconocer dos aspectos estructurales: el párrafo *(paragraph)* y la oración temática *(topic sentence),* o sea la idea principal.

Cada párrafo se distingue de los otros por contener información diferente. Dentro de cada párrafo hay una oración temática que es prácticamente un resumen del párrafo. Ésta puede ser explícita o implícita o puede ser una oración explícita modificada.

Si se examina la primera sección de esta unidad (La cultura romana), se ve que en el primer párrafo la oración temática es la segunda: «En el siglo III a.C. llegaron los romanos y convirtieron la península en una colonia romana.» En el segundo párrafo es necesario modificar la segunda oración sustituyendo «esa lengua oral» por «el latín vulgar». En todos los otros párrafos la oración temática es la primera. Los apuntes, entonces, pueden consistir en estas oraciones. Se puede acortar frecuentemente como es el caso de la primera oración del cuarto párrafo donde se omite lo que viene después de «toros».

Ahora, tome Ud. apuntes para un resumen de las otras secciones de las lecturas.

 A T A J O ◀

Grammar: Verbs: Preterite & Imperfect **Phrases:** Comparing and contrasting; Linking ideas; Talking about past events; Writing a conclusion **Vocabulary:** Cultural periods & movements; Numbers: 100–999; Numbers 1,000– .

La tele

 ## La Guerra Civil española

1-16 Anticipación. Antes de mirar el video, haga estas actividades.

A. Conteste estas preguntas.

1. ¿Qué es una «guerra civil»?
2. ¿Cuándo fue aproximadamente la Guerra Civil en los Estados Unidos?
3. ¿Sabe quién fue el Generalísimo Francisco Franco?
4. ¿Qué es un dictador? ¿el totalitarismo?
5. ¿Hemos tenido un dictador en los Estados Unidos? ¿Por qué sí o por qué no?

B. Vocabulario útil. Estudie estas palabras del video.

abolir *to abolish*
la anarquía *la falta de gobierno y de orden*
arruinado(a) *ruined, in ruins*
bloquear *to blockade, block*
el bombardeo *bombardment*
derrotar *to defeat*
la Legión española *Spanish Foreign Legion*
Marruecos *Morocco*
el saludo *salute*

1-17 Resumen del video. La Guerra Civil española fue un hecho crucial en la historia de España del siglo XX. El generalísimo Francisco Franco, jefe de la Legión española en Marruecos, se declaró en rebelión contra el gobierno del país. El resultado fue una guerra de cuatro años que dejó mucho del país arruinado. Las fuerzas de Franco derrotaron las del gobierno después de bloquear tanto Madrid como Barcelona casi matando de hambre a los habitantes. También las dejó arruinadas el bombardeo por la fuerza aérea italiana. Terminada la guerra Franco abolió los partidos políticos y estableció una dictadura que duró unos treinta y cinco años.

1-18 Sin sonido. Mire el video sin sonido una vez para concentrarse en el elemento visual.

1-19 Comprensión. Estudie estos ejercicios y trate de descubrir las respuestas correctas al mirar el video.

 A. Comente estas oraciones con los/las compañeros(as) de clase. Decida si son **verdaderas** o **falsas.**

1. El generalísimo Francisco Franco fue presidente de Marruecos. _____
2. El título «generalísimo» se usó porque Franco era un hombre bajito. _____
3. Los italianos hicieron el bombardeo de Madrid y Barcelona. _____

B. Escoja la mejor palabra o frase para completar estas oraciones.

1. En 1936 en España las demostraciones…
   a. eran pacíficas.
   b. terminaban en confusión y violencia.
   c. fueron abolidas.

2. Como resultado del bloqueo por Franco, los habitantes de Madrid…
   a. casi se murieron de hambre.
   b. se escaparon.
   c. ganaron la guerra.

3. Los italianos participaron llevando a cabo…
   a. el sitio de Madrid.
   b. ataques en el oeste de España.
   c. bombardeos de los pueblos.

4. La Guerra Civil simbolizaba el conflicto entre…
   a. España y Portugal.
   b. democracia y totalitarismo.
   c. Franco e Hitler.

5. Para convertirse en dictador, Franco abolió…
   a. los partidos políticos.
   b. Marruecos.
   c. los prisioneros políticos.

 1-20 Opiniones. En grupos de tres o cuatro estudiantes comenten estos temas.

1. ¿Es posible que un país llegue a tal estado de caos que un dictador sería la mejor forma de gobierno? Explique.
2. ¿Puede ser razonable prohibir el uso de los idiomas regionales para fomentar la unidad nacional como lo hizo Franco?
3. ¿Cuál sería el efecto psicológico de la pérdida de un imperio? ¿Qué imperio ha sido disuelto últimamente?

Orígenes de la cultura hispánica: América

Las pirámides de Tenochtitlan, cerca de la Ciudad de México, son de las mayores del mundo. Representan lugares para realizar ceremonias religiosas al aire libre. ¿Existen ceremonias semejantes en los Estados Unidos?

❀ Lecturas culturales

I. Los aztecas
II. Los incas
III. Los mayas
IV. Las minorías étnicas en la actualidad hispanoamericana

❀

Expansión

¡A explorar!

La tele

Cine

El poder de la mitología en las acciones de la población indígena de la actualidad forma el tema de una película con el título de *Chac: Dios de la lluvia*. Los habitantes de un pueblo que sufre de una sequía invocan al dios maya (1975, 94 min.). Actúan Pablo Canche Balam y Alonzo Méndez.

Lecturas culturales

Enfoque

On arriving

awe

Both . . . and
by means of; tribes
almost

pre-Columbian, before Columbus

Al llegar° los conquistadores españoles al Nuevo Mundo en el siglo XVI se encontraron con las grandes civilizaciones de México y del Perú. Tal vez nosotros, en el siglo XXI, podemos entender el asombro° que causaron estos descubrimientos si pensamos en nuestra reacción si encontráramos nuevas civilizaciones en otros planetas.

Tanto los aztecas de México como° los incas del Perú formaron grandes imperios que se habían establecido por medio de° la conquista violenta de las tribus° anteriores. La civilización maya, que casi° había desaparecido, tenía varios siglos de existencia y desarrollo. Las tres culturas presentaban diversos aspectos interesantes y aportaron nuevos elementos a la cultura hispánica. Estas lecturas van a describir algunos de los aspectos más interesantes de estas tres culturas precolombinas°.

Vocabulario útil

Estudie estas palabras.

Verbos
conducir *to conduct; to drive*
construir (construye) *to build*
crear *to create*
dominar *to dominate*
fundar *to found*
gobernar (ie) *to govern, to rule*
incluir (incluye) *to include*
requerir (ie) *to require*
utilizar *to utilize, to use*

el desarrollo *development*
el descubrimiento *discovery*
el (la) dios(a) *god, goddess*
el emperador, la emperatriz *emperor, empress*
el (la) esclavo(a) *slave*
el hecho *fact*
el imperio *empire*
el nivel *level*
la piedra *stone, rock*

Sustantivos
el (la) arqueólogo(a) *archaeologist*
el conocimiento *knowledge*

Otras palabras y expresiones
algo *something, somewhat*
reciente *recent*

2-1 Para practicar. Trabajen en parejas, o como lo indique su profesor(a), para hacer y contestar estas preguntas, usando el vocabulario de la lista para saber algo sobre sus compañeros de clase cuando estaban en el colegio.

1. ¿Construiste una casita en un árbol alguna vez? ¿Qué otras cosas construiste cuando eras niño(a)?
2. ¿Inventabas *(used to make up)* vidas de fantasía cuando eras niño(a)? ¿Cómo eran?
3. ¿Ibas en bicicleta para ir a la escuela?
4. ¿Dónde vivías en el siglo pasado?
5. ¿Qué pasó la primera vez que condujiste solo? ¿Cuántos años tenías?

2-2 Anticipación. En grupos de dos o tres personas respondan a estas preguntas.

1. ¿En qué país se encontraba la civilización azteca?
2. ¿Qué región ocupó la civilización incaica?
3. En grupos de cinco, hagan una lista de lo que saben de esas culturas.

I. Los aztecas

En el lugar llamado Anáhuac, donde está hoy la capital de México, los aztecas habían dominado a otras tribus durante unos dos siglos. En 1325 fundaron Tenochtitlán, una ciudad que dejó mudo° a Cortés[1] cuando la vio por primera vez. Bernal Díaz,[2] uno de los 400 soldados de Cortés, la describió
5 así: «Y… vimos cosas tan admirables [que] no sabíamos qué decir… si era verdad lo que por delante° parecía°, que por una parte° en tierra había grandes ciudades, y en la laguna° otras muchas, y veíamos todo lleno° de canoas,… y por delante estaba la gran ciudad de México». Los aztecas habían fundado la ciudad en un lago° con puentes° que la conectaban con la tierra.
10 Al llegar al valle de México los aztecas absorbieron° la cultura tolteca[3] cuya° religión incluía el mito de Quetzalcóatl, un hombre-dios de la civilización, benévolo°, que enseñaba las artes y los oficios necesarios para el hombre en la tierra. Al mismo tiempo, el dios protector de la tribu, Huitzilopochtli, era el dios de la guerra, quien° exigía° continuas ofrendas°
15 de sangre humana. Es difícil explicar cómo los aztecas llegaron a adorar° a dos dioses tan antagónicos°. Creían que Quetzalcóatl había creado al hombre regando° su propia sangre sobre la tierra. Por consiguiente, pensaban que era necesario recompensar° a los dioses con sangre.
Los conceptos religiosos sutiles° se combinaban con un sistema político
20 algo avanzado°. El emperador era a la vez sacerdote° y su poder fluía° de esta combinación de autoridad religiosa y políticomilitar. El imperio se basaba en la completa subyugación° de casi todas las tribus del centro de México en una región del tamaño de Italia. Este hecho hizo relativamente fácil la conquista por los españoles en 1521, ya que formaron alianzas° con las tribus
25 subyugadas para derrotar° a los aztecas.
Durante los dos siglos anteriores a la conquista, la sociedad azteca había perdido sus características democráticas y se había transformado en una sociedad aristocrática. El emperador Moctezuma II, que reinaba° cuando llegó Cortés, vivía en un palacio comparable en su lujo° a los palacios europeos.
30 Pero el lujo y la aparente prosperidad cubrían° un estado psicológico deprimido°. Varios acontecimientos° le habían hecho creer a Moctezuma

(glosses, left margin)
silent
ahead; appeared; on the one side
lagoon; full
lake; bridges
absorbed
whose
benevolent
who; demanded; offerings
to worship
contrary
sprinkling
repay
subtle
advanced; (m) priest; flowed
subjugation
alliances
defeat
ruled
luxury
covered
depressed; happenings

---

[1] **Cortés** Hernán Cortés (1485–1547) led the first expedition into Mexico and conquered the Aztecs in the central valley in 1521.

[2] **Bernal Díaz (del Castillo)** (1492–1584) Author of *Historia verdadera de la conquista de la Nueva España* (Mexico), which he wrote to present the common soldier's view of the conquest of Mexico.

[3] **tolteca** The Toltecs (or "master craftsmen"), about whom relatively little is known, occupied much of the central area of Mexico prior to the Aztecs. The Aztecs, lacking a historical tradition of their own, began to consider themselves descendants of the Toltecs and adopted their history.

El calendario azteca, México.

que se acercaba° el fin del imperio. Cuando llegó Cortés con sus soldados, la superstición de los jefes los condujo a una resistencia débil. Pensaron que los españoles montados° a caballo eran monstruos; además, los indios no tenían
35 armas de fuego° como las que poseían° los españoles. Dentro de poco tiempo éstos habían destruido la capital del gran imperio de los aztecas para construir sobre los escombros° la ciudad conocida hoy como la Ciudad de México.

Otros problemas surgieron del contacto entre los europeos y los indígenas, como comenta este artículo.

60 millones, los indígenas muertos tras la conquista

40 Mucho se ha dicho de la audacia° de Hernán Cortés y de sus capitanes para derrotar a un ejército indígena que los superaba° numéricamente. Sin descartar° estos elementos subjetivos, hay dos factores que se deben considerar como decisivos: las diferencias en cuanto al empleo del hierro° y del caballo, y su aplicación en movimientos tácticos militares… esto por un
45 lado y, por otro, un elemento decisivo lo constituyó la aparición de nuevas enfermedades en América…

En ese tiempo comenzó a darse un fenómeno extraño para la población nativa: La peste° se extendió por la ciudad, la cual fue bautizada como hueyzáhuatl o hueycocoliztli, y todo parece indicar que fue una epidemia de
50 viruela°, enfermedad totalmente desconocida en estas tierras.

… La enfermedad se extendió muy rápidamente al resto de Mesoamérica: se sabe que llegó a Guatemala, pasó a otros países de Centroamérica, y hasta el sur del continente americano.

Se dio el caso de que fue conocida en el Perú antes que los mismos
55 españoles llegaran. Los incas tenían una forma de llamarla que hacía ver su perplejidad° ante el fenómeno: «los granos° de los dioses»…

Glossary (margin):
- was approaching
- riding
- firearms; possessed
- ruins
- audacity
- surpassed
- discard
- steel sword
- plague
- smallpox
- uncertainty; pimples, sores

measles; traveled
flu

... En 1529 se produjo una epidemia de sarampión° que recorrió° el continente; en 1545 apareció el tifus o «influenza»; en 1558, la gripe°; en 1563, la viruela; en 1576, el tifus; y en 1588 y 1595 de nuevo apareció la
60 viruela.

for the population

Todas estas epidemias provocaron la peor catástrofe poblacional° de que se tenga memoria en América: La población indígena descendió de 65 millones a 5 millones, entre los años que corren de 1550 a 1700...

numbers
area of argument

Las cifras° en cuanto a número de habitantes en América siguen siendo
65 un campo de polémica°. Los historiadores hispanistas aseguran que la población indígena era de 11 a 13 millones en el tiempo en que ocurrió el descubrimiento... De otra parte, la corriente indigenista°,... da la cifra de entre 90 a 112 millones. No obstante, nuevas ponderaciones hacen suponer en el presente que en América existían unos 80 millones de habitantes hacia
70 1492. Sus grandes centros poblacionales eran el imperio inca, con cerca de 30 millones, y el mexica[4] con unos 20.

pro-Indian

disappearance

Pues bien, hacia 1700, siglo y medio después, este total se había reducido de manera dramática a cinco millones; lo que representa la desaparición° de 60 millones de indígenas, unos 400 mil cada año...

Ricardo Pacheco Colín: *La Crónica de Hoy,* México

[4] ***mexica*** This is the name the Aztecs called themselves. It is pronounced ***meshica.*** *México* is, of course, also derived from this name.

2-3 Comprensión. Decida si las siguientes oraciones son **verdaderas** o **falsas.**

1. La Ciudad de México fue fundada en 1325.
2. Los aztecas adoptaron unos mitos de los toltecas.
3. Huitzilopochtli era el dios de la guerra y el dios protector de los aztecas.
4. Según el mito, Quetzalcóatl creó al hombre con su propia sangre.
5. Moctezuma II era el presidente de los aztecas cuando llegó Cortés.
6. La viruela había existido en el Perú antes que llegaran los españoles.

2-4 Opiniones. Exprese su opinión personal.

Elementos de la lectura

1. ¿Cómo debe el mundo moderno juzgar (*judge*) las culturas antiguas donde se llevaban a cabo prácticas como sacrificios humanos?
2. ¿Ha visto Ud. alguna ruina de los indios americanos? ¿Dónde? Descríbala.

Conceptos generales

1. ¿Cree que hay mitos en la vida pública norteamericana?
2. ¿Le interesa a Ud. la arqueología? ¿Por qué sí o por qué no?
3. ¿Cree que en el futuro van a estudiar la cultura del siglo XXI como estudiamos la del siglo I? ¿Por qué sí o por qué no?

Machu Picchu, al norte de Cuzco en el Perú, son las ruinas más impresionantes de la cultura incaica. ¿Le gustaría visitar estas ruinas?

II. Los incas

Aunque los arqueólogos creen que los primeros pueblos indígenas de los Andes datan de diez mil años antes de Cristo, cuando desembarcó° Pizarro[5] en 1532 los incas apenas tenían un siglo de dominio imperial en las montañas. Igual que° los aztecas, eran un pueblo militar que había establecido su dominio sobre las otras tribus durante el siglo XV. Los incas, como los aztecas, se consideraban también el pueblo elegido° del sol. El emperador (llamado «el Inca») recibía su poder absoluto por el hecho de ser descendiente directo del sol. Creían que el primer emperador, Manco Cápac (que vivió en el siglo XIII), era hijo del sol.

Aunque había una clase de nobles mantenidos por el pueblo, el resto de la sociedad de los incas tenía aspecto socialista. La comunidad básica era el «ayllu».[6] Cada comunidad tenía derecho a una cantidad de tierra suficiente para producir sus alimentos° y la trabajaba en común. Otro pedazo° de tierra se designaba° para el estado (los nobles) y otro pedazo para los dioses (la iglesia y el clero°). La gente del *ayllu* cultivaba esta tierra también y los productos constituían un tipo de impuestos° sobre la comunidad. Los productos de la tierra del estado iban para mantener a los nobles, al ejército°, a los artistas y también a los ancianos° y enfermos que no podían producir su

landed

Just like

chosen

food; piece
was reserved
the clergy
taxes
army
elderly

[5] **Pizarro** (1476–1541) along with his brothers, Gonzalo, Juan, and Hernando and Diego de Almagro assured the conquest of the Inca empire when they seized and killed the last emperor, *Atahualpa*, in 1533.

[6] **ayllu** The *ayllu* was, in pre-Incan times, essentially a clan with kinship as its basis. It is believed that it evolved under the Incas to be a more politically organized community. Mountain communities in modern Peru are still called *ayllus*.

flood
provided; warehouses

irrigation

art of weaving

more and more; weavers; protected

Egyptians

surgery; skull

propio alimento. Si ocurría algún desastre en un *ayllu,* como una inundación°,
20 el gobierno les proveía° comida de sus almacenes°. Los hombres tenían la obligación de contribuir con una porción de tiempo cada año a las obras públicas como a los caminos y a los acueductos, que eran comparables con los de Europa. El uso de la piedra para la construcción y su sistema de riego° eran maravillosos.

25 En los tejidos, los incas ya conocían casi todas las técnicas que conocemos hoy y hacían telas superiores a las que producimos hoy. Dos factores estimularon el desarrollo del arte de tejer°: el clima algo frío de las montañas y la lana de la llama. El tejer era una actividad exclusivamente femenina y se pasaban los conocimientos de madre a hija, refinándolos cada 30 vez más°. Las tejedoras° eran muy protegidas° por el estado, y a las mejores se las llevaban a conventos especiales donde pasaban la vida tejiendo. Usaban los tejidos para enterrar a las personas de importancia —algo semejante a lo que hacían los egipcios°.

En otras técnicas como la cerámica y el uso de metales también 35 sobresalieron los incas. Parece que tenían conocimientos avanzados de medicina, especialmente en la cirugía°, ya que operaban el cráneo° cuando era necesario.

2-5 Comprensión. Elija la respuesta más adecuada según el texto.

1. Cuando llegó Pizarro, el imperio inca tenía (cien años, dos siglos, mil años) de existencia.
2. Los incas creían que eran un pueblo (primitivo, elegido del sol, demócrata).
3. El «ayllu» de los incas era (una comunidad, el hijo del sol, el emperador).
4. Los hombres contribuían con una porción de tiempo cada año para hacer (obras de arte, tejidos, obras públicas).
5. El clima frío estimuló el desarrollo del (arte de tejer, uso de la piedra, «ayllu»).

2-6 Opiniones. Exprese su opinión personal.

Elementos de la lectura

1. ¿Qué conocimientos tecnológicos avanzados de los incas le sorprenden más?
2. ¿Le gustaría vivir dentro de una comunidad cooperativa? ¿Por qué sí o no?

Conceptos generales

3. En su opinión, ¿deben tener los ciudadanos *(citizens)* de los Estados Unidos la obligación de contribuir con tiempo a las obras públicas? ¿Por qué? ¿Qué contribuimos en vez de tiempo?
4. ¿Cuál es mejor, un sistema con un gobierno que controla la economía, o un sistema de mercados libres?

III. Los mayas

De las grandes culturas indígenas, la que más ha intrigado° al hombre moderno es la cultura maya. Ésta ocupaba el sureste° de México, Guatemala y Honduras. Fue la civilización más brillante de todas las del continente.

5   El nivel de la cultura en su período clásico (entre 200 a.C. y 900 d.C.[7]) era casi tan avanzado como el de las culturas mediterráneas de la misma época. Sus centros, tales como Tikal,[8] además de tener una importancia ceremonial, probablemente eran ciudades hasta con 40.000 habitantes. Sin embargo, durante el siglo IX los mayas sufrieron alguna catástrofe
10 desconocida y algo misteriosa que resultó en su decadencia completa. En algunos casos fueron conquistados por otras tribus más primitivas y guerreras, y en otros casos desaparecieron por su propia cuenta.

Entre sus muchos logros° intelectuales, su sistema de medir° el tiempo era el más impresionante. Adoptaron un calendario que existía en toda la región
15 y lo refinaron mucho. El calendario antiguo consistía en dos ruedas° distintas. Una marcaba el año ceremonial de 13 meses de 20 días y la otra marcaba el año civil de 18 meses de 20 días. La relación de 260 días y 360 días daba un total de 18.980 combinaciones o un ciclo de 52 años, ciclo importante en varias culturas. Los mayas extendieron el calendario con otros períodos de 20
20 y 400 años y fijaron° el principio de su propio ciclo en la fecha equivalente a 3114 a.C. En el caso de la luna calculaban los ciclos lunares de 2.953.020 días, comparado con los 2.953.059 días que ha establecido la astronomía moderna.

Su sociedad incluía un monarca hereditario y una clase de nobles que vivían obsesionados por las guerras constantes entre los monarcas. Su linaje°
25 era muy importante y se encuentran muchas referencias a las fechas de los antepasados°. También creían seriamente en la astrología y consultaban las estrellas antes de hacer cualquier cosa.

El sistema maya de escribir los números es interesante por dos razones: por el concepto del cero y por el uso de las posiciones de los decimales°. Era
30 un sistema vigesimal°, que usaba puntos y varas° para contar y era superior al sistema romano usado en Europa en la misma época.

En la escritura, los mayas habían llegado a tener un sistema ideográfico en que los símbolos representan ideas en vez de° ser dibujos° de objetos.[9] Últimamente los expertos han podido descifrar° los dibujos de las estelas en
35 las ruinas y los de los cuatro códices.[10] Las otras obras mayas conservadas, como los *Libros de Chilam Balam* y el *Popol Vuh,* fueron escritas por los indígenas con el alfabeto español después de la conquista. Parece que había una clase de escribanos° nobles que mantenían la tradición de la escritura.

---

[7] **d. C.** (*después de Cristo*) A.D.

[8] **Tikal** A Mayan ruin in Guatemala long considered the oldest and largest settlement (400–300 B.C.) However, excavation has recently begun on an older and larger site, El Mirador.

[9] **dibujos de objetos** Writing systems generally show three stages: (1) pictorial, where the writing consists of drawings of actions; (2) ideographic, where the symbols are conventionalized and stand for ideas; and (3) phonetic, where characters stand for sounds. Mayan writing was ideographic, and some scholars think it was phonetic.

[10] **cuatro códices** A codex is a manuscript, especially of official or classical texts. *Estelas* (Steles) are upright stone slabs bearing inscriptions, placed at the entrances of buildings, on graves, etc. Some inscriptions on buildings and inside tombs are also extant. The *Libros de Chilam Balam* and the *Popol Vuh* were recorded by Mayan priests using the Spanish alphabet after the conquest.

intrigued
southeast

achievements; their system of measurement
wheels

they fixed

lineage

ancestors

decimal places
base 20; rods

instead of; drawings
decipher

scribes

Chichén Itzá en México es una de las últimas ciudades mayas de su período clásico. ¿Hay una diferencia entre esta pirámide y la de Tenochtitlan (ver la página 15)?

pantheon
health; sustenance: they made offering of

sculpture

beast of burden

sacred

attacks
after

nomadic

La religión maya era muy compleja con un panteón° de dioses relacionados
40 con los días y los años. Con el fin de obtener salud° y sustento° ofrendaban°
varias cosas a sus dioses —hasta llegaron a sacrificar seres humanos.

La arquitectura maya muestra una preocupación estética importante.
Mientras que en las otras culturas precolombinas el tamaño de las pirámides
era lo que indicaba su importancia, los mayas ponían más énfasis en la
45 ornamentación de la piedra. Sus logros artísticos incluían también la escultura°
y la pintura.

Sus conocimientos prácticos no eran avanzados. La rueda era sólo un
objeto ceremonial, porque su único animal domesticado era el perro que
criaban para comer o sacrificar y no servía de animal de carga°.
50 El alimento principal de los mayas, como el de muchos otros pueblos
indígenas, era el maíz, y porque los mayas creían que los dioses habían hecho
a los primeros hombres de maíz, era un producto sagrado°. Sus métodos
agrícolas se basaban principalmente en el maíz cultivado en la «milpa»,
que consiste en utilizar un pedazo de tierra por unos años (de dos a cuatro)
55 y dejarlo sin cultivar por unos diez años. Las investigaciones recientes, sin
embargo, indican que también utilizaban un método de cultivo más intensivo
y que tenían otros alimentos importantes. Todo esto quiere decir que la
población de toda la región maya pudo llegar hasta 10.000.000 hacia el final
de la época clásica, cerca del año 900 d.C.
60 Todavía no se sabe exactamente por qué desapareció esta gran civilización.
Últimamente se ha descifrado más de su escritura y se cree que las grandes
ciudades como Tikal, Caracol, Copán, Chichén Itzá y otras, llegaron a ser
dominantes durante un período, sólo después de conquistar la ciudad que
dominaba antes. Estas agresiones° que aumentaron en el siglo X resultaron en
65 la decadencia y abandono de los centros, uno tras° otro, durante ese siglo.

Al examinar el nivel de las culturas indígenas del Nuevo Mundo es fácil
imaginar el asombro que les causó a los españoles. También si se compara
esta situación de los españoles con la de los ingleses —un pueblo homogéneo
que se encontró frente a tribus de indígenas nómadas°— se comienzan a
70 comprender las diferencias que aparecen en las sociedades modernas.

2-7 Comprensión. Responda según el texto.

1. ¿Cuándo ocurrió la época clásica de la cultura maya?
2. ¿Por qué ya había decaído la cultura maya cuando llegaron los españoles?
3. ¿Cuál fue el logro cultural más impresionante de los mayas?
4. ¿Cómo llegaron al ciclo básico de 52 años?
5. ¿Quiénes entre los mayas sabían escribir?
6. ¿En qué aspectos eran diferentes las pirámides mayas de las de otras culturas?
7. ¿Qué era el sistema de la «milpa»?
8. ¿Por qué se cree que la población pudo llegar a unos 10.000.000 de habitantes?

2-8 Opiniones. Exprese su opinión personal.

Elementos de la lectura

1. Esta lectura dice que «De las grandes culturas indígenas, la que más ha intrigado al hombre moderno es la cultura maya». ¿Está Ud. de acuerdo o no? Explique.
2. En su opinión, ¿cuáles de los logros de los mayas sorprendieron más a los europeos del siglo XVI?

Conceptos generales

3. ¿Cree que encontraremos seres vivos en otro «mundo»? Explique su opinión.
4. ¿Dirán los del futuro que en EE.UU. ponemos más énfasis en la belleza o en la utilidad en la arquitectura en el siglo XXI?

IV. Las minorías étnicas en la actualidad hispanoamericana

Además de los indígenas, hay una población importante de afrohispano-americanos. Traídos como esclavos durante la época colonial, se encuentran aún hoy principalmente en las costas caribeñas° de Venezuela, *Caribbean coasts* Colombia, los países centroamericanos, México y las islas de las antillas.[11]

5 Éstas son las regiones que carecían de una población indígena o donde las enfermedades y rigores del trabajo exigido por los colonos españoles les causaron la muerte a muchos indios. Los esclavos reemplazaron a los indígenas en las plantaciones de la colonia.

Por considerarse como seres humanos inferiores su trato fue aun peor que 10 el de los incas o aztecas. Un proceso llamado «deculturación» —mezclando gente de diversos orígenes, idiomas y religiones africanos— minimizó su capacidad de mantener su cultura original. El menor interés de los misioneros católicos resultó en la adaptación de las varias religiones africanas a la nueva circunstancia y hoy es el aspecto cultural de mayor presencia entre los 15 africanos del Nuevo Mundo. También hay descendientes de los esclavos en los grandes puertos marítimos como Guayaquil del Ecuador, Callao del Perú y Buenos Aires de la Argentina. Sus culturas han tenido una influencia profunda pero se limita casi del todo a la región del Caribe.

Los indígenas del Nuevo Mundo contribuyeron con la papa (los incas), 20 el chocolate y el tomate (los aztecas) y el maíz (los mayas) al surtido mundial de comestibles, además de varias otras cosas útiles o artísticas. Sin embargo, hoy el indígena representa en algunos países hispanoamericanos el problema social y económico de mayor gravedad°. En el Perú, millones de indígenas *seriousness* viven todavía en los «ayllus» de la época incaica, comunidades físicamente 25 apartadas en las montañas. Se calcula que el 40% de la población habla de preferencia quechua o aymará (los idiomas indígenas) y sólo hablan español en caso de necesidad.

El caso de los mayas es típico de la situación en México y Centroamérica. Existen los descendientes de los indígenas precolombinos en grupos 30 relativamente pequeños aunque su población total sea considerable como se nota en este informe de *Mundo Maya*.

Los mayas de hoy

Los templos antiguos podrían permanecer° silenciosos en la selva, pero *remain* su corazón maya todavía late° bajo las piedras que les dan forma. Los *beats* descendientes de quienes construyeron las pirámides aún habitan° los estados *inhabit* 35 mexicanos de Chiapas, Campeche, Tabasco, Quintana Roo y Yucatán y los países de Guatemala, Belice, Honduras y El Salvador. En toda la región los mayas viven en pequeñas aldeas° que parecen ajenas al paso del tiempo°, *villages; removed from the passage of time; harvest* hablan su antigua lengua, cosechan° la tierra tal y como lo hacían sus ancestros y rinden culto° a muchas de sus más antiguas tradiciones. *honor* 40 Actualmente, el número de pobladores mayas oscila° entre cuatro y cinco *varies* millones, dependiendo del criterio que se siga para el censo°, y están divididos *census*

---

[11] *antillas* The ring of islands extending from Cuba to Trinidad called the West Indies. The "Greater Antilles" include Cuba, Jamaica, Domincan Republic, Haiti, and Puerto Rico while the "Lesser Antilles" are the small islands between Puerto Rico and Venezuela.

en diferentes grupos étnicos que hablan cerca de 30 lenguas indígenas. Por ejemplo, entre los que hablan dialectos derivados de la lengua maya están los lacandones, zoques, tzotziles y tzetzales° que se asientan° en Chiapas, los dos
45 últimos habitan en las montañas que rodean° San Cristóbal de las Casas; los chontales viven en Tabasco; los mayas yucatecos habitan en la Península [de Yucatán]; los quichés, kekchíes y cakchikeles en Guatemala y los chortíes en Honduras. Algunos mayas son bilingües, puesto que aprenden el español para comunicarse con los ladinos (los habitantes del área que no son de origen
50 maya). Por ejemplo, las mujeres que venden artesanías° en un centro turístico aprenden español para ofrecer sus productos en el mercado. Sin embargo, es posible visitar comunidades en donde el visitante no escuchará palabra alguna de español. Aunque puede hallarse° en cualquier parte del Mundo Maya, la mayoría de la población indígena se concentra° en tres áreas: la Península de
55 Yucatán, Chiapas y los Altos° de Guatemala.

Mundo Maya (México)

Se han visto en varios países nuevas demandas de parte de los indígenas y nuevos avances políticos.

Los ideales de la Revolución de 1910 en México incluyen la incorporación de los indígenas en la sociedad nacional, pero en 1994 empezó
60 una rebelión de indígenas en la ciudad colonial de San Cristóbal de las Casas en el estado mexicano de Chiapas. Los campesinos° de la región, predominantemente de descendencia maya se rebelaron para exigir° tierra propia. La rebelión captó la atención del mundo entero por sus acciones relativamente pacíficas° y por su líder, el subcomandante Marcos. Adoptaron
65 el nombre de Ejército Zapatista de Liberación Nacional (EZLN) porque un participante en la Revolución de 1910 con la misma demanda se llamaba Emiliano Zapata.[12] Han podido lograr algunas medidas oficiales a favor de los indígenas y siguen presionando al gobierno.

En el Ecuador los grupos indigenistas se han establecido como fuerza
70 política. Participaron de modo importante en un cambio de presidente por la fuerza° en 2000 y el presidente actual debe su triunfo en gran parte al partido indígena Pachakutik. El presidente del Perú, elegido en 2001, ganó principalmente debido a su herencia° indígena personal. Alejandro Toledo se aprovechó de su descendencia indígena, frecuentemente exaltando las victorias
75 históricas de los emperadores incas sobre los españoles. Su adversario era un hombre de clara descendencia española. Por fin, un presidente peruano refleja las aspiraciones de los indígenas.

En Bolivia, Evo Morales, un jefe indígena que ascendió de campesino humilde a figura política nacional en 2005, proclamó que al elegirlo presidente,
80 elegían presidentes a los dos pueblos indígenas (Quechua y Aymará).

Así que después de 500 años los indígenas comienzan a hacer sentir su voz. El mayor dilema para el gobierno es cómo integrar a los indígenas en la vida moderna sin que pierdan su vida y costumbres tradicionales. No es muy diferente a la situación de los indígenas norteamericanos y sus «reservaciones».

[12] ***Zapata*** Emiliano Zapata (1879–1919), one of the heroes of the Mexican Revolution of 1910, was a champion of the indigenous landless peasants of southern Mexico. His name was invoked in the rebellion led by Comandante Marcos. The town where the rebels were most active, San Cristóbal de las Casas, has a similarly symbolic name since it was named for Bartolomé de las Casas, a sixteenth-century Spanish monk who was known as the defender of the Indians because of his writings against the abuses he witnessed in the Caribbean islands.

2-9 Comprensión. Responda según el texto.

1. ¿Cuáles son algunas contribuciones del indígena americano al mundo?
2. ¿Qué porcentaje *(percentage)* de los peruanos habla de preferencia un idioma indígena? ¿Por qué es así?
3. ¿Por qué utilizaron los rebeldes de Chiapas el nombre de Emiliano Zapata?
4. ¿Qué querían los indígenas de Chiapas?
5. ¿Qué es Pachakutik?
6. ¿Qué elemento utilizó Alejandro Toledo para llegar a ser presidente del Perú?
7. ¿Cuál es el dilema del indígena hoy?

2-10 Opiniones. Exprese su opinión personal.

Elementos de la lectura

1. En su opinión, ¿debe el indígena cambiar su vida e incorporarse a la sociedad de la mayoría? Explique.

Conceptos generales

2. ¿Cree Ud. que una sociedad con mucha diversidad de idiomas, costumbres, valores *(values)* y tradiciones tiene mejor futuro que una sociedad homogénea donde todos hablan el mismo idioma y tienen las mismas costumbres y valores tradicionales? Explique.

❈ Expansión

¿Desea más? Si desea leer más sobre el tema de los antiguos americanos, se encuentran más datos en la **Heinle Voices Database** en unos ensayos sobre su historia, y unos ejemplos del *Popol Vuh* de los mayas. Visite **www. textchoice.com/voices.**

2-11 Ejercicios de vocabulario. En grupos de dos o tres personas hagan las siguientes actividades.

A. Complete las siguientes formas.

1. llegar   llegada   llamar _____
2. abrir   abertura   escribir _____
3. dibujar   dibujo   cultivar _____
4. organizar   organización   colonizar _____
5. existir   existencia   influir _____

B. Encuentre los sinónimos.

1. pronósticos   **a.** controlar
2. dominar   **b.** decorado
3. comprensión   **c.** predicciones
4. adorno   **d.** castellano
5. español   **e.** entendimiento

C. Complete según los modelos.

Modelo   cultura   *cultural*

1. ceremonia   _____
2. centro   _____
3. vigésimo   _____
4. continente   _____
5. trópico   _____

Modelo   brillo   *brillante*   *brillar*

1. impresión   _____   _____
2. _____   interesante   _____
3. _____   _____   obsesionar

Modelo   abundancia   *abundante*   *abundar*

1. procedencia   _____   _____
2. _____   existente   _____
3. _____   _____   coincidir

2-12 ¿Qué opina? En grupos de dos o tres personas contesten las siguientes preguntas.

1. ¿Cuáles son algunas de las diferencias entre las experiencias de los españoles y las de los ingleses con los indígenas al llegar al Nuevo Mundo? ¿Tuvieron estas diferencias efectos en las sociedades modernas? ¿Cuáles?
2. ¿Cuáles son algunas diferencias y algunas semejanzas entre la situación del indígena norteamericano y la del indígena hispanoamericano hoy día?

 2-13 Debate. Organice dos equipos para que ataquen o apoyen esta resolución.

Los españoles y los ingleses, al llegar al Nuevo Mundo, tenían derecho a quitarle la tierra al indígena americano.

 2-14 Situación. Imagínese que Ud. camina por la calle un día y se encuentra con una persona con dos antenas en la cabeza, cuatro ojos y ruedas en los pies. Le dice «Lléveme a su jefe. Salí de mi planeta hace 2.000 años». Con un(a) compañero(a) de clase o solo(a), según lo indique el (la) profesor(a), haga Ud. una lista de las preguntas que Ud. le haría y las respuestas de él (¿ella?) sobre cómo era su cultura cuando salió de su planeta.

2-15 El arte de escribir

A. Composición dirigida. Complete las oraciones, utilizando las palabras entre paréntesis.

1. Al llegar al valle de México… (absorbieron, tolteca, los aztecas, cultura)
2. Cuando desembarcó Pizarro en 1532… (dominio, montañas, los incas, siglo, tenían, apenas, imperial)
3. El sistema maya de medir el tiempo… (aspectos, es, más, impresionante, culturales, logros)
4. Según su religión… (material, hombre, creación, sirvió, para, maíz)
5. El cultivo intensivo del maíz requería menos tiempo y… (tareas, explicar, puede, intelectuales, tanto tiempo, cómo, dedicar, podían, estéticas)

B. El resumen (segunda parte). En la primera unidad, Ud. aprendió a examinar los párrafos y las oraciones temáticas como preparación para escribir un resumen. El próximo paso es decidir los detalles que va a incluir en el resumen. Hasta cierto punto esto resulta en una decisión basada en el tipo de resumen que se quiere. Por ejemplo, un resumen de la primera sección de la lectura *(I. Los aztecas)* podría ser corto:

Los aztecas vivieron en el valle de Anáhuac en la ciudad de Tenochtitlán que fundaron en 1325. Absorbieron la cultura tolteca y adoraban a Huitzilopochtli como su dios protector. Su sistema político era avanzado y lo utilizaron para crear un imperio en el centro de México. Su sociedad era una aristocracia. El estado mental negativo y las supersticiones se combinaron con las armas de fuego para facilitar la conquista por los españoles.

Si uno quiere un resumen más extendido se pueden incluir más detalles sobre el lago, sobre Quetzalcóatl, la sangre, la subyugación de otras tribus, etcétera.

Ahora escriba un resumen de la tercera sección de la lectura *(III. Los mayas)*. Primero escriba los apuntes necesarios y luego decida cuáles va a incluir.

 A T A J O ◄

Grammar: Possessive adjectives; Verbs: Preterite & Imperfect **Phrases:** Describing the past; Expressing time relationships; Linking ideas **Vocabulary:** Geography

La fiesta del sol de los incas: Inti Raymi

2-16 Anticipación. Antes de mirar el video, haga estas actividades.

A. Conteste estas preguntas.

1. ¿Qué es el solsticio?
2. ¿Ha visto Ud. una fiesta indígena? Explique.
3. ¿Qué es la danza de la lluvia? ¿Cree que sirve?
4. ¿En qué montañas viven los incas?
5. ¿Qué ciudad fue la capital del imperio inca?

B. Vocabulario útil. Estudie estas palabras del video.

la argamasa *mortar*
la caminata *walk, trek*
la chicha *fermented corn drink*
fingir *to pretend*
el guerrero *warrior*
la ladera de la montaña *mountainside*
Machu Picchu *Incan ruins near Cuzco*
la ofrenda *offering*
tallar *to carve (wood, stone)*
el techo de paja *thatch roof*
la terraza *terrace*

2-17 Resumen del vídeo. Los incas del Perú tienen en Cuzco una de sus fiestas más impresionantes el 24 de junio en el solsticio invernal para ellos. La ceremonia se hace hoy como espectáculo y asiste gente de todo el país. El Inca, el emperador, observa los miles de participantes que le ofrecen chicha y lo entretienen con bailes y música típicos. Fingen sacrificar una llama también. A 70 millas al norte de Cuzco, por tren o por caminata, están las ruinas de Machu Picchu. Están en terrazas a la ladera de una montaña y son excelentes ejemplos de la arquitectura de los incas.

2-18 Sin sonido. Mire el video sin sonido una vez para concentrarse en el elemento visual.

2-19 Comprensión. Estudie estos ejercicios y trate de descubrir las respuestas correctas al mirar el video.

A. Comente estas oraciones con los compañeros de clase. Decida si son **verdaderas** o **falsas.**

1. Inti Raymi es la fiesta del sol de los incas. _____
2. La fiesta del sol ocurre cuando el sol está más cerca de la tierra de los incas. _____
3. Machu Picchu es la capital del imperio inca. _____

B. Escoja la mejor palabra o frase para completar estas oraciones.

1. Los incas dejaron de observar Inti Raymi cuando…
   a. lo resucitaron en 1944.
   b. en una plataforma.
   c. llegaron los españoles.

2. Las ofrendas de Inti Raymi tienen el propósito de…
   a. convencer al sol que vuelva.
   b. el solsticio.
   c. ir a Cuzco.

3. El Inca entra y se sube a…
   a. la montaña de Machu Picchu.
   b. una plataforma.
   c. una terraza.

4. Las vírgenes del Inca beben chicha mientras…
   a. bailan cien guerreros.
   b. vuelve el sol del norte.
   c. muere la llama.

5. Los edificios de Machu Picchu son ejemplos de…
   a. el camino de los incas.
   b. la religión inca.
   c. la arquitectura inca.

2-20 Opiniones. En grupos de tres o cuatro estudiantes comenten estos temas.

1. ¿De qué sirven los ritos ceremoniales como el Inti Raymi? ¿Vuelve el sol como quieren?
2. ¿Le interesa visitar Machu Picchu? ¿Por qué sí o por qué no? ¿Tomaría el tren o iría a pie?
3. ¿Cree que está bien que abran las ruinas a los turistas? Explique.

Las mujeres en estas fotos llevan los sombreros típicos de las mujeres andinas. Los sombreros fueron introducidos por los ingleses cuando construían el ferrocarril en el siglo XIX y las mujeres los adoptaron casí universalmente. La mujer de arriba lleva un cordero recien nacido. ¿Que elemento importante tiene el cordero en esta región montañosa y fría?

La religión en el mundo hispánico

Las procesiones de la Semana Santa muestran el realismo de las imágenes en la religión española.

Lecturas culturales

I. La religión y la sociedad
II. La religión y la vida personal
III. La religión en Hispanoamérica
IV. La religión en la actualidad

Expansión

¡A explorar!

La tele

Cine

Una de las películas más taquilleras en México ha sido *El crimen del padre Amaro* (119 min., 2002). El argumento se basa en una novela portuguesa muy famosa del siglo XIX. Describe las reacciones demasiado humanas de un cura joven y guapo mandado a un pueblo aislado de México. Contiene todos los curas estereotipados en lugares apartados. Actúan Gael García Bernal, Ana Claudia Talancon y Sancho Gracia. Otra película más artística (y bastante intensa) con tema religioso parecido pero al mismo tiempo muy distinto es *Nazarín* (1958, 92 min.) del famoso director español, Luis Buñuel. El excelente actor Fernando Rabal hace el papel principal.

✿ Lecturas culturales

Enfoque

Por razones históricas el catolicismo ha sido la religión dominante en el mundo hispánico. Los habitantes de la Península Ibérica adoptaron el catolicismo de los romanos y lo defendieron contra el pueblo musulmán entre 711 y 1492 y poco después contra los protestantes de Europa. La Iglesia vio el descubrimiento de América como una oportunidad de cristianizar° los pueblos indígenas.

to convert to Christianity
faith

En estas lecturas se verá que no ha sido sólo en cuestiones de fe°, sino también en la política y la sociedad, que la Iglesia ha mantenido una presencia dominante.

Hay que notar que hoy día mucha gente hispánica, especialmente en el medio urbano, prefiere una de las religiones más modernas o, de hecho, no practica ninguna religión organizada. Pero las tradiciones mencionadas aquí, aunque más típicas del medio rural, reflejan algo que se ha venido a llamar° «catolicismo cultural» que todavía caracteriza gran parte del mundo hispánico, aun entre las personas que no ven el interior de una iglesia más que cuando un familiar o un amigo se casa o se muere.

has come to be called

Vocabulario útil

Estudie estas palabras.

Verbos
ayudar *to help*
celebrar *to celebrate*
existir *to exist, to be*
mostrar (ue) *to show*
ocurrir *to happen*
sustituir (sustituye) *to substitute*
se puede (ver) *one is able (to see); it is possible (to see)*

Sustantivos
el (la) ciudadano(a) *citizen*
el (la) consejero(a) *advisor*
el fiel *faithful person, religious person*

los fieles *the congregation, the faithful*
la mayoría *majority*
el poder *power*
la reunión *gathering, meeting*

Otras palabras y expresiones
además *besides, in addition*
al contrario *on the contrary, rather*
más adelante *later, further on*
mayor *larger, greater, older (with people)*
peor; el peor *worse; the worst*
por lo general *generally*
por último *finally*
sobrenatural *supernatural*

3-1 Para practicar. Trabajen en parejas, o como indique su profesor(a), para hacer y contestar estas preguntas usando el vocabulario de la lista para saber algo sobre sus compañeros de clase.

1. ¿Asistes (o has asistido en alguna época de tu vida) a alguna iglesia o a algún templo? ¿Qué tipo de edificio es (era), grande, pequeño, mediano? ¿Hay reuniones sociales en la iglesia o en el templo?
2. ¿Qué días festivos celebras? ¿Cuáles tienen carácter religioso? ¿Los celebras con ceremonias religiosas o no? ¿Qué día festivo prefieres?
3. ¿Quién lo (la) ayuda por lo general con tus problemas personales (además de tus padres)?
4. ¿Crees en los poderes sobrenaturales? ¿Cómo se muestran? ¿Crees en la magia *(magic)* o en los fantasmas *(ghosts)*? ¿Se puede ver el futuro por medio de la astrología? Explica por qué crees esto.

3-2 Anticipación. Trabajen en grupos de tres o cuatro estudiantes para comentar dos posiciones posibles sobre los siguientes temas.

1. La religión debe ser el elemento más importante de la vida.
2. La religión organizada es mejor que la religión individual.
3. Debe haber una separación estricta entre la religión y el gobierno.
4. Se debe permitir rezar *(praying)* en las escuelas públicas.
5. No se debe permitir que una organización religiosa posea *(possess)* mucha tierra.

I. La religión y la sociedad

La Iglesia católica ha tenido gran importancia en la política de España.
Lo mismo ha ocurrido en el resto del mundo hispánico. Desde la época romana ha existido el concepto de la unidad° de la Iglesia y el estado, y aunque en los gobiernos modernos esta alianza no es oficial, en los más conservadores
5 siempre existe una gran influencia. La Iglesia tiende a influenciar al pueblo° a favor del gobierno. Éste°, a cambio°, le da ciertas preferencias° a la Iglesia que la ayudan en su deseo de mantener° su posición espiritual exclusiva.

    Uno de los aspectos más debatidos° del papel° de la Iglesia ha sido la cuestión° de su poder económico. Esto es especialmente importante en
10 Hispanoamérica, donde el desarrollo° económico ha sido una cuestión política dominante. Los misioneros fueron los primeros en llegar a algunas regiones apartadas°. Por eso, como la Iglesia tenía mucha estabilidad como institución, se adueñó° de un porcentaje notable de la tierra. Esta situación siempre resultó en la crítica severa contra la Iglesia.

15   La Iglesia también tiene otras formas de poder en las sociedades hispánicas. Está presente en todo pueblo o centro de población, y su organización es dirigida° desde la capital, así que a veces° resulta más eficaz° que la del gobierno nacional. También tiene gran influencia porque participa en los momentos más importantes de la vida de los fieles, es decir en el bautismo°, el
20 matrimonio° y la muerte.

    Antes del siglo XX la gran mayoría de las escuelas y universidades del mundo hispánico eran parroquiales°. La Iglesia servía como la mayor agencia de caridad°, y el cura ocupaba el lugar de consejero personal de los ciudadanos. En los pueblos, la iglesia, por ser el edificio más grande, servía
25 como centro de fiestas y reuniones sociales.

    Esta tremenda presencia en casi todos los aspectos de la vida ha sido motivo de crítica por parte de ciertos partidos° políticos. Esta oposición a la Iglesia, o anticlericalismo, ha sido una corriente° política especial en los países hispánicos durante toda la época moderna. Para el extranjero es muy
30 necesario saber que la oposición consiste en una crítica contra la Iglesia como institución sociopolítica, y que casi nunca implica° un ataque a la fe católica.

    Aquí hay unos artículos sobre la presencia de la religión en la sociedad hispánica.

Un millón de mexicanos celebran la canonización por el Papa del primer santo indígena

pope

La Iglesia católica de América convirtió ayer la canonización de Juan Diego
35 Cuauhtlatoatzin, primer santo indio del continente, en un acto de reafirmación de la identidad de un México multiétnico en el que las etnias indígenas han

Margin glosses:
- unity
- people
- the latter; in exchange; advantages
- to maintain
- debated; role
- matter
- development
- distant
- took possession
- directed; at times; efficient
- baptism
- marriage
- parochial
- charity
- parties
- current
- implies

for centuries; marginalized	sido «centenariamente° olvidadas y marginadas°», en palabras del cardenal de
dazzling	Ciudad de México, Norberto Rivera. El Papa presidió la larga y deslumbrante°
	ceremonia, celebrada en la basílica de Guadalupe,…[1]
Popemobile; packed	40 …De pie en el papamóvil°, Karol Wojtyla recorrió calles abarrotadas° de
	fieles mientras en la plaza del Zócalo 100.000 personas siguieron en directo
screens	la ceremonia a través de pantallas° gigantes de video. Dentro del templo, el
	espectáculo no era menos espléndido ni entusiasta, y la llegada del Pontífice,
portable platform	45 que hizo su entrada subido en la peana móvil°, fue acogida con un entusiasmo
	delirante…
	«Juan Diego es más que un santo», comentaba un mexicano náhuatl
	rodeado de periodistas, «es el representante ante Dios de los indios»…
fertile	…Según el Papa, Juan Diego fue el fruto del «encuentro fecundo° entre
	50 dos mundos y se convirtió en protagonista de la nueva identidad mexicana».

El País Internacional (Madrid)

Más de 100.000 españoles están atrapados en las redes *networks* de 200 sectas destructivas…

El ministro español del Interior Jaime Mayor Oreja, admitió el martes 10
en el Congreso de los Diputados° la «gran dificultad» que entraña luchar°
contra las 200 sectas destructivas que actúan en España, la mayoría de ellas
legales. Entre 100.000 y 150.000 ciudadanos están, sin sospecharlo siquiera°,
55   atrapados en sus redes°. *trapped in their network*

deputies, representatives; is involved in the struggle	
without even suspecting it	
trapped in their nets	
selection	El surtido° es variado. Las hay de origen hindú y oriental, otras que
	celebran misas negras y sacrificios de animales y algunas incluso que
advocate; win over members	preconizan° un gobierno aristocrático y totalitario. Unas captan adeptos° y
disguised; benefits; concerns	dinero —mucho dinero— disfrazadas° de fines benéficos° o inquietudes°
	60 culturales, y otras sobreviven gracias al más absoluto de los secretos. El
painful; their will destroyed	resultado siempre es igual de doloroso° individuos con la voluntad anulada°,
ragdolls; turned over to	convertidos en guiñapos°, entregados° en cuerpo y alma al líder de la
	organización.
	Con todo, hay pocos métodos eficaces, según los expertos, para luchar
progress	65 contra el avance° de las sectas destructivas…

El País Internacional (Madrid)

seize	## Las sectas evangélicas se apoderan° de Latinoamérica
Kingdom	En los templos de la Iglesia Universal del Reino° de Dios (IURD), el viejo
collection plate	hábito de pasar el cepillo°, fue remplazado por otro mucho más lucrativo.
	Los fieles son convocados a vaciar sus bolsillos junto al altar y si no llevan
cash; cards	efectivo°, se les aceptan cheques o tarjetas° de crédito.
	70 En la cosmovisión de ésta u otras congregaciones evangélicas de América
savings	Latina, el reino de los cielos funciona como un banco de ahorro° y crédito:
invest	los fieles invierten° grandes sumas de dinero y Dios se las devuelve con

Mexico

[1] **Basílica de Guadalupe La Virgen de Guadalupe** The patron saint of Mexico. The image is
a dark-skinned Virgin from Guadalupe in Spain. When a dark-skinned Virgin appeared to the
Indian Juan Diego in 1531, she was identified with the already existing image from southern
Spain. The image represents the only one with which the dark-skinned Indians could identify. The
legend is that as proof of her authenticity, she brought fresh roses to Juan Diego in midwinter in
Mexico City. The basilica where the Pope conducted the ceremony of canonization of Juan Diego
is the most venerated spot in the country.

la salvación eterna… En 1995, un pastor de su propio séquito°, Carlos da Miranda, le acusó de lavar el dinero del cartel narcotraficante de Cali.

75   Esas imputaciones no han impedido a la IURD secuestrar almas° a la iglesia católica y al credo afrocristiano del Umbanda: hoy la teología de la prosperidad cuenta con° 12 millones de adeptos en Brasil, tres millones en México, cerca de un millón en Argentina y representaciones en 56 países…

En vez de preocuparse del más allá° como el catolicismo, la IURD dedica
80   los lunes a los asuntos de pareja°, los martes a la curación de enfermedades, los miércoles a los problemas económicos…

Una vez por semana se practican exorcismos colectivos para ahuyentar° a Satanás, responsable de todos los males°, desde la pobreza hasta la impotencia sexual, pasando por el mal del ojo°…

85   «En Guatemala las sectas fundamentalistas se han posesionado° del 31% de la población y en Chile del 25%. Estamos frente a la mayor operación de lavado de cerebro° que registra la Historia°. Y las autoridades no hacen nada por detenerla», sentencia° el sociólogo brasileño Alexander Marher.

El Mundo (Madrid)

3-3 Comprensión. Responda según el texto.

1. ¿Qué relación entre la Iglesia y el estado viene de la época romana?
2. ¿Cómo llegó la Iglesia a poseer tanta tierra en Hispanoamérica?
3. ¿Qué otras situaciones le daban influencia política a la Iglesia?
4. ¿Cómo llegó la Iglesia a tener influencia social?
5. ¿Qué es el anticlericalismo?
6. ¿Qué motivo tuvo el papa para ir a México?
7. ¿Cuántos españoles participan en sectas religiosas? ¿y mexicanos? ¿y argentinos?

3-4 Opiniones. Exprese su opinión personal.

Elementos de la lectura

1. ¿Cree que es mejor para la sociedad tener muchas religiones o es mejor tener una religión oficial?
2. ¿Qué aspecto histórico influyó en la decisión de mantener una separación entre la iglesia y el estado *(government)* en los Estados Unidos?
3. ¿Tienen las iglesias mucho poder económico en los Estados Unidos? Explique.

Conceptos generales

4. ¿Qué ventajas y desventajas ofrece la religión organizada que no ofrece la religión personal o individual?
5. ¿Qué papel *(role)* tiene la religión en su vida? ¿Asiste Ud. a una iglesia (o sinagoga o templo) regularmente? ¿Por qué sí o por qué no?

II. La religión y la vida personal

previous
attitude

Lo anterior° indica la presencia notable de la religión en la vida hispánica. Esta larga tradición religiosa ha resultado en una actitud° especial hacia el papel de la religión en la vida. Hay pocas actividades tradicionales en que no se note la presencia de la religión.

patron saint

5 La gran mayoría de las fiestas que se observan son fiestas religiosas; la Navidad y la Semana Santa[2] sólo son las más conocidas. Además cada pueblo tiene su santo patrón° y el día dedicado a ese santo se celebra cada año; es la fiesta más importante del pueblo. En algunos países del mundo hispánico es costumbre celebrar el día del santo de una persona en vez de su cumpleaños°.

birthday
even; wake

10 El bautismo, la primera comunión y aun° el velorio°, aunque son ceremonias o actos religiosos, ofrecen una ocasión de reunión social. En la Semana Santa, especialmente en España, hay procesiones y actos solemnes durante toda la semana. El Día de los Muertos[3] (2 de noviembre) se observa con actividades religiosas también. En España es tradicional ir a ver Don Juan Tenorio,[4] obra

beyond the grave

15 dramática en la que hay escenas de ultratumba°.

religiosity
focused
setting
statues; spirituality

El misterio tiene bastante importancia en las prácticas religiosas del mundo hispánico. La fe, a veces profunda, resulta en una extrema religiosidad° enfocada° en los aspectos maravillosos y misteriosos de la religión. Las iglesias tradicionales muestran esta preferencia con un decorado° simbólico 20 lleno de imágenes° que refuerzan la espiritualidad° de la gente.

Otras prácticas que muestran la presencia constante de la religión son las palabras y frases exclamatorias de origen religioso. «Por Dios» o «Dios

---

[2] *la Navidad y la Semana Santa* Christmas and Holy Week (the week before Easter Sunday).

[3] *el Día de los Muertos* All Souls' Day. A Catholic religious day marked by prayers and services for the souls in purgatory.

[4] *Don Juan Tenorio* A play by the famous Spanish playwright José Zorrilla (1817–1893).

Aquí se ve el interior de la catedral de Sevilla, España. ¿Qué ambiente se crea con el juego de luces y oscuridad?

while

sacred persons

everyday

poll

extended; hierarchy

mío» son usadas por cualquier persona en cualquier situación, mientras que° los equivalentes en inglés son reservados para ocasiones de más importancia.

25 Además, es tradicional en el mundo hispánico dar nombres de personajes sagrados° a los hijos. El nombre femenino más popular es María, que por lo general lleva también otro nombre de la Virgen, como María del Rosario o María de la Concepción. Jesús o Jesús María es un nombre masculino común.

Al ver todo este énfasis en los muchos aspectos cotidianos° de la 30 religión, es algo sorprendente encontrar que la asistencia a la misa no es muy numerosa, especialmente entre los hombres. Según algunos esto refleja el fenómeno del «catolicismo cultural» que domina la región mediterránea de Europa, o sea que la gente se considera católica pero no practica su religión. Un sondeo° reciente reveló que un 50,9% de los estudiantes españoles no 35 eligen la religión como materia en la escuela secundaria. Al mismo tiempo su vida refleja la creencia en varias tradiciones de esa religión. La consideración de la familia extensa° como centro de la vida y la aceptación de la jerarquía° como inevitable son ejemplos de este fenómeno cultural.

3-5 Comprensión. Decida si las siguientes oraciones son **verdaderas** o **falsas.** Corrija las falsas.

1. Muchas fiestas en el mundo hispánico son de carácter religioso.
2. Cada comunidad tiene su santo patrón, cuya fiesta se celebra cada año.
3. Algunos celebran el día del santo de una persona en vez de la Semana Santa.
4. Los aspectos racionales de la religión es lo que más atrae a los fieles en el mundo hispánico.
5. El nombre femenino más común es María.
6. El «catolicismo cultural» no acepta la jerarquía como algo natural.

3-6 Opiniones. Exprese su opinión personal.

Elementos de la lectura

1. ¿Cuáles son algunos días festivos religiosos que se celebran en su país? ¿Qué días celebra Ud.? ¿Cuáles mantienen sus características religiosas?
2. ¿Qué nombres de origen religioso se usan en los Estados Unidos?

Conceptos generales

3. ¿Cuál es el origen de su nombre? ¿Por qué se lo dieron sus padres.? ¿Preferiría otro nombre? ¿Cuál?
4. ¿Deben los padres insistir en que sus niños practiquen su religión? ¿Por qué sí o por qué no?

III. La religión en Hispanoamérica

already established

ancient

rain
similar

request
toward life
willful
test
paradise

survived

suggests

Los españoles trajeron al Nuevo Mundo tradiciones ya establecidas°. La cristianización de los indígenas trajo ciertas modificaciones, si no en la doctrina, al menos en la manifestación de estas tradiciones.

Las grandes civilizaciones indígenas ya tenían sus antiguas° religiones,
5 que se distinguían del catolicismo en que tenían muchos dioses. Cada dios tenía su función especial: el dios de la lluvia°, el dios de la fertilidad, etcétera. Los santos católicos tenían a veces funciones parecidas°, y los indígenas les daban mucha importancia a estas funciones. Por eso, hasta hoy día, los santos ocupan un lugar más importante entre la gente del pueblo en Hispanoamérica
10 que en España.

Otra costumbre que puede venir de los indígenas es la de ofrecerle algo —comida, por ejemplo— a la imagen del santo cuando se hace una petición°.

Las religiones indígenas también revelaban cierto fatalismo vital°, porque sus dioses eran más voluntariosos° que el Dios cristiano. El concepto de que
15 la vida en la tierra es una prueba° por la cual el hombre gana la salvación no era común en estas religiones. Se ganaba el paraíso° de otras maneras: por la forma en que uno moría o por la ocupación que se tenía en el mundo. Según algunos, este fatalismo parece haber sobrevivido° en el catolicismo de América.

20 Como los españoles, los indígenas vivían bajo un sistema en que el jefe del estado también era jefe religioso. Esta unión de las dos instituciones sugiere° que para ellos también la religión formaba parte integral de la vida. Claro está que estas modificaciones se observan principalmente en las regiones donde se encontraban las grandes civilizaciones indígenas.

3-7 Comprensión. Responda según el texto.

1. ¿Por qué hubo modificaciones del catolicismo en Hispanoamérica?
2. ¿Cómo se combinaron el catolicismo y las religiones indígenas en cuanto a los muchos dioses indígenas?
3. ¿Por qué había fatalismo en las religiones indígenas?
4. ¿Qué función doble tenían los jefes indígenas y españoles?

3-8 Opiniones. Exprese su opinión personal.

Elementos de la lectura

1. ¿Tuvo la religión de los indios alguna influencia en el protestantismo de las colonias inglesas? Explique.

Concepto general

2. Algunas religiones tienen prácticas no legales de acuerdo con la ley de los Estados Unidos. ¿Se deben permitir estas prácticas bajo el principio de libertad de religión?

IV. La religión en la actualidad

Las visitas del Papa Juan Pablo II (q.e.p.d.) a España y a Hispanoamérica mostraron el gran cariño° del pueblo hispánico por la Iglesia como institución. Al mismo tiempo algunos critican al Papa por no tomar una posición social más avanzada°.

La Iglesia en Hispanoamérica se ha aliado° tradicionalmente con las clases altas, pero en el siglo XX se vieron algunas excepciones. El padre Camilo Torres en Colombia llegó a dejar el sacerdocio° y a unirse a los guerrilleros de su país. Según su criterio°, con tales condiciones de pobreza y miseria, es un pecado° no ser revolucionario. Existe el concepto de la «teología de la liberación» que declara que una obligación de la Iglesia y de los curas es ayudar a los pobres y obrar a favor de la justicia social. El concepto ha ganado apoyo en varios países —en Nicaragua algunos curas sirvieron en el gobierno de los rebeldes° sandinistas.

La idea del «cura rebelde» no es un fenómeno nuevo. Fueron dos curas, el padre Hidalgo y el padre Morelos, los que proclamaron la independencia de México en 1810.

Aunque cuando se habla de religión en el mundo hispánico casi siempre se habla de la Iglesia católica, hay otras religiones que se practican también. Se calcula° que el número de personas que profesan una religión protestante ha llegado a un 12% y, puesto que los católicos no van a misa tan frecuentemente, algunos dicen que en un domingo típico hay más protestantes en las iglesias que católicos. En las regiones con influencia africana —el Brasil, la región del Caribe— se encuentra una fuerte presencia de religiones africanas, tales como la *santería* en las islas del Caribe. A veces las religiones africanas y el catolicismo se han unido en una forma sincrética[5] en que

Marginal glosses:
affection — cariño
advanced — avanzada
been allied — aliado
priesthood — sacerdocio
opinion — criterio
sin — pecado
rebels — rebeldes
It is estimated — Se calcula

---

[5] **sincrética** Syncretism is the combining of two religions (or philosophies) into a new form containing elements of both of the original components.

La Iglesia tiene una presencia en los momentos más importantes de la vida. ¿Quiere Ud. una boda religiosa?

aspectos de las dos religiones se mantienen en una nueva forma mezclada. Estas religiones africanas tienen algunas de las mismas características del catolicismo en que tienen fuertes influencias culturales y mucha gente que no se considera religiosa muestra dicha influencia. En el caso de las religiones

herbs
belonging

30 africanas, por ejemplo, mucha gente utiliza las hierbas° medicinales de la santería sin pertenecer° formalmente a la religión.

parishoners

Algunos observadores atribuyen la canonización de Juan Diego a un deseo de parte de la Iglesia de comunicarse con los pueblos indígenas de Hispanoamérica y de parar la pérdida de feligreses°.

35 Es evidente que una Iglesia más activa en ayudar con los problemas —la pobreza, el desempleo, la división entre los ricos y los pobres— va a ganar más adherentes en el siglo XXI, especialmente de entre la clase media que crece con cierta rapidez y que exige de la institución religiosa algo más que el elemento espiritual.

3-9 Comprensión. Responda según el texto.

1. ¿Qué postura política ha tomado la Iglesia tradicionalmente en Hispanoamérica?
2. ¿Por qué dejó el sacerdocio Camilo Torres y qué significa la «teología de la liberación»?
3. ¿Quiénes fueron dos curas rebeldes del pasado?
4. ¿Qué otras religiones además del catolicismo se encuentran en Hispanoamérica?
5. ¿Qué grupo social exige una Iglesia más activa en la sociedad?

3-10 Opiniones. Exprese su opinión personal.

Elementos de la lectura

1. ¿Tienen las iglesias en general la obligación de ayudar a los pobres? ¿Por qué?
2. A veces las iglesias norteamericanas adoptan una postura política sobre un problema. ¿Cuáles son algunos casos de esto?

Conceptos generales

3. ¿Cuál debe ser el papel de la religión en la sociedad? ¿Se deben permitir las oraciones y otros actos religiosos en la escuela pública o en otros lugares públicos?
4. ¿Cree que todas las religiones deben tener el mismo respeto de parte de la sociedad? ¿Por qué sí o por qué no?

✿ Expansión

¿Desea más? En la **Heinle Voices Database** en **www.textchoice.com/voices** hay selecciones de uno de los primeros rebeldes de entre los misioneros que es Fray Bartolomé de las Casas y su *Historia de la destrucción de las Indias* que trata del maltrato que recibieron a manos de los primeros españoles.

3-11 Ejercicios de vocabulario. En grupos de dos o tres personas hagan las siguientes actividades.

A. Busquen diez palabras en el texto que sean similares en forma y significado a sus equivalentes en inglés.

B. Utilizando los ejemplos de las palabras entre paréntesis, den las palabras equivalentes en español.

> **Modelo**   *(institución) identification   identificación*

1. (romano) human   _____
2. (historia) memory   _____
3. (católico) romantic   _____
4. (existencia) independence _____
5. (realidad) humanity   _____

C. Completen los grupos siguientes.

1. establecer   establecimiento   4. organizar   organización
   ofrecer   _____   participar   _____
   _____   conocimiento   _____   modificación

2. importancia   importante   5. desarrollo   desarrollar
   decadencia   _____   apoyo   _____
   _____   presente   _____   desear

3. pena   penoso
   fama   _____
   _____   maravilloso

D. Completen las oraciones siguientes con la forma correcta de la palabra entre paréntesis.

> **Modelo**   *(establecer)   El <u>establecimiento</u> de las misiones en el Nuevo Mundo era una tarea importante.*

1. (presente) La Iglesia ha mantenido una _____ fuerte en el mundo hispánico.
2. (fama) El Papa es un ser muy _____ en el mundo.
3. (modificación) Es obvio que vamos a _____ el sistema.
4. (desear) ¿Cuál es tu _____ principal en la vida?

3-12 ¿Qué opina? En grupos de dos o tres personas contesten las siguientes preguntas.

1. En cuanto al papel de la religión en la sociedad, ¿qué diferencias hay entre el mundo hispánico y los Estados Unidos?
2. ¿Por qué no tiene la Iglesia tanto poder en los Estados Unidos como en el mundo hispánico?
3. ¿Qué prefiere Ud., la religión misteriosa y dramática o la religión más racional y clara? ¿Por qué?
4. ¿Prefiere Ud. las iglesias modernas y sencillas o las antiguas y tradicionales? ¿Por qué?

3-13 Debate. Organice dos equipos para que ataquen o apoyen esta resolución.

Es preferible que haya una religión dominante en una sociedad porque crea una unidad más fuerte.

3-14 Situación. Imagínese que tiene un(a) hijo(a) de dieciocho años. Él (Ella) ha decidido afiliarse a *(to join)* un grupo religioso. El grupo se considera un poco esotérico y todos los miembros deben entregarle todas sus posesiones personales a la iglesia y tienen que vivir en la iglesia con los otros miembros. ¿Cómo reaccionaría Ud.? ¿Qué le diría a su hijo(a)?

3-15 El arte de escribir

A. Composición dirigida. Utilizando una frase de cada columna, forme oraciones completas según el texto.

El anticlericalismo	revelaban	religiosas.
Muchas fiestas	dar a los hijos	cierto fatalismo.
Es costumbre	son	central en la sociedad hispánica.
La religión	ha sido	una corriente política especial.
Las religiones indígenas	ocupa un lugar	nombres de personajes sagrados.

B. Complete las oraciones siguientes de acuerdo con la lectura.

1. Además de la lengua, los romanos dieron a España…
2. El poder económico de la Iglesia es importante en Hispanoamérica porque…
3. En algunos países en vez del cumpleaños es costumbre celebrar…
4. Las iglesias muestran el gusto del hombre hispánico por…
5. Entre los indígenas los dioses fueron sustituidos por…

C. La enumeración. Una actividad común en la preparación para escribir sobre un asunto es el hacer una lista de los detalles que se incluirán en la composición. Después, estos detalles se pueden manipular: se ponen en orden cronológico, de importancia o en otro orden lógico.

Después de ordenar los detalles se puede crear un bosquejo *(outline)* formal o proceder a escribir, utilizando la lista como bosquejo. Los detalles entonces se pueden elaborar según quiera el autor. Es importante examinar con cuidado el nivel de importancia para hacer los párrafos más o menos iguales en importancia. Por ejemplo, una lista de los detalles de una composición sobre el verano pasado podría incluir los siguientes elementos.

Trabajé en un banco.
Fui cajero(a) *(teller)*.
Gané poco dinero.
Iba de compras de vez en cuando.
Compré una camisa nueva un día.
Iba al cine por la noche frecuentemente.
Vi una película con Heath Ledger.
A veces salía con mis amigos.
Fuimos a una fiesta en casa de José.
Durante el mes de agosto viajé con mis padres.
Fuimos a México…

Con los compañeros de clase, decidan los niveles de los detalles anteriores *(above)*. Márquenlos con números de acuerdo con su importancia. Usen el número 1 para los más esenciales. Ahora haga una lista de lo que va a hacer el verano que viene. Después, marque las oraciones con números que indiquen su importancia.

A T A J O ◀

Vocabulary: la playa; Leisure; Means of transportation; Gardening **Grammar:** Verbs: future with **ir;** Use of **poder, tener** **Phrases:** Planning a vacation; Weighing alternatives

 La religión contemporánea

3-16 Anticipación. Antes de mirar el video, haga estas actividades.

A. Conteste estas preguntas.

1. ¿Cuáles son las religiones con más fieles en el mundo hoy?
2. ¿Cuáles son algunas diferencias entre las grandes religiones del mundo?
3. ¿Existe competencia entre las religiones? Explique.
4. ¿Las religiones tienen generalmente una relación con la política? ¿Cuáles son algunos casos?

B. Vocabulario útil. Estudie estas palabras del video.

la actitud *attitude*
adorar *to worship (someone, something)*
apoyar *to support*
el crecimiento *growth*
evangélico(a) *Evangelical*
fiel; los fieles *faithful; the faithful*
el ídolo *idol (object of religious worship)*
la imagen (las imágenes) *image(s)*
la quinta parte *one-fifth*
el soporte *support, pillar*

3-17 Resumen del video. El catolicismo español tiene una larga tradición de adorar imágenes y de apoyar los gobiernos conservadores como el de Francisco Franco. En las últimas décadas la nueva actitud tanto de los fieles como de los curas jóvenes ha apoyado un papel de activismo social. En Hispanoamérica los evangélicos han abrazado este papel y ha visto un crecimiento notable. Han pasado en México de medio millón de evangélicos a 18 millones de evangélicos. La Iglesia católica ha perdido un número de fieles correspondiente.

3-18 Sin sonido. Mire el video sin sonido una vez para concentrarse en el elemento visual.

3-19 Comprensión. Estudie estos ejercicios y trate de descubrir las respuestas correctas al mirar el video.

 A. Comente estas oraciones con los compañeros de clase. Decida si son **verdaderas** o **falsas.**

1. Hay 18 millones de evangélicos en España. _____
2. El catolicismo español tiende a favorecer los elementos misteriosos de la religión. _____
3. Los evangélicos resisten la idea de asumir una actitud de activismo social. _____

B. Escoja la mejor palabra o frase para completar estas oraciones.

1. El generalísimo Franco proclamó que la unidad nacional y la Iglesia serían…
   a. sus mayores problemas.
   b. los soportes de la nación española.
   c. muy realistas.
2. La Iglesia apoyaba a Franco porque su gobierno prometía más…
   a. estabilidad.
   b. dinero.
   c. evangélicos.
3. La actitud nueva entre los fieles y los curas apoya…
   a. las imágenes.
   b. la antigua tradición.
   c. el activismo social.
4. Los evangélicos en Hispanoamérica han…
   a. adorado ídolos.
   b. desaparecido.
   c. abrazado el activismo social.
5. El crecimiento del número de evangélicos en Hispanoamérica ha sido…
   a. impresionante.
   b. mínimo.
   c. activista.

 3-20 Opiniones. En grupos de tres o cuatro estudiantes comenten estos temas.

1. Los conflictos religiosos han sido frecuentes. ¿Cuáles son algunos ejemplos de las últimas décadas?
2. ¿Qué elementos hacen populares las religiones? ¿Cómo atraen a los fieles?
3. ¿Cómo pueden los religiosos ser socialmente activos? ¿Qué pueden hacer en ese sentido?

Los españoles construyeron muchas iglesias en el Nuevo Mundo. Como en estos casos frecuentemente las construyeron sobre las ruinas de templos u otros edificios indígenas. La de arriba está en Cuzco, Perú, y la de abajo es la catedral de la Ciudad de México. ¿Cómo se sentirían los indígenas al ver este proceso? Puede Ud. imaginar la conquista de su ciudad y la construcción de nuevos edificios o templos allí?

Aspectos de la familia en el mundo hispánico

Una familia moderna descansa en su sala. ¿Qué cree Ud. que están comentando?

Lecturas culturales

I. Los lazos familiares
II. La familia y la política
III. La familia y la sociedad
IV. El significado de la familia
V. Tensiones en la familia contemporánea

Expansión

¡A explorar!

La tele

Cine

3 2 1

El gran actor Fernando Fernán Gómez hace el papel principal en *El abuelo* (1999, 146 min.), la historia de unas intrigas familiares bastante complejas. Tres mujeres son rivales cuando el abuelo vuelve de América para averiguar cuál de las tres es su heredera legítima. Candidato al Óscar.

Lecturas culturales

Enfoque

any

on a small scale; ties

spheres

Una de las características más interesantes de cualquier° cultura es la estructura de la familia y su papel en la sociedad. Se podría decir que la familia representa los valores de la sociedad en menor escala°. En el mundo hispánico los lazos° familiares muestran rasgos importantes para la comprensión de la cultura. La preocupación por la familia se extiende a casi todas las esferas° de la vida y en muchos casos es el sentimiento fundamental del individuo.

Los ensayos que siguen describen algunos aspectos de la familia en el mundo hispánico, especialmente aquéllos que son diferentes de los rasgos típicos de la familia de los Estados Unidos. Claro está, estos rasgos son semejantes a los de las familias hispánicas que viven en los Estados Unidos.

Vocabulario útil
Estudie estas palabras.

Verbos
adquirir (ie) *to acquire*
heredar *to inherit*
relacionarse con *to be related to (but not in the sense of kinship)*
sugerir (ie) *to suggest*
tratar de *to deal with, to try to*

Sustantivos
la empresa *enterprise, business*
la estructura *structure*
el (la) heredero(a) *heir, heiress*
el hogar *home, hearth*
el matrimonio *married couple*
la nuera *daughter-in-law*
los padrinos *godparents*

el (la) pariente *relative*
la perspectiva *prospect*
la preocupación *concern, worry*
el promedio *average*
la propiedad *property*
el (la) propietario(a) *property owner*
el rasgo *trait, characteristic*
el sentido *sense*
el valor *value*
el yerno *son-in-law*

Otras palabras y expresiones
contra *against*
familiar *(adj.) family; (n.) family member*
menor *smaller, lesser, younger (with people)*

4-1 Para practicar. Trabajen en parejas, o como indique su profesor(a), para hacer y contestar estas preguntas, usando el vocabulario de la lista para saber algo sobre sus compañeros de clase.

1. ¿Tienes hermanos? ¿Cuántos? ¿Son mayores o menores? ¿Qué edad tienen?
2. ¿Tus padres sugieren que tomes ciertas clases? ¿Tratan de convencerte para que escojas cierta especialización?
3. ¿Tus padres se preocupan por el hecho de que hayas salido de tu casa familiar? ¿Cómo respondes a sus preocupaciones?
4. ¿Piensas que tu casa familiar seguirá siendo tu hogar, aun después de casarte?
5. ¿Tu familia celebra los días de fiesta como familia? ¿Cómo celebran algunos días de fiesta?
6. ¿Qué valores personales has heredado de tu familia o de algún pariente? ¿Hay algunos rasgos comunes en tu familia? ¿Cuáles has adquirido?
7. ¿Tienes padrinos? ¿Tienes cuñados? ¿Hay yernos o nueras en tu familia? Si los hay, ¿se consideran ellos parte de la familia?

4-2 Anticipación. Trabajen en grupos de dos o tres. Antes de comenzar la lectura, hagan una lista de los rasgos típicos de la familia de los Estados Unidos. Prepárense para presentarle su lista de ideas a la clase.

I. Los lazos familiares

En el poema épico *Cantar de Mío Cid,*[1] del siglo XII, considerado como la primera obra de este genero en la literatura española, su protagonista, el Cid, además de guerrero valiente°, es también padre de familia. Parte del poema trata de cómo el Cid venga° una ofensa cometida contra sus hijas. En
5 la literatura española siempre ha existido mucha preocupación por el honor del individuo. Este honor está relacionado con los miembros de la familia; así que la manera más hiriente° de atacar verbalmente a alguien es por medio de° una ofensa a un familiar. La peor ofensa que se le puede hacer a una persona es insultar a su madre.
10   En la época moderna, se puede observar lo mismo en ciertos fenómenos lingüísticos. Los insultos más graves° tienden a implicar a los miembros de la familia del insultado. En el poema *Martín Fierro,* del siglo XIX, un gaucho° trata de insultar a otro ofreciéndole un vaso de aguardiente°:

> «Diciendo: ‹Beba, cuñao,›
15 ‹Por su hermana; contesté,
> Que por la mía no hay cuidao.› »[2]

Si se examina la sociedad contemporánea se puede ver cómo el sentimiento familiar ejerce una gran influencia en casi todas las instituciones sociales.

brave warrior
avenges

hurtful; by means of

serious
cowboy (Arg.)
liquor

---

[1] ***Cantar de Mío Cid*** National epic of Spain, written about 1140 to glorify the deeds of the Spaniards in the Reconquest of the peninsula from the Moors. *El Cid* lived from about 1030 to 1099.

[2] ***Martín Fierro*** Narrative poem by the Argentinean José Hernández, written in 1872. The poem is a classic study of the gaucho in his struggle against the move of civilization into the pampas. The quote says: "Drink, brother-in-law." "It must be because of your sister, 'cause I'm not worried about mine." To call a stranger *cuñado* implies some kind of intimacy with his sister. The ultimate insult of this type is *«Yo soy tu padre.»*

4-3 Comprensión. Responda a las siguientes preguntas según el texto.

1. ¿Qué es el *Cantar de Mío Cid* y qué tiene que ver con la familia en el mundo hispánico?
2. ¿Cuál es una manera común de ofender a una persona en el mundo hispánico?
3. ¿Quiénes son y dónde viven los gauchos?

4-4 Opiniones. Exprese su opinión personal.

Elementos de la lectura

1. ¿Cómo es su familia y cuántos miembos hay en total?
2. ¿Hay insultos en inglés relacionados con la familia? ¿Cuáles?

Conceptos generales

3. ¿Qué diferencias hay entre la actitud hacia la familia de los padres y la de los hijos?
4. ¿Cree Ud. que en general los lazos familiares pierden o ganan fuerza hoy día?

II. La familia y la política

En la política, muchas veces los lazos familiares determinan las alianzas *family tie→* con más fuerza que la ideología o el partido°. Aún más importante es la práctica del nepotismo en las burocracias y en las empresas. Esta práctica, que se prohíbe generalmente en los Estados Unidos por ser ineficaz° e injusta°, 5 es más común (y menos censurada) en el mundo hispánico. Además, las prohibiciones tienen poco efecto porque nadie puede negar° que la lealtad° y las obligaciones hacia la familia son más importantes que otras consideraciones.

En el campo, los grandes propietarios han seguido tradicionalmente otra práctica que influye en las relaciones familiares —el mayorazgo. Esta práctica 10 le da al hijo mayor toda la propiedad de la familia en vez de dividirla entre todos los hijos. El hijo mayor tiene la obligación de mantener y de cuidar a los otros hijos si ellos así lo desean. La casa familiar es considerada como el hogar de los hijos, los yernos y las nueras, durante toda la vida. En las haciendas muy tradicionales es común encontrar juntos a varios matrimonios 15 y a varias generaciones. Esta organización social también se encontraba en el sur de los Estados Unidos antes del siglo XX.

Cuando oímos hoy que hay una gran necesidad de reforma agraria en El Salvador, observamos cómo la práctica del mayorazgo ha creado una concentración de la tierra en manos de unas pocas familias.

20 Ha habido muchos casos históricos y literarios de segundones° resentidos° por falta de perspectivas, a no ser° la de casarse con la hija de otra familia sin herederos varones°.

political party

inefficient; unfair

to deny; loyalty

second sons; resentful
except
male

4-5 Comprensión. Complete las oraciones según el texto.

1. Las alianzas políticas frecuentemente se basan más en _____ que en _____.
2. Bajo el sistema del mayorazgo, el hijo mayor hereda _____.
3. Un resultado negativo del mayorazgo ha sido _____.

4-6 Opiniones. Exprese su opinión personal.

Elementos de la lectura

1. ¿Le parece bueno o malo el sistema del mayorazgo? Explique.
2. ¿Vota Ud. igual que sus padres? ¿Por qué sí o por qué no?

Conceptos generales

3. ¿Acepta Ud. el nepotismo? ¿En qué tipos de empleo? ¿Por qué?
4. ¿Deben los gobiernos premiar *(reward)* a los padres por tener más hijos? Explique su opinión.

III. La familia y la sociedad

Un gran número de acontecimientos sociales son de tipo familiar. En los días de fiesta y los domingos las familias frecuentemente se reúnen en la casa de algún pariente, o bien° en un restaurante de tipo familiar. Estas fiestas se caracterizan por la presencia de los niños y los abuelos.

5   Atrae la atención del norteamericano la presencia de los niños en casi todas las fiestas[3] y el hecho de que los niños se ven en la calle con sus padres hasta las once o doce de la noche. Están acostumbrados a participar con los adultos en las bodas°, los bautismos y las fiestas públicas como los desfiles. Igualmente, en las fiestas de cumpleaños o del día del santo de un niño se

10 encuentran todos los padres, y aun los abuelos, de los amiguitos del niño. Así que desde muy pequeños, participan en la vida social de la familia. Así aprenden continuamente a comportarse° en la sociedad. Están acostumbrados a tratar con personas de diferentes edades —abuelos, padres y hermanos mayores—, desarrollando así una actitud de respeto que mantienen también

15 cuando son adultos. En lugares públicos, como el cine o los bailes, se ven grupos de personas de diferentes edades. Hay menos tendencia a agruparse° según la edad, como en la sociedad norteamericana. Por eso, también es menos molesto° llevar a la mamá o al hermano menor cuando dos jóvenes van al cine.[4]

20   No es raro encontrar a los abuelos, a los padres y a los hijos junto con algún tío o tal vez un primo viviendo en la misma casa. Los sociólogos han observado varias ventajas° en esta situación. Una de ellas es que los niños tienen más personas que los cuiden, y por eso no necesitan tanta atención individual. También tienen más de un modelo y si, por desgracia°, pierden a

25 uno de los padres, hay otros adultos presentes. Con tantas personas en casa no es necesario pagarle a nadie de afuera° para cuidar a los niños —la palabra *baby-sitter* no tiene equivalente exacto en español, sin embargo, los cambios que ocurren en la sociedad causan que cambie el idioma. La palabra *niñera* se usa hoy aunque su sentido original era *nursemaid*. Las tareas domésticas se

30 comparten° y son menos pesadas°. Las desventajas de esta convivencia son, para los adultos, una falta completa de vida privada, y para los niños, una falta de independencia, que se advierte más tarde en sus acciones y su personalidad de adultos.

    Una costumbre que muestra la importancia del lazo familiar es la de incluir

35 a todos los parientes, aun los más lejanos°, en lo que se considera la familia. Si llega un primo al pueblo desde otro lugar, se le trata como miembro de la familia local y tiene los derechos° y privilegios correspondientes. Los esposos de los hijos, los yernos y las nueras también son parte de la familia. El yerno

---

[3] The cocktail party (*el cóctel*) purely for adults is a fairly recent phenomenon in urban areas. Children are not likely to attend these.

[4] The custom of having a chaperone accompany young people on a date is rapidly disappearing. In more traditional rural areas, however, it still is not unusual to see a young couple on a trip to the movies along with a mother or a sibling. Since much social activity occurs in groups the issue of having a chaperone doesn't actually arise very often.

or perhaps

weddings

to behave

to gather

bothersome

advantages

unfortunately

from outside

are shared; troublesome

distant

rights

40 especialmente llega a ser miembro de la familia de su esposa mientras la nuera
mantiene lazos con sus dos familias. Sus hijos, en las familias tradicionales,
sienten frecuentemente el peso de los parientes de las dos familias de sus dos
padres. Este sentimiento de unidad es bastante fuerte en la familia y muchas
veces domina la vida del individuo.

45   Como en toda sociedad católica, los padrinos asumen serias obligaciones
hacia los niños en caso de la ausencia de los padres. Es verdaderamente un
chosen   honor ser elegido° padrino y ser considerado como un miembro de la familia.

4-7 Comprensión. Según el texto, ¿cuáles de estas oraciones describen la situación del
niño en la sociedad hispánica? Cambie las oraciones incorrectas.

1. Van generalmente a las fiestas de sus padres.
2. Generalmente mucha gente desconocida cuida a los niños.
3. Frecuentemente tienen poca vida privada.
4. Aprenden a ser muy independientes como adultos.

4-8 Opiniones. Exprese su opinión personal.

Elementos de la lectura

1. ¿Incluye Ud. a los parientes lejanos cuando habla de su familia?
2. ¿En qué se diferencian las fiestas de cumpleaños hispánicas de las norteamericanas?

Conceptos generales

3. ¿Es bueno para los niños asistir a las fiestas de sus padres? ¿Por qué sí o por qué
   no?
4. ¿Es mejor para los niños tener relaciones estrechas *(close)* con muchos adultos?
   Explique.

Esta familia mexicana de Jalisco espera el autobús. ¿Quiénes son las personas?

IV. El significado de la familia

En la familia inmediata o «nuclear» (padre, madre e hijos), es notable el papel del padre. Aunque tradicionalmente el hombre ha dominado en el hogar, él siempre ha tenido un contacto constante e íntimo con sus hijos. Aunque su «machismo» le impide cocinar o lavar la ropa, no por eso deja de cuidar a sus niños con dedicación y orgullo°. El orgullo por los hijos es algo que se destaca° en la sociedad hispánica y que tal vez ha contribuido a mantener fuerte el sentido de la familia.

Este orgullo también contribuye a crear uno de los problemas más graves de Hispanoamérica: el crecimiento desenfrenado° de la población, que frustra los esfuerzos del progreso social. Además de° la prohibición religiosa de los métodos artificiales de control de la natalidad°, hay obstáculos sociales y personales que hacen difícil que la gente acepte tales procedimientos. El tamaño de la familia es prueba de la masculinidad paterna y la feminidad materna. También representan un tipo de seguro contra la pobreza de algunos padres sin otras perspectivas para la vejez. Una encuesta° reciente hecha en varias ciudades hispanoamericanas con el propósito de averiguar° las opiniones femeninas sobre el número ideal de hijos produjo el promedio general de 3,4 hijos. Los promedios de las diferentes ciudades quedaban entre 2,7 y 4,2. Se estima que el promedio efectivo en las mismas ciudades es de 3,7 hijos por familia. En las regiones rurales, también entran las cuestiones económicas: el hijo es mano de obra°. Sin embargo, en varios países hispánicos se han organizado campañas oficiales dedicadas al control de la natalidad debido a los efectos económicos negativos creados por el gran

pride
stands out

uncontrolled growth
Besides
birth

survey
find out

worker

aumento de la población. En México, por ejemplo, la tasa de natalidad° ha bajado de 7 hijos por mujer a 2,5 hijos en el último medio siglo y el Brasil ha tenido una experiencia semejante.

La familia también es importante para el desarrollo del individuo. La familia existe siempre como un grupo ya constituido, lleno de tradición y significado. El niño adquiere la conciencia de pertenecer° a un grupo sin peligro de ser expulsado° y sin tener que probar nada más que su lealtad. Claro que la familia no aprueba° todo lo que hacen sus miembros; sin embargo, puede tolerarles casi todo. Es decir que, por malo que sea° el individuo, siempre está ligado a la familia por lazos de sangre°. La familia es un grupo que ofrece protección, consuelo° en los fracasos° y calor y comprensión contra la soledad. Todo esto da un sentido de seguridad que a veces restringe° el desarrollo sicológico y resulta en una tendencia a depender demasiado de la familia. Es frecuente el caso de que alguien, por no querer dejar a la familia, rechace° oportunidades de trabajo y no vaya a vivir a otra parte. El concepto de la sociedad móvil no se ha establecido bien en el mundo hispánico.

Es obvio que la familia ocupa un lugar muy importante tanto en la sociedad como en la vida del individuo. Muchas veces determina la posición del individuo en la sociedad, porque el niño hereda el buen nombre familiar además de los bienes° materiales. Además, ejerce una fuerza moral bastante efectiva, puesto que°, junto con la buena fama, uno hereda la obligación de mantenerla.

birth rate
to belong
danger of being expelled
approve
no matter how bad he may be
blood
consolation; failures
restricts
rejects
goods
since

4-9 Comprensión. Decida si las siguientes oraciones son **verdaderas** o **falsas,** según el texto. ¿Cómo se pueden corregir las que son falsas?

1. El padre hispánico no quiere contacto con sus hijos.
2. El aumento de la población ha sido tradicionalmente un gran problema en algunos países hispánicos.
3. La familia generalmente apoya a sus miembros.
4. La sociedad hispánica es muy móvil.
5. La familia ejerce una fuerza moral notable.

4-10 Opiniones. Exprese su opinión personal.

Elementos de la lectura

1. ¿Piensa tener una familia grande o pequeña en el futuro?
2. ¿Sabe qué piensan los amigos de la clase de español sobre el tamaño de la familia ideal?

Conceptos generales

3. ¿Cuándo piensa Ud. casarse o cuándo se casó? Explique su respuesta.
4. ¿A Ud. le molesta *(bother)* separarse de su familia para buscar trabajo? ¿Por qué?

Un padre lleva a su hijo en hombros en el mercado de Coyoacán, México, D.F.

V. Tensiones en la familia contemporánea

Claro que en la sociedad contemporánea la familia hispánica sufre algunas de las mismas tensiones que las de las familias norteamericanas. En las grandes ciudades la familia tiene que enfrentarse a corrientes sociales continuas que tienden a cambiar el sistema familiar. Un sondeo reciente en
5 Madrid indica que una de cada once familias ha sufrido un divorcio. Hay muchas familias donde los dos padres trabajan fuera del hogar, ya sea° por motivos económicos o profesionales. La estructura tradicional —el padre que trabaja fuera, la madre que trabaja en casa— va desapareciendo° en los centros urbanos. El tamaño promedio de las familias urbanas está
10 disminuyendo°. Los artículos siguientes muestran algunas tendencias recientes en España que se relacionan con el futuro de esta institución fundamental.

Demografía: Estadísticas de Eurostat

Es un asunto recurrente pero cada año adquiere tintes más llamativos°. Los europeos tienen cada vez menos° hijos y, en el futuro, la tasa de natalidad
15 caerá todavía más. Si la tendencia es general, los italianos y los españoles son los que muestran menos interés en ser padres. Según calcula la Comisión Europea:

En 1998 nacieron 4,01 millones de niños en la Unión Europea, tan pocos
20 como en 1995, el peor año desde la II Guerra Mundial.

El incremento natural de la población (nacimientos menos fallecimientos°) fue de tan sólo 320.000 personas en el conjunto de los Quince [naciones miembros de la UE], muy ligeramente° superior al del año 1995.

A diferencia, sin embargo, de lo que ocurrió a mediados de° la década de
25 los noventa, los expertos en demografía no prevén° que en los próximos años se produzca un repunte° de la natalidad sino todo lo contrario.

be it

is disappearing

diminishing

most interesting aspects
fewer and fewer

deaths

slightly
in the middle of
foresee
rebound

«Baby boom»

La razón es sencilla: en breve saldrán de la etapa de máxima procreación las mujeres que vinieron al mundo durante el llamado *baby boom* de mediados de los sesenta —en aquellos años nacían 50% más de niños que hoy en día— y

30 serán sustituidas por las que nacieron entre 1965 y 1975, mucho menos numerosas que las anteriores…

Cuatro países de la UE se encuentran ya en esa situación de crecimiento natural negativo (Alemania, Italia, Suecia° y Grecia). *(Sweden)*

En Italia en 1998 sólo hubo 9,2 nacimientos por mil habitantes. En España

35 la cifra° fue de 9,3 y en Grecia de 9, 4. [En] Alemania… sólo se registraron 9,5 nacimientos por mil habitantes. *(number)*

La católica Irlanda sigue siendo la más prolífica, con 14,1 nacimientos por mil habitantes, seguida por Francia y Holanda (12,7 por mil). [El número en los Estados Unidos es 14.4/1000.]

El País Internacional (Madrid)

En Hollywood también hay gente normal. Entrevista a la madre de Antonio Banderas

40 PROFESORA: Ana Banderas, malagueña°, es profesora de profesión. Su marido, policía. APOYO°: Hizo todo lo posible para que su hijo no fuera actor, luego le ayudó a fondo. FUTURO: Su mayor deseo: tener con ella a Stella del Carmen, la hija de Antonio y Melanie Griffith. Esta semana, Málaga ha nombrado hijo adoptivo de la ciudad a Antonio Banderas. El actor ha dedicado *(from Málaga / Support)*

45 públicamente a sus padres esta distinción. Todo un homenaje° a los que según él le han enseñado todo y a los que todo debe. Su actitud ha emocionado° profundamente a su madre, doña Ana, icono° de la familia. *(homage / touched / symbol)*

Pregunta: ¿Cómo le ha educado usted para que saliera° tan buen hijo? *(would turn out)*

Respuesta: Como una familia normal y corriente, sin ostentaciones° y sin *(airs)*

50 tonterías°. Y regañándoles° a los dos chicos cuando había que hacerlo. Parece que los padres de ahora temen a reprender° a sus niños, eso no puede ser, hay que ir marcando el camino°, eso lo conservan siempre. Parece que no, pero las cosas quedan. *(foolishness; scolding / reprimand / showing the way)*

P: ¿Cuál ha sido su orden de prioridades?

55 R: Primero los principios religiosos, somos cristianos. Y se han criado también con el cariño de todos los familiares, el respeto a los mayores. En fin, esas cosas esenciales para los niños. Y así es como educa Antonio a Stella, una maravilla, buena, educada y además listísima°. Va a un colegio católico. Sin principios° estamos perdidos. *(very smart / principles)*

60 P: Antonio confesó en Málaga que sus padres le habían enseñado a hacer frente° al mundo profesional que había elegido. ¿Y cómo encajó° un padre policía que le saliera un hijo artista? *(confront; fit together)*

R: Se lo tomó mejor que yo. Era yo la que me negaba a que se fuera° a Madrid, no lo podía soportar. Así que lo que hacía era muchos viajes a Madrid, *(wouldn't let him go)*

65 de viernes por la noche a lunes por la mañana, para ver qué le hacía falta°, siempre muy pendiente°. *(he needed / always watching)*

P: ¿A él no se le ha subido el éxito° a la cabeza? *(success)*

R: Ni a Antonio ni a ninguno de la familia, la vanidad no sirve para nada. Yo sigo igual que antes, siempre con miedo por él. «¡Ay, Antonio, este proyecto,

70 a ver si no te sale. Rezaré ° para que te salga bien!» Igualito que el primer día. *(I'll pray)*

living in

P: ¿Y cómo se siente una señora de Málaga de toda la vida paseándose°
por Hollywood?

short
completely happy

R: De Málaga, bajita° y poca cosa, porque allí ¡son todos tan altos! Pues
me siento encantada de la vida°. Hay personas buenas en todos sitios y entre
75 los artistas también. No hay por qué decir aquello es peor. En Hollywood
también hay gente normal.

El Mundo (Madrid)

Es importante recordar que el grupo básico al que pertenece el individuo
hispánico es su familia. Ésta inspira una lealtad más fuerte que cualquier otra.
Para la mayoría de la gente, la familia está antes que el empleo, el partido

comfort

80 político o la comodidad° personal.

essayist
hearth
at once
fire; ashes

El ensayista° mexicano Octavio Paz dice lo siguiente: «La familia es
una realidad muy poderosa. Es el hogar° en el sentido original de la palabra:
centro y reunión de los vivos y los muertos, a un tiempo° altar, cama
donde se hace el amor, fogón° donde se cocina, ceniza° que entierra a los
85 antepasados… La familia ha dado a los mexicanos sus creencias, valores y
conceptos sobre la vida y la muerte, lo bueno y lo malo, lo masculino y lo

what should not be done

femenino, lo bonito y lo feo, lo que se debe hacer y lo indebido°.»[5]

[5] Octavio Paz (1914–1998), *El ogro filantrópico* (Mexico: Joaquín Mortiz, 1979), p. 23. Paz, winner of the 1990 Nobel Prize for literature, is one of the best-known essayists in Mexico. His book
El laberinto de la soledad (trans. *The Labryinth of Solitude,* Grove Press, N.Y., 1961) contains
some interesting insights into the Mexican character, most of which also apply to the Hispanic
character. The book cited here contains an update of many of the points made in the earlier book.

4-11 Comprensión. Responda según el texto.

1. ¿Qué tensiones sufre la familia contemporánea y dónde son peores estas?
2. ¿Dónde está disminuyendo el tamaño promedio de las familias?
3. ¿Por qué no se espera un aumento en la tasa de natalidad europea en el futuro?
4. ¿Cómo ha educado su madre a Antonio Banderas?
5. ¿Qué le parece Hollywood a Ana?

4-12 Opiniones. Exprese su opinión personal.

Elementos de la lectura

1. ¿Ha vivido Ud. alguna vez con muchos parientes?
2. ¿Cree que sería una ventaja o una desventaja vivir con los parientes? Explique.

Conceptos generales

3. ¿Qué deben hacer los países donde la población no se repone *(replaces itself)*?
4. En el mundo, ¿se debe permitir que la población de un país se duplique *(doubles
itself)* mientras la de sus vecinos disminuya a la mitad *(half)*?

✿ Expansión

¿Desea más? En la **Heinle Voices Database** en **www.textchoice.com/voices** se encuentra una «leyenda» de Ricardo Palma, autor peruano del siglo XIX, pero que escribe sobre la época colonial. «Amor de madre» sigue unas relaciones familiares del Perú del siglo XVII.

4-13 Ejercicios de vocabulario. En grupos de dos o tres personas hagan las siguientes actividades.

A. Complete según los modelos.

Modelo   *justo   injusto*
   probable   improbable

1. eficaz   _____
2. _____   innecesario
3. ofensivo   _____
4. _____   inútil
5. posible   _____
6. _____   infrecuente
7. cómodo   _____
8. _____   impersonal

Modelo   *gracia   desgracia*

1. conocido   _____
2. _____   desventaja
3. acostumbrado   _____
4. _____   desligar
5. aparecer   _____
6. _____   descuidar

Modelo   *costumbre   acostumbrarse*

1. grupo   _____
2. _____   apoderarse
3. socio   _____
4. asombro   _____

B. Defina las siguientes palabras en español.

1. el padre
2. el tío
3. el primo

4. la madrina
5. la hermana
6. la abuela

4-14 ¿Qué opina? En grupos de dos o tres personas hagan y contesten las siguientes preguntas.

1. ¿Qué diferencias se pueden observar entre la familia del mundo hispánico y la de los Estados Unidos?
2. ¿Cuáles son las diferencias en la actitud familiar hacia los niños?
3. ¿Crees que es bueno incluir a los niños en las fiestas de adultos?
4. ¿Cómo ha cambiado el concepto estadounidense de la familia en las últimas décadas? ¿Qué opinas de estos cambios?

 4-15 Debate. Organice dos equipos para que ataquen o apoyen esta resolución.

Es irresponsable tener más de tres hijos cuando hay un exceso de población.

4-16 Situación. Imagine que Ud. es propietario(a) de una empresa mediana de 100 empleados. Su hijo de 25 años trabaja para Ud. desde hace tres años, pero ahora es obvio que él hace un trabajo pésimo y ya le ha hablado sobre el asunto cinco o seis veces. Ahora tiene que decidirse. ¿Qué le va a decir?

4-17 El arte de escribir

A. Composición dirigida. Complete las oraciones, utilizando las palabras entre paréntesis.

1. Se podría decir que la familia… (sociedad, valores, escala, representa, menor)
2. Los insultos más graves… (familia, insultado, suelen, implicar, miembros)
3. La casa familiar… (considerada, hogar, siempre, casados, después, hijos, es)
4. El niño se acostumbra… (bodas, participar, adultos, con, ocasiones, otras, como, bautismos, fiestas)
5. La familia existe… (grupo, significado, tradición, lleno, hecho, siempre, como)

B. Complete las oraciones desde un punto de vista personal.

1. El nepotismo es malo porque…
2. El mayorazgo no se debe practicar porque…
3. Para que aprendan a tratar con los adultos, es importante que los niños…
4. Las familias grandes ofrecen estas ventajas…
5. La movilidad de la sociedad norteamericana tiene el efecto de…

C. El arte de escribir cartas. Todos tenemos que escribir una carta de vez en cuando. A veces es una carta formal, por ejemplo, una carta comercial. Otras veces, es una carta familiar. Como preparación hay que pensar en lo que se quiere escribir o preguntar —tal vez apuntarlo para no olvidar nada. Aquí hay unas frases útiles.

Para comenzar:

6 de octubre de 2007

Querida mamá:	*Dear Mom,*
Queridos padres:	*Dear Mom and Dad,*

Y para terminar:

Reciba(n) un abrazo (beso) de su ____,	*Receive a hug (kiss) from your ____,*
Les manda muchos besos su ____,	*Many kisses from your ____,*

Ahora, escríbale una carta a un miembro de su familia contándole algunas cosas de su vida y preguntándole sobre la suya.

A T A J O ◀

Phrases: Writing a letter (formal and informal) **Vocabulary:** Emotions (positive or negative); School (studies, university) **Grammar:** Verbs: compound tenses

✤ La tele

Las Madres de la Plaza de Mayo

4-18 Anticipación. Antes de mirar el video, haga estas actividades.

A. Conteste estas preguntas.

1. ¿Son típicas las protestas conducidas por madres y abuelas? ¿Conoce Ud. alguna?
2. ¿De qué sirve una plaza en el mundo hispánico?
3. ¿Qué puede significar la frase «guerra sucia»?
4. ¿Es común en los Estados Unidos hacer marchas de protesta con toda la familia? Explique.

B. Vocabulario útil. Estudie estas palabras del video.

desaparecer *to disappear, to go missing*
la dictadura *dictatorship*
estampado(a) *imprinted (e.g., cloth)*
exigir *to demand*
el golpe militar *military coup*
el (la) izquierdista *leftist*
el pañuelo *handkerchief, scarf*

4-19 Resumen del video. En Buenos Aires las Madres de la Plaza de Mayo siguen con su protesta después de 25 años. Exigen justicia para sus hijos y otros parientes que desaparecieron después del golpe de estado militar en 1976. Las madres les entregan sus simbólicos pañuelos blancos, estampados con los nombres de los desaparecidos, a sus hijos y nietos para que continúen la lucha. Durante la dictadura militar muchos jóvenes sospechados de actividades izquierdistas sufrieron tortura y muerte. La época se conoce como la «Guerra Sucia».

4-20 Sin sonido. Mire el video sin sonido una vez para concentrarse en el elemento visual.

 4-21 Comprensión. Estudie estos ejercicios y trate de descubrir las respuestas correctas al mirar el video.

A. Comente estas oraciones con los compañeros de clase. Decida si son **verdaderas** o **falsas**.

1. La «Guerra Sucia» en la Argentina ha durado unos 70 años. _____
2. Las madres y abuelas quieren que sus hijos continúen la lucha. _____
3. Oficialmente los desaparecidos suman unos 9.000 personas. _____

B. Escoja la mejor palabra o frase para completar estas oraciones.

1. Las madres entregan sus pañuelos blancos…
   a. a sus hijos.
   b. al gobierno.
   c. a las madres.

2. La misión de las Madres es…
   a. hacer un golpe de estado.
   b. vender pañuelos.
   c. conseguir información sobre los desaparecidos.

3. Su fama internacional se debe a su defensa de…
   a. los derechos humanos.
   b. la Plaza de Mayo.
   c. la nueva generación.

4. Los desaparecidos podrían sumar…
   a. varias docenas.
   b. 30.000.
   c. medio millón.

5. Las madres esperan que su lucha no…
   a. tenga que durar mucho más.
   b. muera con ellas.
   c. continúe.

 4-22 Opiniones. En grupos de tres o cuatro estudiantes comenten estos temas.

1. ¿Cuánto tiempo puede durar una protesta por las generaciones? Explique.
2. ¿Cuáles son algunas razones posibles porque el gobierno democrático no revele la información que buscan las madres? ¿Cuál será la más importante?
3. En cuanto al número de desaparecidos, ¿qué cálculo es más creíble, el del gobierno o el de las organizaciones que defienden los derechos humanos? Explique.

El hombre y la mujer en la sociedad hispánica

En el medio urbano los hombres y las mujeres trabajan juntos en las grandes compañías. ¿Ha trabajado Ud. con una persona del sexo opuesto como iguales?

Lecturas culturales

I. Los nombres hispánicos
II. La sociedad patriarcal
III. Las mujeres en la literatura hispánica
IV. Las mujeres en la política

Expansión

¡A explorar!

La tele

Cine

Mujeres al borde de un ataque de nervios (1988, 89 min.) con Carmen Maura, Antonio Banderas, Fernando Guillén. Ésta es la primera película del famoso director español, Pedro Almodóvar, en atraer la atención del público norteamericano. Pepa (Carmen Maura) se encuentra abandonada por su novio Iván (Fernando Guillén). Organiza una reunión con varias mujeres con otros problemas semejantes con resultados muy chistosos. Rossy de Palma es excelente como «la malagueña» con su novio terrorista.

Lecturas culturales

Enfoque

western

toward

outside of

Como en todo el mundo occidental°, en la sociedad hispánica existe una larga tradición de orientación masculina. Durante la mayor parte de la historia de la civilización hispánica, el hombre había dominado en casi todas las esferas de la vida. Aunque ha habido progreso hacia° la igualdad en las ciudades, la situación ha cambiado menos fuera de° los centros urbanos. En los países hispánicos ha existido y existe una división clara entre los derechos, privilegios y obligaciones de cada sexo. Esta unidad describe esta tradición masculina y algunas de sus manifestaciones.

Vocabulario útil

Estudie estas palabras antes de leer los ensayos.

Verbos

asistir *to attend*
desaparecer *to disappear*
encabezar *to head, run*
evitar *to avoid*
favorecer *to favor*
mejorar *to improve*
referirse a (ie) *to refer to*
resolver (ue) *to resolve*

Sustantivos

el apellido *surname*
el derecho *right*
el (la) esposo(a) *spouse*
la igualdad *equality*

Adjetivos

consciente *conscious*
largo(a) *long*
único(a) *only, unique*
vestido(a) *dressed*

Otras palabras y expresiones

a pesar de *in spite of*
bastante *(adv.) quite, very*
ha habido *there has (have) been*
la mayor parte *the greater part, the majority*
por un lado *on the one hand*
toda una serie *a whole series*

5-1 Para practicar. Trabajen en parejas, o como indique su profesor(a), para hacer y contestar estas preguntas, usando el vocabulario de la lista para saber algo sobre sus compañeros de clase.

1. ¿Crees que debes hacer algo para mejorar las relaciones entre los hombres y las mujeres o crees que los problemas desaparecerán solos?
2. ¿Asistes a partidos de deportes entre equipos de mujeres? ¿Favoreces la igualdad absoluta entre los programas de deportes de hombres y mujeres?
3. ¿Conoces a alguien que tenga un apellido con guión? ¿Cómo sería tu nombre si usaras guión? ¿Quién debe tener el derecho de decidir qué apellido vas a usar?
4. ¿Es la mayor parte de la literatura que lees escrita por hombres y mujeres o tratas de evitar la de uno u otro?
5. ¿Prefieres salir (al cine o a bailar, etcétera) con una persona o con grupos de amigos? ¿Por qué?
6. ¿Hay mujeres que encabezan facultades en tu universidad? ¿Cuáles son?

5-2 Anticipación. Trabajen en grupos de dos o tres. Antes de comenzar la lectura, hagan una lista de las situaciones sociales donde existe la discriminación sexual y prepárense para presentarle su lista a la clase.

I. Los nombres hispánicos

El sistema de apellidos refleja la influencia masculina. Los hijos llevan los apellidos del padre y de la madre, pero el del padre va primero. El hijo de Juan Gómez Rodríguez y de María López Gutiérrez será Francisco Gómez López, o Gómez y López.[1] Los apellidos de las abuelas, Rodríguez y

5 Gutiérrez, se pierden. Si Francisco se casara con° Teresa Vargas Aguilar, su hijo sería Mario Gómez Vargas. Es sólo el apellido del lado masculino el que se conserva, así que si un matrimonio sólo tiene hijas el nombre desaparecerá después de dos generaciones. Las familias muy conscientes de su linaje° a veces continúan usando los apellidos por más tiempo, pero eventualmente el

10 resultado es el mismo.

Hay algunos casos en que el hijo ha escogido° otro procedimiento°. El famoso pintor español Diego Velázquez (1599–1660), hijo de Juan Rodríguez de Silva y de Jerónima Velázquez, debería haberse llamado° Diego Rodríguez de Silva y Velázquez. Pero por ser su padre portugués y su madre de una

15 familia aristocrática sevillana, el pintor prefirió usar su apellido materno.

Otro caso semejante es también el de un pintor: Pablo Diego José Francisco de Paula Juan Nepomuceno María de los Remedios Cipriano de la Santísima Trinidad Ruiz Blasco Picasso López, hijo de José Ruiz Blasco y de María Picasso López. También escogió su apellido materno y se hizo° famoso

20 con el nombre de Pablo Picasso (1881–1973). Se ve aquí también un ejemplo de la costumbre de dar toda una serie de nombres cristianos a los hijos a veces, por lo general para honrar a varios parientes. Claro que se escogen uno o dos de los nombres para el uso diario° y los otros sólo aparecen en la partida° de nacimiento.

Los padres podrán escoger el orden de los apellidos de los hijos

25 Madre sólo hay una, aunque las leyes se han ocupado de condenar° su linaje a las sombras°. En un intento° por desterrar° la «injusticia histórica» de que los hijos hereden en primer lugar el apellido del padre, cuatro proposiciones de ley... que persiguen° colocar en igualdad de condiciones° a la madre y al padre en la perpetuación de la estirpe°...

El País Internacional (Madrid)

Apellido materno

30 El Congreso español ha aprobado la ley que faculta° a los progenitores° para decidir el orden de los apellidos «de común acuerdo», lo que permitirá que los niños lleven el materno en primer lugar. Si no hay acuerdo, se antepondrá° siempre el apellido del padre. Los españoles ya podían cambiar el orden de los apellidos, pero tras° cumplir los dieciocho años.

El País Internacional (Madrid)

Glossary (left margin):
married
lineage
chosen; procedure
should have been called
became
daily
certificate
condemn
shadows; attempt; get rid of
try; make equal
ancestry
empowers; parents
will be placed first
after

[1] ***Gómez y López*** The use of *y* between the father's and mother's name is optional. The case with *de* is more complicated: it is used to designate a married name of a woman, for example, María López Gutiérrez de Gómez, where López Gutiérrez is her maiden name. In older names it was also used simply to mean "from" and later was frequently incorporated into the name permanently. All these usages tend to be variable.

5-3 Comprensión. Decida si las siguientes oraciones son **verdaderas** o **falsas.** Corrija las falsas.

1. El hijo de Juan García y Elena Pérez se llama José García Pérez.
2. Si él se casara con María Tejada, su hija sería Teresa Tejada Pérez.
3. Los pintores Picasso y Velázquez prefirieron el apellido de su madre.
4. No es legal poner el apellido de la madre antes del apellido del padre en España.

5-4 Opiniones. Exprese su opinión personal.

Elementos de la lectura

1. ¿Lleva Ud. el apellido de su madre? ¿Cómo usamos a veces el apellido materno en inglés?
2. ¿Cómo sería su nombre si usara el sistema español?

Conceptos generales

3. ¿Sería mejor si todos usaran un apellido con guión *(hyphen)*?
4. ¿Qué otras tradiciones simbólicas demuestran *(show)* el predominio masculino?

II. La sociedad patriarcal

Sin embargo, casos como el de Velázquez o el de Picasso son excepcionales; el sistema decididamente favorece la línea paterna. Tradicionalmente las mujeres estaban limitadas a las tareas domésticas, o si trabajaban, limitadas a los trabajos más sencillos. Aunque esta situación está cambiando en algunas
5 partes del mundo hispano, la mujer todavía está generalmente en una posición social inferior. Sin duda esto se debe° en parte a los factores económicos, pero también contribuye el machismo, que crea criterios sociales muy distintos entre el hombre y la mujer. El machismo es un fenómeno sociosicológico que se define como una preocupación exagerada por la masculinidad —abarca°
10 lo físico, lo sexual, lo social y aun lo político. Es un problema cuando se convierte en un anhelo° de comprobar° la masculinidad porque entonces puede conducir a acciones antisociales y hasta patológicas. Así tal vez hay que tomar medidas drásticas como ésta:

La Universidad País Vasco organiza un máster sobre la igualdad entre hombres y mujeres

La Universidad del País Vasco (UPV) ha inaugurado la tercera edición de su
15 «Máster en Igualdad de Mujeres y Hombres» con el que pretende «ofrecer una formación sólida para detectar manifestaciones de sexismo en los distintos ámbitos de la sociedad».

Según informó la UPV, en un comunicado, este curso quiere formar a sus alumnos para que sean capaces de diseñar e impulsar «proyectos transversales
20 con el fin de crear espacios de igualdad», así como de «construir y transformar las desigualdades sociales» entre sexos.

El País (Madrid)

A pesar de esta relativa falta de libertad personal y profesional ha habido casos de mujeres que se han destacado° personalmente en la literatura, la enseñanza° y la política, superando° los obstáculos que encontraron en su
25 camino.

is due

it includes

urge; prove

have excelled

education; overcoming

5-5 Comprensión. Elija la respuesta que mejor complete las siguientes oraciones según la lectura.

1. El machismo es característico de…
   a. los hombres.
   b. las mujeres.
   c. los dos sexos.
2. Las mujeres hispánicas sufrían de una relativa falta de…
   a. hombres.
   b. enfermedades.
   c. libertad.

5-6 Opiniones. Exprese su opinión personal.

Elemento de la lectura

1. ¿Cree que hay hoy en los Estados Unidos empleos vedados a las mujeres?

Concepto general

2. ¿Cree que la educación ayuda en cambiar la relación entre hombres y mujeres?

III. Las mujeres en la literatura hispánica

Sor Juana Inés de la Cruz (1651–1695)

Durante la época colonial en Hispanoamérica la literatura pocas veces alcanzó el nivel de la de España. La única figura de importancia fue una mujer, Juana Inés de Asbaje y Ramírez de Santillana, más conocida por su nombre eclesiástico, Sor Juana Inés de la Cruz. Sor Juana nació en Nueva España[2] en 1651, época en
5 que las muchachas tenían la elección° de casarse o entrar al convento. *choice*

Sor Juana era una niña muy inteligente, que había aprendido a leer a los tres años, y durante su juventud tuvo gran fama intelectual y social en la corte del Virrey.[3] En un ensayo° famoso confiesa que trató de convencer a su madre *essay*
de que debía asistir a la universidad vestida de hombre porque no admitían
10 a las mujeres. La madre no accedió° y Sor Juana tuvo que aprender todo por *didn't give in*
sí sola°. A los dieciséis años decidió renunciar a la sociedad y entrar en un *on her own*
convento. Su única explicación fue que no tenía interés en el matrimonio
y quería dedicarse al estudio y a la literatura. La vida religiosa tenía cierta
atracción porque le ofrecía sosiego° y tiempo para las tareas intelectuales.[4] *tranquility*
15 Durante casi treinta años Sor Juana escribió poesía, considerada entre la más
bella y original que se ha creado en la lengua española. Su obra muestra las
tensiones internas de una mujer, por un lado sinceramente católica y por otro
consciente de las nuevas ideas científicas.

Muchos de sus versos son ricos en simbolismo y se refieren a los
20 problemas que causaba su curiosidad intelectual frente a° la sociedad cerrada *faced with*
de su época.

[2] *Nueva España* New Spain, the name given the colony that included the known parts of North and Central America. The center was Mexico City.

[3] *Virrey* Viceroy. In colonial adminstration the viceroy was the king's representative in the colony. He possessed most of the powers of a monarch and was ultimately responsible only to the king.

[4] *tareas intelectuales* In that period convent life was relatively easy; the discipline was not too strict nor the demands too great. For many, convents served as places of meditation on religion and life.

Sor Juana Inés de la Cruz es conocida como la primera feminista del Nuevo Mundo. ¿Qué aspectos de su carácter se destacan en este retrato?

foolish; who accuse
wrongly
cause
you criticize

Hombres necios° que acusáis°
a la mujer sin razón°,
sin ver que sois la ocasión°
25 de lo mismo que culpáis°;

conceit
to find
lover

Queréis, con presunción° necia
hallar° a la que buscáis,
para pretendida°, Thais,
y en la posesión, Lucrecia.[5]

fear

30 ¿Pues para qué os espantáis°
de la culpa que tenéis?

Love them; as
make them

Queredlas° cual° las hacéis
o hacedlas° cual las buscáis.

poured
disapproved
on the part of

Sor Juana vertió° en sus muchas poesías algún tormento interior y lo supo
35 hacer dentro de una sociedad que desaprobaba° la libertad intelectual, sobre
todo de parte de° una mujer. Así que la vida y obra de Sor Juana hacen de esta
poeta la primera feminista del continente.

Gabriela Mistral (1889–1957)

Entre los diez escritores hispánicos[6] que han recibido el Premio Nobel de
Literatura se encuentra una mujer chilena, Gabriela Mistral (nombre literario

lyricism

40 de Lucila Godoy Alcayaga). Poeta de lirismo° intenso, Gabriela Mistral
también alcanzó fama internacional por su actividad en la educación. En 1922

[5] **Thais… Lucrecia** Two women of classical mythology; the first a famous Greek courtesan, the
second a Roman model of virtue. The poem criticizes men who seek a sexual relationship with
women but want to marry a virgin.

[6] **diez escritores hispánicos** The Nobel Prize for literature has gone to ten Hispanic writers: José
Echegaray (Spain, 1832–1916) in 1904; Jacinto Benavente (Spain, 1866–1954) in 1922; Gabriela
Mistral (Chile, 1889–1957) in 1945; Juan Ramón Jiménez (Spain, 1881–1958) in 1956; Miguel
Ángel Asturias (Guatemala, 1899–1974) in 1967; Pablo Neruda (Chile, 1904–1973) in 1971;
Vicente Aleixandre (Spain, 1898–1984) in 1977; Gabriel García Márquez (Colombia, 1928–) in
1982; Camilo José Cela (Spain, 1916–2002) in 1989; Octavio Paz (Mexico, 1914–1998) in 1990.

José Vasconcelos[7] la invitó a México para cooperar en la reforma educacional que llevaba a cabo° bajo el nuevo gobierno revolucionario. Muchas de sus ideas todavía forman parte del sistema de enseñanza de México.

he was carrying out

Cuando sirvió como representante de Chile en las Naciones Unidas fue miembro del Comité sobre los Asuntos de las Mujeres y una de los fundadoras de UNICEF. Su poesía refleja sus sentimientos maternales y el consuelo mutuo° que frecuentemente representan las madres y los niños, como vemos en esta canción de cuna°:

mutual comfort
lullaby

En septiembre de 1948, Gabriela Mistral visitó México como invitada del presidente Miguel Alemán.

Apegado[8] a mí
Velloncito° de mi carne°,
que en mi entraña° yo tejí°,
velloncito friolento°
¡duérmete apegado a mí!

Little tuft; flesh
womb; I wove
shivering

La perdiz° duerme en el trébol°
escuchándole latir°:
no te turben° mis alientos°,
¡duérmete apegado a mí!

partridge; clover
heartbeat
disturb; breathing

Hierbecita° temblorosa
asombrada° de vivir,
no te sueltes° de mi pecho:
¡duérmete apegado a mí!

Little blade of grass
surprised
don't let go

Yo que todo lo he perdido
ahora tiemblo de dormir°.
No resbales° de mi brazo:
¡duérmete apegado a mí!

I'm afraid to sleep
Don't slide down

Ternura

Se puede ver que han existido varias mujeres entre las grandes figuras literarias del mundo hispánico. En la actualidad podríamos mencionar a las destacadas novelistas españolas Ana María Matute y Carmen Laforet,[9] y a la poeta Carmen Conde (1907–1995), que fue elegida en 1979 como primer miembro femenino de la Real Academia Española de la Lengua.[10] En 1998 Matute fue elegida a ocupar el sillón K de la Real Academia, vacante desde la muerte de Conde en 1995. Es de notar que, de todos los que han recibido el Premio Nadal, que se da a la mejor novela española de cada año, más del cuarenta por ciento son mujeres.

[7] *Jose Vasconcelos* One of the best known intellectuals who reformed the government of Mexico after the Revolution of 1910. Vasconcelos became minister of education and was instrumental in the creation of a system of rural schools staffed by volunteer teachers from the cities. Mistral was by profession a teacher in a rural school.

[8] *apegado* This word combines the meanings of "close," "devoted," and "attached." The last meaning is both literal and figurative here.

[9] *Ana María Matute y Carmen Laforet* Matute (b. 1926) is the author of several prize-winning novels and many short stories. She is perhaps best known for her portrayal of children. Laforet (1921–2004) has also written numerous works including her most famous novel *Nada* (1944) for which she won the *Premio Nadal* at the age of 23. The *Premio Nadal* is the equivalent in Spain of the Pulitzer Prize in U.S. letters. Matute won the *Premio Nadal* in 1947 at the age of 21.

[10] *Real Academia Española de la Lengua* The Royal Academy is the official organization in Spain charged with maintaining the purity of the language. Election to one of the 36 lifetime seats, or *sillones,* is a very high honor.

En Hispanoamérica también las mujeres participan en el «boom» en la popularidad de la novela como vemos en este artículo.

El «boom» de las escritoras mágicas

80 Desde la aparición en 1985 de *La casa de los espíritus,* de Isabel Allende, asistimos a un fenómeno editorial° que merece° atención. La narrativa de esta prolífica escritora chilena nacida en 1942 *(De amor y de sombra, Eva Luna, Cuentos de Eva Luna, El plan infinito, Paula)* se consume masivamente en Europa y los Estados Unidos, y atendiendo° a esta repercusión°, el cine 85 se carga° de furia sudamericana para llevar a la imagen° los escenarios° y personajes de sus novelas.

…Isabel Allende escribe libros que se convierten en best sellers multinacionales. El hilo de mujeres y generaciones que forman Nivea, Clara, Blanca y Alba, hilvana° la historia de *La casa de los espíritus.* Ellas son el 90 sostén° y la contracara° del patriarca Esteban Trueba, y las responsables de los fantasmas°. A partir de allí, el realismo mágico, con todo su esplendor de tiranos, clarividencias° y pasiones míticas°, se viste de mujer.

Laura Esquivel,… inicia una meteórica carrera internacional con la novela *Como agua para chocolate* («*Novela de entregas mensuales°, con* 95 *recetas, amores y remedios caseros°*», explica el subtítulo),… Traducida al inglés, los lectores de Estados Unidos compran 280.000 ejemplares° durante su lanzamiento°, que acompaña el estreno° de la película del mismo nombre dirigida por Alfonso Arau, su marido.

La vieja dupla° que componen la sensualidad de los alimentos y la pasión 100 amorosa se renueva° aquí con las recetas que encabezan° cada uno de los doce capítulos con las escenas inolvidables que Tita y Pedro protagonizan° mientras se cuecen a fuego lento° alimentos y pasiones.

Otro notable acierto° de esta narrativa femenina es que, a diferencia de la del boom, protagonizada° hegemónicamente° por hombres, en los cuentos 105 y novelas de estas escritoras la mujer es dueña° de la escena. Por primera vez es ella la que reclama° por la represión de su sexualidad, por vejámenes° y postergaciones°, y los hace reivindicando° los espacios olvidados por la aventura masculina: la maternidad, la cocina, la ternura°.

La Prensa (Buenos Aires)

Glosas marginales:

publishing; deserves

mindful of; impression
is charged; film; scenes

stitches together
support; opposite
ghosts
clairvoyance; mythical

monthly installments
home remedies
copies
introduction; opening

duality
is renewed; head up
star in
are cooked over a low fire
success
headed up; proprietarily
owner
protests; vexations
delays; recovering
tenderness

5-7 Comprensión. Responda según el texto.

1. ¿Por qué no asistió Sor Juana a la universidad?
2. Además de escribir poesía, ¿qué otras actividades ejerció Gabriela Mistral?
3. ¿Dónde se venden muchos libros de Isabel Allende?
4. ¿Qué cosas se cuecen a fuego lento en *Como agua para chocolate*?

5-8 Opiniones. Exprese su opinión personal.

Elementos de la lectura

1. ¿Lee Ud. mucha poesía? ¿Por qué sí o por qué no?
2. ¿Ha leído Ud. una obra de las autoras mencionadas en el artículo de La Prensa? ¿Ha visto *The House of the Spirits* o *Like Water for Chocolate*?

Conceptos generales

3. ¿Qué lee la mayoría del tiempo (fuera de los textos universitarios)?
4. ¿Cree que la literatura debe ser parte de todo programa de enseñanza? Explique.

IV. Las mujeres en la política

Si la literatura representa una carrera bastante abierta a las mujeres, ¿qué se puede decir de la política? A través de la historia, dos reinas han reinado° en España, aunque la más importante fue Isabel I la Católica, quien tuvo la visión de proveer fondos° para la expedición de Cristóbal Colón. Isabel I
5 también consiguió mejorar el tratamiento de los indígenas en las colonias, insistiendo en que eran seres humanos y que no debían ser esclavos. La otra reina, Isabel II, ocupó el trono brevemente en el siglo XIX.

La nueva constitución de España, adoptada en 1978, mantiene la tradición de preferencia del hombre sobre la mujer como heredero° del trono. La esposa
10 del rey es la reina, pero no tiene ningún poder oficial. Si muere el rey, el trono lo ocupa el primogénito°.

Con todo lo dicho sobre la dominación masculina, es interesante que los únicos ejemplos de presidentes femeninos[11] en el hemisferio occidental hayan ocurrido en los países hispánicos.

15 En 2006 Michelle Bachelet fue elegida presidenta de Chile. Al ganar las elecciones se convirtió en la cuarta mujer elegida al puesto máximo en Hispanoamérica. Hija de un general que murió a resultado de la tortura de la dictadura de Pinochet, ella también fue detenida por la Dirección de Inteligencia Nacional o DINA, la agencia responsable por la represión bajo
20 el gobierno de Pinochet. Bachelet está acostumbrada a ser la primera: fue la primera mujer en ocupar el puesto de ministra de Defense en 2002.

En 1974 Isabel Perón subió a la presidencia de la República Argentina después de la muerte de su esposo, el presidente Juan Perón (1895–1974). Éste había sido elegido presidente en 1946 y durante los seis primeros años de
25 su mandato°, su segunda esposa, Eva («Evita») Duarte lo ayudó a mantener su popularidad. Evita murió en 1952 y Perón fue derrocado° en 1955. Después de dieciocho años de exilio° regresó triunfante a la Argentina e insistió en que su tercera esposa, Isabel, fuera candidata para vicepresidenta. Al enfermarse Perón poco después de las elecciones, nombró a su esposa como presidente
30 interino°. Isabel ocupó el puesto hasta 1976 cuando una junta militar la depuso°.

Esta junta, que se dedicó a eliminar la oposición por métodos secretos e ilegales, se encontró con una protesta vigorosa de «Las Madres de la Plaza de Mayo». Estas mujeres que habían visto a sus hijos desaparecer sin explicación
35 alguna decidieron unirse en sus demandas de justicia. Siguen su protesta hasta hoy para conseguir el encarcelamiento de los culpables. Una de las madres, Graciela Fernández Meijide entró en la política y recibió 3 millones de votos cuando fue elegida a la Cámara de Diputados° en 1997.

Otros casos más recientes incluyen el de Violeta Barrios de Chamorro,
40 que encabezó la oposición en contra de los revolucionarios sandinistas (quienes habían ocupado el poder durante diez años) y ganó las elecciones de 1990. En 1999 Mireya Moscoso fue elegida presidenta de Panamá, exactamente cuando se proyectaba° devolver el control del canal a Panamá.

---

[11] **presidentes femeninos** The entry of women into previously all-male positions has created widely variable usage with regard to gender. A female president may be designated as *el presidente* or *la presidente*. «*La presidenta*» is becoming common although it was traditionally used for the wife of the president.

Eva Duarte de Perón llegó a tener una popularidad enorme durante la presidencia de su esposo Juan Perón, pero nunca tuvo un cargo oficial. ¿Qué otra mujer sí llegó a ser presidenta de la Argentina?

En México, Amalia García Medina asumió en 1999 la presidencia de uno
45 de los tres partidos políticos y en el mismo año Rosario Robles fue elegida alcaldesa de la Ciudad de México. En Honduras, Nora Gunera de Melgar fue candidata para la presidencia, tal como lo fue Noemi Sanín en Colombia. En 2002, tanto el Brasil como el Ecuador han visto a candidatas para la presidencia. Sila María Calderón ocupó el puesto de gobernadora de Puerto
50 Rico en 2001.

famous

Así se ve que, aunque la sociedad hispánica ha favorecido siempre al hombre, también existen casos de mujeres ilustres°. Actualmente, la mujer hispánica es cada vez más consciente de que su situación social ha de cambiar. Aun la misma constitución española, que mantiene el dominio masculino en
55 la monarquía, afirma en el artículo núm. 14 que: «Los españoles son iguales
before; to prevail ante° la ley, sin que pueda prevalecer° discriminación alguna por razones de nacimiento, raza, sexo, religión, opinión o cualquier otra circunstancia personal o social».

5-9 Comprensión. Complete las siguientes oraciones según el texto.

1. La reina más importante de España _____.
2. Isabel Perón fue la primera presidenta _____.
3. Las Madres de la Plaza de Mayo sufrieron _____.
4. La primera presidenta de Chile se llama _____.

5-10 Opiniones. Exprese su opinión personal.

Elementos de la lectura

1. Los Estados Unidos tendrá una presidenta en _____.
2. No ha habido muchas mujeres en puestos políticos altos en los Estados Unidos porque _____.

Conceptos generales

3. Yo no tendría inconveniente en tener una mujer como presidente porque _____.
4. Para eliminar la discriminación de género *(gender)* debemos _____.

¿Desea más? La **Heinle Voices Database** en **www.textchoices.com/voices** contiene más ejemplos de la obra de Sor Juana y Gabriela Mistral además de Isabel Allende y Ana María Matute. Si le interesa, hay una selección breve de otra mujer cuya obra revela rastros de feminismo muy temprano: María Zayas de Sotomayor de la España del siglo XVII.

5-11 Ejercicios de vocabulario. En grupos de dos o tres personas hagan las siguientes actividades.

A. Complete las oraciones formando sustantivos.

> **Modelo** *(curioso) Juan no tiene mucha curiosidad.*

1. (masculino) El machismo es una obsesión con la _____.

2. (humano) La _____ nunca es perfecta.

3. (actual) En la _____ la situación de las mujeres está mejorando mucho.

4. (personal) Su _____ es muy atractiva.

B. Indique los sinónimos.

1. elegir	**a.** trabajo
2. natalidad	**b.** distinguido
3. únicamente	**c.** sólo
4. tarea	**d.** nacimiento
5. famoso	**e.** retener
6. conservar	**f.** ilustre
7. destacado	**g.** escoger

C. Indique las palabras con significado opuesto.

1. primero	**a.** cerrado
2. prohibir	**b.** último
3. nacer	**c.** comenzar
4. terminar	**d.** morir
5. abierto	**e.** permitir

5-12 ¿Qué opina? En grupos de dos o tres personas contesten las siguientes preguntas.

1. ¿Son las mujeres en el mundo hispánico más o menos libres que en los Estados Unidos? ¿Cómo se explica que haya habido presidentas en Hispanoamérica y no en los Estados Unidos?
2. ¿Qué diferencia hay entre la situación de la mujer urbana y la mujer campesina? ¿Por qué existen estas diferencias?
3. ¿Cuáles son las diferencias en la posición social de la mujer en Hispanoamérica y en los Estados Unidos?

 5-13 Debate. Organice dos equipos para que ataquen o apoyen esta resolución.

Las mujeres no deben participar directamente en combate en caso de guerra.

5-14 Situación. Imagínese que Ud. es miembro del sexo opuesto. ¿Cuáles serían sus quejas *(complaints)* sobre la desigualdad de los sexos en los Estados Unidos? Compare las respuestas de los estudiantes con las de las estudiantes.

5-15 El arte de escribir

A. Composición dirigida. Escriba este párrafo, corrigiendo las oraciones falsas según la lectura.

> *En el mundo hispánico la mujer tiene una posición superior a la del hombre. El sistema de apellidos requiere que los hijos lleven sólo el apellido del padre. No ha habido casos de mujeres ilustres. Sor Juana era una poeta destacada. Gabriela Mistral escribió novelas y participó en la reforma del sistema de educación de la Argentina. Isabel Allende escribió en el siglo XIX. En 1974 Isabel Perón fue elegida presidenta del Perú. Mireya Moscoso fue elegida presidenta del Panamá en 1999.*

B. Complete las oraciones con las palabras entre paréntesis.

1. Como en todo el mundo occidental ha existido y existe…
   (derechos, entre, clara, privilegios, sexo, división, obligaciones, cada)
2. Generalmente, las mujeres están…
   (domésticas, trabajan, si, limitadas, tareas, trabajos, sencillos, más)
3. A pesar de esta falta de libertad, existen casos de mujeres que…
   (destacado, personalmente, han, literatura, se, enseñanza, política, hasta)
4. La poesía de Gabriela Mistral refleja…
   (maternales, mutuo, sentimientos, niños, madres, consuelo, representan)
5. Con todo lo dicho sobre la dominación masculina, es interesante que los únicos ejemplos…
   (occidental, hayan, presidentas, hemisferio, sido, hispánicos, países)

C. El arte de la descripción de las personas. La descripción implica el uso de adjetivos que añaden detalles, color y vida al texto.

Por ejemplo: *Tiene los ojos negros.*
Cobra más interés así: *Tiene los ojos muy negros y muy dulces.*
También: *Tengo un hermano mayor que se llama Juan.*

Tiene más interés si se añade: *Siempre hemos sido buenos amigos.*

Ahora, trate de añadirle algo original a este párrafo que lo haga más interesante o detallado.

María y Carlos son mis amigos. Ella es abogada y él es ingeniero. A los dos les gustan practicar deportes. Especialmente les gusta jugar al tenis.

Ahora, escriba Ud. una descripción de un miembro de su familia o de un amigo que Ud. conoce bien. Trate de incluir detalles interesantes e importantes.

 A T A J O ◄

Phrases: Describing people; **Vocabulary:** People; Sports; Personality;
Grammar: Adjective (agreement and position)

La tele

 ## La primera presidenta chilena: Michelle Bachelet

5-16 Anticipación. Antes de mirar el video, haga estas actividades.

A. Conteste estas preguntas.

1. ¿Sabe quiénes fueron las otras presidentas hispanoamericanas?
2. ¿Qué otros países han tenido mujeres como jefe de estado?
3. ¿Cree que hay una diferencia entre el estilo de una presidenta y un presidente?
4. ¿Cómo es la transición cuando el presidente saliente y el presidente electo son del mismo partido? ¿Y cuándo son de partidos opuestos?
5. ¿Cuándo va a haber una presidenta en los Estados Unidos?

B. Vocabulario útil. Estudie estas palabras del video.

la cámara   *chamber (of congress)*
la derecha   *the (ideological) right*
detener   *to arrest, detain*
la presidenta electa   *president-elect*
saliente   *outgoing*
el servicio sanitario   *health service*
el sindicato   *labor union*
el trato   *deal, treatment*

5-17 Resumen del video. Michelle Bachelet, presidenta electa de Chile, celebra su primera conferencia de prensa después de ganar las elecciones. Promete un gobierno más abierto con la inclusión de más mujeres y mejor trato para todos los chilenos. Bachelet también piensa continuar con la misma política exterior que seguía la administración anterior que era del mismo partido. Bachelet simboliza la reconciliación puesto que sufrió encarcelamiento, tortura y exilio durante la dictadura militar de Pinochet.

5-18 Sin sonido. Mire el video sin sonido una vez para concentrarse en el elemento visual.

5-19 Comprensión. Estudie estos ejercicios y trate de descubrir las respuestas correctas al mirar el video.

A. Comente estas oraciones con los compañeros de clase. Decida si son **verdaderas** o **falsas.**

1. La presidenta quiere mantener buenas relaciones con los países vecinos. _____

2. Bachelet es del mismo partido que la administración saliente. _____

3. La presidenta piensa nombrar mujeres para la mitad de los puestos oficiales. _____

B. Escoja la mejor palabra o frase para completar estas oraciones.

1. Michelle Bachelet en el video es…
   a. presidenta de Chile.
   b. un país conservador.
   c. presidenta electa de Chile.

2. El gobierno de Augusto Pinochet es un ejemplo…
   a. del espíritu de reconciliación.
   b. de una dictadura militar.
   c. de una conferencia.

3. Bachelet y su madre pasaron…
   a. cinco años en el exilio.
   b. a la derecha.
   c. 54 años en Chile.

4. Chile es un país de…
   a. 16 millones de mujeres.
   b. 16 millones de habitantes.
   c. cambios radicales.

5. Bachelet cree que lo mejor para los chilenos es que a los países vecinos…
   a. los atacan en seguida.
   b. les vaya bien económicamente.
   c. tengan la administración saliente.

5-20 Opiniones. En grupos de tres o cuatro estudiantes comenten estos temas.

1. Bachelet promete nombrar mujeres a la mitad de los puestos del gobierno. ¿Es una buena política? ¿Por qué sí o por qué no?

2. Los candidatos siempre prometen mejorar ciertas cosas populares como la educación, el servicio sanitario o las pensiones. ¿Cuáles son algunas causas semejantes en los Estados Unidos?

3. El partido de Bachelet ha estado en el poder desde 1990. ¿Es bueno que un partido domine la política de un país? ¿Por qué sí o por qué no?

Las mujeres del mundo hispánico amplían cada vez más sus opciones profesionales.
¿Cree Ud. que hay trabajos que no pueden hacer las mujeres? Explique.

Costumbres y creencias

Estos chicos madrileños se han reunido en un café al aire libre donde pasan muchas horas libres. ¿Pasa Ud. tiempo en un café al aire libre? ¿Por qué sí o por qué no?

Lecturas culturales

I. El horario y la vida social
II. Las actitudes hispánicas hacia la muerte
III. Las actitudes indígenas hacia la muerte
IV. Presencia de la muerte

Expansión
¡A explorar!
La tele

Cine

3 2 1

Para ver otra actitud hacia la muerte (un poco menos seria) es sumamente interesante la película *No te mueras sin decirme adónde vas* (1995, 130 min.). Leopoldo (Dario Grandinetti) inventa un «colector de sueños» pero encuentra a una mujer (Mariana Arias) con quien estaba casado hace 100 años cuando vivían en New Jersey. Ellos y un amigo Óscar (Óscar Martínez) investigan todas las posibilidades de la reincarnación en este film inventivo sobre inventores.

Enfoque

matrix

Es importante notar que las costumbres populares siempre existen en una matriz° de otras costumbres y creencias. A veces es difícil o aun imposible entender una costumbre sin considerarla en relación con otras y con las condiciones económicas y sociales en que existe. Es generalmente imposible saber cómo funcionaría una costumbre

isolated

aislada° trasladada a otra sociedad. Por ejemplo, pensar en cómo sería una corrida de toros en los Estados Unidos no lleva a ninguna conclusión de interés.

Vocabulario útil

Estudie estas palabras antes
de leer los ensayos.

Verbos

colocar *to place, to locate*
consolar (ue) *to console*
enterrar (ie) *to bury*
morir(se) (ue) *to die*
reflejar *to reflect*
sorprenderse *to be surprised*
trasladar *to transfer*

Sustantivos

el ambiente *atmosphere, environment*
el ataúd *coffin*
la creencia *belief*
la diversión *amusement, entertainment*

el entierro *funeral; burial*
el fantasma *ghost*
el horario *schedule*
la leyenda *legend*
el luto *mourning*
    guardar luto *to be in mourning*
el miedo *fear*
    dar miedo *to cause fear*
el mito *myth, fictional story*
la muerte *death*
el paraíso *paradise*
la vecindad *neighborhood*

Adjetivos

distinto(a) *different*
muerto(a) *dead*
semejante *similar*

6-1 Para practicar. Trabajen en parejas, o como indique su profesor(a), para hacer y contestar estas preguntas, usando el vocabulario de la lista para saber algo sobre sus compañeros de clase.

1. ¿Qué horario sigues durante la semana en cuanto a las comidas? ¿Comes en casa, en un restaurante o en una cafetería? ¿Qué horario tienes para las diversiones? ¿Cuáles son?
2. ¿Te hace sentir aislado(a) la organización de tu vecindad? ¿Te gustan los cafés al aire libre?
3. ¿Crees en los fantasmas? ¿Te dan miedo? ¿Te da miedo la muerte o te ríes de ella?
4. ¿Puedes imaginarte dónde quieres ser enterrado(a) después de morir? ¿Quieres un entierro lujoso y que te coloquen en un ataúd grande? ¿Quieres que todos guarden luto por mucho tiempo?
5. ¿Conoces alguna leyenda sobre la muerte o sobre los muertos? ¿Qué creencia refleja la leyenda?

6-2 Anticipación. Trabajen en grupos de dos o tres.

A. Antes de comenzar a leer, pongan en orden de importancia para Uds. estos elementos de la vida (1 = el más importante y 7 = el menos importante). Comparen las listas con las del resto de la clase.

el trabajo (la carrera)   los amigos
la familia   las diversiones
el viajar   la religión
el servicio público

B. Expliquen su reacción personal frente a la muerte como fenómeno universal.

I. El horario y la vida social

Las costumbres tienen distintos orígenes. Como ya se ha dicho, la siesta, muy común en el mundo hispánico, viene de los romanos. Dividían las horas de luz en doce, trabajaban durante las seis primeras y usaban las otras seis para las diversiones. Aunque hay aire acondicionado hoy día, la
5   costumbre perdura° en la forma de un descanso° al mediodía de 2 ó 3 horas. Después de la siesta se vuelve al trabajo hasta el fin de la jornada° a las siete u ocho.

lasts; break (line 5 margin)
workday

En España se despiden de una marca registrada°: la siesta
Una norma restringe° la pausa que se toman para almorzar

registered trademark
restricts

10   Tal vez sea que los españoles no se lo terminan de creer. Pero lo cierto es que ha sido más que nada la prensa extranjera la que miró con asombro la nueva normativa° que, en pocas líneas, acaba de disponer el final de dos instituciones sociales de la sociedad española: la pausa de dos horas para un almuerzo de varios platos y la consecuente siesta.

law

15   «The nap is dead»… comentaban ayer, alborozados°, medios de prensa de Gran Bretaña, donde cuesta creer que a las cinco de la tarde, cuando allí se sientan a tomar el té, en Madrid la gente apenas se levanta de un almuerzo de trabajo° que suele constar de aperitivo, dos platos, postre, café, copa de licor y, ya que estamos, un buen puro°.

agitated

working lunch
cigar

20   Por contraste, en mayoría, los grandes medios nacionales apenas si repararon en la norma avalada° anteayer, que habilita a la administración central a disponer un nuevo —y revolucionario— horario laboral, con pausa de menos de una hora para el almuerzo y final de la jornada° a las 18, como en casi toda Europa.

enacted

workday

25   …«Es una práctica que poco tiene que ver con nuestra sociedad actual y que, sin embargo, nunca se ha modificado. Viene desde la época en que las mujeres casi no trabajaban fuera de casa y los hombres regresaban al hogar para almorzar y descansar», explicaron consultores laborales.

La Nación Line, Buenos Aires

Esta situación resulta en que la comida principal para la mayoría° de la gente
30   se come al mediodía, o mejor dicho, a las dos de la tarde, que se considera todavía el mediodía. Otro resultado es que la cena se come después de las nueve y es una comida ligera°. Esto explica por qué la gente está en la calle hasta muy tarde.

majority

light

talkative
to get together

35   Otra costumbre procede de la personalidad gregaria° de la gente hispánica: la popularidad del café al aire libre. Es un lugar donde va la gente a reunirse° y encontrarse con los amigos y los vecinos.

    La organización de la ciudad facilita esta preferencia porque está generalmente organizada en vecindades que contienen, tanto residencias,

both . . . and

40 como° tiendas y cafeterías de todos tipos. El resultado de esta organización es que una persona pasa mucho tiempo con los vecinos al ir de compras o al café al aire libre, y por eso tiene varias oportunidades de interacción social.

    Se ve la diferencia en este caso de los cafés al aire libre en los Estados

are usually

Unidos que suelen estar° en centros comerciales lejos de cualquier residencia.

45 Los clientes, la gente que pasa y los que trabajan en el café generalmente no

neighborhood

se conocen. En algunas ciudades la tradición del bar de la vecindad° ocupa un lugar semejante, pero va desapareciendo. Es posible que el hecho de que las familias norteamericanas se quedan en casa solas (porque las diversiones comerciales están allí) contribuya a la pérdida del sentido de comunidad.

deeply rooted

50   Las costumbres descritas están muy arraigadas° en la cultura hispánica. Otras tradiciones son más bien creencias que costumbres. Un ejemplo de una creencia es la actitud que tiene la gente hacia la muerte. Es un tema que ha existido através del tiempo en todas las culturas y sirve como buen punto de contraste. Como en los otros casos hay varias costumbres y prácticas que

55 resultan de esta creencia.

Estos señores han salido de paseo por las calles de su ciudad. ¿Le gusta a Ud. pasearse por el centro?

6-3 Comprensión. Decida cuáles de estas oraciones son verdaderas y cuáles son falsas según la información del texto. Corrija las falsas.

1. La costumbre de la siesta viene de los romanos.
2. En el mundo hispánico el trabajo termina al mediodía.
3. La organización física de la ciudad norteamericana favorece la costumbre de la siesta.
4. La cena y *dinner* son la misma cosa en las dos culturas.
5. Los cafés al aire libre son iguales en el mundo hispánico que en los Estados Unidos.

6-4 Opiniones. Exprese su opinión personal.

Elementos de la lectura

1. ¿A qué hora tiene Ud. su comida principal? ¿Por qué? ¿Y antes de ir a la universidad?

2. ¿Cree que sería mejor vivir cerca de su trabajo o prefiere vivir en otro lugar o no le importa?

Conceptos generales

3. ¿Qué aspectos de comunidad tiene la universidad?

4. ¿Cree que el sentido de comunidad es muy importante para la sociedad?

II. Las actitudes hispánicas hacia la muerte

Sin duda alguna, el anglosajón que visita un país hispánico se sorprende ante la importancia que se le da a la muerte. En vez de ser una cosa escondida, la muerte es una preocupación constante del pueblo hispánico. La gente hispánica parece vivir pensando en la muerte: en los familiares y amigos
5 difuntos° (¡que en paz descansen!),[1] en los entierros, en los asesinatos°, accidentes, enfermedades y todas las tragedias del mundo moderno.

Hay fenómenos lingüísticos que muestran esta preocupación por la muerte. Un «muerto de hambre», una «mosca° muerta», «de mala muerte», son términos muy comunes para referirse a un pobre, a un hipócrita o a una
10 cosa sin valor°, respectivamente. La última, «de mala muerte», interesa por su sentido figurativo. Refleja una actitud hacia la muerte que también se expresa en el dicho°: «Dime cómo mueres y te diré quién eres»[2], hecho famoso en un ensayo del mexicano Octavio Paz. Otros refranes° son «Buena muerte es buena suerte» y «En la muerte se ve, cada uno quién fue». Todas estas
15 expresiones implican que de alguna manera la muerte define la vida y que una muerte mala implica un vida mala o sin valor.

La actitud hispánica hacia la muerte se originó en la Edad Media°. Durante la época medieval la muerte constituía el paso decisivo hacia la vida eterna; era el principio de la vida verdadera, que sería gloriosa si uno había
20 vivido bien en la tierra. A esta visión consoladora de la muerte se unía otra: la de *La danza de la muerte,* un largo poema medieval. Se presentaba a la muerte como igualadora° de todas las distinciones sociales y económicas de la tierra. Esta idea se expresa así en los refranes: «La muerte a nadie perdona» y «No hay tal pompa° que la muerte no rompa°».
25 Tal vez la expresión española más conocida de esta actitud esté en los versos de un poeta del siglo XV, Jorge Manrique,[3] que dice en sus *Coplas:*

Nuestras vidas son los ríos
que van a dar° en la mar,
que es el morir;

marginal glosses (left column):
deceased; murders
fly
worthless
saying
proverbs
Middle Ages
equalizer
splendor; break
end up

handwritten marginalia: if you lived a good life you would die in a good way

handwritten marginalia: la madre.

[1] *¡Que en paz descansen!* May they rest in peace! This expression is typically used whenever mention is made of a dead person, especially a relative or friend. Others are: *Dios lo guarde.* God keep him. *Que descanse con Dios.* May he rest with God.

[2] The proverb means: "Tell me how you die, and I'll tell you what you're worth."

[3] *Jorge Manrique* (1440–1478) A famous medieval Spanish poet. His *Coplas a la muerte de su padre* contain a cogent expression of the medieval attitude toward life and death.

domains
straight

rushing
medium sized
small
having arrived

30   allí van los señoríos°
      derechos° a se acabar
      y consumir;
      allí los ríos caudales°,
      allí los otros, medianos°
35   y más chicos°;
      allegados°, son iguales
      los que viven por sus manos
      y los ricos.

temporary

Sigue el poema con una lista de los aspectos transitorios° del mundo: la
40 belleza física, la fuerza juvenil, la riqueza, el poder político, etcétera.

Estos ejemplos revelan que la actitud medieval presentaba la muerte
como algo casi deseable: «al morir, descansamos» dice Manrique. En la época
moderna la vida asume más importancia, pero aún existen rastros de la idea
medieval que son suficientes para mantener cierta atracción hacia la muerte, o
45 al menos disminuir el miedo que se le tiene. Claramente lo expresa un dicho:
«Nacer es empezar a morir, y morir es empezar a vivir».

En la sociedad hispánica moderna la muerte fascina, intriga y, aun más,
desafía al hombre. Los riesgos implícitos en la corrida de toros son un ejemplo
de esta atracción. El hombre y el toro luchan a muerte, y el hecho de que el
50 toro muere más frecuentemente no cambia el simbolismo. Muchos toreros
han muerto en la corrida a través de los años. Aún muere de vez en cuando
un participante (español o turista) en las fiestas de San Fermín en Pamplona,
España, cuando corren delante de los toros que se llevan a la plaza de toros.
Estas fiestas se popularizaron en los Estados Unidos tras la publicación
55 de la obra *The Sun Also Rises* de Ernest Hemingway y hoy van muchos
challenge   norteamericanos a participar en este desafío° a la muerte.

Octavio Paz sugiere que la propensión del mexicano hacia la pelea violenta
con navajas o pistolas durante las fiestas y el uso excesivo de las bebidas
alcohólicas reflejan esta misma actitud. Aunque Paz habla del mexicano, su idea
60 es válida para toda Hispanoamérica: *«Para el habitante de Nueva York, París
o Londres, la muerte es la palabra que jamás se pronuncia porque quema los
labios. El mexicano, en cambio, la frecuenta, la burla, la acaricia, duerme con
ella, la festeja, es uno de sus juguetes favoritos y su amor más permanente.»*
Paz dice que la muerte no le da miedo al mexicano porque «la vida le ha curado
65 de espantos».[4] Los estudios psicológicos revelan la presencia de la muerte con
más frecuencia en los sueños de la gente hispánica.

---

[4] *«la vida le ha curado de espantos»* "life has cured him of shocks"; that is, he has suffered
every possible misfortune in life so death cannot be anything worse.

6-5 Comprensión. Escoja la frase más apropiada para completar la oración.

1. Un muerto de hambre se refiere a…
   a. un hipócrita.
   b. un hambre feroz.
   c. una persona pobre.

2. El dicho «Dime cómo mueres y te diré quién eres» sugiere…
   a. que los pobres mueren temprano.
   b. que no eres nadie cuando estás muerto.
   c. que la muerte define y determina el valor de la vida.

3. El poema de Manrique dice que después de morir el trabajador…
   a. y el rey son iguales.
   b. vive por sus manos.
   c. es un rico.

4. Octavio Paz dice que en muchos lugares la palabra muerte…
   a. no se entiende.
   b. nunca se menciona.
   c. no tiene significado.

6-6 Opiniones. Exprese su opinión personal.

Elementos de la lectura

1. ¿Ha visto una corrida de toros? ¿Tiene interés en ver una?
2. ¿Cree que es importante asistir al entierro de alguien que ama? ¿Por qué sí o por qué no?

Conceptos generales

3. ¿Cree que es importante tener riesgos mortales en la vida? ¿Ha saltado con un «bungee» o en un paracaídas? ¿Practica deportes extremos? ¿Quiere practicar uno? ¿Cuál le interesa?
4. ¿Por qué no se practicaban los deportes extremos hace 50 años? ¿Es más valiente la juventud de hoy? ¿O menos inteligente?

III. Las actitudes indígenas hacia la muerte

Los indígenas americanos también tenían sus propias ideas acerca de la muerte, y después de la conquista, éstas pasaron a formar parte de la cultura hispanoamericana de algunos países.

El obispo Diego de Landa, que investigó la cultura maya en el siglo XVI,
5 nos dice que los mayas sentían gran tristeza ante la muerte. Enterraban a la gente común debajo del piso° de su casa, la cual abandonaban después. A los nobles —los sacerdotes— los enterraban con más cuidado, colocando las cenizas° en el centro de las pirámides.

Los incas del Perú tenían un concepto de la muerte muy semejante
10 al europeo. Creían que después de la existencia terrenal° había otra vida eterna. Si uno había vivido bien, terminaba en el cielo, que ofrecía todos los placeres°, y si no, iba al infierno°, que era un lugar muy frío.

Quizás los aztecas han tenido el concepto más interesante. Dice Eduardo Matos Moctezuma, conocido° arqueólogo mexicano, que: *«el hombre*
15 *prehispánico concebía° la muerte como un proceso más de un ciclo constante, expresado en sus leyendas y mitos. La leyenda de los Soles nos habla de esos ciclos que son otros tantos eslabones° de ese ir y devenir°, de la lucha entre la noche y el día,… Es lo que lleva a alimentar al sol para que éste no detenga su marcha y el porqué de la sangre como elemento vital, generador*
20 *de movimiento. Es la muerte como germen° de la vida.»* Concebían la existencia como un círculo: el nacimiento y la muerte eran sólo dos puntos en ese círculo. Creían que la humanidad había sido creada varias veces antes y que siempre había sufrido un cataclismo° terrible. Lo que determinaba el lugar del alma era el tipo de muerte y la ocupación que en vida había practicado la

Marginal glosses:
under the floor
ashes
earthly
pleasures; hell
well-known
conceived of
links; becoming
seed
catastrophe

luto—
mourning
~~~~ in black.

25 persona: los guerreros° muertos en batalla o sobre la piedra de sacrificio iban al paraíso oriental, que era la casa del sol, donde vivían en jardines llenos de flores. Después de cuatro años volvían a la tierra en forma de colibríes°.

Las mujeres que morían en el parto° iban al paraíso occidental, la casa del maíz. Al bajar a la tierra, lo hacían de noche como fantasmas. Esta tradición,
30 junto con algunas historias españolas del mismo tipo, han sido conservadas en la leyenda de «la llorona°», una mujer que camina por la tierra de noche amenazando° a las mujeres y a los niños.

Aunque todas las civilizaciones indígenas conocían el sacrificio humano, ninguna lo practicaba tanto como los aztecas. Los sacrificios servían,
35 principalmente, como alimento para los dioses, que demandaban la vida contenida en la sangre y el corazón humanos.

Buen ejemplo era el culto azteca de Huitzilopochtli, su dios protector identificado con el sol y que todos los días tenía que luchar contra las estrellas° y contra su hermana la luna para que le diera otro día de vida al
40 hombre. Los aztecas se consideraban elegidos del sol y por eso se dedicaban a la guerra ritual —llamada guerra florida°— no para conquistar nuevos territorios, sino para conseguir prisioneros para el sacrificio. Según los cronistas, se hacían más de 20.000 sacrificios al año. El público estaba obligado a asistir a estos ritos bajo pena° de castigos° severos, lo que hace
45 pensar que la muerte constituía una presencia constante en la vida diaria de los aztecas, como lo era también en la vida española. Al mezclarse° estas dos culturas, la muerte siguió ocupando un lugar central en los cultos de la vida.

6-7 Comprensión. Complete según el texto.

1. Los mayas enterraban a la gente común _____.
2. Los incas tenían un concepto de la muerte _____.
3. Según los aztecas, las mujeres que morían en el parto iban a _____.
4. Las civilizaciones indígenas que ofrecían sacrificios humanos incluían _____.

6-8 Opiniones. Exprese su opinión personal.

Elementos de la lectura

1. ¿Cree que es justo criticar a las civilizaciones antiguas por sus prácticas, por ejemplo, el sacrificio humano? ¿Por qué sí o por qué no?
2. ¿Cree que se deben permitir cualquier práctica religiosa o hay algunas no permitidas? ¿Por qué sí o por qué no?

Conceptos generales

3. ¿Tiene Ud. una idea clara de sus creencias religiosas? Explíquelas.
4. ¿Cree que es posible tener una sociedad sin religión alguna? ¿Por qué sí o por qué no?

IV. Presencia de la muerte

Esta atención que se le da a la muerte resulta en una serie de prácticas y costumbres que reflejan las creencias religiosas y las tradiciones populares.

wake; vigil

Una de las más conocidas es el velorio°, una vigilia° para honrar al difunto y consolar a sus familiares. En algunos lugares se sirven comidas y
5 bebidas y para la mayoría de los asistentes esto constituye una ocasión social. Se hace comúnmente en casa y con el ataúd presente. Para muchos es un acto muy importante.

advertisement
front page; death notices
colleagues

Otra costumbre importante es la de publicar un anuncio° en el periódico, a veces en la primera plana°. Estos anuncios o «esquelas de defunción°»
10 llevan el nombre del difunto y de los miembros de la familia o de los colegas°. Son semejantes a los obituarios en los Estados Unidos pero son mucho más evidentes.

widow
restricted

La costumbre de vestirse de luto también era muy común en la sociedad hispánica. La viuda° guardaba luto relativamente severo durante uno, dos o
15 más años y toda la familia tenía la obligación de llevar una vida restringida°, sin fiestas ni diversiones, durante cierto tiempo.

skulls; skeletons

graves

to face it

Otra costumbre relacionada con la muerte es la de celebrar el «Día de los Muertos», el 2 de noviembre.[5] Durante ese día se recuerdan los muertos o la muerte como fenómeno. En algunos sitios, como en México, se hacen dulces
20 y panes en forma de calaveras° y esqueletos°, y en los pueblos pequeños hispánicos la gente pasa el día en el cementerio, donde limpian alrededor de los sepulcros° y colocan flores frescas en la tumba de los familiares. Los psicólogos contemporáneos sugieren que la tendencia norteamericana a clasificar la muerte como un tabú para los niños crea efectos negativos en el
25 adulto, ya que éste no aprende a vivir con la muerte y no sabe enfrentarla° cuando se presenta. Este problema no existe para el niño hispánico.

Español theater

Don Juan Tenorio[6] revive en el Español Teatro°

La noche de los difuntos convoca al mito literario universal, ofreciéndole una
30 lectura dramatizada, música y cine.

La mágica noche de los difuntos vuelve a atraer hacia la órbita del Español al universal Don Juan Tenorio, que se levanta de su tumba de palabras, cada

acted out

año, el 1 de noviembre, para ser representado°.

remains in the job; homage

El director de este teatro, Mario Gas, tiene la clara intención de repetir,
35 mientras permanezca en el cargo°, este homenaje° al mito literario. Bajo el título de *Tres noches con Don Juan,* el Español propone, del 31 de octubre

evening

al 2 de noviembre, un atardecer° de teatro, otro de ópera y, por último, una visión del personaje desde el ojo de la cámara cinematográfica.

will carry out
façade

Con la intención de sacar al personaje a la calle, como ya se hiciera el
40 1 de noviembre pasado, el director de escena Ignacio García realizará° en la fachada° del Teatro Español una versión semi escénica de los fragmentos

[5] ***Día de los Muertos*** Also called *Día de los Difuntos,* known in English as All Souls' Day. This religious holiday is a more important event in the Hispanic world than in the United States.

[6] ***Don Juan Tenorio*** The literary theme has numerous treatments and includes scenes from the grave. Tirso de Molina wrote the first play: *«El burlador de Sevilla»* (1630). Zorrilla de San Martín wrote a romantic version in 1844, which is the one traditionally done on the *Día de los Difuntos.* Mozart's opera *«Don Giovanni»* (1787) treats the same theme as does the movie, *Don Juan* (1950) de José Luis Sáenz.

performers   más conocidos de la obra que Mozart dedica al mito. Los intérpretes°, acompañados al piano, actuarán en los balcones del edificio.

45   Por último, será el cine el que exprese su visión sobre el mito el miércoles 2 de noviembre, a partir de las 16.30 horas. Se proyecta la versión de *Don Juan* que José Luis Sáenz realizó de las obras de Zorrilla y Tirso de Molina,…

El Mundo, Madrid

Un fenómeno interesante en el mundo hispánico es la preocupación

remains   por los restos° mortales. En los casos de personas ilustres se pueden crear verdaderas polémicas sobre su destino. Tal es el caso de Cristóbal Colón. Hoy

50   día existen tres tumbas que guardan los restos de Colón, una en un monasterio

temporarily   de Sevilla donde fue enterrado Colón provisionalmente°, otra en la catedral de Sevilla y aún otra en Santo Domingo[7]. Colón murió en España, fue enterrado en el monasterio para esperar la construcción de una catedral en América, luego su familia hizo trasladar el cadáver a Santo Domingo, la primera colonia

55   del Nuevo Mundo. En la confusión de la época de independencia los restos fueron trasladados otras veces y las autoridades terminaron perdiéndolos. Todavía no se sabe de seguro en qué tumba están verdaderamente los restos

DNA   de Colón. Últimamente se ha propuesto una investigación usando el ADN° para identificar los restos de los tres lugares. Esperan tener resultados para el

500th   60   quingentésimo° aniversario de su muerte en 2006.

Otro caso interesante es el de Evita Perón, esposa del presidente Juan Perón de la Argentina. Por la popularidad de Evita, el gobierno que depuso°

deposed   a Perón mandó enterrar el ataúd con los restos de su esposa en Italia. Cuando Perón regresó a la Argentina, después de dieciocho años de exilio, le prometió

return   65   al pueblo la devolución° de los restos de la querida Evita. Cuando el gobierno

[7] **Santo Domingo** An island in the Caribbean where the first Spanish-American government was located. It is now divided between two countries—the Dominican Republic and Haiti (formerly a French colony). The capital city of the Dominican Republic is Santo Domingo.

Es el mausoleo de Evita Duarte de Perón. ¿Quiere Ud. tener un mausoleo grande e impresionante? ¿Por qué sí o por qué no?

vaciló en permitirlo, un grupo de «peronistas» le robó el cadáver de otra figura pública y demandó la devolución de los restos de Evita a la Argentina, a cambio de° los restos del otro político. Constituyeron unos «restos en rehenes°». El gobierno consintió y todos los restos se colocaron en su lugar apropiado.

Pero la historia de los restos de los esposos Perón no termina con eso. En 1987, trece años después de su muerte, unos ladrones° forzaron° la cripta de Juan Perón y le cortaron las manos al cadáver. Hasta hoy las manos no se han encontrado y muchos de los que investigaban el robo han sufrido una muerte violenta. En 1995 los restos de un primo de Juan Perón fueron robados de un cementerio provincial.

Un novelista argentino contemporáneo, Tomás Eloy Martínez, ha sugerido que, mientras que los mexicanos se ríen de la muerte y la desafían, los argentinos tienen una obsesión con los restos mortales. Su novela, *Santa Evita,* sigue los movimientos de los restos de Evita Perón entre 1953 cuando murió y 1974 cuando fueron devueltos° a la cripta familiar en Buenos Aires. La historia se ha convertido ya en leyenda. El cadáver pasó mucho tiempo en Italia, enterrado en secreto para evitar el robo por los antiperonistas°.

Algunos intérpretes de la cultura argentina creen que el interés de los argentinos por los cadáveres famosos es parte de una tendencia a la nostalgia que domina el país. Se debe tal vez a la tierra solitaria de la pampa° que encontraron los muchos inmigrantes europeos cuando llegaron al país en el siglo XIX.

necessary; luggage
popular name for death; (slang) to
die; There's no running away from
death

En resumen, vemos que la muerte es cosa natural para los hispanos cuando dicen: «Para el último viaje, no es menester° equipaje». Y cuando dicen: «Cuando viene la Chata°, ¿qué hacer sino estirar la pata°?» o «Al morir no hay huir°», indican que la muerte es inevitable.

6-9 Comprensión. Decida si las siguientes oraciones son **verdaderas** o **falsas** según el texto. Corrija las falsas.

1. Una esquela de defunción es un anuncio de muerte. *verdad*
2. El Día de los Muertos se celebra en diciembre. *2 del noviembre*
3. La muerte en el mundo hispánico se considera una cosa natural. *verdad*
4. La tumba de Colón se encuentra sólo en Sevilla. *Está en Sevilla y Santo Domingo*
5. Evita Perón fue una figura popularísima en la Argentina. *verdad*
6. Los pies de Juan Perón desaparecieron de su cripta. *las manos.*

6-10 Opiniones. Responda a las siguientes preguntas.

Elementos de la lectura

1. ¿Ha asistido Ud. a un velorio? ¿a un entierro? ¿Cuál fue su reacción?

Conceptos generales

2. ¿Cree que es importante la ubicación de los restos mortales de los seres humanos?
3. Si tuviera hijos (o si los tiene), ¿qué aspectos de la vida escondería de ellos durante la niñez? Explique.

❀ Expansión

¿Desea más? En la **Heinle Voices Database** busque un cuento de un escritor rioplatense, Horacio Quiroga. Su cuento lleva por título El hijo y trata del conflicto entre el hombre y la naturaleza de una manera intensa y alucinada. Visite **www.textchoice.com/voices**.

6-11 Ejercicios de vocabulario. En grupos de dos o tres personas hagan las siguientes actividades.

A. Indique los sinónimos.

1. muerto
2. funeral
3. de mala muerte
4. belleza
5. esquela *obituary*
6. sepulcro *tomb*
7. espantar *scare*

a. asustar *scare*
b. sin valor
c. hermosura
d. tumba
e. difunto *deceased*
f. nota *grade* *footnote*
g. entierro *funeral*

B. Complete con una palabra relacionada a la palabra entre paréntesis.

Modelo *(creer) La idea de que se va al paraíso después de esta vida es una <u>creencia</u> muy común.*

1. (atraer) La muerte ejerce una _____ fuerte.
2. (victoria) Anuncia su regreso _____.
3. (enfermo) Las _____ a veces traen la muerte.
4. (consolar) La viuda necesita el _____ de los amigos.
5. (igual) La muerte puede verse como la gran _____.
6. (investigación) Es necesario _____ el concepto.
7. (ruido) Los mayas lamentaban _____ la muerte.

C. Elija la palabra más apropiada de la lista para completar las oraciones.

contraste	mezcla	mito *myth*
acostumbrado	diaria	enterrar *bury*
disminuir	alma	obsesión
elegido		

1. Los aztecas se creían el pueblo _____ del sol.
2. La cultura hispanoamericana es una _____ de la cultura indígena y la española.
3. El concepto de la muerte presenta un punto de _____ cultural.
4. El niño del mundo hispánico está _____ a la muerte.
5. La llorona es un _____ conocido.
6. La muerte está presente como parte de la vida _____.
7. La preocupación por los restos mortales se vuelve a veces una _____.

6-12 ¿Qué opina? En grupos de dos o tres personas hagan y contesten las siguientes preguntas.

1. ¿Cree que la costumbre de la siesta es un obstáculo a la eficiencia en el medio laboral? ¿Por qué sí o por qué no? ¿Se aceptaría en los Estados Unidos o no?
2. ¿Qué actitud hacia la muerte es más saludable, la hispánica o la norteamericana? Explique.
3. ¿Cómo se comparan el día festivo de *Halloween* y el Día de los Muertos?
4. ¿Sabe Ud. dónde están los restos de George Washington o de Abraham Lincoln?

6-13 Debate. Organice dos equipos para que ataquen o apoyen esta resolución.

Los niños no deben tener contacto con la muerte si es posible evitarlo.

6-14 Situación. Imagínese que un amigo le ofrece a Ud. una medicina que ha descubierto que le hará vivir hasta la edad de doscientos años. ¿La tomaría o no? Explique algunas de las ventajas y desventajas de una vida larga. ¿Cómo tendríamos que cambiar para ser felices durante doscientos años?

6-15 El arte de escribir

A. Composición dirigida. Llene los espacios en blanco para hacer un resumen de la lectura.

La _____ hispánica hacia la muerte es _____ a la actitud de la mayoría de los norteamericanos. Los hispánicos ven la _____ como una cosa natural que da _____ a la vida. No _____ de esconderla ni de los niños, quienes aprenden a experimentar las emociones de la muerte desde muy _____. Muchos psicólogos _____ que esta _____ es más saludable que nuestra práctica de esconder lo más_____ su presencia.

B. El arte de la descripción de paisajes y objetos. La descripción de los paisajes o de las cosas es semejante a la descripción de las personas. Es cuestión de utilizar adjetivos y otras palabras para hacer que el lector visualice el paisaje o el objeto. Por ejemplo:

La casa de la estancia era grande y las dependencias del capataz estaban cerca.

La descripción se puede mejorar añadiendo más detalles:

La casa de la estancia era grande y un poco abandonada; y las dependencias del capataz, que se llamaba Gutre, estaban muy cerca.

1. Con los compañeros de clase escriba una descripción de su salón de clase. Cada estudiante debe añadir un detalle.
2. Escriba Ud. una descripción de algo que conozca bien o que pueda observar mientras escriba. Trate de incluir todos los detalles importantes.

 A T A J O ◀

Grammar: Verbs: use of **ser** & **estar;** Passive with **se; Phrases:** Describing objects, places; **Vocabulary:** Colors; Fabrics; Sports equipment

C. Opiniones. De aquí en adelante se presentarán en esta sección algunos temas de composición que requerirán su opinión o actitud personal. Las palabras entre paréntesis deberán ser suplementadas por otras, donde sea conveniente. Describa su actitud personal hacia:

1. la presencia cotidiana de la muerte

   (dar miedo, natural, escondido, gustar, creer, evitar, vida)

2. los entierros

   (costoso, lujoso, sencillo, asistir, preferir, deber, gastar, niño)

3. sus propios restos mortales

   (entierro, cementerio, querer, cerca de, no importa, es mejor, preocuparse)

4. el tipo de muerte más atractivo

   (ninguno, heroico, violento, pacífico, rápido, lento)

 El arte callejera en East Harlem

6-16 Anticipación. Antes de mirar el video, haga estas actividades.

A. Conteste estas preguntas.

1. ¿Conoce obras de pintura pública en su ciudad? Descríbalas.
2. ¿Es una tradición importante el arte de la calle en los Estados Unidos? Explique.
3. ¿Se puede llamar arte a la escritura de las paredes? ¿Por qué sí o por qué no?
4. ¿Cree que debe haber más arte pública en las ciudades norteamericanas? ¿Por qué sí o por qué no?

B. Vocabulario útil. Estudie estas palabras del video.

la agencia de excursiones *tour agency*
el apodo *nickname*
callejero(a) *of the street, outdoor*
la caridad *charity*
la cinta adhesiva *adhesive tape*
el dicho *saying, maxim*
enfocar *to focus on*
el estudio *study*
hacer frente *to face, to confront*
el mensaje *message*

6-17 Resumen del video. Hay un artista en East Harlem cuya especialidad es el arte callejera. Pinta murales y deja mensajes y dichos filosóficos hechos de cinta adhesiva en las aceras de su barrio. Esto le ha ganado el apodo de «filósofo callejero». Sus murales enfocan los problemas de las víctimas de la pobreza pero se encuentran en museos y cafés de Nueva York. James de la Vega piensa que sus murales son más eficaces que otros proyectos de caridad. Algunas agencias de excursiones han incluido una visita a sus murales.

6-18 Sin sonido. Mire el video sin sonido una vez para concentrarse en el elemento visual.

6-19 Comprensión. Estudie estos ejercicios y trate de descubrir las respuestas correctas al mirar el video.

 A. Comente estas oraciones con los compañeros de clase. Decida si son **verdaderas** o **falsas.**

1. El artista puso en la acera los nombres de los presidentes de los Estados Unidos. _____
2. Empezó a pintar murales cuando alguien le pidió que pintara uno. _____
3. De la Vega tiene el apodo de «arte callejera». _____

B. Escoja la mejor palabra o frase para completar estas oraciones.

1. Además de la tiza de la Vega escribe sus mensajes con…
   a. las paredes.
   b. la cinta adhesiva.
   c. mensajes.

2. Su proyecto actual se dedica a revelar…
   a. a Picasso.
   b. la realidad de los pobres.
   c. latinos famosos.

3. De la Vega estudió arte en…
   a. Cornell University.
   b. Puerto Rico.
   c. East Harlem.

4. Algunas de sus obras se encuentran en…
   a. escuelas.
   b. cafés y museos.
   c. autobuses de excursiones.

5. El artista vende camisetas y otros objetos de arte en…
   a. la calle.
   b. su tienda.
   c. museos.

 6-20. Opiniones. En grupos de tres o cuatro estudiantes comenten estos temas.

1. El arte callejera es mejor porque el público puede verla, mientras la pintura tradicional se esconde en casas privadas.
2. Si se permite arte callejera en los edificios, ¿quién debe controlar qué obra es aceptable? ¿Cómo se evitaría pinturas ofensivas a algún segmento de la población? ¿Son la responsabilidad del dueño de edificio? ¿de una comisión del gobierno? ¿del artista?
3. ¿Cuál es la diferencia entre arte callejera y símbolos de pandillas *(gangs)*?

Aspectos económicos de Hispanoamérica

La modernización tecnológica es muy importante para los que quieren competir en la economía global. ¿Dónde aprendió Ud. a usar una computadora?

Lecturas culturales

I. Los antecedentes históricos
II. Soluciones modernas
III. La situación actual
IV. Algunos efectos de la pobreza

Expansión

¡A explorar!

La tele

Cine

Los lunes al sol (2002, 109 min.) es una poderosa visión de unos trabajadores en paro que tienen que aguantar el ocio forzado. Observamos sus reacciones a los muchos trastornos de la vida sin trabajo. Actúa Javier Bardem como líder del grupo que se reúne en un bar para pasar el tiempo y buscar el apoyo de sus amigos con los problemas tanto psicológicos como económicos.

Enfoque

raw materials

Una de las mayores preocupaciones políticas y sociales de los gobiernos de Hispano-américa ha sido el desarrollo económico. Aunque sus suelos son ricos en materia prima°, mucha gente vive en la pobreza, lo que hace difícil cualquier tentativa de mejorar su nivel de vida. El problema fundamental es el grado de desigualdad entre ricos y pobres, una desigualdad que crece día a día. Este problema tiene sus raíces en la historia económica de cada región.

Vocabulario útil

Estudie estas palabras antes de leer los ensayos.

Verbos
aumentar *to increase*
crecer *to grow (in size)*
estimular *to stimulate*
exigir *to demand*
mejorar *to improve*

Sustantivos
la acción *stock, share (of a public company)*
el comercio *trade*
la computadora (Am.) *computer*
el desempleo *unemployment*
la desigualdad *inequality*
el (la) extranjero(a) *foreigner*
el extranjero *abroad, outside the country*

el ingreso, los ingresos *income*
el intercambio *interchange, trade*
la inversión *investment*
el negocio *business*
la obesidad *obesity*
la pobreza *poverty*
el promedio *average*
el (la) propietario(a) *property owner*
el (la) psicólogo(a) *psychologist*
la teoría *theory*
la venta *sale*

Adjetivos
actual *current*
creciente *growing*
extranjero(a) *foreign, alien*
fabricado(a) *manufactured, made*
interno(a) *internal*

7-1 Para practicar. Trabajen en parejas, o como indique su profesor(a), para hacer y contestar estas preguntas, usando el vocabulario de la lista para saber algo sobre sus compañeros de clase.

1. ¿Piensas seguir una carrera en el mundo de los negocios? ¿Qué tipo de negocios te interesa más? ¿Te atrae trabajar como agente de ventas?
2. ¿Te interesa la idea de ser propietario(a) de tu propia empresa? ¿Qué tipo de empresa?
3. ¿Quieres que tu futuro trabajo te ofrezca la oportunidad de viajar? ¿Quieres viajar al extranjero? ¿Te atrae trabajar en el comercio internacional?
4. ¿Posees acciones o bonos actualmente? ¿Piensas comprar algunas acciones en el futuro? ¿Qué otras inversiones te atraen? ¿Piensas hacerte rico(a) por medio de inversiones en acciones?

7-2 Anticipación. En grupos de dos o tres personas, digan cuánto ya saben acerca de los problemas económicos de Hispanoamérica. Antes de comenzar a leer, hagan una lista de los puntos que probablemente aparecerán en las lecturas. Pueden incluir aspectos históricos, problemas sociales o socioeconómicos, problemas de desarrollo entre otros.

I. Los antecedentes históricos

Uno de los motivos básicos de los viajes de Cristóbal Colón fue el económico. El interés en el comercio hizo que se buscara una nueva ruta° a las tierras del Oriente. Antes de darse cuenta de la magnitud del descubrimiento de este «nuevo mundo» los Reyes Católicos, Fernando e
5 Isabel,[1] lo llamaron «las Indias».[2]

Lo primero que atrajo la atención de los agentes de los monarcas fue la gran riqueza mineral que representaban el oro, la plata y las piedras preciosas que usaban los indígenas. Casi inmediatamente se comenzó a desarrollar una gran industria minera. En la ciudad de Potosí, en lo que hoy es Bolivia, se
10 descubrió en 1545 una verdadera montaña de oro y plata. Todavía hoy se dice en español que algo de gran valor «vale un potosí». En un siglo, Potosí llegó a ser la ciudad más grande del hemisferio, con más de 150.000 habitantes.

En la agricultura, los reyes de España estimularon el cultivo° de varios productos no conocidos o escasos en Europa, como la caña° de azúcar, el
15 tabaco, el cáñamo° y el lino°. También hicieron llevar a América semillas° de casi todas las plantas que existían en España.

La presencia de los indígenas proveyó° a los colonos de mano de obra° en cantidad suficiente. Los indígenas tenían una tradición ya establecida de entregar gran parte de sus productos a sus jefes, así que fue fácil para ellos
20 sustituir un amo° por otro.

A pesar de todo esto, el desarrollo se vio obstaculizado° por las teorías económicas de esa época. El monarca español veía las colonias como posesión personal y prohibía el comercio con otros países. También se pensaba que la riqueza nacional consistía en la acumulación más que en la venta de
25 productos. Esta idea favorecía los minerales preciosos, pero desfavorecía° la agricultura y los productos manufacturados.

Además de esas teorías, era la práctica premiar° a los que servían bien a la monarquía con grandes parcelas de tierra. Este sistema, llamado «la encomienda»,[3] también exigía que los indígenas trabajaran para el
30 encomendero, quien vivía cómodamente de sus ingresos. Esto dio como resultado una clase social de «criollos»,[4] que poseía casi toda la tierra a fines de la época colonial.

route — *route*
cultivation — *cultivation*
cane — *cane*
hemp; flax; seeds — *hemp; flax; seeds*
provided; manual labor — *provided; manual labor*
master — *master*
hindered — *hindered*
slighted — *slighted*
to reward — *to reward*

[1] **los Reyes Católicos, Fernando e Isabel** The marriage of Fernando of Aragon and Isabel of Castile in 1469 unified Spain as a single nation. Fernando and Isabel were king and queen of Spain in 1492 when America was discovered and were responsible for the creation of colonial policy.

[2] **las Indias** The official name of the New World colonies. It was given because they were originally thought to be the East Indies, for which Columbus was searching.

[3] **encomienda** The feudal system of granting land and its inhabitants to a loyal and faithful colonist. The latter received a tax from the natives who lived on and tilled the land and in return was obligated to protect and defend his serfs. Although the people were not technically slaves, the result was practically the same. The holder of the land grant was called the *encomendero.*

[4] **criollos** Creoles: in colonial Spanish America, people of pure European descent born and raised in the colonies.

they gained

crop

35

merchandise

40

banking

Cuando ganaron° la independencia de España en el primer cuarto del siglo XIX, casi todas las naciones nuevas dependían de los minerales o de un cultivo° o un producto único. Los gobiernos necesitaban urgentemente dinero y mercados para sus productos. Los productos que exportaban servían para pagar la importación de artículos manufacturados, y como resultado no hubo nunca mucho intercambio económico con los países vecinos. Llegó cada país a tener dos economías: una internacional en que participaban principalmente los ricos, y otra interna de intercambio de mercancías° elementales. A los propietarios ricos, que dependían del extranjero, no les interesaba el desarrollo interno del país, ni lo facilitaban con la construcción de caminos o de sistemas bancarios°.

7-3 Comprensión. ¿Son **verdaderas** o **falsas** estas oraciones? Corrija las falsas.

1. Un motivo básico del viaje de Colón fue el hambre.
2. Potosí era una montaña de minerales preciosos.
3. «La encomienda» era el sistema de mandar productos agrícolas a España.
4. El monarca español estimulaba el comercio entre las varias colonias.
5. A los propietarios ricos no les interesaba el desarrollo de la economía internacional.

Falso

7-4 Opiniones. Exprese su opinión personal.

Elementos de la lectura

1. ¿Cree que es aconsejable *(advisable)* poseer oro en vez de moneda? Explique.
2. ¿Hasta qué punto tienen efecto en su futuro las teorías económicas del gobierno de hoy?

Conceptos generales

3. ¿Quiere ser dueño(a) de una casa algún día? ¿de una hacienda?
4. ¿Cree que un estado económico mejor que el de sus padres es accesible? ¿Por qué sí o por qué no?

II. Soluciones modernas

El siglo XX en Hispanoamérica se caracterizó por la idea del desarrollo económico. Había tres necesidades primarias que se consideraban importantes para efectuar el desarrollo y la modernización económica que tanto necesitan todos los países hispanoamericanos.

5 La primera necesidad era la de estimular la industrialización interna para reducir la dependencia de la importación de artículos manufacturados. El problema es que esto exige la inversión de grandes cantidades de capital para construir fábricas y crear una infraestructura de caminos, ferrocarriles°, *railroads* bancos, electricidad, etcétera. Esto aumenta la deuda externa°. *foreign debt*

10 Otro elemento necesario en muchos de los países era una campaña de «reforma agraria».⁵ Esto significa la redistribución de la tierra con el propósito de disminuir el poder de la oligarquía tradicional y de eliminar o reducir la concentración de tierra en las manos de pocas familias antiguas. Esto se ha hecho en algunos países con cierto éxito, como en el Perú, y en 15 otros como en la Argentina donde hay realmente bastante tierra no ha sido muy necesario. Pero el caso de El Salvador, el país más pequeño y el de población más densa, muestra el problema claramente.

Las siguientes estadísticas revelan el problema: durante la mayoría del siglo pasado unas seis familias ricas poseían más tierra que 133.000 20 familias pobres; unas dos mil propiedades abarcaban casi el 40% de la tierra. Se calcula que la cantidad mínima de tierra necesaria para sostener a una familia es de nueve hectáreas. Para una población de casi 5 millones de habitantes se requerirían dos países del tamaño de El Salvador. Este problema resultó en una larga guerra de guerrillas que terminó con un plan de reforma 25 agraria. Trasladó un 25% de la tierra a 25% de los campesinos durante las dos décadas. Pero cuando terminó el plan en 1990, quedaban unas 150.000 familias sin tierra. No sorprende que haya inestabilidad política con tales condiciones. Es otro ejemplo del peso de la historia colonial, la cual creó esta imposible situación económica.

30 La tercera necesidad era la de crear alianzas o uniones aduaneras⁶ entre los varios países para estimular el intercambio regional. Desafortunadamente la tradición de competencia° por los mismos mercados ha creado frecuente- *competition* mente un ambiente de desconfianza° entre los países. *mistrust*

Así que los pasos necesarios eran muy difíciles de efectuar debido a los 35 obstáculos históricos y sociopolíticos. Sin embargo en las dos últimas décadas del siglo, estos pasos seguían siendo indispensables para la modernización de las economías.

Otra necesidad, según los economistas de la nueva escuela neoliberal, es la de reducir la presencia del gobierno en los mercados. Esto incluye la *to privatize; public monopolies* 40 voluntad política de privatizar° los varios monopolios públicos° y la capacidad de tomar una posición firme contra la inflación y la devaluación de la *currency* moneda°. Combatir la inflación no significa subir los sueldos y pensiones para *match them; rate* igualarlos° a la tasa° de inflación como ha sido la práctica en muchos lugares.

---

⁵ **reforma agraria** The general term used to mean some kind of redistribution of land into smaller parcels owned by a larger number of people.

⁶ **uniones aduaneras** Customs unions. A common market arrangement. Such an agreement usually means duties are reduced or eliminated for trade among its members.

so-called

Esta posición también incluye el concepto de la llamada° «globalización»
45 de las economías. Si un país impone demasiados obstáculos a la inversión,
no puede competir con el resto del mundo. Para competir en el mundo es
necesario incorporarse a la revolución tecnológica y modernizar la economía
para elevar la productividad al nivel mundial. Los críticos del concepto alegan
que esta política aumenta las desigualdades económicas durante el proceso de

arguable

50 desarrollo. Después de todo es una posición algo polémica°.

7-5 Comprensión. ¿Son **verdaderas** o **falsas** las oraciones? Corrija las falsas.

stimulate

1. Era importante estimular la industrialización interna.
2. La «reforma agraria» significa modernizar las prácticas agrícolas.
3. Un propósito de la distribución de la tierra era reducir el poder de la oligarquía.
4. Hispanoamérica siempre ha demostrado mucha cooperación económica entre los países.

7-6 Opiniones. Exprese su opinión personal.

Elementos de la lectura

1. ¿Cómo es la economía de los Estados Unidos en estos días? ¿Qué problemas existen?
2. ¿Qué se puede hacer para ayudar a los pobres en los Estados Unidos? ¿Qué medidas prefiere Ud.?

Conceptos generales

3. Para Ud. ¿es buena o mala la «globalización»? Explique.
4. ¿Cree que es mejor que los servicios básicos (provisión de agua, electricidad, teléfono, etcétera) sean funciones del gobierno o es mejor que sean privadas? Explique.

III. La situación actual

Hoy día la población de Latinoamérica y el Caribe crece a un promedio de 1,6% por año con un máximo de 3,1% en Nicaragua y un mínimo de 0,6% en Cuba. Esto significa progreso al limitar el crecimiento de la población, pero en varios de los países centroamericanos la población crece en un porcentaje superior al 2%, el cual excede sus posibilidades para generar empleo.

Además, la migración del campo a la ciudad, especialmente a las capitales, resulta en un crecimiento aún mayor en esos centros urbanos. Por tanto el desempleo puede llegar al 20% en las ciudades. Los problemas de la pobreza siguen siendo una preocupación fundamental.

Al entrar en el siglo XXI es notable que varios países se encuentran económicamente estables: México ha podido reforzar su base industrial gracias en parte al «Tratado de Libre Comercio» (TLC)[7] que firmó con los Estados Unidos y el Canadá. Sigue su dependencia en su vecino al norte por dos razones. Uno es que vende muchos productos a los Estados Unidos y cuando hay una recesión en el país mayor, no tarda en ocurrir° en México también. Segundo, ocurre que los inmigrantes a los Estados Unidos mandan un montón de dólares a sus familias en México. Si se cierran las fronteras, total o parcialmente, esas remesas° no entran en la economía mexicana además de que el problema del desempleo crece. Esta tensión entre los dos países es el mayor conflicto de la actualidad.

En la última década del siglo pasado estas uniones aduaneras o regímenes de mercado común se concibieron como la «bala de plata»° para resolver todos los problemas de la región, pero existe una larga historia de tentativas° para crear estas uniones y pocos casos de éxito a largo plazo. La Asociación Latinoamericana de Libre Comercio (ALALC) fue formada en 1960 y reemplazada° en 1980 por la Asociación Latinoamericana de Integración (ALADI). El Pacto Andino (el Perú, el Ecuador, Bolivia, Colombia y Venezuela) fue establecido a fines de la década de los ochenta pero ha sido difícil ponerse de acuerdo sobre varios puntos fundamentales. En 2005 Perú y los Estados Unidos concluyeron un TLC bilateral.

En 1973 se formó el CARICOM, Mercado Común del Caribe, pero es sólo en este siglo que se ha comenzado a tomar las medidas necesarias para realizar los beneficios. El Mercado Común de Centroamérica (MCCA) se creó en los años sesenta sin mucho éxito pero se reanimó° en los últimos años y en 2004 se firmó un TLC (CAFTA en inglés) con los Estados Unidos.

La Argentina, el Uruguay, el Paraguay y el Brasil han formado una unión aduanera llamada Mercosur (Mercado Común del Sur). La organización muestra tanto las ventajas como las desventajas del concepto. La mayor desventaja es el peligro de «contagio»° cuando uno de los países miembros sufre una crisis económica —generalmente con origen político. Cuando se disminuye la confianza de los inversionistas en un país, tiende a poner nerviosos a los del país vecino y éstos se escapan con su dinero. El Brasil sufrió una devaluación en 1997 con la crisis asiática y la Argentina comenzó a presionar° las economías de todos los miembros de Mercosur a partir del año 2001, cuando tuvo que devaluar su peso. Al mismo tiempo la organización ha

it soon happens

remittances

"silver bullet," easy solution
attempts

replaced

revived

contagion

pressure

---

[7] **TLC** This treaty, signed by Mexico, the U.S., and Canada, provides for the gradual elimination of trade barriers among the three signatories. It is called NAFTA (North American Free Trade Agreement) in English and it went into effect in January, 1994.

agreements
trade

firmado varios acuerdos° con la Unión Europea (UE)[8] y sigue esforzándose para eliminar los obstáculos para un libre intercambio° entre estos países. También Chile y Bolivia se han aliado al grupo como miembros asociados.

50 En 1994, los presidentes de los países del hemisferio votaron por el establecimiento del Área de Libre Comercio de las Américas, o ALCA. Como frequently ocurre a menudo° el deseo del Brasil de ejercer su poder económico (como la economía más grande) no ha permitido un acuerdo que incluyera todo el hemisferio occidental.

Esta actividad ha estimulado la discusión sobre la idea de establecer una 55 moneda común como lo ha hecho la UE con el euro. Reduciría la volatilidad de la moneda en el hemisferio. El Ecuador ya ha adoptado el dólar y El Salvador proyecta que desaparecerá el colón. En Guatemala y Panamá el dólar se acepta como moneda legal. El giro a la izquierda política en varios países hace menos probable este grado de cooperación. Tiene demasiado sabor de 60 dependencia para muchos hispanoamericanos. Las desigualdades entre un país como el Brasil y su vecino, el Paraguay, por ejemplo, hace muy difícil un acuerdo entre estos dos países.

España, después de la muerte del dictador Francisco Franco en 1975, ha entrado en la Unión Europea (en 1986) y ha pasado por una época de taken advantage 65 crecimiento acelerado. Al mismo tiempo se ha aprovechado° de sus lazos culturales con Hispanoamérica para aumentar sus inversiones en la región, comprando acciones de las compañías básicas que están en proceso de privatización tales como las compañías telefónicas, los elementos de la banca, las aerolíneas y las compañías de energía eléctrica. Su presencia actual 70 en las economías latinoamericanas es muy fuerte y sirve de puente entre Hispanoamérica y la Unión Europea.

Es evidente que los países hispanoamericanos han progresado de manera notable últimamente, pero es asimismo evidente que queda mucho por hacer. Es posible que los nuevos regímenes democráticos por lo menos hagan 75 cambios económicos que reflejen la voluntad de la mayoría de los ciudadanos.

[8] **UE** The European Union (abbreviated UE in Spanish) was formerly called the European Common Market. It now consists of 25 countries, 11 of which have agreed to a currency union and use the euro as the new currency. Another dozen countries are candidates for admission.

Los bancos que participan en programas de «microfinanciación» prestan dinero a los individuos que quieren establecer un negocio.

7-7 Comprensión. Responda según el texto.

1. ¿Qué problema causa un aumento de población superior al 2% en un país pobre?
2. ¿Por qué tienen las ciudades más desempleo?
3. ¿Qué es el Tratado de Libre Comercio y cuáles son los signatorios?
4. ¿Cuáles son los miembros principales de Mercosur? ¿Cuáles son los miembros asociados? ¿Y del Pacto Andino?
5. ¿Con quién ha firmado muchos acuerdos Mercosur?

7-8 Opiniones. Exprese su opinión personal.

Elementos de la lectura

1. ¿Debe el gobierno de los Estados Unidos ayudar a los países del Tercer Mundo? ¿Por qué sí o por qué no?
2. ¿Qué ventajas y desventajas hay en esa ayuda? ¿Tienen los Estados Unidos una obligación especial con los países de este hemisferio?

Conceptos generales

3. ¿Deben los Estados Unidos ayudar económicamente a la CEI (Comunidad de Estados Independientes, la antigua Unión Soviética)? ¿Por qué sí o por qué no?
4. ¿Debemos ayudar sólo a los gobiernos amistosos o a todos los que lo necesitan?

IV. Algunos efectos de la pobreza

La pobreza en Hispanoamérica tiene una larga tradición, tan larga que, según la opinión de algunos observadores, adquiere° aspectos de una cultura o subcultura. Este estilo de vida o cultura pasa de generación en generación y sirve de mecanismo de supervivencia° en un mundo hostil. Según el antropólogo Oscar Lewis[9] esta cultura varía poco de un país a otro; las medidas adoptadas por la gente en situaciones similares muestran una cierta universalidad.

El profesor Lewis describe varias características de la pobreza en la capital de México que pueden ser observadas fácilmente en cualquier otro país. La tercera parte° de la población es pobre; esta gente tiene una mortalidad° más alta y un promedio vital° más bajo que los de los otros dos tercios. Contiene por lo tanto° una mayor proporción de jóvenes.

Por su falta de instrucción los pobres tienden a existir al margen de la sociedad en que viven. Por esta razón una de la estrategias que ha tenido éxito en muchos países es la «microfinanciación». Es un programa que permite que los bancos extiendan préstamos pequeños para que las familias pobres puedan organizar sus propios negocios. La ONU calcula que suman a 60 millones los clientes con «microcréditos». Son frecuentes los participantes en el Ecuador, Colombia, el Perú y Bolivia. Ofrece un poco de esperanza.

Es que existe una gran brecha entre las clases alta y media y la clase baja. Un país puede ostentar museos, orquestas sinfónicas, universidades extravagantes, tiendas de lujo, etcétera, pero si un tercio de la población no tiene contacto con estos elementos, su existencia es engañosa. Otro elemento que contribuye a esta división es el hecho de que la clase media se limita principalmente al medio urbano y es, en la mayoría de los países, pequeña. Cada vez que hay un choque económico, es la clase media la que más pierde. Los ricos tienen los recursos necesarios para sobrevivir, mientras que los pobres están acostumbrados al sufrimiento. La clase media pierde sus ahorros por la devaluación y sus trabajos por las recesiones. El progreso es muy lento y constituye una preocupación de todos los gobiernos de la región.

[9] **Oscar Lewis** (1914–1970) a North American anthropologist who studied poverty in Mexico extensively. His books *Five Families* and *The Children of Sánchez* are major contributions to the understanding of the culture of poverty.

it acquires

survival

one third
death rate; life expectancy
therefore

¿Cree que este hombre puede competir con los que usan máquinas para arar *(to plow)* sus campos?

7-9 Comprensión. Complete según el texto.

1. La pobreza ha existido durante tanto tiempo que ha adquirido _____.
2. El profesor Lewis describió la pobreza _____.
3. El programa que permite préstamos pequeños se llama _____.
4. En los países pobres existe una gran brecha entre _____.
5. Los que pierden más en las crisis económicas son _____.

7-10 Opiniones. Exprese su opinión personal.

Elementos de la lectura

1. ¿Cuáles son algunas diferencias entre los pobres en los Estados Unidos y los que describe Lewis?
2. ¿Qué solución tiene la pobreza en los Estados Unidos?

Conceptos generales

3. ¿Ahorra Ud. dinero? ¿Piensa que va a ahorrar después de graduarse?
4. ¿Hace Ud. uso de algunas instituciones e instalaciones (*facilities*) de la sociedad como los museos, los bancos y los aeropuertos?

✤ Expansión

¿Desea más? Lea en la **Heinle Voices Database** en **www.textchoices.com/voices** las poesías del peruano César Vallejo, un poeta que «se solidariza con los pobres de la tierra». Es uno de los primeros poetas comprometidos de América del Sur.

7-11 Ejercicios de vocabulario. En grupos de dos o tres personas hagan las siguientes actividades.

A. Encuentre en el texto seis pares de palabras que deriven de la misma palabra básica.

> **Modelo**   *economía / económico*

B. Escriba la forma apropiada de la palabra entre paréntesis.

> **Modelo**   (economía) el desarrollo *económico*

1. (pobre)   la cultura de la _____
2. (producir)   aumentar la _____ de alimentos
3. (colonia)   el gobierno _____
4. (exportar)   estimular la _____ de minerales
5. (construir) la _____ de caminos
6. (industria) fomentar la _____ del país
7. (universo)   la pobreza muestra cierta _____
8. (crecer)   un _____ rápido

7-12 ¿Qué opina? En grupos de dos o tres personas hagan y contesten las siguientes preguntas.

1. ¿Cuáles son algunas de las diferencias entre la organización económica de las colonias hispanoamericanas y las inglesas?
2. ¿Por qué no ha sido muy importante la idea de la reforma agraria en los Estados Unidos?
3. ¿Qué medida ha parecido una «bala de plata» para las economías hispanoamericanos? ¿Han tenido éxito?

 7-13 Debate. Organice dos equipos para que ataquen o apoyen esta resolución.

La ayuda financiera que el gobierno da a los pobres tiende a quitarles el deseo de trabajar.

7-14 Situación. Imagínese que Ud. acaba de heredar 10 millones de dólares que no esperaba heredar. Ahora tiene una serie de decisiones que tomar sobre su futuro. ¿Cuáles son las decisiones más importantes? ¿Qué actos de caridad haría? ¿Dónde y cómo viviría? ¿Qué haría? ¿Trabajaría o se dedicaría a pasar largas vacaciones? ¿Qué compraría?

7-15 El arte de escribir

A. Composición dirigida. Dé su opinión personal utilizando las palabras apropiadas de la lista.

1. la idea de la pobreza como una «subcultura»
   (desempleo, gobierno, educación, abandono, desconfianza, conciencia)
2. la pobreza en los Estados Unidos
   (ciudad, campo, empleo, población, crecer, jóvenes, familia, programa, trabajar, público)
3. el salario mínimo
   (joven, empleo, edad, difícil, fácil, trabajo, inflación, explotación, pobreza, nivel)

B. El arte de la narración. La narración generalmente describe alguna serie de acciones. Aunque no siempre, la mayoría de las veces se cuentan en el tiempo pasado. El pretérito y el imperfecto son los tiempos verbales más comunes. El imperfecto generalmente describe el fondo o la situación de la narración, mientras el pretérito normalmente describe lo que pasó.

Para escribir una narración se comienza igual que con los otros tipos de composición —decidiendo qué tema se va a tratar y qué detalles se van a incluir, tal vez haciendo una lista de los detalles. Después, hay que darles algún orden razonable —frecuentemente se usa el orden cronológico.

Generalmente hay tres partes diferentes de la narración: la que describe el fondo o la situación, la serie de acciones específicas y la sección final que narra el resultado de las acciones o una nueva situación.

Ahora, lea la serie de oraciones a continuación y en la página 110 y póngalas en un orden lógico.

1. Los europeos querían una ruta marítima al Oriente.
2. Los Reyes Católicos estaban en Granada.
3. Las noticias cambiaron el mundo para siempre.
4. Colón salió de Palos de Moguer hacia las Islas Canarias.

5. Después de explorar un poco, volvió a España.
6. Colón les pidió a los Reyes Católicos que le pagaran el viaje.
7. Viajó más de dos meses sin ver tierra.
8. La reina Isabel auspició *(sponsored)* el viaje.
9. Creía que la isla que descubrió en ese viaje estaba cerca del Japón.
10. Era el año 1492.

Ahora, escriba una composición sobre algo que hizo recientemente. Primero, prepare una lista de los detalles que va a incluir y luego póngalos en orden lógico.

ATAJO

Grammar: Verbs (preterite & imperfect); **Phrases:** Talking about past events; **Vocabulary:** Camping; Food; Restaurants; Means of transportation

Las noticias

La prensa. En esta sección se presentarán artículos periodísticos sobre el tema de la unidad y temas afines *(related)*. Lea los siguientes artículos y prepárese para informarle a sus compañeros de clase sobre el significado general y su relación con el tema del capítulo.

La pobreza, el mayor problema mundial°

Sondeo° de Gallup Internacional

Uno de cada diez argentinos dice que ha sufrido (él o su familia) hambre en los últimos 12 meses.

El dato surge° de una encuesta° que, en el orden mundial, realizó Gallup Internacional, con el título «Voice of the People 2005», destinada a medir° cuál es el principal problema que aqueja° a las personas, según la consideración de más de 50.000 individuos entrevistados° por esa firma en todo el mundo.

En lo que respecta° a la Argentina, el 40 por ciento de la población sondeada° dijo que la pobreza y la brecha° entre ricos y pobres es el principal problema y, luego, con menciones cercanas° al 10% figuran, respectivamente y en este orden: el terrorismo, las guerras y las drogas. La encuesta de Gallup Internacional se difunde° en coincidencia con el Día Mundial de la Alimentación°, que se celebra hoy.

…Ante la pregunta «¿cuál cree usted que es el problema más importante que enfrenta hoy el mundo?», el trabajo de Gallup indica que el 26% de los más de 50.000 encuestados° se inclinó por la pobreza y por la brecha entre ricos y pobres; el 12% dijo que lo es el terrorismo; el 9%, el desempleo°; el 8%, las guerras y los conflictos; el 7%, los problemas económicos y el 6%, las cuestiones ambientales°.

El abuso de drogas, la corrupción, el crimen, el sida°, la globalización, el fundamentalismo religioso, la educación, los derechos humanos y los refugiados° y demás problemas de asilo° en el mundo siguen en esa lista de problemas relevados° en el trabajo «Voice of the People 2005».

En América Latina

Si se toman los datos por región, la preocupación por la pobreza y la brecha entre ricos y pobres fue puesta en el primer lugar de la lista de problemas mundiales por el 39% de los encuestados en América Latina. En orden decreciente°, le siguieron el 37% de los africanos y el 30% de los consultados en Europa oriental y central.

Glossary (left margin):
of the world
polled
poll

unemployment

springs; poll
environmental

measure / AIDS
troubles
refugees
interviewees / asylum

Regarding / mentioned
surveyed
gap

nearing

is disseminated
Food / decreasing

En Europa occidental, el 26% consideró que la pobreza era el mayor problema, mientras que el 20% correspondió a respuestas de ciudadanos norteamericanos.

En cuanto al hambre, del trabajo de Gallup surge que África es el continente más devastado: cuatro de cada diez africanos entrevistados dijeron que han sufrido (ellos o sus familias) hambre en los últimos 12 meses…

La Nación Online, Buenos Aires

De los 12,3 millones de esclavos que hay en el mundo 1,3 millones son latino-americanos

peasant

loggers

presented

Land; Development / workdays
promoted / subjected; punishment
He added
Food

praised

La mayoría de los 1,3 millones de víctimas del trabajo forzado en América Latina vive en regiones rurales, lo que hace aún más urgente la distribución de tierras en la región.

El seminario sobre el trabajo «esclavo» en Latinoamérica fue impartido° en la II Conferencia Internacional sobre Reforma Agraria ° y Desarrollo° Rural promovida° por la Organización de las Naciones Unidas para la Agricultura y la Alimentación° (FAO), a la que asisten delegaciones de 80 países.

La reunión… pretende colocar nuevamente la Reforma Agraria en la agenda mundial como una forma de combatir la pobreza y el hambre, ya que la población rural representa el 75 por ciento de los pobres del mundo.

El antropólogo Eduardo Bedoya Garland… afirmó que, además de la población campesina°, los indios son los más afectados por el trabajo «esclavo» en Latinoamérica.

El especialista aseguró que aproximadamente 20.000 indios son obligados a trabajar en la Amazona peruana para madereros° que ganan cerca de 75 millones de dólares al año y que llegan a «capturar» familias enteras para períodos de trabajo forzado de hasta un año.

Aseguró que el trabajo «esclavo» en Bolivia se registra principalmente en haciendas de caña de azúcar, en donde los indios son obligados a trabajar en jornadas° de hasta doce horas diarias y sometidos° a castigos° físicos cuando no cumplen sus tareas. Agregó° que en Paraguay los guaranís son sometidos a trabajos forzados en las grandes haciendas.

Los especialistas elogiaron° la decisión de Brasil de reconocer públicamente el trabajo esclavo en el país y las iniciativas adoptadas para combatirlo…

Crónica de hoy (Ciudad de México)

Llega la computadora barata

El director del laboratorio de medios del Instituto de Tecnología de Massachusetts, Nicholas Negroponte, confirmó que a partir del año próximo (2007) su más apreciada creación —la computadora portátil de US$ 100— llegará a la Argentina. «Está todo en marcha; las conversaciones han ido bien; no tiene por qué haber ningún imprevisto para que un millón de esos equipos llegue al país para ser distribuidos entre chicos en edad escolar de bajos recursos y de áreas rurales», según confirmó el investigador a LA NACIÓN.

Negroponte, quien llegó al Foro Económico Mundial,... se confesó exultante. «Ya tenemos compromiso de fabricación. Nosotros desarrollamos el proyecto, pero no tenemos capacidad para construirlo a gran escala. Para eso necesitamos, de un lado, alguien dispuesto a fabricar la computadora y, del otro, alguien dispuesto a comprarla en grandes cantidades para abaratar los costos,» explicó.

El prototipo de la computadora no pesa más de 800 gramos y tiene las dimensiones de un cuaderno escolar, pero con cinco centímetros de espesor. Realizado en plástico resistente a caídas, en verde chillón y amarillo, se abre como un cuaderno: de un lado, la pequeña pantalla y, del otro, el teclado.

La Nación Online, Buenos Aires

Ya hay 56.000 psicólogos en la Argentina

Son 154 profesionales por cada 100.000 habitantes, lo que representa un aumento del 50% en 5 años.

El dato podría figurar en el «Libro de los récords Guinness»: la Argentina es el país con mayor proporción de psicólogos de todo el mundo. Según un estudio que desde hace más de 10 años dirige el licenciado Modesto Alonso, en el país hay 154 profesionales por cada 100.000 habitantes —casi un 50% más que en 2000—, mientras que en los países desarrollados la proporción es tres veces menor.

En los Estados Unidos, por ejemplo, hay 2.213 habitantes por psicólogo, mientras que aquí se registra un profesional cada 649 habitantes. «Mi inquietud comenzó en los años 70, cuando un periodista francés me preguntó si era cierto que en la Argentina había entre 30.000 y 40.000 psicólogos —recuerda el licenciado Alonso—. En aquel entonces era una cifra exagerada, pero ése fue el disparador de la investigación, que en 1974 arrojó el primer resultado.»

En ese año se contabilizaron apenas 5.500 psicólogos, y diez años más tarde ya superaban los 20.000. Hoy, el número asciende a 56.000, aunque casi la mitad se concentra en Buenos Aires. La diferencia en cuestión de géneros también es abrumadora: el 80% de los profesionales son mujeres.

La Nación Online, Buenos Aires

 La vida de la población indígena en la Ciudad de México

7-16 Anticipación. Antes de mirar el video, haga estas actividades.

A. Conteste estas preguntas.

1. ¿Cómo define Ud. «pobreza»?
2. ¿Dónde hay más pobreza en los Estados Unidos?
3. ¿Cuáles son algunas causas de la pobreza?
4. ¿Cuáles son algunas soluciones al problema de la pobreza?

B. Vocabulario útil. Estudie estas palabras del video.

la esperanza *hope*
los ingresos *income*
invadir *to invade*
marginal *at the edge*
el (la) migrante *migrant*
sanitario(a) *sanitary; health*
toparse con *to run into, to bump into*
tratar con *to deal with*
la vivienda *dwelling, house*

7-17 Resumen del video. En la capital de México existen entre 600 mil y 3 millones de personas en condiciones de pobreza. Muchos son migrantes del campo que vienen buscando mejor vida. Les falta la vivienda así que invaden una propiedad y se quedan sin servicios adecuados. Una gran porción de estas personas vienen de la población indígena. Al migrar, sus ilusiones se topan contra una realidad muy severa.

7-18 Sin sonido. Mire el video sin sonido una vez para concentrarse en el elemento visual.

7-19 Comprensión. Estudie estos ejercicios y trate de descubrir las respuestas correctas al mirar el video.

A. Comente estas oraciones con los compañeros de clase. Decida si son **verdaderas** o **falsas**.

1. Diez por ciento de la población en México recibe 15 por ciento de los ingresos. income   F 10%
2. Es probable que el mayor problema del país es la división profunda entre ricos y pobres.   V
3. Otra manera de hacer frente a la falta de esperanza es por Acapulco.   V

B. Escoja la mejor palabra o frase para completar estas oraciones.

1. Los dos Méxicos se refieren a la división entre…
   a. los ricos y pobres.
   b. la costa y la montaña.
   c. los hombres y las mujeres.
2. Oficialmente la población de indígenas en la capital suma …
   a. dos millones.
   b. quince mil.
   c. seiscientos mil.
3. Uno de los mayores problemas que encuentran es la falta de…
   a. población.
   b. vivienda.
   c. legumbres.
4. Muchas enfermedades y hasta muertes resultan de…
   a. la rebelión armada.
   b. las condiciones sanitarias.
   c. las legumbres.
5. La ilusión de los que migran a la ciudad es…
   a. aumentar los ingresos.
   b. conseguir tierra.
   c. ir a los Estados Unidos.

7-20 Opiniones. En grupos de tres o cuatro estudiantes comenten estos temas.

1. ¿Las soluciones a la pobreza son más personales que oficiales?
2. ¿Las naciones ricas tienen una responsabilidad hacia los países pobres? ¿Por qué sí o por qué no?
3. La gente marginal es formada por las minorías étnicas en todo el mundo. Dé algunos ejemplos que apoyen o que se opongan a esa idea.

Los movimientos revolucionarios del siglo XX

Che Guevara, figura importante en la Revolución Cubana, fue uno de los revolucionarios más famosos de Hispanoamérica. Todavía aparece en carteles y murales, especialmente en Cuba. ¿Sabía Ud. algo sobre él?

Lecturas culturales

I. Revolución y «golpe de estado»
II. La Revolución Mexicana de 1910
III. Bolivia en 1952, Cuba en 1959 y Nicaragua en 1979
IV. Los guerrilleros

Expansión
¡A explorar!
La tele

Cine

El guerrillero más famoso del hemisferio fue Ernesto «Che» Guevara. Mucho antes de rebelarse al lado de Fidel Castro y el «Movimiento 26 de julio» en Cuba hizo un viaje por la América del sur con un amigo (siendo los dos estudiantes de medicina) en motocicleta. Es en este viaje que reconoce la opresión de muchos elementos de la población y decide luchar en contra de la injusticia que había visto en el camino. El director brasileño Walter Salles *(Estación central)* ha construido una película con el ubicuo Gael García Bernal y Rodrigo de la Serna basada en las experiencias de los amigos que lleva por título *Diarios de motocicleta* (2004, 128 min.). Otro buen documental en inglés lleva el título de *Pancho Villa: Outlaw Hero* (1997, 50 min.). Es del canal de *Arts & Entertainment* y examina la personalidad y las hazañas del héroe popular de la Revolución Mexicana.

Enfoque

coup d'etat
unbearable; has rebelled

Con frecuencia, en la América Latina, un cambio violento de gobierno no es más que un «golpe de estado»° en que el cambio sólo afecta a la presidencia. Sin embargo, a veces las condiciones han sido tan insoportables° que el pueblo se ha rebelado°. La pobreza y la escasez de oportunidades económicas, los gobiernos opresivos y otros factores han favorecido, en ciertas épocas y en ciertos países, la creación de movimientos guerrilleros o revolucionarios. Veamos aquí algunos casos de revoluciones o insurrecciones ocurridos a lo largo del siglo XX.

Vocabulario útil

Estudie estas palabras antes de leer los ensayos.

Verbos
efectuar *to effect, to cause to occur*
ejercer *to exercise*
eliminar *to eliminate*
fracasar *to fail*
modificar *to modify, to change*
pertenecer *to belong*
reforzar(ue) *to reinforce*
sacrificar *to sacrifice*

Sustantivos
el apoyo *support*
la dictadura *dictatorship*

el ejército *army*
el éxito *success*
　　tener éxito *to succeed*
el fracaso *failure*
la fuerza *force*
la huelga *strike*
　　en huelga *on strike*
la ideología *ideology, political belief*
el poder *power*
el (la) rebelde *rebel*
el secuestro *kidnapping*

Otras palabras y expresiones
algo *something, somewhat*
autocrático(a) *autocratic, dictatorial*
poderoso(a) *powerful*

8-1 Para practicar. Trabajen en parejas, o como indique su profesor(a), para hacer y contestar estas preguntas usando el vocabulario de la lista para intentar saber algo sobre sus compañeros de clase.

1. ¿Tienes una ideología política clara ahora? ¿Puedes describirla? ¿Sabes a quién vas a apoyar en las próximas elecciones? ¿Perteneces a algún partido u organización política? ¿A cuál?
2. ¿Has participado en alguna huelga o has sacrificado algo por una causa política? ¿Por cuál? ¿Tuviste éxito o fracasaste?
3. ¿Te consideras un(a) rebelde? ¿Por qué sí o por qué no?
4. ¿Crees que está justificado efectuar cambios por la fuerza a veces? ¿Cuándo? ¿O siempre se puede modificar el gobierno y eliminar la injusticia usando métodos pacíficos? ¿Crees que la violencia genera más violencia? Explica tu posición.

8-2 Anticipación. Trabajen en grupos de dos o tres. Véanse los mapas al principio de este libro. Hagan una lista de los países y sus capitales en Centroamérica y Norteamérica. Indiquen en qué parte del país está situada cada capital. ¿Cómo influye la geografía de un país en su desarrollo político y económico?

I. Revolución y «golpe de estado»

Durante el siglo XX, en casi todos los países hispanoamericanos se efectuaron más cambios de gobierno por la fuerza que por vía democrática°. Sin embargo, estos cambios, que raramente tienen las características de revoluciones, son simples golpes de estado. Éstos se pueden
5 definir como cambios que sólo sustituyen un elemento por otro sin que se modifiquen los verdaderos poderes socioeconómicos. Algunos autores sugieren° que en algunos países el golpe de estado ha asumido la misma función que tienen las elecciones parlamentarias en el sistema europeo. Es decir que cuando un presidente pierde el apoyo del congreso, sus rivales
10 organizan un golpe en vez de fijar° elecciones. El procedimiento tiene una serie de reglas tradicionales y generalmente se lleva a cabo con gran eficacia.[1] Claro que se elimina el elemento popular porque el cambio es de una fuerza militar a otra, de un grupo económico poderoso a otro grupo semejante, o de un partido autocrático a otro de tendencias iguales. Lo esencial es que las
15 verdaderas bases del poder no cambian, sino sólo los individuos que lo ejercen.

Las verdaderas revoluciones implican cambios mucho más profundos en la distribución del poder. Ocurren de una clase social a otra, de los propietarios a los empleados, o de los oficiales a los soldados rasos del mismo ejército. Según la mayoría de los especialistas en política hispanoamericana,
20 hubo sólo tres revoluciones en el siglo XX: la de México de 1910, la boliviana de 1952 y la cubana de 1959. Esto significa que en los tres casos se efectuó una modificación radical° en la organización de los elementos del poder.

Ocurrieron otros movimientos con aspectos revolucionarios como el del gobierno de Salvador Allende[2] en Chile, el movimiento peronista en la
25 Argentina[3] o la rebelión militar en el Perú.[4] En los tres casos la base del poder era demasiado limitada para tener éxito a largo plazo°. Los sandinistas en Nicaragua tomaron el poder en 1979 con una ideología revolucionaria verdadera, pero las presiones internacionales de los adversarios de la «guerra fría» resultaron en la destrucción de su revolución. Pero el caso es que la
30 mayoría de los cambios eran golpes de estado.

En las dos últimas décadas del siglo XX vimos la desaparición de los gobiernos militares y la llegada de la democracia, de alguna u otra forma, a casi todos los países hispanoamericanos. Pero comienzan las dificultades al inicio

through democracy (margin, line ~3)
suggest (margin, line ~7)
hold (margin, line ~10)
basic (margin, line ~22)
long term (margin, line ~26)

[1] It has been said that some coups are settled by a phone call between two generals who compare forces and declare a winner. Although some are violent, many involve little or no actual shooting.

[2] **Allende** Allende came to power in 1970 by the electoral process but with a somewhat revolutionary platform, which was beginning to change the actual power base until he was overthrown by the military in 1973.

[3] **movimiento peronista en la Argentina** Juan Perón became president twice, in 1946 and 1974, with a very specialized power base. The president during the 1990s, Carlos Menem, was a peronista, as have been the presidents of the twenty-first century.

[4] **la rebelión militar** General Juan Velasco Alvarado took power in 1968 with a revolutionary program, much of which was dismantled after his death in 1975.

millenium; duly elected
carried out

term; resign

measures

to grant them; claiming
favorable

peacefully

del tercer milenio°. En el Perú un presidente debidamente elegido°, Alberto
35 Fujimori, llevó a cabo° un «autogolpe de estado». Quiere decir que suspendió
la constitución y el congreso y comenzó a gobernar autocráticamente. Después
de unos años de su tercer mandato° tuvo que dimitir° y exiliarse en el Japón (de
donde vinieron sus padres) acusado de corrupción.

El presidente Menem en la Argentina y Cardoso en el Brasil insistieron
40 en tomar medidas° para poder ocupar el puesto durante más de un mandato.
En todos los casos los presidentes han convencido a los congresos para
que les otorgue° poderes extraordinarios, alegando° que era necesario para
gobernar efectivamente. Los resultados no han sido del todo ventajosos°.
Al salir Menem de la presidencia, la Argentina entró en un largo período de
45 inestablilidad que vio varios presidentes entrar y salir de la Casa Rosada.
Cardoso terminó su mandato pacíficamente°, pero el candidato que apoyó
como su sucesor perdió las elecciones. En el Ecuador grandes protestas
públicas resultaron en la salida de dos presidentes y nuevas elecciones.
En Venezuela el presidente Hugo Chávez gobierna autocráticamente y ha
50 arreglado un mandato de doce años.

8-3 Comprensión. Elija la respuesta que mejor complete las siguientes oraciones.

1. En Hispanoamérica se han efectuado más cambios de gobiernos por…
   a. revoluciones.
   b. elecciones democráticas.
   c. golpes de estado.

2. Una verdadera revolución ocurrió en…
   a. el Ecuador.
   b. México.
   c. el Brasil.

3. El golpe de estado sólo cambia… en el poder.
   a. a los individuos
   b. las bases
   c. el ejército

4. Las verdaderas revoluciones implican un cambio en la distribución del…
   a. ejército.
   b. poder.
   c. estado.

8-4 Opiniones. Exprese su opinión personal.

Elementos de la lectura

1. ¿Hubo un golpe de estado recientemente? ¿Unas elecciones donde el cambio del
   gobierno fue muy radical? ¿Quién ganó?
2. ¿Hay gobiernos que pueden caer dentro de poco?

Conceptos generales

3. ¿Sabe lo que dice la Declaración de la Independencia norteamericana sobre la revolución?
4. ¿Cree que podría haber una situación donde las fuerzas armadas norteamericanas
   tomaran el poder? Explique. ¿Qué pasaría si lo hicieran?
5. ¿Qué condiciones harían que Ud. se volviera revolucionario(a)?

Pancho Villa (a la izquierda) y Emiliano Zapata en un momento de unidad. ¿Cuál es la imagen que tienen hoy día estas figuras de la Revolución Mexicana de 1910?

II. La Revolución Mexicana de 1910

Después de un largo período de dictadura, un pequeño ejército formado principalmente por hombres del norte de México se levantó° violentamente, produciendo en el año 1910 una revolución en el país. La guerra duró varios años y terminó con una nueva constitución nacional en
5   1917. Como ocurre en muchos movimientos violentos, la ideología se creó después de la guerra. Pancho Villa y Emiliano Zapata,[5] que luchaban al frente de ejércitos desorganizados y populares, se convirtieron en héroes nacionales. Los soldados respondían al carisma° de los líderes sin saber mucho ni de ideologías ni de teorías políticas. También sentían deseos de vengarse de la
10   opresión que habían sufrido bajo la dictadura de Porfirio Díaz.[6] Sin embargo, la lucha produjo una ideología que favoreció a las clases bajas a expensas de los ricos del régimen anterior.

La constitución de 1917, que todavía rige° en México, incluyó varios artículos dedicados a la justicia social, especialmente para los trabajadores
15   urbanos. Permitió por primera vez los sindicatos, y éstos vinieron a ocupar un puesto de poder en la vida nacional. Además, se promulgaron° leyes para reducir el poder de dos grupos importantes del régimen anterior: la Iglesia y las compañías e individuos extranjeros.

En el primer caso, se estableció un sistema de enseñanza pública para
20   todo el pueblo. La educación había estado en manos de la Iglesia desde los principios de la colonia. En el segundo caso, se declaró que el suelo° mexicano, incluso° los minerales del subsuelo, pertenecía al pueblo. Esto daba al gobierno el derecho de prohibir la explotación del petróleo por elementos extranjeros. Durante el mandato del presidente Lázaro Cárdenas (1934–1940)
25   todo el petróleo° fue expropiado; entonces quedó en manos del gobierno. En vista de los descubrimientos posteriores, este hecho asumió después muchísima importancia económica.

[5] **Pancho Villa y Emiliano Zapata** The two most popular revolutionary leaders of the Mexican Revolution of 1910. Neither was really an ideological leader, and both were eventually excluded from the new government. Both men, however, retain an almost mystical image to the present day.

[6] **Porfirio Díaz** President of Mexico from 1872 to 1911. His oppressive regime and his reluctance to relinquish the office formed the basic political motivation for the Revolution.

Pancho Villa
Emiliano Zapata

rose up

charisma

rules

passed

soil
including

crude oil

30   Muchos han criticado la Revolución por ayudar principalmente a la clase media y a los capitalistas nacionales, y por no beneficiar al pueblo. Entre las únicas verdaderas mejoras figuran el aumento del alfabetismo° y la construcción de un mayor número de hospitales y de otras obras públicas.

literacy

     El Partido Revolucionario Institucional (PRI), una coalición creada en la
35 década de los veinte, ha tenido casi un monopolio del poder político durante unos setenta años. Aunque ha restringido° la libertad democrática, también ha traído una estabilidad política bastante sólida. Pero últimamente otros partidos han comenzado a atacar ese poder exclusivo y el PRI, respondiendo a la presión pública, ha tenido que abrir el proceso electoral. Esta abertura resultó
40 en la elección de un presidente, Vicente Fox, del PAN (Partido de Acción Nacional) en el año 2000. Es un partido relativamente más conservador que el PRI. Fox ha podido resistir la oposición que ha surgido por no resolver él todos los problemas. Fox ha hecho público varios documentos sobre las acciones del régimen anterior. El desafío° será mantener en el futuro la
45 estabilidad política tradicional en México, y a la vez° permitir un proceso democrático más abierto.

restricted

challenge
at the same time

     Aunque no ha sido perfecta la Revolución, no se puede negar que ha llegado a crear un orgullo de ser mexicano entre el pueblo de ese país.

8-5 Comprensión. Responda según el texto.

1. ¿Por qué siguieron los soldados a hombres como Villa y Zapata?
2. ¿Qué documento resultó de la Revolución de 1910?
3. ¿Qué cambios trajo la Revolución Mexicana al sistema de educación de México?
4. ¿Qué mejoras verdaderas ha logrado la Revolución?
5. ¿Qué es el PRI y qué ha hecho durante setenta años?
6. ¿Qué cambio hubo en el gobierno mexicano en el año 2000?

8-6 Opiniones. Exprese su opinión personal.

Elementos de la lectura

1. ¿Bajo qué condiciones es justificado efectuar una revolución en vez de cambiar el gobierno por métodos legales?
2. ¿Cree que es mejor si los minerales y el petróleo se consideran propiedad del pueblo? ¿Por qué sí o por qué no?

Conceptos generales

3. ¿Ha visitado México? ¿Quisiera visitar ese país? ¿Qué parte?
4. ¿Le gusta a Ud. o le molesta ser turista en un país extranjero? Explique.

III. Bolivia en 1952, Cuba en 1959 y Nicaragua en 1979

Around the middle
seaport
tin

A mediados° del siglo XX, Bolivia, además de ser el único país del continente sin puerto marítimo°, tenía una gran población indígena sin tierra, y dependía de su producto único, el estaño°. En 1952 el Movimiento Nacional Revolucionario asumió el poder e inició dos cambios radicales: la
5 reforma agraria y la nacionalización del estaño.

reduced

Como en muchos otros casos, la reforma agraria redujo° la producción de comestibles porque los campesinos no tenían interés en producir más de

income

lo que consumían. El estaño perdió su importancia y no produjo los ingresos° necesarios para comprar la comida que faltaba. Los resultados generales de la
10 Revolución boliviana no han sido muy prometedores.

De todas las revoluciones del siglo XX en Hispanoamérica, después de la de México, la que más atención atrajo en los Estados Unidos ha sido la cubana. El movimiento del «26 de julio»[7] fue encabezado por Fidel Castro y Ernesto «Che» Guevara, quienes entraron victoriosos en La Habana el primero
15 de enero de 1959. La personalidad de Fidel y su imagen pública le atrajeron

beard; cap; rejection

mucho apoyo popular. La barba°, la gorra° militar, el rechazo° del lujo público generalmente asociado con su puesto de presidente, lo identificaron —sinceramente o no— con el pueblo que lo había ayudado tanto en su lucha militar.
20 La presencia del «Che» Guevara, argentino de nacimiento, reforzó esta identificación. Guerrillero de profesión, Che aumentó su imagen casi mística cuando fue a Bolivia a morir en una lucha revolucionaria de ese país en 1967.

Después de la victoria revolucionaria vino el problema de encontrar un

machinery

mercado para su producto único: el azúcar. Nacionalizaron las maquinarias°
25 norteamericanas y los Estados Unidos ya no quiso comprar su producto. Castro, al proclamarse leninista, consiguió apoyo de la Unión Soviética

imposed
at the request of

durante casi tres décadas frente a un embargo económico impuesto° a petición de° los Estados Unidos. Desapareció el apoyo cuando desapareció la Unión Soviética y desde entonces Cuba ha sufrido una caída severa en
30 sus condiciones económicas. Parece que toda esta presión resultará en unos cambios básicos en el sistema de gobierno cubano.

La larga dictadura de las varias generaciones de la familia Somoza en Nicaragua dio origen a una oposición popular encabezada por el «Frente Sandinista de Liberación Nacional».[8] Cuando llegó al poder en 1979 proclamó
35 una ideología izquierdista. Fidel Castro les prestó apoyo económico y también el apoyo militar que requerían para luchar contra sus enemigos nacionales e internacionales. Esta oposición violenta presionó° al gobierno a permitir

pressured

elecciones y la victoria electoral de Violeta Chamorro puso fin a la revolución sandinista. Aunque lograron mejoras en el sistema de educación y en la salud
40 pública, no pudieron estabilizar la economía ni pacificar la oposición. No queda mucha influencia del movimiento sandinista en la Nicaragua de hoy.

---

[7] **26 de julio** This is the date, in 1953, of the first attack by the rebels and so became the name of the movement.

[8] **Sandinista** The name is derived from Augusto César Sandino (1895–1934) who headed the resistance in Nicaragua to the U.S. occupation (1927–1933) and was thus a national hero.

8-7 Comprensión. Responda según el texto.

1. ¿Cuál fue el problema que resultó de la reforma agraria en Bolivia? No produció la comid
2. ¿Qué hombres famosos se asociaron con la Revolución cubana?
3. ¿Por qué dejó la Unión Soviética de apoyar al gobierno cubano? Comunista.
4. ¿Qué presión le puso los Estados Unidos a Cuba?
5. ¿A qué familia depusieron los sandinistas? Somosa
6. ¿Qué mejoras lograron los sandinistas antes de perder el poder?

8-8 Opiniones. Exprese su opinión personal.

Elementos de la lectura

1. ¿Qué responsabilidad tienen los Estados Unidos hacia los países pobres como Bolivia?
2. ¿Por qué salieron tantos cubanos de su país después de la victoria de Castro?
3. ¿Cree que es importante la imagen de los revolucionarios además de su política? Explique.

Conceptos generales

4. ¿Puede nombrar algunos héroes revolucionarios de los Estados Unidos? ¿Qué hicieron?
5. ¿Tiene Ud. alguna obligación en las luchas por los derechos humanos de los pueblos de otros países? ¿Por qué sí o por qué no?

IV. Los guerrilleros

Uno de los héroes del movimiento del 26 de julio en Cuba fue Ernesto «Che» Guevara (1928–1967), prototipo del guerrillero hispanoamericano. Los rebeldes cubanos pasaron varios años en la sierra sirviendo como símbolo de la oposición a la dictadura de Fulgencio Batista, el presidente cubano. «Che» 5 Guevara sirvió en esa época como maestro material y espiritual en los métodos de la guerra de guerrillas. La base de esta guerra, tan común en la época contemporánea, es el ejército popular, secreto y móvil, que cuenta con° el apoyo del pueblo para obtener provisiones. Guevara, en su manual sobre la organización de los guerrilleros (libro que forma parte de la lectura básica sobre el asunto), 10 dice acerca de las posibilidades de éxito: «Donde un gobierno haya subido al poder por alguna forma de consulta° popular, fraudulenta o no, y se mantenga al menos una apariencia de legalidad constitucional, el brote° guerrillero es imposible de producir por no haberse agotado° las posibilidades de la lucha cívica.» Es decir que la guerrilla no puede funcionar sin el apoyo del pueblo ni puede 15 funcionar contra un gobierno que mantenga la apariencia de libertad.

Por motivos propagandísticos los grupos guerrilleros por lo general se llaman a sí mismos «frentes de liberación» o «ejércitos populares» mientras los gobiernos amenazados los denominan° «terroristas».

El caso de España muestra la dificultad que presentan tales grupos. La 20 región vasca° del norte de España tiene una larga historia de sentimiento separatista. Los vascos tienen una cultura algo distinta y su lengua es de origen desconocido.[9] Han luchado contra el dominio del gobierno de Madrid

depends on

consent
outbreak
exhausted

call

Basque

[9] **origen desconocido** Basque, unlike the other regional languages of Spain, is not a romance language. The region is called *Euzkadi* in Basque. The terrorists use the intials ETA for *Euzkadi ta Askatasuna* or "Euzkadi and Freedom."

Un tipo de manifestación es la huelga de los trabajadores de un sindicato. ¿Cree Ud. que tal demostración tiene efecto? ¿Por qué sí o por qué no?

por muchos años, pero últimamente esta lucha ha resultado en una trágica violencia de tipo guerrillero. Los vascos rebeldes exigen la separación completa del país vasco para crear una nación independiente. La nueva constitución española, adoptada en 1978, hace posible cierto grado° de autonomía para las regiones españolas,[10] pero esto no parece satisfacerles a los vascos. Sus métodos incluyen ataques de sorpresa contra la policía nacional, bombas que estallan° en lugares públicos, secuestros de personas ilustres° y poderosas y otros actos de violencia. Su influencia en los sindicatos° vascos es tan grande que los empresarios se ven obligados a pagarles un «impuesto revolucionario» a los rebeldes para evitar que hagan huelga. Así los rebeldes ganan dinero para sus otras actividades. Según un informe de *El País,* periódico de Madrid, una carta de los dirigentes etarras° a los terroristas dice que «la vida de un terrorista ‹vale° cien veces más que la de un hijo de un txakurra› (término despectivo° para designar a un policía)… [y] los dirigentes ordenan a los terroristas que sigan colocando° bombas en automóviles de policías, pese al riesgo° de que también mueran niños.» En otro caso una agencia calcula que unos 42.000 ciudadanos de las provincias vascas están sometidos a la amenaza directa de ETA por el hecho de defender ideas contrarias a las de la banda° terrorista «o haber elegido ser jueces, profesores, políticos, sindicalistas°, policías, empresarios° … »

El pueblo vasco ya no apoya a los etarras que llevan más de veinte años en su esfuerzo.

Uno de los propósitos de los grupos terroristas es desestabilizar° el gobierno legítimo y provocar una reacción excesiva de parte de las autoridades. Por ejemplo, se ha acusado a varios miembros del gobierno español de actos ilegales en la guerra contra los etarras. Hubo una organización secreta llamada GAL (Grupo Antiterrorista de Liberación) que se dedicó a matar a los terroristas sin el beneficio de un proceso judicial. Posiblemente recibió el permiso y el apoyo financiero del gobierno nacional y el escándalo afectó mucho el esfuerzo oficial contra los rebeldes.

Casi todos los países tienen o han tenido grupos rebeldes. El Sendero Luminoso del Perú, las Fuerzas Armadas Revolucionarias de Colombia, son dos de los activos del siglo XXI. Pero la vuelta a la democracia ha causado una disminución de su apoyo popular, sin la cual no pueden funcionar muy bien.

[10] ***las regiones españolas*** Spain has fourteen traditional regions: Galicia, Asturias, León, Navarra, Cataluña, Aragón, Castilla la Vieja, Castilla la Nueva, Extremadura, Andalucía, Murcia, Valencia, Canarias (islands in the Atlantic), and Baleares (islands in the Mediterranean of which Mallorca is the largest). The regions had not had official status for some time, but the 1978 Constitution allowed those wishing it to acquire some autonomy similar to that enjoyed by the states in the U.S.

---

degree

explode
famous
unions

ETA leaders
is worth
perjorative
placing
despite the risk

group
union officials; entrepreneurs

destabilize

8-9 Comprensión. Responda según el texto.

[handwritten: movimientos de guerillas.]

1. ¿Sobre qué es el manual que escribió Che Guevara?
2. ¿Qué exigen los terroristas vascos? ¿Dónde? *[handwritten: la región basca. Quieren ser seperadas]*
3. ¿Qué es el «impuesto revolucionario» de los vascos?
4. ¿Qué quieren provocar los etarras de parte del gobierno?
5. ¿Por qué ha disminuido el apoyo popular a los grupos rebeldes en Hispanoamérica?

8-10 Opiniones. Exprese su opinión personal.

Elementos de la lectura

1. ¿Cree que es posible que un movimiento guerrillero se mantenga limpio e idealista? ¿Por qué sí o por qué no?
2. ¿Cuáles serían los elementos negativos de un grupo guerrillero? Explique.

Conceptos generales

3. ¿Ha participado Ud. en una manifestación? ¿A favor o en contra de qué?
4. ¿Le gusta participar en la política de la universidad? Explique.
5. ¿Presta mucha atención a la política nacional? ¿Por qué sí o por qué no?

❀ Expansión

¿Desea más? En la **Heinle Voices Database,** en **www.textchoices.com/voices** hay en la séptima sección un ensayo que explica mucho de la situación actual en España, «1975–Actualidad». Este ensayo ayuda a comprender las actividades de ETA y otros grupos políticos.

8-11 Ejercicios de vocabulario

A. Indique la palabra que corresponda a la definición.

1. un sistema de pensamiento político
2. un grupo basado en afinidad de ideologías
3. un partido de rebeldes secretos
4. táctica de los guerrilleros
5. los soldados como grupo
6. una actividad del ejército
7. lo opuesto a la guerra
8. método de un gobierno tiránico
9. un gobierno que usa represión

   a. partido
   b. secuestros
   c. ideología
   d. guerra
   e. dictadura
   f. represión
   g. guerrilleros
   h. paz
   i. ejército

B. Complete con la forma apropiada de la palabra entre paréntesis.

   Modelo   (fracaso) *las revoluciones fracasadas*

1. (economía)   las condiciones _____
2. (violencia)   una rebelión _____
3. (espíritu)   el héroe _____
4. (constitución)   poderes _____
5. (revolución)   las tácticas _____

C. Indique los sinónimos.

1. cambios
2. jefe
3. guerrilleros
4. obrero
5. baja

   a. líder
   b. rebeldes
   c. modificaciones
   d. disminución
   e. trabajador

8-12 ¿Qué opina? En grupos de dos o tres personas hagan y contesten las siguientes preguntas.

1. ¿Cuáles son las diferencias en la importancia de la agricultura entre los Estados Unidos e Hispanoamérica?
2. ¿Hay necesidad de reformas en la agricultura de los Estados Unidos? Explique.
3. Han existido grupos de guerrilleros en los centros urbanos de los Estados Unidos, pero nunca en el medio rural. ¿Por qué es distinta la situación en Hispanoamérica?

 8-13 Debate. Organice dos equipos para que ataquen o apoyen esta resolución.

Un país debe ayudar a un movimiento revolucionario en un país vecino si le es ideológicamente conveniente.

8-14 Situación. Imagínese que es víctima de un secuestro político. Los guerrilleros le dicen que lo han hecho para conseguir la libertad de unos presos políticos y que lo (la) van a matar si no cooperan las autoridades. ¿Qué les diría a los guerrilleros en su propia defensa? Si permiten que Ud. haga una llamada a las autoridades, ¿qué les diría?

8-15 El arte de escribir

A. Composición dirigida. Dé su opinión personal, utilizando las palabras apropiadas de las listas.

1. las razones de la violencia en la política
   (opresión, frustración, desconfianza, proceso electoral fraudulento, tortura, libertad)
2. la reacción oficial apropiada frente a los secuestros políticos
   (rescate, asilo político, desaliento, preso, éxito, fracaso, ánimo, cooperación)
3. la violencia política en los Estados Unidos
   (asesinar, presidente, seguridad, policía, candidato, carisma, televisión, campaña electoral)
4. la violencia urbana y la inseguridad personal en los Estados Unidos
   (autoridad, respeto, familia, móvil, ataque, escuela, pobreza, miedo, robo, violación sexual, armas disponibles)

B. El arte de la exposición (primera parte). La exposición es esencialmente una explicación o una declaración de algo. Frecuentemente es sobre algo abstracto o literario, pero también puede ser sobre cualquier cosa.

En un ensayo el objetivo es hacer que el lector comprenda la idea, de modo que por lo general se dirige a su inteligencia y no a sus sentimientos.

Para escribir una exposición es necesario formular una pregunta y responderla en el ensayo. La extensión y la complejidad del ensayo resultarán de la complejidad del tema. Si se hace una pregunta como *¿De qué tratan las obras de Borges?*, se tendría que escribir un libro entero para agotar el tema. Pero, si se pregunta, *¿De qué trata el cuento «Un día de estos» del colombiano García Márquez?*, se podría contestar así:

> *El ambiente del cuento refleja las guerras fratricidas que caracterizaron las luchas entre liberales y conservadores en Colombia entre 1948 y 1958. El cuento muestra cómo «La Violencia» (como dicen los colombianos) tuvo un efecto profundo en todo el país, especialmente en los pueblos más pequeños.*

Claro, en cualquier ensayo puede variar la cantidad de puntos que se incluyen.

Ahora, lea estas preguntas posibles y con unos compañeros de clase decida cómo se pueden reformular para hacer una exposición más corta.

1. ¿Qué ideología tenía la Revolución Mexicana?
2. ¿Qué querían los sandinistas?
3. ¿Por qué se estudia en la universidad?
4. ¿Qué es la literatura?
5. ¿Qué hace un presidente?
6. ¿Quién es Fidel Castro?

Ahora, escriba una exposición sobre algo que ha aprendido en otra clase. No se olvide de ponerle atención al proceso de limitar el tema.

ATAJO ◀

Grammar: Verbs: **conocer** & **saber**, progressive tenses; **Phrases:** Hypothesizing; Linking ideas; **Vocabulary:** Computers; School supplies

Las noticias

La prensa. Haga Ud. un resumen de estos artículos.

Constitutional

La Constituyente° abre la puerta a un mandato de 12 años para Chávez

has complied with

La Asamblea Nacional Constituyente ha complacido° los deseos del presidente venezolano, Hugo Chávez, de poder contar con mayor tiempo para desarrollar su proyecto bolivariano.[1]

has allowed / agreed

Así ha consagrado° en la nueva Carta Magna la reelección presidencial inmediata y el aumento del mandato actual de cinco a seis años, con lo que se prolonga el período de Gobierno a 12 años [que comienzan en 1999]…

promotions
policy elections

president

Desde que tomó posesión del cargo… el mandatario° ha manifestado su intención de ampliar el mandato presidencial a seis años,… con posibilidad de una sola reelección.[2]

Chávez justifica esta medida porque requiere un plazo mínimo de 10 años para poner en marcha su revolución «democrática, pacífica y bolivariana».

En la primera discusión del proyecto constitucional, considerado como el más voluminoso del mundo por sus 395 artículos, la Asamblea Constituyente, elegida popularmente… también acordó° dar mayores poderes a la figura presidencial. Entre éstos destaca su facultad de decidir personalmente los ascensos° militares, nombrar al vicepresidente, convocar los referendos° y disolver el Parlamento.

El País Digital (Madrid)

[1] **bolivariano** In the spirit of Simón Bolívar, the "George Washington" of northern South America. Bolívar was originally from Venezuela.

[2] **una sola reelección** The constitutions of most Latin American countries allow a 5- or 6-year term with no re-election. Lately a number of presidents have managed to skirt these restrictions. Since they were all freely elected, this is not generally considered to be an anti-democratic move.

ETA envía cartas exigiendo el ‹impuesto› con fotos de los familiares de los extorsionados

to stop
roughened

by means of
attacks
messages / warns

threats
spouses
as well as; traveling / doesn't exempt them from paying up; on the contrary; daily

warns
located
delay

En los últimos meses, la organización terrorista ETA ha recrudecido° su habitual campaña de extorsión a empresas a través de° cartas en las que exige el impuesto revolucionario.

En las nuevas misivas° emplea un lenguaje mucho más duro e incluye amenazas° contra los empresarios y fotografías de sus cónyuges° e hijos, así como° detalles de los desplazamientos° que hacen a diario°.

La organización terrorista advierte° por escrito a los propietarios de la mayoría de empresas ubicadas° en Guipúzcoa y Vizcaya de que se trata de su última oportunidad para que paguen el impuesto revolucionario: «Va a ser la última carta y la única posibilidad de que paren°

todas las acciones operativas contra sus empresas».

En esta campaña también han sido incluidas las empresas que han sufrido atentados° en los últimos meses. De hecho, la organización advierte° a los propietarios de estas compañías de que el hecho de haber sido objeto de atentados terroristas en alguna ocasión no les exime de pasar por caja°. Por contra°, les reclama cantidades que oscilan entre los 30.000 y los 210.000 euros. A estas sumas, ETA les añade el interés del 5% por cada año no pagado, que en la mayoría de los casos supone un retraso° acumulado de 10 años.

El Mundo (Madrid)

Ofensiva de las FARC contra las elecciones en Colombia

wounds
bodyguards
hard line

explosion

close to
pointed out

night before last / ammonium nitrate bomb; set off; group

uninjured

Atacaron a un senador que impulsa la reelección del presidente Uribe en 2006

Las FARC iniciaron una campaña para boicotear las elecciones parlamentarias y presidenciales de 2006 en Colombia, con un atentado con coche bomba, en Bogotá, contra un legislador cercano al° presidente colombiano, Álvaro Uribe.

Las autoridades atribuyeron a las Fuerzas Armadas Revolucionarias de Colombia (FARC) el ataque de anteanoche° contra el senador oficialista Germán Vargas Lleras, ex presidente del Congreso, quien resultó ileso°. La explosión pro-

vocó heridas° a nueve personas, incluidos tres escoltas° del legislador, que comparte con Uribe una política de línea dura° contra la guerrilla izquierdista y que en diciembre de 2002 perdió tres dedos de la mano derecha como consecuencia del estallido° de un sobre bomba enviado por las FARC a su oficina.

El comandante de la policía en Bogotá, general Luis Gómez, señaló° que el coche bomba fue cargado con unos 50 kilos del poderoso explosivo anfo°, y accionado° al paso de la comitiva° de Vargas Lleras.

La Nación Online (Buenos Aires)

El 70% de los móviles° vendidos lleva incorporada la cámara de fotos

Los móviles con cámara están consiguiendo imponerse° en el mercado. En los seis primeros meses del año, el 70% de todos los que se vendieron llevaban una cámara digital.

Tal es su éxito que han desplazado° prácticamente a las cámaras de más bajo rango. Ya es normal encontrarlos con sensores de 2 y 3 megapíxeles, y los hay de hasta 5 y 7 megapíxeles, con potentes procesadores de imágenes°, tarjetas° y mucha memoria para guardar° las imágenes y los vídeos y con la capacidad de transmitirlas directamente a una impresora°.

Pero lo próximo es llevar el televisor en el bolsillo°. El teléfono móvil se ha convertido en un aparato multimedia completo. Los últimos modelos incluyen una cámara de vídeo y de fotografía con un sensor de varios° megapíxeles, un receptor de radio y una tarjeta de memoria, además de la que ya lleva incluida el propio teléfono°, en la que se pueden guardar todo tipo de archivos°, incluidos los musicales en MP3.

Gracias al aumento° en la transmisión de datos, léase° tercera generación (3G) o UMTS, y lo que se podría considerar 4G o de cuarta generación, ver la televisión en el móvil será una realidad.

El País (Madrid)

 **La rebelión campesina en Chiapas**

8-16 Anticipación. Antes de mirar el video, haga estas actividades.

A. Conteste estas preguntas.

1. ¿Ha habido una manifestación en su escuela recientemente? Explique la causa.
2. ¿Su universidad tiene un proceso para escuchar las opiniones de los estudiantes sin que sea necesaria una manifestación? Descríbalo.
3. ¿Ha tratado Ud. de cambiar alguna regla en su escuela? Explique.
4. ¿Es más facil conseguir lo que quiere por la negociación o por medio de manifestaciones?

B. Vocabulario útil. Estudie estas palabras del video.

la alianza *alliance*
la anonimidad *anonimity*
el Delegado Cero *Delegate Zero*
la etapa *stage, level*
el éxito *success*
la manifestación *demonstration; public protest*
la máscara *mask*
mostrar *to show*

8-17 Resumen del video. El movimiento zapatista comenzó como una rebelión armada seguida de manifestaciones en el campo, pero tuvo poco éxito. El líder es el Subcomandante Marcos, ahora el Delegado Cero, quien vive con una máscara para guardar su anonimidad. La causa de los rebeldes es conseguir tierra para los indios de Chiapas. Ahora inician un viaje a todos los estados mexicanos para iniciar otra etapa de la lucha que consiste en formar una alianza con otros partidos izquierdistas para ganar más poder político.

8-18 Sin sonido. Mire el video sin sonido una vez para concentrarse en el elemento visual.

8-19 Comprensión. Estudie estos ejercicios y trate de descubrir las respuestas correctas al mirar el video.

 A. Comente estas oraciones con los compañeros de clase. Decida si son **verdaderas** o **falsas**.

1. Los Zapatistas van a continuar su rebelión armada en todo México.
2. El subcomandante Marcos ha dejado el poder en manos del Delegado Cero.
3. Los Zapatistas van a crear una alianza con los partidos derechistas.

B. Escoja la mejor palabra o frase para completar estas oraciones.

1. El viaje de los Zapatistas tiene como propósito aumentar su influencia…
   a. militar.
   b. política.
   c. económica.

2. El Delegado Cero siempre lleva una máscara para guardar su…
   a. dinero.
   b. apoyo.
   c. anonimidad.

3. La acción armada de los campesinos ha tenido…
   a. poco éxito.
   b. un gran efecto.
   c. muchas reuniones.

4. El ejército campesino lleva el nombre de…
   a. un presidente de México.
   b. un general contemporáneo.
   c. un héroe de la Revolución de 1910.

5. Se cree que el subcomandante Marcos es en realidad…
   a. un periodista.
   b. un profesor.
   c. un conservador.

8-20 Opiniones. En grupos de tres o cuatro estudiantes comenten estos temas.

1. Casi nunca hay violencia en la política cuando los procesos para modificar el gobierno existen y funcionan bien. ¿Está de acuerdo o no?

2. Cuando hay esperanza de mejorar las condiciones económicas hay poco apoyo por los métodos violentos. ¿Sí o no?

3. En la guerra de independencia de los Estados Unidos sólo un 20% de la población apoyó el movimiento. ¿Qué significa este hecho para los rebeldes actuales?

Esta mujer hace un duro trabajo de campo. ¿Cree Ud. su «sombrero bandera» es una afirmación política? Explique.

La educación en el mundo hispánico

Los uniformes son muy típicos en las escuelas hispánicas. ¿Vistió Ud. uniforme en la escuela primaria o secundaria? ¿Cuáles son las ventajas de usar uniforme en la escuela?

Lecturas culturales

3   2   1   **Cine**

Una maestra argentina comenzó a sospechar que «la historia oficial» que emitía el gobierno escondía más de lo que revelaba. Al hacer sus investigaciones descubre muchos hechos violentos de la «guerra sucia» de los años 70. Ganó el Óscar a la mejor película extranjera en 1986 *La historia oficial* (1985, 114 min.).

Enfoque

La organización y los métodos de enseñanza reflejan los valores, los ideales y la situación socioeconómica de un pueblo. Además de aumentar los conocimientos tecnológicos, el sistema de enseñanza se dedica a transmitir la cultura de una generación a otra.

Esto se hace explícitamente en las clases de historia, de política o de religión; pero el sistema de enseñanza también tiene una influencia implícita en la sociedad a través de los métodos usados en la enseñanza, los cursos ofrecidos o la selección de alumnos.

Estos ensayos se dedican a la explicación de las grandes diferencias entre el sistema de enseñanza del mundo hispánico y el del norteamericano.

Vocabulario útil

Estudie estas palabras antes de leer los ensayos.

Verbos

contratar *to contract*
convenir (ie) *to suit*
dar una clase *to teach, to lecture*
diferir (ie) *to differ, to be different*
elegir (i, i) *to choose*
especializarse *to major, to specialize*

Sustantivos

la asistencia *attendance*
la elección *choice*
la instrucción *instruction, teaching*
la investigación *research*
el (la) maestro(a) *teacher*

la manifestación *demonstration*
la matrícula *tuition*
la nota *grade*
el título *degree (education)*

Adjetivos

educativo(a) *educational*
escolar *pertaining to school*
estudiantil *pertaining to students*
explícito(a) *explicit*
gratuito(a) *free*
implícito(a) *implicit*
particular *private*
primario(a) *primary*
privado(a) *private*
secundario(a) *secondary, high school*
superior *higher*

9-1 Para practicar. Trabajen en parejas, o como indique su profesor(a), para hacer y contestar estas preguntas, usando el vocabulario de la lista para saber algo sobre sus compañeros de clase.

1. ¿Qué materias estudias este semestre? ¿En qué te especializas? ¿Por qué elegiste esa especialización?
2. ¿Tienes mucha libertad para escoger las clases que tomas para tu especialización? ¿Qué título tendrás al final?
3. ¿En tu escuela los maestros ponen más atención a la investigación o a la instrucción?
4. ¿Es muy cara la matrícula en tu escuela? ¿Ha subido mucho últimamente? ¿La pagas tú o la pagan tus padres?
5. ¿Crees que tu experiencia educativa en las escuelas primaria y secundaria fue buena? ¿Por qué sí o por qué no? ¿Sacabas buenas notas?
6. ¿Has asistido a alguna escuela particular? ¿Cuál? ¿Crees que se debe crear un sistema de «vales» *(vouchers)* para ayudar a los alumnos que quieran asistir a una escuela particular?

9-2 Anticipación. Trabajen en grupos de dos o tres. Traten de adivinar el significado de las palabras subrayadas dentro del contexto de la educación.

1. Durante la primera época de la dominación árabe España fue el centro de la enseñanza *superior* en Europa.
2. La meta final era el *ingreso* a la universidad.
3. Hasta el siglo XIX la facultad de *teología* era la más importante, después la facultad de derecho o de jurisprudencia comenzó a *prevalecer*.
4. Para pasar de un año a otro el alumno tenía que *aprobar* los exámenes finales.

I. Historia de la enseñanza hispánica

Durante la primera época de la dominación árabe (siglos VIII–XIII) España fue el centro de la enseñanza superior en Europa. La tradición griega, traída por los moros, se extendió° por todo el continente desde Córdoba. La conocida tolerancia de los moros hacia las ideas heterodoxas° los colocó al
5 frente° de los impulsos renovadores° de la época. Basadas en esta tradición fueron establecidas las primeras universidades españolas: las de Salamanca, Valencia y Sevilla en el siglo XIII. Estas universidades, como también sus contemporáneas de Oxford, Bolonia (Italia) y París, tenían una estructura bastante floja° —consistían en un grupo de profesores particulares que se
10 ponían de acuerdo para dar sus clases en un sitio común. Su categoría° oficial venía de una carta real° y de una autorización del Papa°. En la Universidad de París el profesorado° tenía el poder, mientras que en la de Bolonia el poder estaba en manos de los estudiantes. Las universidades españolas, y las hispanoamericanas, siguieron el modelo italiano. Las universidades del resto
15 de Europa y de los Estados Unidos prefirieron el modelo francés.

Durante el Renacimiento (siglos XV–XVII) aumentó la importancia de la educación y en esta época se fundaron en España la Universidad de Alcalá de Henares —hoy de Madrid— y la mayoría de las americanas: Santo Domingo en 1538; México y Lima en 1551; Bogotá en 1563; Córdoba, en la Argentina,
20 en 1613; Quito en 1622; Sucre, Bolivia, en 1624; Guatemala en 1676, etcétera. Casi todas estas instituciones fueron fundadas por órdenes religiosas, principalmente por los dominicos y los jesuitas. Como punto de comparación, Harvard fue fundada en 1636, William and Mary en 1693 y Yale en 1701.

Las universidades tradicionales tenían sólo cuatro facultades:[1] Teología,
25 Leyes, Artes y Medicina. La Facultad de Artes (hoy Filosofía y Letras) tenía dos funciones: preparación para las otras facultades y preparación de maestros de enseñanza secundaria. La de Teología, dedicada a la formación de sacerdotes, era la más importante hasta el siglo XIX cuando las de Derecho° y Medicina comenzaron a prevalecer, y las universidades se convirtieron
30 en centros de investigación científica y añadieron otras facultades: las de Ingeniería°, Comercio, Farmacia, etcétera.

[1] *facultades* The word *facultad* means "faculty" only in the specialized sense of the professors of a "school" or "college." The more usual translation for the *Facultad de Medicina* would be the School of Medicine. Faculty in its most common sense in English is *profesorado* (professoriate) or *cuerpo docente* (teaching corps).

Glosses (left margin):
- spread
- heretical
- situated in the forefront; impulses toward change
- loose
- status
- royal decree; Pope
- faculty
- Law
- Engineering

La enseñanza primaria y secundaria se consideraba una responsabilidad personal y era una actividad religiosa o particular, pero los ideales democráticos dieron doble impulso al desarrollo de sistemas públicos de *required* 35 enseñanza: 1) la igualdad de oportunidad exigía° escuelas pagadas por el gobierno; 2) para poder ejercer sus nuevas obligaciones cívicas, el pueblo *to achieve* necesitaba alcanzar° cierto nivel de conocimientos. Con la idea de escuelas públicas y gratuitas nació el concepto de asistencia obligatoria, concepto más o menos universal hoy día.

9-3 Comprensión. Responda según el texto.

1. ¿Cuáles fueron las tres primeras universidades de España y cuándo se fundaron?
2. ¿Cuál era la diferencia entre la organización de las universidades de París y Bolonia?
3. ¿Cuándo comenzaron a ser importantes las facultades de Derecho y de Medicina?
4. ¿Qué ideas nuevas requerían un pueblo educado?
5. ¿Cuándo apareció la idea de asistencia obligatoria?

9-4 Opiniones. Exprese su opinión personal.

Elementos de la lectura

1. ¿Tienen los estudiantes mucho poder en la dirección de su universidad? ¿Cree que deberían tenerlo?
2. ¿Cree que es importante estudiar la ciudadanía y la historia para ser buen ciudadano (*citizen*)?

Conceptos generales

3. ¿Cree Ud. que la educación en la universidad debe ser gratuita como lo es la de la escuela secundaria?
4. ¿Cree Ud. que la educación va a tener mucha importancia en su vida futura? Explique.

II. «Educación» y «enseñanza»

Para entender algo del concepto de la enseñanza en el mundo hispánico y de cómo difiere del de los Estados Unidos es necesario aclarar° algunas cuestiones de terminología. La palabra «educación» tradicionalmente se refiere al proceso total de formar un adulto de un niño. Incluye, pero no

5 se limita a la instrucción recibida en la escuela. El niño también recibe su formación de su familia, de la Iglesia y de sus experiencias. El proceso académico es la «enseñanza». La palabra deriva de «enseñar», y ésta es la tarea° del maestro. Sólo recientemente se encuentra la palabra «educación» usada en el sentido del proceso escolar.

10 Los niveles de la instrucción académica son la enseñanza preescolar, la enseñanza primaria o elemental, la enseñanza media o secundaria y la enseñanza superior o universitaria. Como se verá, estos niveles no son exactamente iguales a sus equivalentes en el sistema norteamericano.

Otros términos pueden confundir al estudiante norteamericano. La

15 palabra «curso» significa todo un año escolar: por ejemplo, «el sexto curso de medicina». «Materia» es una serie de clases dedicadas a un curso. El curso, entonces, consiste en varias materias que por lo general están prescritas° sin que el estudiante tenga ninguna elección. El concepto de requisitos° apenas existe, puesto que casi todas las materias dentro del curso son obligatorias.

20 Hay casos en que el alumno puede elegir entre secciones: por ejemplo, el curso de lenguas modernas ofrece elección entre varias lenguas, pero en cualquier caso se estudia la misma serie de materias—gramática, cultura, literatura, etcétera.

El «bachillerato» es más o menos equivalente al diploma secundario en

25 los Estados Unidos y no al título universitario. Éste, por ser más especializado, no tiene nombre genérico° sino que se le llama por el título profesional: profesor para los graduados de la Facultad de Filosofía y Letras, médico para los de Medicina, ingeniero para los de Ingeniería, abogado o licenciado para

to clarify

task

prescribed
requirements

general

Algunas materias requieren equipos especiales. ¿Estudia Ud. una materia de ese tipo? ¿Puede nombrar algunas de estas clases?

los de Leyes (Derecho)[2], etcétera. Las «facultades» equivalen más o menos
30 a las «escuelas» profesionales de las universidades norteamericanas, con la
diferencia de que se hacen responsables de la enseñanza total del alumno.
Esto quiere decir que hay profesores de inglés o de castellano en la Facultad
de Medicina y otros en la Facultad de Ingeniería. Esto muestra dos contrastes
muy importantes con el sistema norteamericano: la especialización que, en
35 algunos países, comienza temprano, y la falta de posibilidad de elección de
las materias por el alumno. Es posible, por lo general, tomar clases en otras
facultades pero no cuentan para el título.

[2] ***Leyes (Derecho)*** These two terms are used interchangeably to refer to law. *Licenciatura,* prop-
erly a law degree, has come to be used to refer to what is the equivalent of a master's degree in
the United States.

9-5 Comprensión. Complete según el texto.

1. El proceso total de formar a un individuo se llama _____.
2. Un curso consiste en varias _____.
3. Cuando un individuo termina su enseñanza secundaria, recibe un _____.
4. Al graduarse de la Facultad de Leyes uno recibe el título de _____.
5. En las universidades hispánicas comienza temprano la _____.

9-6 Opiniones. Exprese su opinión personal.

Elementos de la lectura

1. ¿Cree Ud. que es mejor especializarse temprano o esperar para estar más seguro(a)?
2. ¿Cree que es mejor tener mucha elección en la selección de materias? ¿Prefiere no tener que elegir? Explique.

Conceptos generales

3. ¿Ha decidido Ud. que especialización va a estudiar? ¿Cuándo decidió? ¿Ha cambiado de opinión muchas veces?
4. ¿Le parecen los estudios de su universidad muy, poco o nada difíciles?
5. ¿Cree que todos los estudios universitarios deben ser ofrecidos en facultades especializadas?

III. La organización de la enseñanza hispánica

Aunque sería imposible describir en detalle todos los sistemas de enseñanza de los países hispánicos, se puede dar una idea general de éstos.

Hay jardines infantiles° que aceptan alumnos desde los dos o tres años hasta los seis. Este nivel se clasifica generalmente como educación «infantil» o «preescolar», pero frecuentemente no es obligatoria.

La enseñanza primaria abarca° desde los seis años hasta los doce. En la mayoría de los países hispánicos es obligatoria y gratuita. Termina con un certificado de sexto° grado.

La próxima etapa es la de los «colegios» o «liceos» o a veces «institutos».[3] La enseñanza media o secundaria en Hispanoamérica generalmente se divide en dos ciclos que suman cinco o seis años en total. Por lo general el primer ciclo, o ciclo básico, termina en el bachillerato elemental o general y el segundo en el bachillerato. Este segundo ciclo representa una preparación más especializada para una carrera profesional.

Las materias de la escuela primaria son las mismas que en los Estados Unidos: idiomas, matemáticas elementales, estudios sociales (historia y geografía, tanto nacional como universal), ciencias naturales, ciudadanía°, higiene y estética (arte y música). Hay generalmente también cursos de desarrollo moral y social que tienen el propósito° de transmitirles valores personales a los niños. En España hay dos tipos de materia de sociedad, cultura y religión: una de carácter «confesional»° realizada por las autoridades religiosas y otra «no confesional».

El día escolar en la escuela primaria es generalmente más corto que en los Estados Unidos: dura cinco horas en vez de° seis. Sin embargo, la enseñanza tiende a ser más concentrada durante este tiempo. Algunas materias como la gimnasia o la práctica de la música y del arte no se incluyen en el currículum tradicional.

La enseñanza media o secundaria generalmente inicia la especialización del alumno. Después de recibir el certificado de la escuela primaria, los jóvenes eligen entre varios campos de estudio: humanidades, para los que piensen cursar la carrera de maestro o profesor en la universidad; ciencias para la ingeniería o la medicina; escuela vocacional, etcétera. Frecuentemente existen escuelas separadas especializadas para comercio, para maestros y para las fuerzas militares.

En muchos países hispánicos los exámenes finales en las escuelas secundarias se dan por materia y el alumno recibe una nota final entre 0 y 10. Generalmente el 6 es la nota mínima de aprobación. Si recibe menos de 6 en cualquier materia, tiene que repetirla, pero puede seguir al próximo nivel en las materias aprobadas. Un 10 se califica de «sobresaliente»° y un 9 de «notable»° en muchos casos. Tradicionalmente no se acostumbra dar exámenes parciales° durante el año —el alumno se juega todo° en la nota recibida en el examen final. Este examen casi siempre tiene al menos una

---

[3] *«colegios» o «liceos» o «institutos»* The European system of names has traditionally been used both in Spain and Spanish America. Many universities have their own *colegios* to prepare students for entrance. The *"bachillerato"* is difficult to compare to the U.S. system.

panel

parte oral, en la que el alumno se presenta ante un tribunal° de profesores que
45   le hacen preguntas sobre la materia en cuestión. Por lo general el alumno tiene
muy poca idea del nivel de sus conocimientos antes de ese momento. No es
necesario decir que la época de los exámenes, que dura dos o tres semanas,
inspira cierto miedo en el alumno.

En casi todos los países hispánicos el sistema escolar se organiza a
50   nivel nacional. Hay, por lo general, un ministerio de educación que, con sus
consejeros profesionales, determina la forma que tendrá el sistema en todos
los niveles. El concepto de control al nivel de distrito escolar no existe.

9-7 Comprensión. Responda según el texto.

1.   ¿A qué nivel está el colegio en los sistemas hispánicos?
2.   ¿Qué materias no tiene el día típico en la escuela primaria?
3.   ¿Cuáles son algunas escuelas separadas que pueden tener?
4.   ¿Qué notas se usan en el sistema hispánico?
5.   ¿Dónde está el control principal de las escuelas hispánicas?

9-8 Opiniones. Exprese su opinión personal.

Elementos de la lectura

1.   ¿Qué opina Ud. de la práctica de los exámenes orales en el sistema hispánico?
2.   ¿Qué piensa Ud. del concepto de dar clases sobre el desarrollo moral y social?

Conceptos generales

3.   ¿Piensa Ud. que el fútbol, el arte y la educación física deben ser parte del currículum de la universidad? ¿Cuáles sí y cuáles no?
4.   ¿Le gustan sus clases generalmente? ¿Por qué sí o por qué no?
5.   ¿Cree que el sistema de calificaciones en su escuela es justo? Explique.

IV. Las universidades en el mundo hispánico

Desde el establecimiento de la Universidad de Salamanca en el siglo XIII hasta la actualidad, la universidad ha ocupado una posición de importancia en la sociedad hispánica. El título universitario de doctor en medicina o licenciado en derecho es muchas veces un símbolo de prestigio
5 más que una preparación práctica. Así que se encuentran en todas las carreras personas que poseen un título profesional que no tiene mucha relación con su verdadera profesión. Además, las facultades se componen en gran parte de profesionales. Invitar a un médico de la comunidad a dar una clase en la facultad de medicina es uno de los honores más grandes que se le puede
10 hacer.[4]

advantage
Esta costumbre tiene la ventaja° de proveer instrucción práctica especializada y variada. La desventaja es que el médico o abogado sólo se presenta en la universidad tres o cuatro veces a la semana para dar sus clases y tiene poca oportunidad para el contacto fuera de clase, que forma parte
15 importante de la experiencia educativa.

La mayoría de las universidades mantiene cierta autonomía sobre sus asuntos internos. Por lo general el sistema de universidades se encuentra bajo la jurisdicción del gobierno nacional, y no bajo la de los estados o provincias. Aun cuando hay centros provinciales, están obligados a seguir el currículum
20 de la universidad nacional si quieren que sus títulos sean legalmente válidos.
reinforces
Esta práctica refuerza° el control que ejerce el gobierno federal sobre todo el sistema. Sólo las universidades particulares, que casi siempre son religiosas, tienen algo de libertad en el campo de la experimentación educativa. Esto ha resultado en la creación y expansión de las universidades católicas en el
25 mundo hispánico. Éstas han sido centros de innovación y modernización en muchos de los países.[5]

En la mayoría de las universidades hispánicas la matrícula es casi gratuita y por eso teóricamente accesible a todos. En la práctica, sin embargo, los jóvenes pobres tienen que trabajar para ganarse la vida. Además, en algunos
entrance
30 países los exámenes de ingreso° muchas veces requieren preparación especial
gained
que sólo puede ser alcanzada° por medio de colegios particulares.

[4] Most administrators feel that the widespread practice of part-time teaching is undesirable: salaries are kept low, teacher-student contact is minimal, rational curriculum planning is difficult, faculty communication is poor, etc. Typically, universities outside large cities have made progress toward establishing a full-time faculty since they have fewer community resources to draw on. The same prestige factor that induces eminent physicians and attorneys to teach for very little pay makes eliminating the practice difficult. In the humanities, it is not uncommon for a professor to have three or four different schools to go to each day.

[5] Many administrative and curricular reforms are impossible in the traditional universities due to the several factors mentioned. The tenure system in which one professor is chosen in each subject for a life term stifles change. The private universities can avoid some of these problems as can new public institutions.

9-9 Comprensión. Elija la respuesta que mejor complete la oración según el texto.

1. La Universidad de Salamanca fue fundada…
   a. en el siglo XX.
   b. antes de Cristo.
   c. en el siglo XIII.

2. Los profesorados hispanos se componen en gran parte de…
   a. profesores.
   b. mujeres.
   c. profesionales.

3. Últimamente las universidades católicas han sido centros de…
   a. desestabilización.
   b. experimentación educativa.
   c. control momentario.

4. Generalmente las universidades son controladas a nivel…
   a. local.
   b. nacional.
   c. católico.

9-10 Opiniones. Exprese su opinión personal.

Elementos de la lectura

1. ¿Es fácil o difícil ingresar en su universidad? ¿Por qué?

2. ¿Sabe cuál es la facultad más famosa de su universidad? ¿Por qué?

Conceptos generales

3. ¿Cuáles son las ventajas y desventajas de una universidad particular?

4. ¿Cree que es mejor seguir un curso general (por ejemplo, de Filosofía y Letras) o uno más dirigido a la preparación para una carrera específica? Explique.

V. La vida estudiantil

Se puede decir que los estudiantes universitarios forman una clase aparte. Tienen más contacto que el resto de la población con las actividades políticas de la nación y del mundo. Están más conscientes de los problemas y de sus posibles soluciones. Durante gran parte del siglo XX esta conciencia
5 a veces se manifestó en forma de actividades importantes para la política nacional. En algunas ocasiones esto resultó en violencia.

Una manifestación estudiantil en Tlatelolco[6] en México el 2 de octubre de 1968 resultó en la muerte de tal vez 300 personas, varias de ellas estudiantes universitarios. Fue un episodio trágico, cuyos detalles fueron mayormente
10 encubiertos por el gobierno porque ocurrió en vísperas de los Juegos Olímpicos, cuando la ciudad estaba llena de periodistas internacionales. Sólo después de la subida de otro partido a la presidencia en el año 2000 se le han abierto los archivos del gobierno al público y se ha nombrado un fiscal
special prosecutor especial° para tratar de aclarar lo que pasó hace más de treinta años.
15 En Hispanoamérica los estudiantes universitarios participan activamente en el gobierno de la universidad. La primera manifestación estudiantil fue el movimiento de la reforma universitaria iniciado en la Universidad de Córdoba, Argentina, en 1918. Se extendió por el continente y en muchos centros se convirtió en un nuevo sistema de gobierno universitario con mucho poder en
student councils 20 manos de las juntas estudiantiles°.

presents him/herself Es importante recordar que el sistema de exámenes finales, donde el candidato se presenta° a fin de curso y el hecho de que la asistencia a clases no es obligatoria le dejan al individuo el tiempo necesario para la política. Aunque la mayoría de los cursos son de cuatro o seis años, es bastante común
25 encontrar estudiantes que llevan el doble de ese tiempo sencillamente porque no han querido presentarse a los exámenes.

Due to Debido a° la división de la universidad en facultades especializadas, los centros hispánicos muchas veces no tienen un solo «campus» o ciudad universitaria como en los Estados Unidos. Los estudiantes que asisten a la
30 Facultad de Ingeniería, por ejemplo, no toman clases en otras facultades que frecuentemente están en varias partes de la ciudad y por eso la vida estudiantil es distinta.

boarding houses La mayoría de los estudiantes viven en casas particulares o en pensiones° porque pocas universidades hispánicas tienen residencias oficiales para
35 estudiantes. Las pensiones que se encuentran cerca de la universidad
are usually suelen estar° llenas de estudiantes y así hay cierto contacto entre ellos. Los estudiantes hispanos también tienen sus actividades sociales —bailes, fiestas, grupos musicales, grupos dedicados a intereses especiales. Estas actividades son casi siempre funciones de los estudiantes de una facultad.
were rebuilt 40 Algunas universidades nuevas y las que se reconstruyeron° en el siglo
do have XX a veces sí tienen° su «campus» general, pero la falta de residencias y el
fact; located hecho° de que están generalmente ubicadas° en un centro urbano, no apoyan ese sentido típico de muchas universidades norteamericanas de ser el centro de

---

[6] **Tlatelolco** A historical plaza in Mexico City where a student demonstration was stopped by the military. A large number of students died—some people claimed as many as 500—although the government vigorously denied it.

somewhat apart

la vida del estudiante. El sentido algo apartado° del «campus» ubicado en el
45 medio rural o en un pueblo pequeño, como en muchos casos de universidades
norteamericanas, es muy raro en el mundo hispánico. La universidad no
tiene ni quiere tener una función social en la vida del estudiante. Después
de todo, no fomenta° el concepto de la carrera universitaria como una época
definida en que el estudiante deja al lado° la vida real. Se limita la universidad
50 hispánica a su función pedagógica.

foster
leaves aside

     El sistema de enseñanza se crea como reflejo° de los valores sociales
del país, pero puede constituir una fuerza que actúe sobre esos mismos
valores para cambiarlos o para modificarlos. Aunque la organización y la
tradición del sistema son conservadoras, el proceso de educar a los jóvenes es
55 revolucionario y crea las condiciones adecuadas° para el cambio.

reflection

appropriate

9-11 Comprensión. Responda según el texto.

1. ¿Por qué son una clase aparte los estudiantes universitarios?
2. ¿Qué ocurrió en la Universidad de Córdoba en 1918?
3. ¿Por qué es fácil tomar mucho tiempo para terminar la carrera en algunas universidades hispánicas?
4. ¿Por qué no es necesario tener un «campus» central en las universidades hispánicas?
5. ¿Cómo son diferentes las universidades hispánicas de las norteamericanas, en cuanto a la función social?

9-12 Opiniones. Exprese su opinión personal.

Elementos de la lectura

1. ¿Cree Ud. que es bueno tener residencias para estudiantes en las universidades? ¿Por qué?
2. ¿Cree que la universidad debe tener control sobre la vida del estudiante (fuera de las clases)? ¿Por qué sí o por qué no?

Conceptos generales

3. ¿Dónde y cómo vive Ud. mientras asiste a la universidad? ¿Le gusta o preferiría otra situación? Explique.
4. ¿Prefiere estudiar en un «campus» central o no le importa? Explique.
5. ¿Cuáles son algunos problemas en la universidad contemporánea en los Estados Unidos?

✦ Expansión

¿Desea más? En la **Heinle Voices Database** en **www.textchoices.com/voices** hay un ensayo del académico mexicano Carlos Monsiváis en que examina las «migraciones culturales» en América Latina. Interpreta varios elementos culturales que se han visto en otras unidades de este libro.

9-13 Ejercicios de vocabulario. En grupos de dos o tres personas hagan las siguientes actividades.

A. Indique la palabra que corresponda a la definición.

1. una sección profesional de la universidad
2. los profesores
3. curso de estudios secundarios
4. el conjunto de materias que llevan al título
5. la escuela secundaria
6. lo que estudian los abogados
7. salir bien en el examen final
8. grupo de profesores que juzgan el examen
9. el control sobre sus propios asuntos
10. proceso de formar un adulto

a. bachillerato
b. colegio
c. aprobar
d. profesorado
e. educación
f. facultad
g. autonomía
h. curso
i. derecho
j. tribunal

B. Dé la forma apropiada de la palabra entre paréntesis.

Modelo   pagamos la (matricularse) *matrícula*

1. el día (escuela) _____
2. la asistencia (obligar) _____
3. la enseñanza (segundo) _____
4. un grupo (estudiante) _____
5. la investigación (ciencia) _____

C. Indique los sinónimos.

1. colocar
2. leyes
3. crecer
4. enseñanza
5. excelente
6. entrada
7. aparte
8. sitio

a. derecho
b. lugar
c. aumentar
d. asentar
e. por separado
f. ingreso
g. instrucción
h. sobresaliente

D. Complete con una palabra relacionada a la palabra entre paréntesis.

Modelo   (especializarse)
¿Cuál es tu *especialización*?
El curso de programación informática es muy *especializado*.

1. (conocer)
   a. Es el _____ profesor de español.
   b. Se dedica a aumentar los _____ tecnológicos.
   c. Yo lo _____ en la escuela secundaria.

2. (autorizar)
   a. Necesita la _____ del profesor.
   b. Es un acto _____ ante la ley.
   c. ¿Quién _____ este movimiento?

3. (educar)
   a. Hay necesidad de reforma _____.
   b. Los padres tienen la responsabilidad de _____ al niño.
   c. Muestra su mala _____.

4. (obligar)
   a. Cumple con sus _____.
   b. Es una clase _____.
   c. Se vio _____ a repetirla.

Algunos trabajos no exigen título universitario. Para este hombre, ¿es útil un título avanzado? ¿Por qué sí or por qué no? ¿Puede pensar en otros campos semejantes?

9-14 ¿Qué opina? En grupos de dos o tres personas contesten las siguientes preguntas.

1. ¿Cuáles son algunas implicaciones de la diferencia de modelos universitarios entre el mundo hispánico y el mundo anglosajón?
2. ¿Qué implica el hecho que se distinga entre la educación y la enseñanza en la cultura hispánica?
3. ¿Qué diferencias hay en el currículum secundario de los dos sistemas?
4. ¿Qué significan las diferencias entre la vida estudiantil hispánica y la de los estudiantes norteamericanos?

 9-15 Debate. Organice dos equipos para que ataquen o apoyen esta resolución.

Las universidades no deben cobrar matrícula, sino que deben ser mantenidas por el estado.

9-16 Situación. Imagínese que puede cambiar de lugar con uno(a) de sus profesores(as). ¿Con cuál cambiaría? ¿Por qué? Ahora, su profesor(a) es «estudiante». ¿Cómo lo (la) va a tratar? ¿Cómo va a tratar a los estudiantes en general? ¿Da Ud. muchos exámenes? ¿Qué les va a decir el primer día de clase?

9-17 El arte de escribir

A. Composición dirigida. Dé su opinión personal, utilizando las palabras apropiadas de la lista.

1. la elección de la carrera a los dieciséis años
   (temprano, arrepentirse, decidirse, joven, maduro, equivocarse, malgastar)
2. la educación vocacional y el estudio de filosofía y letras
   (útil, trabajo, dinero, moralidad, desarrollo, ampliar, mundo)
3. el poder estudiantil contra el poder del profesorado
   (equilibrio, contribución, joven, anciano, exámenes, notas, sistema, democrático)
4. el costo de la educación superior
   (público, privado, impuestos, matrícula, bien social, mejora personal, gratuito, gobierno)

B. El arte de escribir la exposición (segunda parte). Este segundo tipo de exposición no es muy diferente al tipo que vimos en la unidad anterior. Es cuestión de explicar su opinión o su punto de vista sobre algún tema. Frecuentemente se pueden usar las técnicas siguientes: usar ejemplos para aclarar las ideas, hacer la descripción más detallada, hacer una comparación o un contraste con algo que el (la) lector(a) ya conoce, etcétera.

Generalmente la exposición es un modo de escribir algo formal. Por eso requiere alguna distancia de la personalidad del (de la) autor(a), y es común el uso de la voz pasiva y de las expresiones impersonales. Es de notar que la exposición no trata de convencer al (la) lector(a) que acepte su opinión, sino claramente explicarla. Sugiere también el uso de un tono neutral y una actitud objetiva de parte del autor.

Ahora, con unos compañeros de clase, escojan entre las oraciones que sean apropiadas para una exposición y las que no lo sean. En el caso de las que no sean apropiadas trate de cambiarlas.

1. ¡Ojalá que creas lo que te voy a decir!
2. Es obvio que se trata de una opinión personal.
3. Siempre he pensado que eso es indudable.
4. No dejes de leer ese libro.
5. ¡Qué película más fenomenal!
6. Muchas personas comparten esta opinión.
7. Es necesario entender el origen de esta idea.
8. Esta pintura es muy divertida por su tema.

Ahora, escriba Ud. una exposición sobre una opinión o una interpretación suya de una obra de arte, una película o una novela.

 ATAJO

Grammar: Adjectives: agreement & position; **Phrases:** Writing about theme, plot or scene; Writing a conclusion; **Vocabulary:** Arts, media: photography & video

Las noticias

La prensa. Haga Ud. un resumen de cada uno de estos artículos.

La Universidad todavía es machista

ENTREVISTA: CARMELA SANZ Socióloga, Profesora de la Universidad Complutense de Madrid y miembro fundadora de su Instituto de Investigaciones Feministas

Pregunta. ¿Existe aún desigualdad en la Universidad?

Respuesta. Cada universidad es un mundo, pero está claro que todavía es una institución machista°. Los estudios científicos de género° y feministas aún no se reconocen como estudios serios. Los comités de evaluación de las tareas docentes e investigadoras° están formados fundamentalmente por hombres. Son escasas° las rectoras°.

P. ¿Qué opina de la paridad°?

R. Es imprescindible°. Si las mujeres somos la mitad de la población, tenemos que llegar a todos los lugares, se nos tiene que ver°. Soy partidaria° de políticas° de acción positiva hasta lograr la igualdad. Hay personas que dicen que quienes valen, llegan°. No es verdad. Una mujer encuentra más obstáculos para llegar a ser, por ejemplo, catedrática°, que un varón° de su misma clase social y formación°.

P. ¿La igualdad entre ambos sexos se trabaja bien desde el colegio?

R. Se puede hacer más. Son precisos cursos y talleres° para que los profesores adquieran los hábitos y las habilidades de educar en la igualdad, porque, a veces, inconscientemente, actúan de manera discriminatoria.

P. ¿Los hombres todavía tienen miedo a la igualdad con las mujeres?

R. Tienen miedo los hombres poco inteligentes, que no se dan cuenta de que son los primeros beneficiados. Igual no van a poder mandar tanto, pero podrán compartir° responsabilidades que en principio sólo tenían ellos.

El País Digital (Madrid)

we must be seen; supporter
policies

those who deserve to, make it

tenured professor; male
background

workshops

male oriented
gender

teaching and research evaluations

scarce; female university presidents
parity
necessary / share

Niño vende muebles° de su casa por adicción a videojuegos

Un niño de 11 años de la ciudad de Cali, en Colombia, vendió todos los muebles de su casa por 45 centavos de dólar a cambio de° una hora de alquiler° de un juego de video, en un sector pobre de la ciudad, informó hoy la prensa local.

…La madre del menor pensó que había sido víctima de un robo, situación muy común en la zona, pero poco tiempo después descubrió que su hijo era el culpable° de la pérdida de sus enseres°, según el telenoticiero° RCN.

Alarmada, la mujer acudió a° la Casa de Justicia… del barrio del sector de Aguablanca y contó, entre otras cosas, que es tal la adicción de su hijo a los videojuegos que tiene las yemas de los dedos° inflamadas.

Muchos menores permanecen° durante horas en tiendas, panaderías y salas de juego° donde les ofrecen la posibilidad de jugar.

La subsecretaria de Policía y Justicia, María Grace Figueroa, dijo al diario El Tiempo de Bogotá, que «hay que promover° que madres y padres de familia estén más atentos° al sitio donde permanecen sus hijos». …

En el debate sobre los videojuegos como elemento de diversión°, algunos reconocen que estimula destrezas° manuales y mentales, mientras otros los ven como causantes de problemas para socializarse.

El Comercio (Lima, Perú)

Tiene 16 años y es asistido° por su adicción a Internet

Chateaba durante varios días sin parar°. Eso le ocasionó problemas de sobrepeso°. Solamente podrá volver a usar Internet si aprende a controlarse, dicen los médicos.

Es una posibilidad, pero puede que nunca más ponga sus manos sobre el teclado° de una computadora. «Solamente podrá volver a hacerlo si desarrolla alguna capacidad para no descontrolarse° en el tiempo que pasa en Internet», explica la psicóloga Natalia Montero, que dirige el equipo° de siete especialistas que lo atienden en esta Capital.

J. tiene 16 años. A los 9, las infinitas posibilidades del mundo virtual lo sedujeron° hasta alejarlo° de la realidad. Comenzó navegando° un par de horas, hasta que se zambulló° por completo en el universo virtual, y pasaron días en que no despegaba los ojos° de la máquina. Eso alertó a los padres, y desde hace un mes, es asistido en un hospital especializado en drogadependencias, a donde concurre° siete horas por día para participar de terapias individuales y de grupo, como un adicto más.

Como sucede con cualquier sustancia o conducta que se vuelve° adictiva, la necesidad de pasar varias horas frente a un monitor, ya sea chateando o participando de juegos en red°, genera en los niños y adolescentes un vicio°. …

Los psicólogos dicen que, aunque no hay una sustancia de por medio°, como podría ser la cocaína, la necesidad compulsiva de navegar en Internet, también es considerada una adicción.

«Una persona con esta patología es capaz de pasar hasta cinco días navegando, y sólo parar para comer y atender sus necesidades básicas. Esto trae como consecuencia problemas de alimentación° —come mayormente cosas que compra en los quioscos°—, de visión y de postura», señala°. …

El proceso de cura podría demorar hasta un año y medio°, según indicó la psicóloga,… «El tratamiento tiene que ver con poner límites; no puede estar en Internet ni manejar° dinero.»

La Nación Online (Buenos Aires)

Educación edita° recursos° digitales para aprender folclor y flamenco en las aulas°

publishes; resources
piece of music
tied
classrooms
prepared

Las clases de música se han dedicado tradicionalmente al estudio de composiciones clásicas y escritas, pero no tanto al conocimiento del rico patrimonio de música oral español. Con el fin de solventar esta carencia°, el Centro Nacional de Información y Comunicación Educativa (CNICE), dependiente del Ministerio de Educación y Ciencia, ha editado un recurso digital multimedia e interactivo de folclor y flamenco. Está disponible° en Internet (www.cnice.mec.es) y orientado a estudiantes de secundaria y bachillerato, y a alumnos de los conservatorios de música y danza.

remedy this deficiency / hangs on
computers (Spain)
available / will grow

…Con este recurso queremos que el alumno no caiga en el tópico del jamón y el tablao[1] cuando se le hable de flamenco, sino que, escuchando alguna pieza°, lo vean como una fórmula de expresión social, que sepan que cada pieza está ligada° a algo: al trabajo, a los viajes…, prosigue Gértrudix, que ha elaborado° también los contenidos.

Además de abundante información sobre manifestaciones, instrumentos, agrupaciones y aspectos sociales, el programa cuenta con ejercicios interactivos y piezas audiovisuales….

El recurso no sólo cuelga° de la Red, sino que se ha editado también como CD y DVD por la falta de ordenadores° en algunos centros. Seis profesores especialistas trabajan para que sea un programa vivo que se amplíe°. Los alumnos pueden escuchar actualmente 30 piezas de flamenco, y calculan que a finales de 2006 serán 60 las disponibles. «Nos cuentan, y nos llama la atención, que el recurso se está utilizando mucho en Chile y en México», comenta Gértrudix.

El País Digital (Madrid)

[1] *el tópico del jamón y el tablao* the cliché of cured ham and a commercial flamenco show. The ham (*jamón serrano*) is a common delicacy in Andalucía, home of Spanish flamenco. The *tablao* is the typical flamenco show, mostly for tourists.

Poniatowska: llevar la cultura a la escuela

cultural policy
untied
proposes to foster / non-existent
entrepreneurs

Convencida de que la política cultural° no puede estar desligada° de la educación, la escritora Elena Poniatowska plantea fomentar° el estudio de las artes desde temprana edad; que los medios de comunicación apoyen en la formación de niños y jóvenes; que los empresarios° apoyen los proyectos culturales, y que el gobierno estimule una nueva conciencia cultural….

link / takes charge of everything
plant
a snack
work with clay

Lo que considera esencial para una política cultural y educativa es vincular° la enseñanza a las artes.

«Es muy importante que en las escuelas los niños desde temprana edad se les enseñe a pintar, modelar°, que estén incluso más tiempo para que aprendan música»….

«No hay atención al teatro; los directores de cine mejor van a Estados Unidos. En tiempos de Gabriel Figueroa y Emilio El Indio Fernández hubo una época de oro del cine, puede ser que ese cine pintaba una realidad inexistente° pero atrajo la atención sobre los cielos, los volcanes, las costumbres de México»….

También considera que la sociedad, la familia, los padres tendrán que participar para generar cambios culturales; por ejemplo, al fomentar la lectura en los niños.

«La televisión se encarga de todo°; es más fácil aplastar° a un niño frente a la tele para que se quede quieto, hasta darle de merendar° frente a la tele, que explicarle lo que es un libro. Ahí entra mucho el papel de la mamá.»

El Universal (Ciudad de México)

El arte sincrético en la Plaza de las Tres Culturas

9-18 Anticipación. Antes de mirar el video, haga estas actividades.

A. Conteste estas preguntas.

1. ¿Ha estudiado el arte en la escuela? ¿Qué aprendió?
2. ¿Cree que es posible para un artista pintar usando las formas de una cultura ajena? Explique.
3. ¿Podría Ud. cambiar de cultura en cuestiones artísticas? ¿Por qué sí o por qué no?
4. ¿Hay siempre elementos culturales en el arte o hay arte con elementos universales? Dé unos ejemplos.

B. Vocabulario útil. Estudie estas palabras del video.

el ahuizotl *mythological Aztec animal*
aplazado(a) *crushed*
franciscano(a) *Franciscan (monk)*
el hallazgo *find, discovery*
mesoamericano(a) *Middle America (Mexico and Central America)*
mestizo(a) *mestizo (combination of Spanish and Indian blood)*
el misionero *missionary*
la pirámide *pyramid*
sincrético(a) *syncretic (result of combining two cultures)*

9-19 Resumen del video. En la Plaza de las Tres Culturas o Tlatelolco han encontrado un mural ejemplo del arte sincrético que forma la base de la cultura mestiza, la base de la cultura nacional. Es posible que fuera creado por los estudiantes indígenas que asistían a una escuela de los misioneros franciscanos que ocuparon el convento cercano. Es un hallazgo importante para saber el inicio y la historia de la cultura mestiza.

9-20 Sin sonido. Mire el video sin sonido una vez para concentrarse en el elemento visual.

9-21 Comprensión. Estudie estos ejercicios y trate de descubrir las respuestas correctas al mirar el video.

 A. Comente estas oraciones con los compañeros de clase. Decida si son **verdaderas** o **falsas.**

1. El mural de Tlatelolco es un ejemplo del sincretismo artístico. _____
2. El pintor indígena aprovecha la escena de la vida diaria para meter elementos simbólicos. _____
3. La cultura mestiza viene directamente de España. _____

B. Escoja la mejor palabra o frase para completar estas oraciones.

1. Los edificios de Tlatelolco se construían principalmente…
   a. del arte.
   b. de piedra.
   c. de pirámides.

2. Las primeras escuelas españolas fueron establecidas por los…
   a. aztecas.
   b. ahuizotles.
   c. misioneros.

3. Tlatelolco también se llama…
   a. Plaza de las Tres Culturas.
   b. Los Mestizos.
   c. Mesoamérica.

4. La cultura mestiza es un ejemplo del…
   a. hallazgo.
   b. ahuizotl.
   c. sincretismo.

 9-22 Opiniones. En grupos de tres o cuatro estudiantes comenten estos temas.

1. Es imposible para una persona dejar la cultura original y adoptar otra.
2. La cultura original de un artista siempre aparece en su obra.
3. ¿Ha tenido Ud. mucho contacto con gente de una cultura diferente? ¿Cómo ha sido la reacción entre Uds. y las dos culturas?

La ciudad en el mundo hispánico

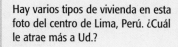

Hay varios tipos de vivienda en esta foto del centro de Lima, Perú. ¿Cuál le atrae más a Ud.?

❧ Lecturas culturales ❧

I. Las ciudades del mundo hispánico
II. El aspecto físico de la ciudad hispánica
III. La vida urbana
IV. El significado de la ciudad en el mundo hispánico

Expansión

¡A explorar!

La tele

③ ② ① Cine

Una buena imagen de la ciudad en su forma más básica se halla en la película cubana, *Lista de espera* (2000, 102 min.). Sigue las acciones de un grupo de personas abandonadas en una estación de autobús (o como dicen ellos del «guagua»). Su reacción lleva a la creación de su propia sociedad, acto que tal vez refleja unas tendencias de los seres humanos cuando las autoridades les permiten gobernarse.

Lecturas culturales

Enfoque

Según los historiadores, las primeras ciudades de la región mediterránea nacieron de la alianza de varias tribus motivadas por necesidades económicas, sociales y religiosas. Las descripciones de la fundación de las grandes ciudades como Atenas y Roma siempre hacen hincapié en° el aspecto religioso: se consultaba con los dioses para saber dónde se debía construir la ciudad. Lo primero que se hacía era consagrar° el lugar a un dios cívico, lo cual creaba lazos permanentes para la gente, que por esta razón no podía abandonar la ciudad. El templo, las ceremonias, los sacerdotes, todo se relacionaba con el lugar. Para los pueblos antiguos la ciudad era el centro de su religión y la razón principal de su existencia. Ésta es la tradición en la que se formó la sociedad española.

Las grandes ciudades indígenas de América tuvieron orígenes semejantes. Tenochtitlán, el centro de la civilización azteca, fue establecido en el lugar indicado por un dios. Los aztecas eran una tribu del norte que había vagado° por el valle de México, llamado Anáhuac («cerca del agua»), hasta que recibió la visión maravillosa de un águila° con una serpiente en la boca, posada° sobre un nopal°. Allí se detuvieron y construyeron su ciudad sobre un lago, poniendo las casas sobre largas estacas°.

En muchas culturas la ciudad ejerció siempre una gran atracción sobre el pueblo como el centro de lo bueno de la vida. Esta atracción aumentó durante el Renacimiento europeo[1] con el nuevo papel comercial que asumieron las grandes ciudades mediterráneas.

En estas lecturas vamos a examinar algunas de las grandes ciudades hispánicas y las actitudes de los hispanos hacia la vida urbana.

emphasize
consecrate

wandered

eagle; perched; cactus
stakes

[1] **Renacimiento europeo** The Renaissance (or rebirth of classical culture after the Middle Ages) during the 14th and 15th centuries also marked the rise of the city in Western civilization. Cities were centers of culture and, because of the rise of the banking and export-import systems, they also became commercial centers of great economic power.

Vocabulario útil

Estudie estas palabras antes
de leer los ensayos.

Verbos

almorzar (ue) *to eat lunch*
asociar *to associate*
atraer *to attract*
fundar *to found, to create*
provenir (ie) *to come from*
reunirse *to meet, to join with*
rodear *to surround;*
   rodeado de *surrounded by*

Sustantivos

el almuerzo *lunch*
el banco *bank, bench*
el barrio *neighborhood, area of a city*
la basura *garbage*
la compra *purchase*
   hacer compras *to shop*
   ir de compras *to go shopping*

el centro *center; downtown*
la esquina *corner (outside)*
el lazo *tie, connection*
el museo *museum*
el núcleo *nucleus, center*
el piso *floor, story (of a building)*
la población *population*
el recuerdo *memory*
el sabor *flavor, taste*
la soledad *solitude, loneliness*
el (la) usuario(a) *user (especially
   computers)*
el (la) vecino(a) *neighbor, resident of
   a barrio*

Adjetivos

antiguo(a) *old, antique*
campestre *rural*

10-1 Para practicar. Trabajen en parejas, o como lo indique su profesor(a), para contestar estas preguntas usando el vocabulario de la lista para saber algo sobre sus compañeros de clase.

1. ¿Cómo es la ciudad en que vives (o en que naciste)? ¿Qué población tiene? ¿Está rodeada de otras ciudades pequeñas o de tierras campestres? ¿Qué sabes de su historia? ¿Sabes cuándo fue fundada? ¿Cuántos pisos tiene el edificio más alto? ¿Es muy antigua?

2. ¿Te gusta ir de compras? ¿Vas frecuentemente de compras en el centro o prefieres hacer compras en tu barrio? ¿Dónde te reúnes con tus amigos? ¿Almuerzas frecuentemente con ellos?

3. ¿Tienes buenos recuerdos de alguna ciudad? ¿Has vivido en un barrio con un nombre propio? ¿Conociste a muchos vecinos de tu barrio? ¿Crees que es mejor que los vecinos se conozcan?

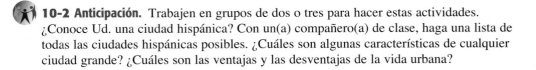

10-2 Anticipación. Trabajen en grupos de dos o tres para hacer estas actividades. ¿Conoce Ud. una ciudad hispánica? Con un(a) compañero(a) de clase, haga una lista de todas las ciudades hispánicas posibles. ¿Cuáles son algunas características de cualquier ciudad grande? ¿Cuáles son las ventajas y las desventajas de la vida urbana?

I. Las ciudades del mundo hispánico

Desde la dominación romana, la historia de España ha sido una historia de ciudades. El concepto romano —y por lo tanto occidental— de civilización se ve en la raíz de la palabra misma: *civitas,* que se refería a las asociaciones religiosas y políticas que formaban las asambleas de familias y tribus. En otras palabras, la «civilización» es el resultado de la ciudad. El espacio en el cual se juntaban° las asambleas se llamaba *urbs,* de donde proviene la palabra «urbano».

Los visigodos se adaptaron a la forma de vida romana, aunque tenían más interés en la sociedad rural del feudalismo. La única ciudad importante de la época visigoda es Toledo, que fue la primera capital de la península. Esta ciudad simboliza la gloria medieval de España.

Cuando los árabes invadieron España ocuparon las ciudades que encontraron, pero establecieron su centro en la ciudad sureña° de Córdoba. Gran parte de esta culta° y brillante ciudad fue destruida durante la Reconquista por ser símbolo del poder islámico. Sólo queda la mezquita° principal como recuerdo de su pasado glorioso.

La capital actual, Madrid, sólo comenzó a ocupar un lugar de importancia en la vida española cuando el rey Felipe II trasladó la corte de Toledo a la comunidad de Majrit en 1560, a fin de observar la construcción de su propio monumento, El Escorial.[2] Felipe quería situar la capital en el centro para afirmar la unidad nacional, concepto bastante tenue° en aquella época.

Hoy día Madrid es una ciudad de más de 4 millones de habitantes que sintetiza° la cultura moderna española. La historia de España se refleja en la Plaza Mayor,[3] que recuerda los primeros años de la ciudad, en el Palacio Real y en la Plaza de España, rodeada de rascacielos° modernos. En el Museo del Prado se encuentra el tesoro° artístico de España: obras no sólo de artistas españoles sino también de holandeses e italianos de los siglos XVI y XVII, cuyos países formaban parte del Imperio español.

Otra ciudad española que floreció° en el siglo XVI fue Sevilla. Ésta simboliza la España romántica de Carmen, de Don Juan, de los gitanos°. La imagen española más conocida en el resto del mundo, y que generalmente se reproduce en los afiches° de viajes, corresponde a la región de Andalucía en el sur y a su capital, Sevilla. Esta ciudad, que perteneció al reino árabe desde 712 hasta 1248, experimentó su verdadero florecimiento en el siglo XVI, época en que fue el principal puerto fluvial° de España. Después del descubrimiento de América, Sevilla se convirtió en el centro de las grandes casas comerciales que financiaban las nuevas expediciones. Atrajo° a gente de toda Europa y su nombre se llegó a asociar con lo exótico, lo romántico y lo misterioso.

---

[2] ***El Escorial*** The Moorish name for Madrid was *Majrit*. Felipe II ordered the construction of *El Escorial,* a group of buildings containing a church, a monastery, and a palace, because of a vow made to St. Lawrence *(San Lorenzo)* prior to an important victory over the French in 1557. It is 30 miles northwest of the modern city.

[3] ***Plaza Mayor*** Virtually all Hispanic cities have a main *plaza* or open space surrounded by government buildings and usually the cathedral. It may be called the *Plaza Mayor* or it may bear the name of some national hero or in Mexico it may be called the *Zócalo.*

Margin glosses:
gathered
southern
cultured
mosque
tenuous
synthesizes
skyscrapers
treasure
flourished
gypsies
posters
river port
It attracted

Sevilla ha mantenido esa personalidad hasta hoy. Triana, barrio gitano, el
40 espectáculo de la Semana Santa,[4] la famosa feria[5] traen el recuerdo del pasado
romántico. Velázquez y Murillo nacieron en Sevilla, y la catedral del siglo

Gothic

XV, uno de los mayores edificios góticos° del mundo, contiene muchos de los
tesoros traídos del Nuevo Mundo.

Otra ciudad importante es Barcelona, un puerto comercial mediterráneo.
45 Es el punto de contacto entre España y Europa y por eso es la ciudad más
europea del país. Su importancia data de la revolución industrial del siglo XIX.

Barcelona se encuentra en la región de Cataluña. Esta región simboliza la

Despite

independencia e individualismo del carácter español. A pesar de° los esfuerzos
del gobierno del dictador Franco por imponer el idioma castellano, el catalán,
50 que es una lengua distinta, todavía dominaba en las calles de Barcelona. Los
conocidos pintores Miró y Dalí se consideraban catalanes antes que españoles.

takes pride in

Barcelona se enorgullece° de su modernidad, mientras que Sevilla
pone énfasis en su pasado romántico y Madrid en sus tradiciones reales e
imperiales. Son tres ciudades que muestran claramente la diversidad de la
55 España de hoy.

Con la importancia de la ciudad, tanto en la península ibérica como en las
culturas indígenas, era natural que durante la colonización se pusiera mucho
énfasis en los centros urbanos del Nuevo Mundo. La Ciudad de México y
Lima eran las ciudades principales de las colonias, pero Buenos Aires no

extreme

60 tardó en cobrar suma° importancia comercial. La Habana, Caracas, Bogotá
y Santiago de Chile asumieron su verdadera importancia en el siglo XIX, la
Ciudad de México, Lima y Buenos Aires contienen el pasado colonial.

La Ciudad de México fue construida, en un acto simbólico, encima de
Tenochtitlán, la capital azteca. Al excavar una ruta del tren subterráneo en
65 los años sesenta los trabajadores encontraron un templo azteca que hoy se

subway

conserva en una parada del metro° —buen símbolo de cómo coexisten lo
nuevo y lo antiguo en México.

La Ciudad de México siempre ha sido la principal del país. Tiene áreas

nobles

identificadas con cada época de su historia, como las casas de hidalgos°
70 coloniales en la calle Pino Suárez cerca de la Plaza Mayor, llamada también
el Zócalo; allí se encuentran, tanto la Catedral como el Templo Mayor del

unearthed

imperio azteca (desenterrado° recientemente).

Al oeste del Zócalo se encuentra la parte más moderna de la ciudad,
casas del siglo XIX y edificios modernos. Más al oeste hay un recuerdo de la
75 época del emperador Maximiliano,[6] el Paseo de la Reforma, una calle ancha

[4] *la Semana Santa* Holy Week is traditionally one of the more elaborate spectacles in Spain, with
religious processions and ceremonies. In Sevilla, the passion and fervor of this period are considered to be unequaled anywhere in the world.

[5] *famosa feria* Just as Holy Week is observed with religious fervor, the *feria* or fair of Sevilla,
which follows it, is characterized by a similar, though secular, intensity. Ten square blocks of
colorful private booths, a large carnival, and numerous restaurants are constructed and serve as
the scene of ten days of constant partying. By day the grounds are filled with men and women on
horseback or in horse-drawn carriages, dressed in typical costumes. The origin of the *feria* was a
stock show, but it has become the major festival of the year for the *sevillanos*.

[6] *el emperador Maximiliano* Maximilian of Austria was emperor of Mexico for a short time
in the 1860s as a result of a French move to acquire a colony with the help of some misguided
Mexican conservatives who were disenchanted with the liberalism of the government. Maximilian
naively thought the people supported him until he died in front of a firing squad. His beautiful
wife, Carlota, who had urged him to assume the position, went insane. The story is one of the
great romantic tragedies of world history.

80 con grandes árboles al estilo europeo. Conduce al Parque de Chapultepec, un
lugar popularísimo entre las familias capitalinas los domingos por la tarde.
El Parque también contiene el magnífico Museo Nacional de Antropología,
construido en el siglo XX para conservar el pasado indígena de la nación.

Al sur está la Ciudad Universitaria con sus pinturas murales dentro
85 de la tradición de Rivera, Orozco y Siqueiros, las cuales crean una vista
impresionante para los casi 245.000[7] estudiantes y 30.000 profesores.

La capital del Perú moderno, Lima, también muestra el pasado lejano
pero con una importante diferencia: los incas establecieron sus centros urbanos
en las montañas, los españoles prefirieron la costa. Por eso los españoles en
90 1535 abandonaron Cuzco, en los Andes, que había sido la primera capital.
Lima, entonces, no fue construida sobre las ruinas de una ciudad indígena.
Lima fue llamada la Ciudad de los Reyes por el conquistador Pizarro. Su

Inca language; nearby nombre actual deriva de Rimac, nombre quechua° del río cercano°.

Lo que distingue a Lima hoy es su sabor colonial. La Plaza de Armas, la
95 más importante de la ciudad está rodeada de antiguos edificios e iglesias, y
la Plaza de la Inquisición[8] recuerda que Lima fue el centro de esa institución
en la colonia. La iglesia de Santo Domingo, construida en 1549, contiene los
restos de Santa Rosa de Lima, la primera religiosa del Nuevo Mundo en ser

originator canonizada y es considerada la creadora° del servicio social en el Perú.

100 La capital de la República Argentina, Buenos Aires, fue fundada en 1536
con el nombre de Puerto de Nuestra Señora de los Buenos Aires —la santa

sailors patrona de los marineros° sevillanos— pero fue destruida poco después por
los indígenas. Aunque fue fundada por segunda vez, la ciudad no tuvo gran
importancia hasta el siglo XVIII, porque España no permitió que los productos

except through 105 salieran sino por° Lima hasta fines de ese siglo. Cuando el puerto de Buenos

growth Aires se abrió al comercio, su posición geográfica le aseguró un crecimiento°
continuo. Además, la ciudad fomentó la inmigración de europeos, que
continuó durante un siglo y medio y que dio a Buenos Aires el carácter único
de ser la ciudad más europea de América. Ingleses, alemanes, italianos,
110 franceses y otros europeos vinieron en grandes números y se establecieron
en diferentes barrios. Las lenguas europeas, especialmente el italiano, han
influido mucho en el español que se habla en Buenos Aires.

La ciudad actual es uno de los grandes centros comerciales de todo el

docks continente. Es muy industrializada y tiene las dársenas° más grandes de
115 Hispanoamérica. Muchos de los edificios son relativamente nuevos porque
el crecimiento rápido en el siglo XIX trajo la destrucción de los edificios

in order to widen viejos a fin de ampliar° las calles para el automóvil que comenzaba a llenar la
ciudad. En 1913 se inauguró el servicio de subterráneos, uno de los primeros

480-foot width del mundo. La Avenida 9 de Julio con sus 480 pies de ancho° es la mayor del
120 mundo.

[7] **245.000 estudiantes** In Spanish, the functions of the period and comma in cardinal numbers are
the reverse of English: e.g., *$100.000,00* in Spanish is $100,000.00 in English.

[8] **Inquisición** The Holy Inquisition was a major instrument of the Catholic Church in the Counter-
Reformation. Its function was to seek out heretics, and it was frequently marked by violence.

10-3 Comprensión. Responda según el texto.

1. ¿Cuáles son las características principales de Sevilla y Barcelona?
2. ¿Quién estableció Madrid como la capital y por qué?
3. ¿Quiénes se establecieron en Córdoba?
4. ¿Por qué se construyó la Ciudad de México sobre las ruinas de Tenochtitlán?
5. ¿Cómo y por qué fue distinta la fundación de Lima?
6. ¿Cuándo asumió Buenos Aires su puesto de importancia?

10-4 Opiniones. Exprese su opinión personal.

Elementos de la lectura

1. ¿Cuál de las ciudades descritas le parece más interesante? ¿Por qué?
2. ¿Le gusta más viajar principalmente por centros urbanos o prefiere el campo y los pueblos pequeños? Explique.

Conceptos generales

3. ¿Piensa viajar por el mundo hispánico? ¿Adónde quisiera ir primero? ¿Por qué?
4. ¿Qué elementos de la ciudad atraen al turista? Explique.
5. ¿Cuáles son las atracciones turísticas de su ciudad o área metropolitana?

II. El aspecto físico de la ciudad hispánica

Hay ciertos aspectos físicos casi universales en la ciudad hispánica típica. En primer lugar, las grandes ciudades son más antiguas que las ciudades norteamericanas y retienen por lo tanto un sabor más antiguo. Aun las del Nuevo Mundo fueron fundadas en el siglo XVI. Tienden a tener calles
5 estrechas° con los edificios muy juntos a la calle. Claro que existen secciones nuevas con calles anchas construidas para el automóvil, pero esto es más típico de las afueras° que del centro de la ciudad. Por lo general, ha habido menos tendencia a derribar° los edificios antiguos que en los Estados Unidos: se reforman° por dentro y por fuera mantienen su apariencia original.
10 Otro aspecto notable de muchas ciudades hispánicas es la falta de simetría de las calles: corren en todas direcciones sin preocuparse por los ángulos rectos°, lo cual crea cruces° de una complicación formidable donde se encuentran seis u ocho calles en un mismo punto. Tanto en España como en América continúan el plan europeo de usar círculos para el tránsito de estos
15 cruces. Los círculos frecuentemente contienen monumentos, fuentes, estatuas° u otros elementos decorativos.
En general, las ciudades han crecido alrededor de° una plaza central donde se encuentran la catedral, la casa de gobierno, los bancos, los negocios grandes y los mayores hoteles. Se han añadido otras plazas menores en un patrón al
20 azar°, que forman los centros de los barrios residenciales de la ciudad.
Lo más típico es encontrar alrededor de las plazas menores una iglesia, varias tiendas pequeñas, un café al aire libre°, el quiosco de diarios y revistas° y otros negocios para atender las necesidades de la vida de los vecinos. Cada habitante de la ciudad vive a poca distancia de una de estas plazas y es allí
25 donde hace sus compras diarias.

narrow

outskirts
tear down
they are remodeled

right angles; intersections

statues

around

random

outdoor; newsstand

El Palacio de Comunicaciones, Madrid. Un edificio de estilo ecléctico construido en 1919. Tiene un fascinante museo postal que sigue la evolución de las comunicaciones y una exposición de muchos sellos raros.

La gente en su gran mayoría vive en grandes edificios de apartamentos, frecuentemente «condominios», lo que produce una concentración de población relativamente alta. De esta manera las ciudades no se desarrollan como las ciudades norteamericanas de igual población. Esta concentración
30 resulta en ciertas ventajas y ciertas desventajas. Las distancias son cortas, el transporte público es muy eficaz y muy usado y es menor la necesidad de un automóvil particular. En cambio, el amontonamiento° de gente en todas partes, el tráfico abrumador° y el ruido callejero° pueden ser desagradables. Sin embargo, los habitantes se acostumbran a los aspectos negativos y gozan
35 de una vida activa e intensa.

crowding
overwhelming; street noise

10-5 Comprensión. Complete según el texto.

1. Tres cosas que se encuentran con frecuencia en los círculos de tráfico son _____.
2. Por lo general, un edificio que se suele ver en la plaza central es _____.
3. Las ventajas de concentrar la población en relativamente poco espacio son _____.
4. Las desventajas son _____.
5. Los habitantes de las ciudades típicamente gozan de una vida _____.

10-6 Opiniones. Exprese su opinión personal.

Elementos de la lectura

1. ¿Piensa Ud. vivir en una ciudad después de terminar los estudios? ¿Por qué?
2. ¿Prefiere vivir en una casa o en un apartamento? Explique.

Conceptos generales

3. ¿Qué elementos de las ciudades le atraen más?
4. ¿Le gusta la ciudad en que está su universidad? Explique.
5. ¿Utiliza Ud. el transporte público? ¿Por qué sí o por qué no? ¿Hay un buen sistema donde Ud. vive?

III. La vida urbana

Como se ha dicho anteriormente, la vida diaria del habitante de una ciudad hispánica se concentra en el barrio. Es aquí donde es conocido y donde conoce a sus vecinos. Cuando hace buen tiempo tiene una fuerte tendencia a salir a la calle en busca de contacto humano.

5   Prefiere hacer sus compras en las pequeñas tiendas especializadas del barrio. Estas tiendas son comúnmente negocios° familiares que pertenecen *businesses* a una familia local. Ir de compras, lo que generalmente se hace a pie, se convierte en una ocasión social. A la persona hispánica —gregaria por naturaleza— no le atrae mucho la anonimidad de los grandes supermercados 10 ni los grandes almacenes°, aunque sí existen éstos en todas las ciudades. *department stores* Los dueños de las panaderías, carnicerías, pescaderías, fruterías, lecherías, papelerías°, tabaquerías, ferreterías°, farmacias, etcétera, consideran parte *stationery store; hardware stores* de su servicio el conocer los gustos de sus clientes regulares y también a las familias de éstos. Es muy importante charlar un rato con la persona que ha 15 llegado a comprar algo, especialmente si ha ocurrido un cambio en el gobierno o la política del momento.

       Tradicionalmente, las personas que tienen que trabajar fuera° del barrio *outside* vuelven a casa a almorzar. Puesto que es todavía común en varios países dormir la siesta del mediodía, todo se cierra durante unas tres horas después 20 de la una. Los niños vuelven de la escuela y es a esta hora que las familias tienen la comida principal del día. Las empresas y los gobiernos quieren eliminar esta costumbre, alegando que la participación de España en el comercio global requiere un horario más semejante al horario del resto de Europa. Hay otros horarios: trabajan de las ocho de la mañana a las tres de 25 la tarde cuando salen para comer en casa para no volver, por ejemplo. Pero hay mucha resistencia a los cambios especialmente en las ciudades más tradicionales. Los trabajadores de las grandes ciudades no han resistido tanto.

       Lo más importante de este estilo de vida es el sentido de comunidad que se mantiene frente a la gran masa impersonal de las grandes ciudades 30 modernas. En las calles del barrio, o en la plaza, o reunida con los amigos en el café de la esquina, la persona no sufre una crisis de identidad. Aun cuando hace las tareas diarias —ir de compras, ir al trabajo, etcétera— se siente rodeada de vecinos que saben que existe y que se preocupan por su bienestar°. *welfare*

10-7 Comprensión. Decida si las siguientes oraciones son **verdaderas** o **falsas.** Corrija las falsas.

1. En la ciudad hispánica los vecinos raramente se conocen.
2. A la persona hispana le gustan las tiendas pequeñas.
3. Para la mayoría de los hispanos la comida más importante se come un poco después del mediodía.
4. En el mundo hispánico la vida social en el barrio no tiene importancia.

10-8 Opiniones. Exprese su opinión personal.

Elementos de la lectura

1. ¿Conoce Ud. a muchos de sus vecinos? Explique.
2. Cuando Ud. va de compras, ¿prefiere las tiendas pequeñas o los almacenes grandes? ¿Por qué?

Conceptos generales

3. ¿Va Ud. de compras frecuentemente? Explique.
4. ¿Qué cosas le gusta comprar? ¿Qué no le gusta comprar? ¿Por qué?
5. ¿Prefiere comprar comida hecha o prefiere comprar los ingredientes y cocinar? ¿Por qué?

IV. El significado de la ciudad en el mundo hispánico

Un artículo en el periódico *El Mundo* de San Juan, Puerto Rico, dice así: «La más grande empresa de creación de ciudades llevada a cabo° por un pueblo, una nación o un imperio° en toda la historia, fue la desarrollada° por España en América a partir de° 1492, que llenó un continente de ciudades…» dice Fernando Terán, catedrático de Urbanismo… Las estadísticas° indican que hasta recientemente la tasa° de crecimiento de las ciudades llega al doble de la población total. Fuera de los problemas obvios, como la incapacidad de los centros urbanos de asimilar° a tantas personas, el desempleo, la pobreza y el descontento social resultantes°, existen otros factores negativos. El éxodo de gente del campo es cada vez más grave: España, antes predominantemente rural, sólo cuenta hoy con una fuerza agrícola del 20% de los trabajadores. Esta gran migración también efectúa cambios profundos en algunas de las antiguas instituciones de la cultura: la familia, la Iglesia y la moral tradicional pierden algo de su importancia cuando las personas cortan° sus raíces rurales para mudarse° a los centros urbanos.

Debido a la experiencia de los setenta y cinco primeros años del siglo XX, los expertos en cuestiones de población predecían números espantosos para el fin del siglo. Esperaban contar, por ejemplo, unos 30 millones de habitantes en la Ciudad de México. Ocurre, sin embargo, que en la mayoría de los países ha bajado la tasa de crecimiento de la población en general y por eso tampoco crecen tan rápidamente las ciudades. Según las estadísticas oficiales, por ejemplo, México, entre 1987 y 1992, recibió 404.000 residentes nuevos, mientras perdió 586.000 habitantes. Desafortunadamente, los residentes más cómodos económicamente son los que se pueden mudar mientras que los pobres no tienen tal oportunidad. El dilema es obvio. Si el gobierno mejora las condiciones de los servicios sociales, viviendas, trabajos, etcétera, atraerá a más gente. Además quedaría sólo un 20% de la población del continente para producir los comestibles necesarios para el otro 80%, lo que sería difícil aun con los métodos más mecanizados de agricultura.

carried out
empire; the one developed
starting out in
statistics
rate

to assimilate
resulting

sever
move

30   En el siglo XIX un argentino, Domingo Faustino Sarmiento,[9] formuló
una interpretación de la sociedad argentina a través del conflicto entre «la

barbarism   civilización y la barbarie°». Con la «civilización», Sarmiento identifica la
ciudad de Buenos Aires y con la «barbarie» la pampa argentina. Este concepto
sirvió como base del pensamiento hispanoamericano durante todo un siglo. La
35   actitud hispánica hacia la ciudad como centro de la civilización todavía existe
como valor básico de la vida.

[9] ***Domingo Faustino Sarmiento*** (1811–1888) Sarmiento was one of Spanish America's greatest
essayists. He felt that the future of Argentina lay in allowing the cities, with their higher level of
culture and civilization, to dominate the provincial areas. His long essay (1845) on a brutal gaucho named Juan Facundo Quiroga showed how the rural element was backward and primitive and
brutalized the city when in power.

10-9 Comprensión. Responda según el texto.

1. ¿Qué porcentaje de los trabajadores españoles constituye la fuerza agrícola?
2. ¿Qué instituciones tradicionales sienten el efecto de la migración hacia la ciudad?
3. ¿Por qué tienen que cambiar los expertos sus predicciones sobre la población de las grandes ciudades hispanoamericanas?
4. ¿Qué significaba «civilización y barbarie» para Sarmiento?

10-10 Opiniones. Exprese su opinión personal.

Elementos de la lectura

1. ¿Cree que la vida urbana es mejor que la vida del campo? ¿Por qué? ¿Cuáles son algunas ventajas y desventajas de cada una?
2. ¿Preferiría criar a sus hijos fuera de la ciudad? ¿Por qué?

Conceptos generales

3. ¿Nació Ud. en una ciudad o en el campo?
4. ¿Sus padres nacieron y se criaron en una ciudad o en el campo?
5. En su opinión, ¿cuáles serían las condiciones ideales de vida?

Expansión

¿Desea más? En la **Heinle Voices Database** en **www.textchoices.com/voices** hay un trozo de la obra de Domingo Faustino Sarmiento, uno de los presidentes importantes de la Argentina del siglo XIX cuando el país buscaba su identidad nacional. Según Sarmiento gobernar es educar. En su *Facundo,* revela mucho sobre la cultura del gaucho, un «cowboy» argentino.

10-11 Ejercicios de vocabulario. En grupos de dos o tres personas hagan las siguientes actividades.

A. Usando una palabra relacionada complete con la palabra entre paréntesis.

1. (urbano)
- **a.** El proceso de ______ es constante.
- **b.** Los centros ______ atraen a la gente.
- **c.** La población del mundo se ______ cada vez más.

2. (unir)
- **a.** La ciudad ______ la oportunidad y la dificultad.
- **b.** La gente de la ciudad está más ______.
- **c.** Los Estados ______ es un país norteamericano.

3. (centro)
- **a.** En las ciudades hispánicas siempre hay una plaza ______.
- **b.** La actitud etno-______ es común.
- **c.** La ciudad es el ______ de los servicios.

4. (imperio)
- **a.** La política ______ existe siempre.
- **b.** La capital de la España ______ fue Madrid.
- **c.** El ______ hace difícil las relaciones entre países.

5. (descubrir)
- **a.** Colón fue el ______ del Nuevo Mundo.
- **b.** Sus ______ sorprendieron a los europeos.
- **c.** Las islas del Caribe fueron ______ en 1492.

B. Indique los sinónimos.

1. comercio	**a.** oeste
2. caminante	**b.** indicar
3. monarca	**c.** negocios
4. nativo	**d.** indígena
5. sacerdote	**e.** peatón
6. señalar	**f.** cura
7. occidente	**g.** rey

10-12 ¿Qué opina? En grupos de dos o tres personas contesten a las siguientes preguntas.

1. La tradición anglosajona es la de vivir en comunidades pequeñas y rurales. La mediterránea es bastante distinta. Hoy día, ¿cuáles son las diferencias entre tradiciones?

2. ¿Cree que lo más valioso de una sociedad está en los centros urbanos o en el campo? ¿Existe una actitud anti-urbana en los Estados Unidos?

3. ¿Qué diferencias existen entre los problemas de urbanización en Hispanoamérica y en los Estados Unidos?

4. ¿Qué diferencias hay entre la orientación de la vida urbana en las dos regiones?

 10-13 Debate. Organice dos equipos para que ataquen o apoyen esta resolución.

A causa de la contaminación y el crimen, es mejor criar a los niños en un medio rural en vez de uno urbano.

10-14 Situación. Imagínese Ud. que es un(a) gran arquitecto(a) que ha recibido una comisión de planear una ciudad nueva para 100.000 habitantes. ¿Cómo sería su ciudad? ¿Cómo viviría la gente? ¿En casas? ¿apartamentos? ¿condominios? Para Ud., ¿qué aspectos serían más importantes en el plan? ¿las diversiones? ¿los centros comerciales? ¿el transporte? ¿las viviendas?

10-15 El arte de escribir

Repaso. De aquí en adelante esta sección sugerirá algunos temas de composición para que Ud. utilice todas las estrategias que ha aprendido. También repasaremos los puntos más importantes de las unidades anteriores.

Escriba Ud. una composición que resuma lo que dice el texto sobre dos de las ciudades principales. No se olvide de enumerar lo que dice el texto y poner la lista en orden lógico. Luego decida cuáles de los detalles va a incluir y cuáles no son necesarios.

A T A J O ◀

Grammar: Verbs: use of **ser** & **estar**. Relatives: **lo que, el que, la que;**
Phrases: Describing places; Expressing an opinion; **Vocabulary:** Time: seasons, traveling

Las noticias

La prensa. Indique Ud. los puntos principales de estos artículos.

Vigilados° por miles de ojos

Watched / don't previously give notice
Sources

Miles de cámaras distribuidas por toda la ciudad vigilan a los transeúntes°, sin que éstos se den cuenta siquiera° de que son grabados y observados por ojos ajenos°. Hasta el punto de que las imágenes que captan estas cámaras permitirían seguir los movimientos de una persona durante todo un día.

passers-by / comply with
even realize / correction
others' eyes / is established by

Las videocámaras registran° imágenes en la calle y hasta en los aparcamientos subterráneos° o los polígonos° industriales. Sólo en la nueva terminal 4 del aeropuerto de Barajas[1] hay 4.500 cámaras; Metro° ha colocado 3.447 para controlar las 192 estaciones; y un centenar° controla lo que sucede en la estación de Chamartín[2]. Y cada vez más° establecimientos demandan a las empresas que instalan videovigilancia tener su propio circuito.

reports
handled
record / complaint
since
underground parking lots / cases
areas

Subway / failure to previously inform

a hundred

more and more

Muchas empresas, e incluso las administraciones públicas, vulneran° la normativa° de manera flagrante y no avisan con antelación° de que una cámara está grabando. Fuentes° de la Jefatura Superior de Madrid reconocen que es «imposible» saber el número de monitores que hay en los comercios ni si sus dueños cumplen° la normativa de grabación, acceso y rectificación° que recoge° la Ley Orgánica de Protección de Datos de Carácter Personal.

equipped with
dome, fish-eye
violate
rule

La Agencia de Protección de Datos recibe cada vez más denuncias° por estos casos. Hasta 2004 no había tramitado° prácticamente ninguna reclamación°, pero a partir de° esa fecha son 12 los expedientes ° abiertos o tramitados por grabaciones con cámara. En la mayoría de los casos se debe a la falta de información previa° a los ciudadanos.

Paradójicamente, las empresas que instalan cámaras de videovigilancia tienen cada vez más clientes. El precio de un sistema de videocámaras oscila entre los 100 euros de los terminales fijos dotados de° un zoom, hasta los 3.000 de las cámaras domo°, que permiten giros de 360 grados.

El País Digital (Madrid)

[1] **Barajas** Madrid's main airport.
[2] **Chamartín** a major Madrid railway station.

España ingresó ayer en una nueva era libre de humo; Ya rige° una estricta ley antitabaco

Con la primera luz de 2006 y la consecuente entrada en vigor° de castigos° de hasta 10.000 euros… para infractores°, España, el país que se jacta de haberlo inventado°, empezó ayer a despedirse del cigarrillo, desterrado° por ley de casi todos los espacios de la vida social.

Con la mayoría de los locales públicos cerrados,… no fue ayer el mejor día para medir el cumplimiento° de la nueva ley que prohíbe fumar en casi todos lados°, salvo° la calle, los hogares y los pequeños espacios habilitados°….

Pero, aun así, ayer se vieron imágenes iniciales de la nueva vida sin humo. Hubo numerosos fumadores en las puertas de cuarteles de bomberos°, comisarías° de policía, centros sanitarios° y empresas periodísticas, que ayer trabajaron, con lo que su personal debutó en desafiar° el frío invierno para echar una pitada°.

La otra epopeya° para fumadores fue, justamente, conseguir tabaco. La nueva ley redujo a casi la mitad los puestos de venta°, que ahora se circunscriben° a locales especializados y a las máquinas expendedoras°, pero muchas de ellas desaparecieron al ser removidas de sitios donde rige° la prohibición.

Con un promedio° superior a los seis cigarrillos por cabeza y por día, España era, al menos hasta ayer, de los países con mayor consumo de tabaco en Europa, sólo superada° por Grecia, y muy por arriba —ambas— del hábito menguante° en el conjunto del bloque°….

La Nación Online (Buenos Aires)

Para 2007 prevén° un 75% menos de basura Será obligatorio el reciclaje°

La ciudad de Buenos Aires ya tiene un programa que impulsa la reutilización° y el reciclaje de residuos°, que regula gradualmente la disminución de basura que irá a parar a los rellenos sanitarios°.

La norma plantea° un cambio sustancial en la gestión° de residuos sólidos urbanos. La cantidad de basura que pueda ser reutilizada, que se enviará a los rellenos sanitarios, deberá disminuir° en un 50% para 2012 y, en un 75%, para 2017,…

El artículo primero de la norma adopta «como principio rector° para la problemática de los residuos urbanos el modelo denominado° Basura Cero°, una estrategia ya adoptada por numerosas ciudades en el mundo, que consiste en «la aplicación de programas integrados en° un sistema global que incluye la maximización del tratamiento° y reciclaje de los residuos, la disminución de los desechos domiciliarios e industriales° y la fabricación° de productos para ser reutilizados o reciclados».

Además, el proyecto prohíbe la incineración como método de tratamiento de los residuos urbanos, al menos hasta que se haya alcanzado la meta° del 75% de reducción de la basura que se vuelca° a los rellenos sanitarios, prevista° para 2017.

«Esta ley implica que la Ciudad y sus vecinos asumamos la responsabilidad que nos cabe° por los residuos que producimos y propone pautas° claras para su gestión°, incluyendo la obligación de minimizar la cantidad de residuos generados por cada uno», dijo el diputado de ARI Juan Manuel Velasco, impulsor° de la norma.

timetable
once reformed / transitional
from Buenos Aires

El cronograma° será obligatorio una vez que se reforme° el Código de Planeamiento Urbano porteño°, que permita instalar los centros verdes donde se hará la separación, según se establece en una de las cláusulas transitorias° de la norma.

La Nación Online (Buenos Aires)

break

scams, frauds

«Cada día se venden en eBay España 15 coches y 400 obras de arte»

ENTREVISTA: *María Calvo, Presidenta eBay España*

auction
world-wide
success
current

brand name

María Calvo (Huesca, 1965) dirige desde hace cinco años la tienda de subasta° on line eBay en España. Una empresa mundial° que vende de todo, que está presente en más de 150 países y que finalizó el año con 181 millones de usuarios.

Pregunta. ¿Cuáles han sido los resultados económicos en 2005?

number

doubled

broken out
profits

eighth

Respuesta. En España hemos tenido un millón de usuarios registrados, hemos vendido 300.000 artículos, una cifra° que ha duplicado° el número del año anterior. De momento no tenemos las cifras desglosadas° en España aunque eBay ha tenido unos beneficios° de 44.300 millones de dólares, lo que equivale a la octava° empresa comercial más importante del mundo.

P. ¿Qué se vende en España?

computers (Spain)

R. Cada día se venden en eBay 40 ordenadores° portátiles, 15 coches, 300 relojes o 400 obras de arte.

P. ¿Cuántas personas trabajan en su empresa?

R. En España somos menos de 30 personas, en el mundo 11.000.

P. ¿Cómo se regula la venta de productos?

R. Lógicamente en un mercado de más de 100 millones de productos, nos preocupa no vender productos ile-gales o que ofendan la sensibilidad de las personas o artículos que infrinjan° las leyes de la Propiedad Intelectual de los países.

P. ¿No han tenido problemas, estafas°?

R. Los hay porque hay muchos productos aunque para conseguir que no haya problemas tenemos muchos filtros y muchas personas trabajando en ello.

P. ¿Cuál es el producto estrella en España?

R. Generalmente los productos con más éxito° reflejan las tendencias actuales°. Se venden muchos artículos de coleccionistas, los tecnológicos, mucha ropa de marca° y motor. La PlayStation ha sido el producto más famoso de las pasadas navidades y los teléfonos.

P. ¿Y el más caro?

R. Mundialmente un jet privado por cuatro millones y medio de dólares. En España un Picasso se vendió por 100.000 euros.

P. El más barato…

R. Sellos, CD…

P. ¿Cuál es la diferencia entre el cliente norteamericano y el español?

R. Principalmente la experiencia en las compras. En Estados Unidos, el servicio está más extendido, se venden artículos todo el día, de todo tipo, se compra fuera, es algo muy normal. En España no es tan habitual aunque cada vez, jóvenes y mujeres, compran más, también fuera de España. Aquí el 45% de las ventas se concentran en Madrid y Barcelona y la mayoría de usuarios tienen entre 25 y 35 años….

El País Digital (Madrid)

La tele

El primer alcalde latino en Los Ángeles: Antonio Villaraigosa

10-16 Anticipación. Antes de mirar el video, haga estas actividades.

A. Conteste estas preguntas.

1. ¿Puede Ud. nombrar el alcalde de su ciudad? ¿Aparece mucho en el periódico?
2. ¿Sabe el nombre de un alcalde muy famoso en los Estados Unidos? ¿Por qué es famoso?
3. ¿Ha participado en una campaña electoral para un puesto municipal? ¿Qué hizo?
4. ¿Cuáles son algunos problemas serios que tienen los alcaldes de una ciudad grande? ¿Cuál es la causa más importante de estos problemas?

B. Vocabulario útil. Estudie estas palabras del video.

el alcalde *mayor (of a city)*
los (las) demás *the others, the rest*
el desafío *challenge*
el discurso *speech*
la igualdad *equality*
el (la) partidario(a) *supporter, partisan*
la prueba *proof*
el reconocimiento *recognition*
templado(a) *tempered, softened*

10-17 Resumen del video. Antonio Villaraigosa fue elegido alcalde de Los Ángeles. Hace más de un siglo que no tienen un latino como alcalde. Sus partidarios son optimistas pero es un optimismo templado por el reconocimiento de que un alcalde es un político. En su discurso inaugural prometió ser alcalde de todo el pueblo. Éste es el gran desafío: ser alcalde de una población caracterizada por mucha diversidad.

10-18 Sin sonido. Mire el video sin sonido una vez para concentrarse en el elemento visual.

 10-19 Comprensión. Estudie estos ejercicios y trate de descubrir las respuestas correctas al mirar el video.

A. Comente estas oraciones con los compañeros de clase. Decida si son **verdaderas** o **falsas.**

1. El último alcalde latino de Los Ángeles sirvió en el siglo diecinueve. _____
2. Villaraigosa recibió votos de latinos y asiáticos. _____
3. Los Ángeles muestra muchas divisiones profundas en la población. _____

B. Escoja la mejor palabra o frase para completar estas oraciones.

1. Villaraigosa recibió casi…
   a. 90% del voto.
   b. 60% del voto.
   c. 6% del voto.
2. La ciudad tiene divisiones tan profundas que unas comunidades han querido…
   a. salir de California.
   b. separarse de la ciudad.
   c. atacarla.
3. Los partidarios del alcalde saben que el alcalde…
   a. es político.
   b. favorece a los latinos.
   c. no tendrá éxito.
4. Según el partidario, sólo quieren…
   a. dominar las elecciones.
   b. la felicidad.
   c. un poco de igualdad.
5. Algunos dicen que la parte más fácil del proceso es…
   a. representar al pueblo entero.
   b. abrir las puertas.
   c. ganar las elecciones.

 10-20 Opiniones. En grupos de tres o cuatro estudiantes comenten estos temas.

1. El gobierno municipal debe tener más poder porque está más cerca de los ciudadanos. ¿Está Ud. de acuerdo?
2. ¿Cuál es el mayor problema para los alcaldes de las grandes ciudades caracterizadas por la diversidad?
3. ¿Cuáles son las divisiones económicas y étnicas de las grandes ciudades y cuál es su causa?

Los Estados Unidos y lo hispánico

Una calle en San Juan, Puerto Rico. ¿Sabe Ud. la relación entre Puerto Rico y los Estados Unidos?

Lecturas culturales

I. Los Estados Unidos, España y la independencia americana
II. Los Estados Unidos y las nuevas naciones americanas
III. El Panamericanismo y «el Coloso del Norte»
IV. Las relaciones en la época de la posguerra

Expansión

¡A explorar!

La tele

Cine

Una película sobre unos adolescentes en Santiago de Chile muestra bien la influencia de la cultura norteamericana y la visión de algunos que temen ver su propia cultura inundada por la cultura masiva estadounidense. También sigue los cuatro chicos (actores antes desconocidos) en su búsqueda universal de la identidad. La película del director de moda en Chile, Sergio Castilla, lleva por título (y subtítulo) *Te amo (Made in Chile)* (2001, 99 min.).

Enfoque

Al examinar la historia de las relaciones entre los Estados Unidos y los países hispánicos lo que más sorprende es la larga tradición de desconfianza y de sospechas mutuas que la han caracterizado. Tal vez sea por las grandes desigualdades económicas, o por las profundas diferencias culturales y religiosas, pero lo cierto es que no se encuentran muchas ocasiones que revelen verdadera amistad o alianza política. En el caso de España sería posible atribuir esto a la falta de intereses comunes y al hecho de que la mayor parte del territorio de los Estados Unidos perteneció en una época al Imperio español. Después de todo, España era un país colonizador que se identificaba con Europa, pero ése no era el caso de los países hispanoamericanos. Todos comparten varias tradiciones: el pasado colonial, las guerras de independencia, la proximidad geográfica y el americanismo que ésta produce, un liberalismo fundamental nacido en el siglo XVIII. Sin embargo, lejos de verificar la teoría de Herbert Bolton[1] sobre «el destino común de las naciones americanas», la realidad ha sido otra. El análisis de la historia de las relaciones interamericanas resulta relativamente pesimista.

Esta unidad repasa la historia de esas relaciones y busca algunas causas importantes.

[1] **Herbert Bolton** One of the best-known historians of the Southwestern United States.

Un barco pasa por el canal de Panamá. ¿Sabe Ud. por qué ha sido un problema en las relaciones interamericanas?

Vocabulario útil

Estudie estas palabras antes
de leer los ensayos.

Verbos

amenazar *to threaten*
caracterizar *to characterize*
compartir *to share*
conseguir (i) *to acquire, to get*
enfrentarse (a) *to confront, to face*
firmar *to sign*
imponer *to impose, to force on*
lograr *to manage, to achieve, to get*
proclamar *to proclaim, to announce*
quejarse *to complain*
reconocer *to recognize*
rechazar *to reject, to refuse*

Sustantivos

el acuerdo *accord, agreement;*
   ponerse de acuerdo *to reach an*
    agreement

la amenaza *threat*
la amistad *friendship*
el (la) ciudadano(a) *citizen*
la enemistad *enmity*
el peligro *danger*
la pérdida *loss*
el (la) político(a) *politician*
la política *policy, politics*
el tratado *treaty*

Adjetivos

aliado(a) *allied, ally*
mutuo(a) *mutual*
político(a) *political*

Otras palabras y expresiones

verse obligado a *to have to (do some-thing)*

11-1 Para practicar. Trabajen en parejas, o como lo indique su profesor(a), para contestar estas preguntas, usando el vocabulario de la lista para saber algo sobre sus compañeros de clase.

1. ¿Cómo caracterizas el problema más serio que tienes que enfrentar este año? ¿Vas a lograr superarlo? ¿Quieres o rechazas la ayuda de tus padres con este problema? ¿Por qué?

2. ¿Te has puesto de acuerdo con algún(a) amigo(a) sobre algo importante recientemente? ¿Qué fue? ¿Cómo lograron ponerse de acuerdo? ¿Pudieron salvar su amistad? ¿Firmaron un papel?

3. ¿Te quejas mucho a tus amigos? ¿Lo reconoces cuando te quejas demasiado? ¿Tus amigos te lo dicen a veces?

4. ¿En qué crees que consiste la mayor amenaza a la paz mundial hoy? ¿Es el peligro de afuera del país mayor que el de adentro? ¿Por qué? ¿Cuál es la mayor causa de enemistad entre países?

11-2 Anticipación. Trabajen en grupos de dos o tres para contestar estas preguntas.

¿Qué sabe Ud. de las relaciones interamericanas? ¿Sabe cuándo ocurrió la guerra entre México y los Estados Unidos? ¿Entre España y los Estados Unidos? ¿Cómo fue que los Estados Unidos lograron tener control sobre el canal de Panamá? ¿Qué otras cosas ha estudiado sobre este tema? Con un(a) compañero(a) de clase, hagan Uds. una lista. Prepárense para presentarle su lista a la clase.

I. Los Estados Unidos, España y la independencia americana

Los primeros contactos importantes entre los Estados Unidos y España ocurrieron en el siglo XVIII. Debido a una larga historia de conflictos entre España e Inglaterra, los españoles apoyaban° el movimiento de independencia en las colonias inglesas. Esta posición se basaba más en
5 el deseo de ver la pérdida de las colonias inglesas que en los principios filosóficos. El Imperio español compartía una larga frontera con las colonias inglesas y francesas (aproximadamente a lo largo° del río Misisipí). Sin duda, España pensaba que sería más fácil defender esta frontera contra la nueva nación pequeña —los Estados Unidos— que contra Inglaterra.
10 Sea cual fuere° el motivo, la realidad es que los españoles, aliados con los franceses, comenzaron a incomodar° a los ingleses en Europa, especialmente en Gibraltar, la colonia inglesa estratégicamente situada en la península para controlar la entrada al mar Mediterráneo. El ataque español comprometió° la marina° inglesa en Europa en el momento más grave de la guerra en América.
15 No se sabe si esto cambió el resultado de la lucha pero, indudablemente acortó° la guerra y facilitó la victoria de las trece colonias.

Poco después comenzó el largo proceso de pérdidas coloniales para España. Cedió el territorio del río Misisipí (conocido como Luisiana) a Francia, y poco después, se vio obligada a vender la región que ahora es el
20 estado de Florida. Además, inspirados por el ejemplo norteamericano, los criollos hispanoamericanos también lograron separarse de la madre patria. Ya para 1830 el imperio español se había reducido a las islas del Caribe, las Filipinas y algunas colonias pequeñas en la costa de África. Los Estados Unidos fueron uno de los primeros países en reconocer la legalidad de las
25 nuevas naciones, con expresiones de simpatía° ideológica y moral. Declararon su apoyo en la famosa Doctrina Monroe[2] (1823) que proclamaba la soberanía° del hemisferio sobre su propio destino y decía además que los Estados Unidos no mirarían con indiferencia ninguna tentativa de imponer un sistema europeo en el continente.
30 Después de esta época, el problema básico en las relaciones entre España y los Estados Unidos hasta 1898 fue el caso de la isla de Cuba. Aunque Cuba era parte del imperio, siempre existieron sentimientos de independencia. Los Estados Unidos, al mismo tiempo, valoraban° la isla y no hay duda de que querían anexarla a la unión norteamericana. Había más posibilidades
35 que esto ocurriera si Cuba fuera independiente, y no una colonia española. En 1848, los Estados Unidos se ofrecieron a comprar el territorio, alegando como motivo el peligro de que cayera en manos de otro poder europeo. El presidente Buchanan ofreció $50.000.000, pero en 1854 se llegó a ofrecer $120.000.000 por la isla. En ese mismo año el gobierno norteamericano tomó
40 una posición algo agresiva basada en el peligro que podría representar Cuba para los Estados Unidos: si la isla cayera en manos de otro poder o si siguiera importando esclavos africanos los Estados Unidos tendrían el derecho de
45 tomarla por la fuerza. Esta política, que siguió en efecto hasta fines del siglo XIX, sirvió de base a la invasión de 1898.

---

[2] *Doctrina Monroe* So called because it was expressed by President James Monroe in a message to Congress in 1823.

supported

along

Whatever might have been
harass

committed
navy

(it) shortened

solidarity
sovereignty

valued

strong enough

battleship

slaughter

there arose

statehood

Commonwealth

close

partner

En 1895 los Estados Unidos comenzaron a sentirse suficientemente fuertes° como para apoyar la rebelión iniciada años antes por los patriotas cubanos bajo la inspiración de José Martí. Una campaña a favor de la
50 guerra de parte de un periódico de Nueva York ayudó a convencer al pueblo norteamericano que era necesario entrar en el conflicto. Cuando el acorazado° *Maine* explotó misteriosamente en el puerto de La Habana, los que querían que los Estados Unidos participaran en la guerra se aprovecharon del incidente para echarles la culpa a los españoles.
55 En abril de 1898, el presidente McKinley pidió al congreso permiso para entrar en la guerra entre Cuba y España.[3] Alegó como justificación cuatro razones: 1) el deseo humanitario de poner fin a la matanza°, 2) la necesidad de proteger a los ciudadanos norteamericanos residentes en Cuba, 3) la protección del comercio entre Cuba y los Estados Unidos, 4) la amenaza
60 que significaba la guerra para los estados situados a poca distancia de la isla. La guerra duró menos de un año, durante el cual la marina norteamericana tomó Cuba, Puerto Rico y las Filipinas. El tratado de paz firmado en París en diciembre de 1898 cedió las Filipinas, Puerto Rico y la isla de Guam a los Estados Unidos y dejó a Cuba bajo el control de una fuerza norteamericana de
65 ocupación. La guerra marcó el fin del imperio colonial de España en América. A causa de ella, surgió° en la península un movimiento cultural llamado la Generación del 98, que buscaba la causa de la decadencia de España y la manera de volver a la grandeza anterior.
Puerto Rico sigue como parte de los Estados Unidos. Durante los más
70 de cien años de esta relación la isla ha sido otro punto de conflicto. Hoy el pueblo puertorriqueño demuestra tres actitudes hacia su situación. El primer grupo quiere la estadidad° o sea que la isla se incorpore como el estado 51 de los Estados Unidos. El segundo grupo prefiere la situación actual, que data de 1952, de ser un Estado Libre Asociado° bajo el cual tienen algunos privilegios
75 de ciudadanos regulares, aunque no todos (por ejemplo, tienen representación, pero sin voto en el Congreso y no pagan impuestos federales). El tercer grupo, con menos influencia, prefiere la independencia. La gran mayoría quiere mantener una relación estrecha° con los Estados Unidos, pero los intelectuales tienen cierto temor que su cultura se pierda o que se transforme por estar en
80 contacto constante con su vecino y socio° gigante.
En la actualidad las relaciones entre España y los Estados Unidos se limitan a las relaciones comerciales y la presencia de España en la OTAN.[4] Un conflicto reciente ocurrió cuando España formó parte de la coalición en el Medio Oriente pero terminó esa relación bajo la presión de las bombas que
85 puso Al Qaeda en el metro de Madrid.

[3] **guerra entre Cuba y España** Called the Spanish–American War in U.S. history. It began as a struggle by Cuba for independence. José Martí was one of the inspirational leaders of the movement. The Hearst newspapers were in a circulation war with the Pulitzer papers, and both sent reporters to Cuba to file sensational stories which had the effect of inflaming public opinion in the United States. The National Geographic Society conducted an investigation in 1998 and still could not decide between an accidental explosion or the effect of a Spanish mine.

[4] **OTAN Organización del Tratado del Atlántico del Norte** The North Atlantic Treaty Organization or NATO in English.

11-3 Comprensión. Responda según el texto.

1. ¿Cómo ayudó España a las trece colonias?
2. ¿Qué territorios españoles pasaron a los Estados Unidos en 1898?
3. ¿Qué es la Doctrina Monroe?
4. ¿Qué quería hacer Buchanan con Cuba?
5. ¿Quién era José Martí?

11-4 Opiniones. Exprese su opinión personal.

Elementos de la lectura

1. ¿Cree que los Estados Unidos debe ayudar a los países donde hay dictadura a liberarse de la opresión? ¿Por qué sí o por qué no?
2. ¿Cree que los Estados Unidos debe tener una relación especial con Hispanoamérica a causa de su historia semejante y su proximidad? Explique.

Conceptos generales

3. ¿Sigue Ud. las noticias internacionales? ¿Dónde consigue la mayoría de su información?
4. ¿Cree que hay medios de comunicación objetivos? ¿Cuáles son?
5. ¿Cree que las cadenas (*networks*) de televisión presentan las noticias sin prejuicios políticos? Explique.

II. Los Estados Unidos y las nuevas naciones americanas

Además del reconocimiento diplomático de Cuba, los Estados Unidos se ocuparon durante el siglo XIX de las fronteras con Texas y California, que todavía restringían° la expansión norteamericana, por pertenecer a México. La Doctrina Monroe fue ampliada para incluir no sólo una prohibición de la colonización sino también la de cualquier intervención diplomática. Esto se hizo porque el presidente Polk temía que los europeos se metieran° en el problema de Texas, pero fue el principio de una política dominadora de los Estados Unidos hacia México. Los Estados Unidos ayudaron a los texanos y también a los ciudadanos de California que buscaban la independencia de México. Al lograr la independencia, Texas pidió incorporarse a los Estados Unidos. La petición fue aceptada, y México —aunque no se hallaba en condiciones de sostener esta lucha— inmediatamente declaró la guerra contra los Estados Unidos. Por el Tratado de Guadalupe Hidalgo (1848),[5] que puso fin a la guerra, los mexicanos se vieron obligados a aceptar la pérdida de casi la mitad de su territorio nacional, incluyendo Texas, California, Nuevo México, gran parte del estado de Arizona y toda la región al norte de estos estados. Cinco años más tarde, por el Tratado de Gadsden, los Estados Unidos compraron otra faja° de tierra en el sur del estado de Arizona porque ofrecía una ruta hacia el océano Pacífico, algo que el gobierno consideraba necesario para el desarrollo de California. Como consecuencia, el gobierno mexicano quedó en pésimas condiciones°, lo que preparó la situación para la primera verdadera prueba° de la Doctrina Monroe.

restricted

would meddle

strip

in a terrible state

test

[5] **Tratado de Guadalupe Hidalgo** This treaty, signed in 1848, ended the war between the United States and Mexico. Most of what is now the western United States was ceded by Mexico.

	Debido al costo de la guerra contra los Estados Unidos, el gobierno
	mexicano bajo Benito Juárez se vio obligado a suspender el pago de los
loan	25 préstamos° que le habían hecho varios gobiernos europeos. Inglaterra, Francia
	y España se pusieron de acuerdo sobre la necesidad de intervenir con una
	fuerza militar para proteger sus intereses.[6] En realidad, veían la posibilidad de
	establecer una colonia en América. El más interesado era Napoleón III, que
conceived	tramó° el plan y mandó a Maximiliano a México. A pesar de que la Doctrina
	30 Monroe prohibía tal invasión, los Estados Unidos, que en ese momento se
	hallaban en medio de la Guerra Civil, no pudieron evitarla y los mexicanos
	tuvieron que defenderse solos sin la ayuda de los Estados Unidos.

Durante la segunda mitad del siglo XIX, los Estados Unidos siguieron una política de expansión. Una tentativa de conseguir más territorio de México

rejected   35   fracasó cuando el Congreso rechazó° el tratado. El gobierno de la República Dominicana pidió ser incorporado al territorio de los Estados Unidos, y éstos pasaron unos años tratando de conseguir la isla.[7] Pero la única empresa que tuvo éxito fue la compra de Alaska de los rusos.

Otra cuestión que interesaba a los Estados Unidos en esta época era la

isthmus   40   posibilidad de construir un canal en Centroamérica. El mejor lugar para el canal era el istmo° de Panamá, que formaba parte de Nueva Granada, ahora Colombia. El tratado con Nueva Granada en 1846 y el Tratado Clayton-

purpose   Bulwer con Inglaterra en 1850 tenían como propósito° asegurar los derechos de los Estados Unidos sobre cualquier canal o ferrocarril que fuera construido

45   en la región. El tratado con Inglaterra también buscaba imponer límites al establecimiento de colonias inglesas en la región y comprometía a los Estados Unidos a garantizar la neutralidad de un futuro canal. Proclamó, además, que ningún canal del futuro sería propiedad de los Estados Unidos.

Así era la situación a fines del siglo XIX. Hasta ese momento las

50   relaciones entre todos los países americanos habían demostrado cierta unidad contra las continuas amenazas europeas. La Doctrina Monroe no parecía ser un documento imperialista, sino uno que afirmaba la independencia de todas las naciones americanas. La última década del siglo XIX, sin embargo, abrió una nueva época en las relaciones interamericanas, caracterizada por

stronger and stronger   55   declaraciones de unidad cada vez más fuertes° y por actos cada vez más agresivos de parte de los Estados Unidos.

[6] ***para proteger sus intereses*** Default on debt payments was mainly an excuse. Napoleon III sent Maximilian, archduke of Austria, to take over and become emperor of Mexico. A large group of Mexican conservatives supported this ill-fated move.

[7] ***la isla*** The island of Hispaniola consisted of the former Spanish colony, the Dominican Republic, and the former French colony of Haiti. Because Haiti served as a base for French colonial pretensions, and because the island was a strategically important naval base, the United States was continually trying to take it.

11-5 Comprensión. Complete según el texto.

1. El Tratado de Guadalupe Hidalgo puso fin a _____.
2. Los Estados Unidos ganaron una ruta hacia el océano Pacífico por _____.
3. Napoleón III era el líder europeo más interesado en _____.
4. En el siglo XIX los Estados Unidos se interesaban en _____ en Panamá.
5. El Tratado Clayton-Bulwer buscaba imponer límites al _____ en Centroamérica.
6. La Doctrina Monroe parecía afirmar _____.

11-6 Opiniones. Exprese su opinión personal.

Elementos de la lectura

1. ¿Cree que México presenta problemas de seguridad para los Estados Unidos? ¿Por qué sí o por qué no?
2. ¿Cree que las relaciones con México son más importantes que las relaciones con los otros países hispanoamericanos? ¿Por qué?

Conceptos generales

3. ¿Con qué país parecen ser las relaciones mejores hoy día? ¿peores? Explique.
4. ¿Cree que las relaciones interamericanas merecen más, o menos atención del gobierno? Explique.
5. ¿Cuáles son los motivos más importantes de la diplomacia de los Estados Unidos?

III. El Panamericanismo y «el Coloso del Norte»

En 1889, a petición de los Estados Unidos, tuvo lugar la primera reunión panamericana en Washington. Hubo otras en 1902 en México, 1906 en Río de Janeiro y en 1910 en Buenos Aires. Aunque el gobierno norteamericano siempre apoyó estas reuniones, sus acciones no contribuyeron
5 a una idea de amistad y alianza. Primero, los Estados Unidos participaron en la guerra contra España, que resultó en la adquisición de Puerto Rico por parte de los norteamericanos y en la ocupación de Cuba por un tiempo no determinado.

Otro aspecto de la política norteamericana hacia Cuba fue la declaración
the latter 10 en 1901 de ciertas prohibiciones contra el gobierno cubano:[8] 1) éste° no
would not contract permitiría fuerzas de otras naciones en la isla, 2) no contraería° deudas excesivas, 3) daría a los Estados Unidos el derecho de intervención para proteger la «independencia» del país, 4) vendería a los Estados Unidos la tierra necesaria para construir en la isla una base militar norteamericana (que
15 se llama hoy Guantánamo). En pocas palabras, el gobierno norteamericano pensaba asumir el papel de «protector» del nuevo gobierno cubano.

claims Debido a ciertas reclamaciones° de parte de países europeos sobre deudas del gobierno dominicano, apareció la amenaza de otra invasión semejante a la que había ocurrido antes en México. Esta vez los Estados Unidos decidieron
took over; custom-house 20 actuar primero, y en 1905 se apoderaron de° la aduana° de la isla para distribuir el dinero a los gobiernos europeos.

suspicions Los recelos° hispanoamericanos aumentaron como resultado de una proclamación del presidente Theodore Roosevelt en 1904 en la que se extendía la Doctrina Monroe para incluir el derecho norteamericano de
25 intervenir en los asuntos de los otros países en caso de una amenaza a su estabilidad y orden internos. Esta idea, llamada el «corolario de Roosevelt a

---

[8] ***prohibiciones contra el gobierno cubano*** This is known as the Platt Amendment (to the Army Appropriations Bill of 1901). It was symbolic of U.S. arrogance for many years in Latin America. It was mentioned in the Cuban Missile Crisis of 1962 since that case, too, involved threatened intervention. The 1979 U.S. protest against the presence of Soviet combat troops in Cuba was another invocation of this policy.

la Doctrina Monroe» es clasificada por la mayoría de los historiadores como la cumbre° de la arrogancia norteamericana en las relaciones interamericanas. Roosevelt dijo que no había peligro de intervención en los países que «se portaran bien»° y que mostraran su capacidad de gobernarse «de una manera eficaz° y decente». En casos de «errores crónicos» los Estados Unidos se verían obligados a actuar como «policía internacional» para restaurar° el orden y la civilización en el país.

Haciendo uso de esta doctrina el presidente Taft mandó fuerzas militares a varios países centroamericanos que amenazaban sufrir algún problema interior. Uno de los efectos negativos de esta política era que tendía a favorecer a los dictadores en lugar de los partidos más democráticos.

Taft creó también la «diplomacia del dólar», una tentativa de reemplazar las inversiones° europeas en Hispanoamérica con dólares norteamericanos, lo que ayudaría a eliminar la amenaza europea a la soberanía de estos países. Si no pagaban las deudas, los únicos que se quejarían serían los financieros norteamericanos, y el gobierno garantizaría las deudas. Los que se oponían a esta táctica declaraban que los países pequeños llegarían a ser° casi propiedad de los Estados Unidos. La intervención resulta mucho más fácil cuando no hay necesidad de ponerse de acuerdo con otros gobiernos acreedores°.

Otra, y probablemente la más importante, de las intervenciones de los Estados Unidos fue la construcción del canal de Panamá. Hacia fines del siglo XIX el canal asumió gran importancia en la política estadounidense° a causa de la atracción comercial del Lejano Oriente° y de la necesidad militar de proteger las dos costas de los Estados Unidos. Después de conseguir de Inglaterra el derecho de construir y dirigir el canal por su propia cuenta°, los Estados Unidos tuvieron que entrar en un acuerdo con Colombia, por cuyo territorio iba a pasar el canal. Sin embargo, cuando iba a concluirse el tratado con Colombia el congreso de ese país rehusó° aceptar los términos, porque querían aclarar algunos artículos relacionados con los derechos reservados a su propio gobierno. Mientras se debatía el problema, estalló° una revolución en la región de Panamá, una provincia de Colombia, para lograr la independencia. Los colombianos pensaron que los Estados Unidos habían fomentado la rebelión, ya que después de tres días, Roosevelt reconoció a la nueva república de Panamá y comenzaron las conversaciones sobre un tratado de concesión por el cual los Estados Unidos conseguían el derecho de construir el canal, de dirigirlo para siempre y de incorporar la tierra por la cual pasaba como territorio nacional. El canal quedó en manos del «Coloso del Norte» hasta el 31 de diciembre de 1999 cuando fue entregado a Panamá bajo términos de un tratado firmado en 1977.

Hubo otras intervenciones en la América Central durante la segunda década del siglo XX y no fue hasta 1936, durante la presidencia de Franklin Roosevelt —quien inició la política del «Buen Vecino»°— cuando comenzó a haber cambios notables en las relaciones entre los Estados Unidos e Hispanoamérica. Esta política rechazó varias prácticas del pasado y condujo a° algunos tratados: entre ellos, la prohibición de la intervención y de la guerra entre países del continente. Al estallar° la guerra en Europa casi todos los países de América se declararon aliados, por lo que durante los años de la Segunda Guerra mundial hubo paz y amistad entre los Estados Unidos y los países hispanoamericanos.

11-7 Comprensión. Responda según el texto.

1. ¿Cuándo y dónde tuvieron lugar las cuatro primeras reuniones panamericanas?
2. ¿Por qué los Estados Unidos invadieron la República Dominicana?
3. ¿Qué era la «diplomacia del dólar», y quién la creó?
4. ¿Cuáles fueron algunos motivos para construir el canal de Panamá?
5. ¿Cómo fueron las relaciones interamericanas durante la Segunda Guerra mundial?

11-8 Opiniones. Exprese su opinión personal.

Elementos de la lectura

1. En su opinión, ¿por qué llaman los hispanoamericanos «Coloso del Norte» a los Estados Unidos?
2. ¿Cree Ud. que la política actual hacia Hispanoamérica es buena? ¿Por qué?

Conceptos generales

3. ¿Cómo podrían los Estados Unidos mejorar las relaciones generales en el mundo?
4. ¿Cuáles son los elementos básicos que influyen en las relaciones internacionales?
5. ¿Cree Ud. que la diplomacia de los Estados Unidos se ha mostrado arrogante? Explique.

IV. Las relaciones en la época de la posguerra

Casi todas las relaciones norteamericanas después de la Segunda Guerra mundial fueron influenciadas por la «guerra fría» entre los Estados Unidos y la Unión Soviética. Los aliados hispanoamericanos ocuparon un lugar importante en este juego diplomático porque casi todos tenían gobiernos conservadores, pero al mismo tiempo veían el nacimiento de nuevos movimientos izquierdistas°. Por lo general, aunque estos movimientos mostraban una ideología de izquierda, sus lazos con el movimiento comunista internacional eran débiles°. Sus intereses tendían a ser nacionalistas, antinorteamericanos y anticapitalistas.

Basándose en° los acuerdos y tratados interamericanos, los Estados Unidos comenzaron a formular tratados de seguridad mutua. Los gobiernos conservadores firmaban con gusto estos acuerdos porque contenían garantías de estabilidad interna e iban acompañados de° ofertas° de ayuda económica en forma de armas modernas. Puesto que estos dictadores generalmente mantenían su poder gracias a las fuerzas militares, las armas representaban una ayuda efectiva contra cualquier grupo rebelde. De nuevo, la política norteamericana aparecía como una política dominadora que exigía cierta conducta de los países vecinos a cambio de° la ayuda económica y la amistad. Esta nueva actitud fue formalizada en el Tratado de Río de Janeiro[9] de 1947. Se trataba en realidad de una alianza militar —la primera de este tipo para los Estados Unidos desde 1778, cuando el nuevo gobierno había aceptado la ayuda francesa.

leftist

weak

Based on

were accompanied by; offers

in exchange for

[9] ***Tratado de Río de Janeiro*** Known as the Rio Pact; the full name: Inter-American Treaty of Reciprocal Assistance. It expressed adherence to the recently formed United Nations and declared the intention to settle disputes peacefully. It also declared that an armed attack against any American State constituted an attack against all.

En 1948 los representantes de 21 repúblicas se reunieron en Bogotá para el Noveno Congreso Internacional de Estados Americanos. En medio de

riots tumultos° y violencia[10] se formularon los principios de un nuevo cuerpo: la Organización de Estados Americanos (OEA), que primero se había llamado La Unión de Repúblicas Americanas y luego El Sistema Interamericano. La nueva organización, además de reconocer el alto nivel de actividad nacida durante la guerra, creó un consejo° permanente de defensa para coordinar

council

training la cooperación militar, es decir, la venta de armas y el entrenamiento° de oficiales. La Unión Panamericana fue designada como Secretariado de la organización y el órgano principal de las relaciones culturales.

A pesar de los acuerdos, la corriente anticomunista en los Estados Unidos llevó al gobierno a mezclarse° en los asuntos de varias naciones para que el

meddle

comunismo no ganara ninguna ventaja.

El caso más notable fue el de Guatemala. El Partido Comunista logró alguna influencia en el gobierno de Jacobo Árbenz Guzmán, un presidente reformista

headed con ideología de izquierda. La oposición, encabezada° por el General Carlos Castillo Armas, estaba preparando una revolución en el vecino país de Honduras. Árbenz aceptó la ayuda ofrecida por la Unión Soviética, y eso despertó el interés de los Estados Unidos. Éstos ofrecieron ayuda secreta a Castillo Armas, en forma de armas y de entrenamiento, que fue llevado a cabo° por la Agencia Central de

carried out

Inteligencia. Esto hizo posible el triunfo de la revolución en 1955. Aunque los

denied Estados Unidos negaron° sus acciones durante diez años, las admitieron después.

proven case; blame Con un caso comprobado°, los hispanoamericanos comenzaron a culpar° a los Estados Unidos cada vez que ocurría un incidente semejante. Los Estados Unidos siempre han negado su interés en estas situaciones, pero ocurrieron otros casos,

Bay of Pigs como el de la Bahía de Cochinos° en Cuba en 1961, donde la misma táctica fue empleada, aunque sin éxito.

Cuba, por su proximidad geográfica, ha sido otro punto de conflicto entre los Estados Unidos y los países hispanoamericanos.

El presidente John F. Kennedy formuló una nueva política hacia Latinoamérica llamada «La Alianza para el Progreso». El nuevo programa

effort consistía en un esfuerzo° continental de cooperación, cuya base era la oferta de ayuda económica en casos donde el gobierno local demostrara algún esfuerzo propio, es decir, donde se pudiera formar una alianza entre la ayuda norteamericana y el capital nativo para un programa de desarrollo. Este plan atrajo mucho interés entre los intelectuales americanos por su indiscutible idealismo. En la práctica, sin embargo, logró muy poco.

Con la llegada al poder de los sandinistas en Nicaragua, Centroamérica volvió a ocupar la atención del gobierno norteamericano porque prestaban°

they lent apoyo a los guerrilleros de los países vecinos como El Salvador. Los dos países fueron la escena de violencia constante durante la década de 1980. En 1990 los sandinistas perdieron las elecciones y su poder político. En 1992 los

arrived at an agreement guerrilleros salvadoreños y el gobierno moderado llegaron a un acuerdo° que

ended; struggle puso fin a° la lucha° armada por el momento.

En 1989 en Panamá y otra vez en 1993 en Haití, los Estados Unidos volvieron a sus métodos antiguos. En los dos casos intervino el ejército

overthrow norteamericano para derrocar° a un gobierno militar y devolver a los

---

[10] ***tumultos y violencia*** Known as the *Bogotazo;* rioting and burning broke out when a popular political leader was assassinated. The conference seemed to be part of the motive.

70 candidatos elegidos a la presidencia. Por un lado actuaron a favor de la democracia, pero por el otro constituyeron otras intervenciones más en la larga serie que ha caracterizado las relaciones interamericanas.

El caso de la guerra en 1982 entre la Argentina y Gran Bretaña por las islas Malvinas[11] muestra otro aspecto de la complejidad de las relaciones
75 interamericanas. Por un lado un antiguo aliado de Europa y por el otro una nación americana quieren el apoyo de los Estados Unidos. Ni la Doctrina

stopped Monroe ni el Tratado de Río impidieron° que el gobierno norteamericano apoyara a los ingleses. El hecho de que el gobierno militar argentino estaba
discredited casi totalmente desacreditado° en el continente añadió otro factor a la decisión.

80 El Tratado de Libre Comercio,[12] firmado por el Canadá, los Estados Unidos y México es el primer paso a la creación de una zona de libre comercio en el hemisferio entero para el futuro. Este proceso tampoco es sencillo puesto que algunos países, como el Brasil, no quieren perder su dominio económico sobre sus vecinos. Con el fin de la «guerra fría» las
85 relaciones han perdido algo de su base ideológica para concentrarse en cuestiones económicas. El presidente Chávez de Venezuela se ocupa en la construcción de un grupo de países que pueden resistir la dominación. Está usando las ganancias de la venta de su petróleo para conseguir apoyo de otros países latinoamericanos. Otro conflicto viene del hecho de que varios países
sources 90 hispanoamericanos son las fuentes° principales de drogas ilegales.
trust La historia hace difícil lograr una actitud de confianza° y respeto mutuos. Es interesante notar que un latinoamericano o un español y un norteamericano pueden llegar fácilmente a ser buenos amigos a pesar de sus diferencias
are raised culturales, religiosas o económicas. Pero, cuando estas diferencias se elevan°
95 al nivel nacional se vuelven verdaderos obstáculos para la paz y comprensión
basically que todo el mundo, en el fondo°, desea.

[11] ***Islas Malvinas*** Called the Falkland Islands in English. Argentina has long claimed sovereignty over these islands but Great Britain has refused to give them up. In 1982 Argentina attempted to take them by force but was unsuccessful in the face of an all-out British defense.

[12] ***Tratado de Libre Comercio*** This treaty is abbreviated TLC in Spanish. It is called the North American Free Trade Agreement or NAFTA in English.

11-9 Comprensión. Responda según el texto.

1. ¿Por qué atraían tanta atención los países hispanoamericanos durante la «guerra fría»?
2. ¿Qué aspecto único tenía el Tratado de Río de Janeiro?
3. ¿Cuál era la misión principal de la OEA?
4. ¿Cuáles eran las bases de la «Alianza para el Progreso», y quién originó esta política?
5. ¿Qué dilema para las relaciones interamericanas surgió durante la guerra de las Malvinas?

11-10 Opiniones. Exprese su opinión personal.

Elementos de la lectura

1. ¿Cree Ud. que puede haber mejores relaciones entre los Estados Unidos y los países hispánicos? ¿Cómo?

2. ¿Cómo debe el gobierno norteamericano resolver el problema de las drogas?

Conceptos generales

3. ¿Cree que puede haber una prohibición total de armas nucleares? ¿Cómo?

4. ¿Cuáles son los países más agresivos hoy día en querer entrar en el «club nuclear»?

5. ¿Es la obligación de los Estados Unidos evitar que otros países tengan armas nucleares?

Unos estudiantes venezolanos estudian juntos. ¿Cuál es la base del conflicto entre Venezuela y los Estados Unidos?

¿Desea más? La **Heinle Voices Database** contiene en **www.textchoices.com/voices** unos ensayos que comentan las ideologías de los escritores durante esta época, por ejemplo, «Continuidad y ruptura: hacia una nueva expresión». También hay ejemplos de un par de escritores puertorriqueños, Luis Rafael Sánchez y Rosario Ferré.

11-11 Ejercicios de vocabulario. En grupos de dos o tres personas hagan las siguientes actividades.

A. Complete las oraciones.

1. El comunismo es una política _____.
2. Cuba ha sido importante por su _____ geográfica.
3. La «_____ para el Progreso» fue muy popular entre los intelectuales norteamericanos.
4. Los Estados Unidos recibieron California por el _____ de Guadalupe Hidalgo.
5. La Doctrina Monroe fue una respuesta a las _____ europeas de volver a colonizar América.

B. Complete usando una palabra relacionada con la palabra entre paréntesis.

1. (prohibir) El tratado contiene _____ contra la intervención.
2. (los Estados Unidos) La política _____ se basaba en la «guerra fría».
3. (ideal) Ese programa es caracterizado por un tono _____.
4. (ideología) El movimiento tiene semejanzas _____ con el comunismo.
5. (colonia) España fue un país _____.

Un padre e hija mexicanos. ¿Cree que lo que quiere este padre para su hija sería diferente que lo que quiere un padre norteamericano? ¿O tendrán más o menos los mismos sueños para el futuro? Explique su opinión.

11-12 ¿Qué opina? En grupos de dos o tres personas contesten las siguientes preguntas.

1. ¿Cuáles son las causas de la enemistad entre los gobiernos hispanoamericanos y los Estados Unidos?
2. ¿Qué diferencias hay entre los motivos básicos de la política internacional de los Estados Unidos y los de un país hispánico?
3. ¿Cree que es posible tener unidad en el hemisferio occidental? ¿Por qué?

 11-13 Debate. Organice dos equipos para que ataquen o apoyen esta resolución.

La influencia de las grandes compañías multinacionales es mala para los países en vías de desarrollo.

11-14 Situación. Ud. acaba de ser elegido(a) presidente(a) de los Estados Unidos. En la campaña electoral prometió mejorar las relaciones interamericanas. Ahora tiene que cumplir con su promesa. ¿Qué va a hacer en ese campo?

11-15 El arte de escribir

Repaso. Escriba una composición en la que exponga su opinión sobre la idea de que todos los habitantes de este hemisferio deben hablar, tanto el español como el inglés. Incluya ideas que apoyen su opinión.

ATAJO

Phrases: Encouraging; Persuading; **Grammar:** Use of **conocer** & **saber,** *if*-clauses; **Vocabulary:** Geography; Nationality; Languages

Las noticias

La prensa Lea los siguientes artículos y coméntelos entre los miembros de la clase.

TRIBUNA°: FELIPE GONZÁLEZ
—Opinión—
Nuevas fracturas° en Iberoamérica

Public platform

fractures, breaks

situation
relative prosperity

that they've had a bellyful of
modern / reestablishment

alternation

see as / surplus

En una coyuntura° de crecimiento generalizado en Iberoamérica se están produciendo cambios políticos de significación y dimensión desconocidos. Fuerzas políticas no tradicionales, algunas de nuevo cuño°, sustituyen a los partidos conocidos o tradicionales en la alternancia° en el poder.

Los analistas, sobre todo en los últimos movimientos, ven° contradictorias las tendencias considerando la bonanza relativa° de la economía. Sin embargo, nada hay más lógico en las reacciones de los ciudadanos que expresan el hartazgo ante° las políticas practicadas en los años posteriores a la recuperación° de los sistemas democráticos, justo ahora que ven cómo un periodo de crecimiento debería darles oportunidades de participar en la distribución del excedente°.

At heart
has available
economical take off; move
primary

successful
the idea has gained support

distinguishable
have taken off

keep in mind / would expand into

pushed
contradicts

resource potential / deepest; indicating
half-hidden from

later

indicates
leadership / opposed to each other

challenges
to face successfully

threat; historic delay

majorities

complex

En el fondo°, América Latina dispone de° todos los ingredientes para su definitivo despegue°, para su tránsito° de región emergente a región central°. Nada de lo observado en los países exitosos° de las últimas décadas falta en la región. Aun más, dispone de todo —recursos naturales y capacidad humana— en mayor abundancia que otros que han despegado° con fuerza en la nueva era de la revolución tecnológica.

La oportunidad —una vez más— es clara, sobre todo si se tiene en cuenta° que el precio de la mayor parte de las materias primas, impulsadas° por la creciente demanda mundial, va a continuar alto. Si, como es deseable, los países de la región transforman ese potencial de recursos° —renovables y no renovables— en capital acumulado para las reformas que se necesitan, se irán incorporando a la centralidad. Se necesita una masa crítica de pensamiento y acción que señale° el camino de este proceso. Existe liderazgo° político, intelectual y económico para producirla, como actualización para los desafíos° del siglo XXI de aquellos creadores de ideas de la CEPAL.[1]

Pero, junto a las fracturas de carácter social, producto del hartazgo ante políticas que no han llegado a las grandes mayorías°, se pueden observar otras líneas de fractura, cuya significación es compleja°. El discurso político dominante, en el horizonte del bicentenario de las independencias nacionales, tiende a ser integracionista,[2] pero la práctica revela distorsiones nuevas, o caminos que no indican la consolidación de modelos de integración regional….

…[E]n los últimos años cobra fuerza la idea° de una región suramericana como espacio de integración, diferenciable° o separable de otra norteamericana que, al decir de los líderes que lo proponen, incluiría a México, con Estados Unidos y Canadá, y se proyectaría hacia° el área Centroamericana y del Caribe. Esta teoría, que he oído con frecuencia en boca de líderes brasileños, contradice° algunas de las tradiciones venezolanas o mexicanas más arraigadas°, señalando° una fractura semioculta para° los observadores.

Estas tendencias no contradicen frontalmente una posible evolución ulterior° hacia formas de integración regional, pero marcan unas diferencias que se interpretan como modelos relativamente antagónicos°. Los que creemos en fórmulas supranacionales de integración regional, como ingrediente necesario para enfrentar con éxito° los desafíos de la globalización, lo vemos como una amenaza° de retraso histórico° en el entendimiento de los países de América Latina.

Felipe González es ex presidente del gobierno español.

El País Digital (Madrid)

---

[1] **CEPAL** is a United Nations organization to promote regional economic integration: *Comisión Económica para América Latina.*

[2] *integracionista* In favor of some kind of regional (Latin American) economic union, perhaps like the European Union.

China, lista para competir con España en Latinoamérica

Los políticos chinos no celebran cumbres° en Salamanca. Pero tampoco les hace falta. En los últimos 14 meses, el presidente del país asiático, Hu Jintao, ha visitado cinco países de la zona: México, Argentina, Brasil, Chile y Cuba....

No son visitas de cortesía. Las exportaciones de América Latina a China han crecido un surrealista° 600% entre 1999 y 2004, año en el que alcanzaron° los 21.400 millones de dólares,... es decir, el triple que las compras de productos realizadas° por España en la región. En 2003 —el último año del que tiene datos la Organización Mundial del Comercio (OMC)— China era ya el tercer socio comercial más importante de Brasil y Chile, y el quinto de Argentina...

Y, tras el comercio, viene la inversión directa°. O eso al menos es lo que ha prometido Beijing.... El presidente chino prometió 100.000 millones de dólares... de inversión en América Latina en los próximos 10 años.

...Es una oferta realizada con la mente en° las necesidades de China, ya que la mayor parte de las inversiones previstas° son en infraestructuras para que los recursos naturales de la región salgan más fácilmente al exterior°. E incluso° tiene un cierto componente político para comprar a golpe de talonario° el reconocimiento diplomático de los doce países situados al sur de Estados Unidos que todavía reconocen a Taiwán y no a la República Popular China....

...Al ser un país en vías de desarrollo°, sus inversiones tienen muy buena prensa en países como Bolivia, Argentina, Brasil y, sobre todo, Venezuela, que está embarcada en° un proceso oficialmente destinado a alejar° al sector petrolero estatal° «de los intereses capitalistas» en los que supuestamente° había caído° en los años 90. La petrolera estatal venezolana PDVSA espera vender este año a China casi cinco veces más crudo que en 2004, y ambos países colaboran en 19 proyectos energéticos.

Claro que, por ahora, los latinoamericanos están descubriendo que los chinos no tienen que ser necesariamente mejores que los españoles o los estadounidenses.

Para colmo°, las mayores operaciones que han iniciado este año las empresas chinas —la compra de la división de ordenadores de IBM y el intento frustrado de hacerse con la petrolera Unocal— han sido en Estados Unidos.

Al mismo tiempo, Brasil también ha descubierto que, en áreas como el textil, China no es un socio°, sino un competidor. ... Esa competencia puede acentuarse a medida° que el gigante asiático se industrializa.

El Mundo (Madrid)

América latina, desunida° en Internet

Malas noticias: mientras Asia logró° obtener su propia denominación regional de Internet la semana pasada («.Asia»), América Latina tendrá que seguir presentándose al mundo como una colección de países sin una marca° regional común.

Antes de explicar por qué se trata de una mala noticia, recapitulemos° lo que pasó en la reunión del 5 de diciembre de la Corporación de Asignación de Nombres y Números en Internet (Icann), la organización semigubernamental° con sede° en California que supervisa Internet en todo el mundo y asigna los nombres de dominios nacionales y regionales.

En su reunión anual en Vancouver, Canadá, Icann aprobó el nombre del dominio «.Asia», que cualquier persona o compañía podrá usar en lugar del nombre de dominio específico de un país, tal como «.cn» para China, o «.jp» para Japón. En marzo, Icann ya había aprobado una medida° similar para la Unión Europea, cuyos países miembro pueden ya usar el nombre dominio regional común de «.eu».

¿Y qué importancia tiene todo esto?, se preguntarán muchos. Sucede°

que en una economía global, donde la marca país o la marca comunitaria es cada vez más importante, las personas o compañías de países con problemas de imagen se pueden beneficiar enormemente presentándose al mundo como miembros de un bloque regional más grande, o con mejor imagen.

Cuando viajé a Polonia, el año pasado, los funcionarios° polacos me dijeron que la decisión de su país de unirse a la Unión Europea les permitió beneficiarse de la «marca comunitaria» europea, que les hizo más fácil atraer inversionistas extranjeros° y vender sus productos en el exterior°.

De la misma manera, para algunos países de América Latina que padecen de inestabilidad política y económica, una marca regional sería de gran ayuda. A muchas empresas de Bolivia o Ecuador, especialmente en momentos de turbulencia política, probablemente les gustaría tener la opción de poder ofrecer sus servicios bajo un rótulo° regional latinoamericano, como «.lac».

«Para la mayoría de los países latinoamericanos, usar una marca regional tendría más ventajas que desventajas», me dijo José Antonio Ríos, presidente internacional de Global Crossing, una gigantesca empresa de servicios de Internet.

La Nación Online (Buenos Aires)

Glosses (margin):

- "ununited"
- managed
- brand / officials
- let's rehash
- foreign investors
- abroad
- semiofficial
- headquarters
- label
- measure
- It happens

La tele

 El canal ahora es de Panamá

11-16 Anticipación. Antes de mirar el video, haga estas actividades.

A. Conteste estas preguntas.

1. ¿Por qué construyeron un canal en Panamá en vez de en México?
2. Si no existiera el canal de Panamá, ¿por dónde tendrían que ir los barcos para ir de Nueva York a San Francisco?
3. ¿Cuándo fue presidente Jimmy Carter?
4. ¿Por qué tienen que usar esclusas en el canal de Panamá? ¿Es igual en todos los otros canales?

B. Vocabulario útil. Estudie estas palabras del video.

ceder *to cede, to turn over*
conmemorativo(a) *memorial*
la esclusa *lock (of a canal)*
firmado(a) *signed*
la locomotora *locomotive*
el mandato *term of office*
la meta *goal*
meterse *to meddle in*
el milenio *millenium*
soberano(a) *sovereign*

11-17 Resumen del video. En 1977, durante el mandato de Jimmy Carter, los Estados Unidos firmó un nuevo tratado que cedió el canal de Panamá a ese país en que está. Desde 1914 el canal ha estado bajo el control de los Estados Unidos y ha existido como territorio extranjero dentro del territorio soberano de Panamá. Siempre ha simbolizado la tendencia de los Estados Unidos de meterse en los asuntos interiores de los países hispanoamericanos.

11-18 Sin sonido. Mire el video sin sonido una vez para concentrarse en el elemento visual.

11-19 Comprensión. Estudie estos ejercicios y trate de descubrir las respuestas correctas al mirar el video.

A. Comente estas oraciones con los compañeros de clase. Decida si son **verdaderas** o **falsas.**

1. Los panameños protestan el cambio de posesión del canal. _____
2. El canal ha sido un símbolo positivo en las relaciones interamericanas. _____
3. Los únicos dignatarios que asisten son Moscoso, Carter y el rey Juan Carlos. _____

B. Escoja la mejor palabra o frase para completar estas oraciones.

1. Los jefes de estado llegan a la ceremonia en…
   a. avión.
   b. julio.
   c. una mula o locomotora.

2. Mireya Moscoso es presidenta de…
   a. México.
   b. España.
   c. Panamá.

3. Para los Estados Unidos el canal ya no tiene mucha importancia…
   a. panameña.
   b. diplomática.
   c. militar.

4. Carter visita un monumento conmemorativo que recuerda a los…
   a. muertos en la guerra.
   b. soldados panameños.
   c. muertos en la construcción del canal.

5. El hombre panameño dice que todos los panameños tienen que ayudar para que…
   a. no haya conflictos.
   b. ganen mucho dinero.
   c. el canal continúe marchando bien.

11-20 Opiniones. En grupos de tres o cuatro estudiantes comenten estos temas.

1. Los Estados Unidos no debía ceder el canal puesto que lo construyeron y siguen siendo dueños del territorio.
2. Los símbolos son muy importantes en las relaciones internacionales aunque a veces no tienen importancia en la realidad. ¿Hay un ejemplo en el video?
3. ¿Los Estados Unidos aceptaría la presencia de un territorio extranjero dentro del territorio nacional? ¿Por qué sí o por qué no?

La presencia hispánica en los Estados Unidos

La pintura de murales es popular en la comunidad latina en los Estados Unidos. ¿Puede Ud. adivinar qué tipo de personajes aparecen en el mural?

❀ Lecturas culturales ❀

I. Orígenes de «La Raza»
II. Presencia de la cultura hispánica en el suroeste
III. Avances del siglo pasado
IV. La variedad de la minoría hispánica

Expansión

¡A explorar!

La tele

Cine

Una película que ilustra los sentimientos familiares es *My Family/Mi familia* (más inglés que español) que trata la vida —con su tragedia y su alegría— de una familia de antecedentes mexicanos. El patriarca inmigró a los Estados Unidos en 1920 y seguimos a los miembros de la familia acompañados por la historia de Estados Unidos. Actúan Jimmy Smits, Esai Morales, Edward James Olmos, entre muchos otros (1995, 127 min.).

Enfoque

Puerto Ricans

Por varias razones históricas, la población actual de los Estados Unidos contiene un 13% o más de personas de ascendencia hispana. Se calcula que hay unos 21,7 millones de personas de antecedentes mexicanos, 2,9 millones de puertorriqueños°, 1,3 millones de cubanos, 4,7 millones de centro- y sudamérica y unos 2 millones de otros países hispánicos. A diferencia de otros grupos étnicos, la mayor parte de éstos nunca inmigraron a los Estados Unidos, ni son descendientes de inmigrantes a este país. En el suroeste de los Estados Unidos, muchas personas fueron incorporadas a los Estados Unidos a través del Tratado de Guadalupe Hidalgo en 1848. Los puertorriqueños se convirtieron en ciudadanos en 1917. En otras palabras, la mayoría de las personas de habla hispana en los Estados Unidos son los habitantes de territorios ocupados en dos guerras.

by force

Generalmente el inmigrante llega a una nueva tierra dispuesto a asimilar la cultura, a aprender una lengua, a adaptarse a las costumbres y a los valores del país, muchas veces con un entusiasmo extremado. Pero cuando se ve incorporado por la fuerza° a otra cultura, no siente esta disposición. Más bien tiende a resistirse y a tratar de preservar su cultura original como un tipo de defensa. Un caso comparable es el de la provincia de Quebec, en Canadá, donde la situación de los habitantes de cultura francesa se asemeja a la de los de origen hispánico en los Estados Unidos. Es indispensable conocer este contexto para comprender las actitudes contemporáneas de esta minoría étnica.

Mucha gente que ha inmigrado a los Estados Unidos recientemente han ido a buscar trabajo. ¿Cree Ud. que hacen falta más trabajadores?

Vocabulario útil

Estudie estas palabras antes
de leer los ensayos.

Verbos

adaptarse *to adapt to*
asimilar *to assimilate*
emigrar *to emigrate, to move out of a
country*
estallar *to break out, to erupt, to
explode*
incorporar *to incorporate*
inmigrar *to immigrate, to move into a
country*

Sustantivos

la ascendencia *ancestry*
los centenares *hundreds*
la disposición *disposition, readiness*
el ferrocarril *railroad*

el ganadero *cattleman*
el ganado *cattle*
la cría de ganado *cattle raising*
la mayoría *majority*
la migración *migration, movement
from one area to another*
la minoría *minority*
el (la) obrero(a) *worker*
el suroeste *southwest*

Adjetivos

anglosajón(ona) *Anglo-Saxon*
dispuesto(a) *disposed to, ready*
étnico(a) *ethnic*
pacífico(a) *peaceful*
poblado(a) *populated*

12-1 Para practicar. Trabajen en parejas, o como lo indique su profesor(a), para contestar estas preguntas, usando el vocabulario de la lista para descubrir algo sobre sus compañeros de clase.

1. ¿Cuándo se incorporaron tus antepasados a los Estados Unidos? ¿De dónde vinieron? ¿Cuál es su ascendencia? ¿Sabes por qué inmigraron? ¿Vinieron dispuestos a asimilarse a la cultura?
2. ¿En tu familia se mantienen algunas costumbres étnicas? ¿Cuáles son?
3. ¿Crees que es mejor que los inmigrantes se adapten a su nuevo país o es mejor que se queden aparte en su propia comunidad? ¿Por qué?

12-2 Anticipación. En grupos de dos o tres hagan una lista de los problemas con que se encuentran los hispanos en los Estados Unidos y algunas soluciones posibles. Prepárese para presentarle su lista a la clase.

I. Orígenes de «La Raza»°

Mientras que el porcentaje de personas de ascendencia hispánica en el país entero es de casi 13%, en los estados del suroeste ese porcentaje es dos o tres veces mayor. La causa básica de esta concentración tiene su origen en algunos hechos de la primera mitad del siglo XIX.

5 A principios° del siglo XIX nació en los Estados Unidos el concepto que se llamó «destino manifiesto». Según éste, el destino de los anglosajones era ampliar° su territorio, a expensas del pueblo hispánico, en el continente americano. Existía cierta confusión en cuanto a los límites de esta expansión: algunos pensaban que debía incluir todo el hemisferio; otros sólo veían la 10 necesidad de abarcar° la tierra entre Nueva Inglaterra° y el océano Pacífico. Antes de invadir abiertamente los territorios, los estadounidenses preferían animar° a los habitantes de las regiones fronterizas a que se separaran° de México y a que pidieran incorporarse después a la Unión Americana. Los Estados Unidos ya habían comprado el territorio de Luisiana en 1803 y el de 15 la Florida en 1819, de manera que sólo quedaba por anexar el área entre Texas y California.

Hubo entonces una migración constante de estadounidenses hacia estas dos provincias mexicanas tan poco pobladas, con el propósito de fomentar° una revolución en favor de la independencia. O sea que, aunque 20 el gobierno de los Estados Unidos no estuviera cometiendo actos agresivos contra México, su política favorecía esta agresión, ya que aprobaba de antemano° la incorporación de esos territorios como nuevos estados. Por razones económicas, la política mexicana también favorecía esta inmigración, ofreciendo tierra a inmigrantes tales como Stephen F. Austin, quien estableció 25 la primera colonia anglosajona en Texas.

El resultado de esta política fue un choque° cultural. Como estaba cerca de los Estados Unidos, Texas se llenó de anglos; en 1834 se calculaba que había allí 301.000 anglosajones y sólo 500 mexicanos. En 1836, los ciudadanos de Texas se declararon independientes de México. Después de la 30 famosa derrota de la misión del Álamo, el ejército texano, bajo el mando° de Sam Houston, pudo vencer° al ejército mexicano en San Jacinto. Se inició inmediatamente una petición de anexión° a los Estados Unidos, pero por razones políticas internas ésta no fue aprobada hasta 1845.

En las provincias de California y Nuevo México la política fue semejante, 35 pero el número de anglos no alcanzó el nivel necesario para imitar el proceso texano. Los Estados Unidos declararon la guerra en 1846 para conseguir esos territorios. Con la ocupación de la Ciudad de México en 1847, el gobierno mexicano se vio forzado a aceptar la pérdida de la mitad de su país y el Tratado de Guadalupe Hidalgo fue firmado° en 1848.

40 Por este motivo, a más de 100.000 habitantes mexicanos de esa región se les dio a elegir entre irse a México o quedarse como ciudadanos estadounidenses sin perder ni los bienes ni los derechos que tenían. Sin embargo, el gobierno norteamericano no se mantuvo completamente fiel° a esa promesa. Dos días después de haberse firmado el tratado llegó 45 la noticia del descubrimiento de oro en California, lo que contribuyó a aumentar la población de anglosajones de ese estado. En Texas los anglos se

The Race

At the beginning

to increase

to include; New England

encourage; to separate

to inspire

beforehand

clash

under the command
defeat
annexation

was signed

didn't remain faithful

aprovecharon° de las leyes norteamericanas para confundir° la cuestión de la validez° de los títulos de propiedad aun cuando éstos tuvieran origen en la época colonial de México.

50   El territorio de Nuevo México, que era la región menos poblada, no comenzó a recibir inmigración de los Estados Unidos hasta después de 1848, y no fue hasta fines del siglo que los anglos llegaron a constituir una mayoría. La región desde Santa Fe hasta San Luis, Colorado, estaba poblada por españoles que habían estado allí desde el siglo XVII y que en realidad no se

55   habían sentido mexicanos después de la independencia. La región tenía un fuerte sentimiento español, y el hecho de que las misiones católicas habían sido su único lazo con el mundo exterior les dio carácter de conflicto religioso entre católicos y protestantes a las luchas entre «anglos» e «hispanos» que hubo durante el siglo XIX.

60   Sólo en el sur del estado de Arizona existió cierta paz y amistad entre los dos grupos. Tal vez porque los ganaderos mexicanos y anglos tenían que

enfrentar° a otros enemigos, como el clima severo del desierto y los apaches, no se dedicaron a la lucha cultural o racial que caracterizó el resto del suroeste.

65   Esta larga época de conflictos dio origen a una serie de anécdotas sobre héroes culturales. En California, un minero chileno o mexicano[1] se rebeló contra las condiciones en que sus compañeros mexicanos vivían y emprendió°

una campaña° de venganza°; su nombre, Joaquín Murieta, ha venido a simbolizar la resistencia del pueblo mexicano. En Texas un bandido llamado

70   Juan Nepomuceno Cortina dominó una gran región del sur del estado entre 1860 y 1875; para asegurarse del apoyo del pueblo adoptó una ideología antianglo. En Nuevo México, Elfego Baca, que era miembro de la policía territorial en Socorro, apresó° a un texano —cosa inaudita°— y tuvo que resistir solo, durante dos días, el ataque de varios amigos del prisionero. Se

75   cree que ese acto puso fin a la migración de texanos belicosos° al territorio.

La reacción de los anglos fue la venganza organizada de los «vigilantes» (es interesante —e irónico— el origen del nombre). Se calcula que hubo centenares de «linchamientos»° de mexicanos en esta época. Los mexicanos

muertos a manos de los anglos llegaron a números espantosos puesto que° en

80   la opinión de muchos eso no era un acto criminal.

No sorprenderá que esta tradición violenta no haya conducido a una asimilación pacífica. Si los mexicanos hubieran sido inmigrantes, se podría esperar la adaptación tradicional. Si ellos mismos hubieran pedido la incorporacón de su tierra a los Estados Unidos, también se podría esperar que

85   tuvieran una actitud favorable. Si se hubiera seguido el artículo octavo del tratado, no habrían tenido reclamaciones° contra el gobierno norteamericano.

Si se les hubiera dado la oportunidad de adaptarse, hoy tal vez no habría problemas. Pero la historia es muy clara: fueron incorporados a la fuerza, desposeídos° de sus tierras y relegados° a los trabajos más bajos. El resultado

90   fue inevitable.

[1] **un minero chileno o mexicano** The nationality of Joaquín Murieta is obscure. Many Chileans who had mining experience in Chile were attracted to California during the Gold Rush of the mid-nineteenth century. They, of course, tended to join the Mexican population so that all were considered Mexicans by the Anglo authorities.

12-3 Comprensión. Responda según el texto.

1. ¿En qué parte de los Estados Unidos vive el mayor número de personas de ascendencia hispana?
2. ¿Cuáles eran los dos puntos de vista sobre el significado del concepto del «destino manifiesto»?
3. ¿Qué batalla siguió a la del Álamo y cuál fue el resultado?
4. ¿Cuál fue el resultado para México de la ocupación de la capital por el ejército estadounidense?

12-4 Opiniones. Exprese su opinión personal.

Elementos de la lectura

1. ¿Cree Ud. que el concepto del «destino manifiesto» era una política justa? ¿Por qué?
2. ¿Recuerda Ud. algunos aspectos de la batalla del Álamo? ¿Cuáles?

Conceptos generales

3. Si otro país invadiera y ocupara la parte de los Estados Unidos donde Ud. vive, ¿qué haría? ¿Iría a una parte no ocupada o se quedaría? ¿Cuáles son algunas ventajas y desventajas de las dos posibilidades?
4. Si Ud. tuviera que mudarse a otro país, ¿cuál sería y por qué?
5. ¿Piensa vivir en otro país aunque sea por un tiempo fijo (*fixed*)?

II. Presencia de la cultura hispánica en el suroeste

Cualquier persona que haya viajado por los estados de Texas, Nuevo México, Colorado, Arizona y California habrá visto que existe una fuerte influencia hispánica en los toponímicos°, los apellidos, la arquitectura, la comida y aun en la lengua oída en la calle o en la radio y en la plaza central
5 de los pueblos pequeños. Si una ciudad lleva un nombre inglés, se puede estar seguro de que su origen es reciente. Un ejemplo es Phoenix, en el estado de Arizona. Fue fundada a fines del siglo XIX como parada° del ferrocarril, mucho después de Casa Grande, Mesa, Ajo, Yuma, etcétera. Los nombres de montañas —Guadalupes, Sangre de Cristo, Sierra Nevada— y de ríos
10 como el Río Grande (llamado el Río Bravo en México), el Brazos y el Pecos demuestran el origen de sus descubridores. Varios nombres españoles de accidentes geográficos, como cañón, arroyo o mesa, han pasado al inglés por referirse a fenómenos de esa región.

Tal vez es en el campo lingüístico donde ha existido más intercambio
15 pacífico entre las dos culturas. Una serie de palabras españolas fueron incorporadas al inglés como resultado de ciertas condiciones comunes a todos los habitantes del suroeste. En la cría de ganado los mexicanos habían establecido una terminología que fue adoptada por los anglos: *ranch* (rancho); *lasso* (lazo); *lariat* (la reata); *buckeroo* (vaquero); *burro* (burro); *corral*
20 (corral); *hoosegow* (juzgado); *calaboose* (calabozo); *vamoose* (vamos).

place names

stop

Muchas palabras en español son usadas comúnmente en inglés: patio, rodeo, plaza, fiesta, siesta, tornado. La lista incluye también los nombres de plantas indígenas (quinina, saguaro), de animales (puma, coyote), de platos típicos (tacos, chile con carne), de materiales de construcción (adobe), etcétera.

25 Claro que el español del suroeste muestra igual influencia del inglés. Muchas palabras inglesas son usadas en la lengua diaria y también hay docenas de anglicismos, o sea palabras tomadas del inglés y modificadas.

brakes; truck; to park Las palabras asociadas con el automóvil —brecas°, troca°, parquear°— frecuentemente derivan del inglés. Otro fenómeno es el uso de una traducción 30 literal cuando algo no tiene equivalente adecuado en español: por ejemplo, «escuela alta» *(high school)*, «chanza» *(chance)* o «yarda» *(yard)*.

La influencia hispánica también se ve en la arquitectura del suroeste. Es muy común allí el estilo «español» en los edificios que fueron construidos

in style entre 1910 y 1930, cuando el estilo estaba de moda° en California. Sin 35 embargo, existen numerosos ejemplos de auténtica arquitectura española en las iglesias antiguas y en algunos edificios preservados. Los elementos básicos de

roofs; tiles; carved wooden beams esta arquitectura son el adobe, los techos° de tejas° y vigas de madera labrada°,
enclose; decor que no se cubren. Las paredes de adobe encierran° el patio. El decorado° suele
doesn't lend itself ser sencillo porque el adobe no se presta° a las elaboraciones típicas de los 40 edificios del sur de México. Las ventanas tienden a ser pequeñas y las paredes
thick; warm exteriores gruesas°, tanto en las regiones cálidas° como en las frías.

La influencia española, en la lengua y en la arquitectura, es muy notable en todos los estados del suroeste y existe, aunque en menor grado, en los estados de más al norte. Se pueden encontrar distinciones marcadas 45 entre una y otra región. Hay por lo menos cinco regiones culturales hispánicas en el suroeste, debido a° los antecedentes históricos coloniales

due to
settlers y luego al movimiento de los pobladores° norteamericanos del siglo XIX. Geográficamente, estas regiones pueden identificarse así: 1) el sur de Texas; 2) la región que se extiende desde el noroeste de Texas hacia el sur de Nuevo 50 México, Arizona y California; 3) la costa de California; 4) los grandes centros urbanos, creaciones del siglo XX; 5) la región del norte de Nuevo México y el sur de Colorado.

La primera de estas regiones fue poblada en la época colonial por los españoles. Como tenía tierra fértil, atrajo a los primeros anglosajones. Por su 55 proximidad al centro de México, fue la región más disputada en la guerra de 1846.

La segunda región, concentrada en la cría de ganado, tuvo un desarrollo
later más tardío°, pero la llegada del ferrocarril lo aceleró. Es el sitio de las grandes haciendas, como el *King Ranch*. La región también se caracterizaba por los 60 conflictos entre los nuevos pobladores, anglos y mexicanos, contra los indios
warlike guerreros°.

La costa de California era el lugar más poblado por los españoles y por los mexicanos después de 1824. Su accesibilidad por mar contribuyó a la actividad, tanto comercial como misionera, de la colonia.

65 Las grandes ciudades del suroeste, Los Ángeles, Tucson, Albuquerque, Denver, El Paso, Laredo, San Antonio, reflejan una cultura hispánica nueva, formada por elementos y acontecimientos del siglo XX.

La región entre Santa Fe, Nuevo México y San Luis, Colorado, es la que ha preservado en su estado más puro la antigua cultura española. Estimulado

search

myths; lies

isolated

lack of; round trip

carve

70 por las historias de Cabeza de Vaca,[2] en 1539 el Virrey mandó a Fray Marcos de Niza acompañado por el moro Estebanillo en busca de las ciudades fabulosas de Cíbola y Quivira. Al año siguiente, la expedición de Coronado continuó la búsqueda°, llegando hasta Kansas, antes de decidir que las leyendas eran mitos° o mentiras° de los indígenas. La región fue olvidada hasta 1598
75 cuando un rico de Zacatecas, Juan de Oñate, emprendió la colonización.

Santa Fe existió como una colonia segura pero aislada° de México. A causa de esta separación se creó una sociedad basada en las prácticas y costumbres del siglo XVII que cambió muy poco en los años siguientes por falta de° contactos culturales. El viaje de ida y vuelta° desde Santa Fe
80 hasta Chihuahua llevaba más de cinco meses. Después de 1848, cuando el territorio se incorporó a los Estados Unidos, entró en contacto con la cultura anglosajona, aunque los habitantes persistían, como lo hacen hoy, en seguir su vida tradicional.

Los estudios folklóricos en esta región revelan la existencia de poesías
85 y canciones procedentes de la España medieval. También muestran todavía ejemplos de artes coloniales: los tejidos de Chimayó y los santeros[3] que labran° imágenes de madera. Estas imágenes ejemplifican la mezcla de las culturas española e indígena. Los que han estudiado la lengua de la región notan la presencia de formas antiguas que ya no existen en el español moderno.

[2] *Cabeza de Vaca* Shipwrecked off the coast of Texas, Cabeza de Vaca wandered through much of the Southwest, living with the Indians and learning their legends, including that of the Seven Cities of Cíbola, all made of gold. He finally made it back to Mexico where he reported his adventures and stimulated further official expeditions.

[3] *los santeros* Carvers of saints. A traditional art form involving the creation of images of saints either from wood or as paintings, frequently on metal. The *santeros* of northern New Mexico show the isolation from the mainstream of Mexican culture and the strong indigenous influence of the region.

12-5 Comprensión. Responda según el texto.

1. ¿Cuáles son algunas palabras españolas usadas en inglés?
2. ¿Cuáles son algunas palabras inglesas usadas en el español de la frontera del suroeste?
3. ¿Cuántas regiones distintas de cultura hispánica hay en el suroeste? ¿Cuáles son?
4. ¿Por qué era más poblada la costa de California?
5. ¿Quién fue Cabeza de Vaca? ¿Por dónde viajó?
6. ¿Por qué cambió relativamente poco la vida de Santa Fe?

12-6 Opiniones. Exprese su opinión personal.

Elementos de la lectura

1. ¿Cuántos nombres españoles de lugares norteamericanos puede mencionar?
2. ¿Ha viajado por el suroeste de los Estados Unidos? ¿Por dónde? ¿Le gustó? ¿Ha vivido allí? ¿Dónde?

Conceptos generales

3. ¿Cree que es mejor que los grupos étnicos mantengan su propia cultura? Explique.
4. ¿Debe haber traductores en todas las oficinas públicas? ¿Cómo se podría organizar?
5. ¿Piensa usar el español en alguna carrera después de terminar los estudios? Explique.

III. Avances del siglo pasado

Gran parte del siglo pasado fue caracterizado por un despertar de la población hispana en varias áreas. Entre 1900 y 1930 ocurrió un intenso desarrollo económico en el suroeste y una consecuente necesidad de trabajadores. La fuente natural era el norte de México, donde vivían
5 miles de mexicanos desempleados°. La construcción del ferrocarril, las cosechas° del algodón°, de frutas y legumbres° en las tierras regadas° por el Río Grande y de betabeles° en Colorado y California, fueron realizadas por obreros mexicanos, como ya lo había sido° el establecimiento de las industrias minera y ganadera. No sólo fue el trabajo de los mexicanos, sino
10 también sus conocimientos tecnológicos lo que facilitaron este progreso. Los angloamericanos no conocían la técnica del riego que los españoles habían aprendido de los árabes ni las técnicas mineras que se habían desarrollado en México en el siglo XVI. El ferrocarril[4] tuvo que seguir las rutas ya descubiertas por los mexicanos. Todo el progreso del suroeste habría sido
15 imposible o mucho más lento sin la ayuda de la población hispánica.

En las tres primeras décadas del siglo XX la población mexicana de Texas creció en un mil por ciento. El contrabando más importante de toda la frontera consistía en obreros mexicanos; hubo guerras de contrabandistas en las cuales se robaban a los obreros como si fueran ganado. Hasta 1930 los
20 mexicanos tenían fama de trabajadores dóciles° que hacían cualquier tarea sin quejarse°. En la década de los treinta, sin embargo, bajo la influencia de organizadores sindicales°, estallaron varias huelgas de obreros agrícolas en California. El único resultado de las huelgas fue la supresión violenta.

Durante la Segunda Guerra mundial muchas personas de la comunidad
25 hispana[5] sirvieron en las fuerzas armadas de los Estados Unidos con mucha distinción. Los que no fueron a la guerra se quedaron a trabajar en las fábricas y agencias de defensa. Para muchos era la primera vez que tuvieron contacto los anglos y los latinos como iguales.

Sin embargo, hubo poca actividad organizada hasta 1965 cuando en
30 California se oyó de nuevo° el grito° de «¡Huelga!» entre los obreros argícolas.

Bajo la dirección, tanto práctica como espiritual de César Estrada Chávez, el 16 de septiembre de 1965 (el día de la independencia mexicana)[6] fue proclamado el Plan de Delano. La huelga de los trabajadores campesinos° despertó el interés de miles de personas, especialmente el de los jóvenes.
35 El Plan era un documento sencillo que proclamaba la solidaridad de los

---

[4] *El ferrocarril* Unlike most railroads, the Southern Pacific was built not following other development but preceding it. The company stimulated the development of the region.

[5] *personas de la comunidad hispánica* There is no universally applicable name either in English or Spanish for the people of Spanish ancestry in the United States. Many have been used, Mexican-American being perhaps the most widely accepted. Mexican, Hispano, Spanish-American, and Latin American all are ambiguous because of their confusion with foreign areas; *Chicano* and *«La Raza»* imply a somewhat political grouping unacceptable to some members. Government agencies tend to use «Spanish-surnamed» because of its factual basis. In some areas *mexicano* is acceptable, in others not. Both *mexicanoamericano* and *méxicoamericano* are sometimes used and recently *latino* has begun to return to use. As with other minority groups, the situation is generally in flux.

[6] *el día de la independencia mexicana* Mexico declared its independence from Spain on September 16, 1810. A priest in Dolores, *Padre Hidalgo*, gave what is called *«El grito de Dolores»* on that day. Many Mexican-American groups in the United States celebrate that day as a show of cultural independence.

La presencia hispánica en los Estados Unidos ■ **199**

[marginal glosses, top to bottom]
unemployed
crops; cotton; vegetables; irrigated
beets
as had been

submissive
complaining
labor unions

again; cry

farm workers

campesinos mexicanos. «La Causa» rápidamente ganó el apoyo de muchos habitantes urbanos y creó el término «chicano», de origen desconocido, que fue utilizado para referirse a los adherentes al movimiento.

40 Al extenderse el movimiento a otras regiones del suroeste se adoptó otro término antiguo: «La Raza». Según algunos, el origen de la expresión se encuentra en la misión dada a los españoles en la época de la conquista de formar «La Santa Raza», es decir, de llevar la fe católica a los pueblos de América. Como quiera que sea°, el término «La Raza» se ha aplicado genéricamente a la tradición hispánica para distinguirla de la anglosajona. La

45 expresión tiene un significado semejante en toda Hispanoamérica, donde se celebra el día 12 de octubre (que en los Estados Unidos se llama *Columbus Day*) como «El Día de la Raza».

En el siglo XXI se ha adoptado un nombre nuevo que resulta más inclusivo —latino— y sugiere más unidad entre los grupos de varios orígenes.

50 El movimiento pone énfasis en ejercer su poder político, comenzando en el nivel local. Una complicación ha resultado del gran número de inmigrantes, principalmente de México y Centroamérica, que han entrado en el país en los primeros años del milenio. Las estadísticas del censo del año 2000 indican que los latinos sufren de varias maneras económicamente, por ejemplo, más de 25%

55 de los puertorriqueños vive en la pobreza y la figura es 7,7% para los no latinos. Así que después de los años de protesta ha llegado la época de consolidación y la tarea de educar a la gente acerca de sus posibilidades políticas.

at any rate

12-7 Comprensión. Decida si las siguientes oraciones son **verdaderas** o **falsas.** Corrija las falsas.

1. El norte de México sirvió como fuente natural de trabajadores entre 1900 y 1930.
2. El progreso del suroeste hubiera sido más fácil sin la población hispánica.
3. Hasta 1930 los mexicanos tenían mala fama como trabajadores.
4. El resultado de las huelgas iniciales en California fue la supresión.
5. La guerra hispanoamericana les dio a los mexicanos el primer contacto con los anglos como iguales.
7. La huelga de César Chávez ocurrió en México.
8. «La Raza» viene de los primeros viajes a América.
9. «Chicano» es un nombre nuevo más inclusivo.

12-8 Opinones. Exprese su opinión personal.

Elementos de la lectura

1. ¿Ha sentido Ud. alguna forma de discriminación o la ha visto alguna vez? Describa la situación.
2. ¿Qué concepto tiene de los trabajadores mexicanos en los Estados Unidos hoy? ¿Ha cambiado su opinión en los años recientes?

Conceptos generales

3. ¿Cuáles son algunas causas del prejuicio? ¿Cree que es posible eliminar totalmente el prejuicio? ¿Cómo?
4. ¿Cuáles son algunos cambios deseables en la ley sobre la inmigración en los Estados Unidos?
5. ¿Ha tenido Ud. mucho contacto con inmigrantes? Explique.

IV. La variedad de la minoría hispánica

found themselves

Por lo general, los otros grupos hispánicos de los Estados Unidos son más recientes. Los puertorriqueños, que principalmente se concentran en el este del país, se vieron° incorporados a los Estados Unidos después de 1898 cuando su isla fue capturada en la guerra con España. Desde 1917 han podido
5 viajar libremente entre su territorio y el continente. Su motivo en migrar a Nueva York y a las otras ciudades del este es básicamente económico y el número que viene tiende a reflejar el estado económico, tanto de la isla, como de los Estados Unidos. Hay años en que más personas vuelven a la isla y otros en que más vienen al continente.

10 Su experiencia en el país no ha sido muy buena. Probablemente constituyen uno de los grupos más pobres de la nación. Frecuentemente son personas del campo tropical de la isla y al encontrarse en el norte —urbano, industrializado y frío— se sienten bastante desorientadas. No poseen las

skills

capacidades° necesarias para encontrar buenos puestos y se resignan a las
15 tareas más básicas. Tal vez a causa de su posición económica tampoco han

deserve

podido ejercer el poder político que sus números merecen°.

Al fin, sin embargo, debe haber alguna atracción fuerte porque de todos los grupos hispánicos en los Estados Unidos, éste es el único que puede volver fácilmente a su tierra si así lo quiere. Es decir que, por malas que sean sus
20 condiciones en Nueva York, hubieron sido peores en la isla.

El tercer grupo hispánico de importancia lo constituyen los cubanos que vinieron a los Estados Unidos cuando Fidel Castro formó un gobierno marxista y comenzó a hacerles la vida difícil a las personas que habían tenido una posición importante en el campo económico, político o social antes de
25 la revolución. Estas personas fueron aceptadas en los Estados Unidos como

refugees

refugiados° políticos durante la década de los sesenta.

Vinieron principalmente a vivir en el sur de la Florida. En muchos casos ya habían visitado antes la región y algunos tenían en el área parientes que habían salido de Cuba en épocas anteriores.
30 Hay unas diferencias profundas en el caso de los cubanos —eran principalmente de la clase media o alta en Cuba. En el caso de los inmigrantes tradicionales la mayoría de los que inmigran son de los grupos más pobres y menos capacitados, pero los cubanos eran gente educada (y frecuentemente habían estudiado en los Estados Unidos) —profesionales, abogados,
35 médicos, ingenieros, etcétera. Aunque en muchos casos no pudieron practicar inmediatamente su antigua profesión, eran personas acostumbradas a prepararse y pudieron aprender otra. Tal vez debido a una ideología común las comunidades cubanas han podido aprovechar su influencia política, especialmente en las relaciones entre los Estados Unidos y Cuba. Todo esto
40 explica porqué los cubanos han tenido mucho más éxito económico y social en su nueva patria y se encuentran hoy en todas partes del país en puestos altos de la banca, de los negocios y de la educación.

Finalmente, debido a los problemas políticos de varios países centroamericanos, el número de refugiados de esa región crece cada vez más.
45 Se calcula que constituyen un 12% de los hispanos en todo el país.

Es obvio que si sigue esta tasa de aumento, dentro de pronto los hispanos serán la minoría más numerosa si es que no lo son ya.

emerged; wave

Últimamente ha surgido° una nueva ola° de confianza de parte de la generación latina joven (que a veces se llaman la «generación Ñ» y otras

50 la «generación Mex» como forma propia de la famosa «generación X»).
En vez de esconder sus raíces latinas, han asumido una actitud de orgullo
y optimismo hacia su cultura hispana. Este cambio de actitud se ha visto
acompañado de una nueva popularidad entre el público norteamericano en
general de la comida y la música latinas y los actores de cine.

55   Desde Gloria Estefan y Rubén Blades que ya hace tiempo han ocupado
un puesto de importancia en la música popular norteamericana hasta Ricky
Martin, Marc Anthony y Jennifer López que más recientemente han atraído
un público enorme fuera de la comunidad hispana, la música latina fue un
fenómeno del fin del siglo XX.

60   Grupos que tocan una música, que es una «fusión» de rock y de salsa,
también aparecen en todos los países latinos y tienen un gran público cuando
tocan en los Estados Unidos. «Los Fabulosos Cadillacs», Los Aterciopelados,
Maná, Café Tacuba y El Tri son algunos grupos populares del llamado «Rock
en español».

65   La comida mexicana y su variante, «texmex», retienen su popularidad
entre la mayoría de los norteamericanos. La salsa mexicana (no la música,
sino la que se usa para sazonar la comida) ha superado el «ketchup» en
popularidad en los Estados Unidos. Además, la comida del Caribe, con sus
ingredientes tropicales y por eso más exóticos también ganó un público mayor

70 en las dos últimas décadas del siglo XX.
            Ya no es necesario cambiar de apellido como lo hicieron Margarita
Cansinos (Rita Hayworth), Richie Valens (Valenzuela), Vicki Carr (Victoria
Carranza), Martin Sheen (Estévez). Ahora recuerdan a los que ganaron
Oscars: los puertorriqueños José Ferrer y Rita Moreno y el mexicano Anthony
Quinn. Además de los ya establecidos actores como Antonio Banderas,
Edward James Olmos, Jimmy Smits, Martin y Charlie Sheen, Rubén Blades,
Héctor Elizondo, A. Martínez y Esai Morales, hay una generación joven que
incluye a Cameron Díaz, Jennifer López, Salma Hayek, Mark Consuelos, Eva
Longoria entre muchos otros.
            Lo importante es el cambio de actitud que ha ocurrido. En vez de
self-esteem clasificarse como víctimas, su amor propio° les permite sentir satisfacción de
su estado bicultural. Esto promete un futuro de más esperanza.

12-9 Comprensión. Responda según el texto.

1. ¿Quiénes son los dos otros grupos grandes de hispanos en los Estados Unidos?
2. ¿Cómo llegaron los puertorriqueños a ser ciudadanos estadounidenses?
3. ¿Por qué algunas veces emigran más al continente y otras veces a la isla?
4. ¿Cuándo y por qué vinieron la mayoría de los cubanos a los Estados Unidos?
5. ¿Cuál ha sido la diferencia mayor entre ellos y los inmigrantes tradicionales? Explique.

12-10 Opiniones. Exprese su opinión personal.

Elementos de la lectura

1. ¿Cuántos nombres de hispanos notables en los Estados Unidos puede Ud. mencionar?
2. ¿Ha visitado Ud. el Caribe alguna vez? ¿Qué países ha visitado? ¿Cuándo? Si no
   los ha visitado, ¿quisiera hacerlo?

Conceptos generales

3. ¿Cuál es el tipo de música que más le gusta?
4. ¿Quién es su actor o músico latino(a) favorito(a) hoy? ¿Por qué?
5. ¿Cuál fue el último concierto a que asistió? ¿Le gustó mucho? Explique.

✿ Expansión

¿Desea más? La **Heinle Voices Database** en **www.textchoice.com/voices** contiene obras de unos escritores de Centroamérica y el Caribe. Sergio Ramírez de Nicaragua y José Alcántara Almánzar de la República Dominicana son ejemplos de puntos de vista de los países de origen de algunos de los inmigrantes a los Estados Unidos.

12-11 Ejercicios de vocabulario. En grupos de dos o tres personas hagan las siguientes actividades.

A. Dé dos palabras relacionadas.

Modelo tierra

territorio   *terreno*

1. poblar   _____   _____
2. migración   _____   _____
3. incorporar   _____   _____
4. adaptar   _____   _____
5. obrar   _____   _____

B. Indique los sinónimos.

1. sueldo   a. declarar
2. destino   b. afición
3. proclamar   c. letrero
4. adherentes   d. guerrero
5. cartel   e. exigir
6. bienes   f. salario
7. reclamar   g. aumentar
8. ampliar   h. miembros
9. belicoso   i. propiedad
10. inclinación   j. suerte

C. Complete con una palabra relacionada con la palabra entre paréntesis.

1. (incluir) Es común la _____ de palabras españolas en el inglés.
2. (geografía) Hay cinco regiones _____.
3. (ganado) Estimularon la industria _____.
4. (frontera) Poblaron las provincias _____ de la región.
5. (folklore) Han hecho estudios _____.
6. (por ciento) Hay un gran _____ de personas desempleadas.
7. (oscuro) La palabra «mexicana» _____ la nacionalidad estadounidense de la persona.

❁ ¡A explorar!

 12-12 ¿Qué opina? En grupos de dos o tres personas contesten las siguientes preguntas.

1. ¿Cree Ud. que se le debe exigir a la gente de habla hispana en los Estados Unidos la misma actitud que se les exige a otros inmigrantes?

2. ¿Por qué existe tanto intercambio lingüístico en la frontera entre dos culturas?

3. El relativo aislamiento de la región de Santa Fe desde el siglo XVII ayudó a impedir el desarrollo de la lengua. ¿Sabe Ud. de alguna región de los Estados Unidos donde haya ocurrido algo semejante con el inglés?

4. ¿Cree Ud. que se debe observar hoy día el derecho a la tierra que tuvo su origen en las mercedes reales españolas del siglo XVII?

 12-13 Debate. Organice dos equipos para que ataquen o apoyen esta resolución:

Los Estados Unidos tenían el derecho de aumentar su territorio en el siglo XIX aunque tuvieran que quitarles la tierra a otras personas como a los hispanos y a los indios.

12-14 Situación. Imagine que Ud. es nativo(a) del planeta Marte y acaba de inmigrar a la tierra por razones económicas. ¿Qué cosas tendrá que hacer al llegar aquí? ¿Cómo van a reaccionar los terrestres ante el hecho de que Ud. es de color verde claro y que mide más de tres metros? Qué les va a responder? ¿Cuáles van a ser sus mayores problemas?

12-15 El arte de escribir

Repaso. Escriba una composición para exponer sus opiniones sobre si existe o no la discriminación en los Estados Unidos hoy día. Trate de convencerle al (a la) lector(a) de que su posición es la acertada *(the right one)*.

 ATAJO◀

Phrases: Persuading; Expressing an opinión; **Grammar:** Verbs: compound tenses; **Vocabulary:** Nationality; Religions

Las noticias

La prensa. Lea estos artículos en las páginas 205 y 206 y prepárese para comentarlos con los compañeros de clase.

El dinero de los emigrantes sostiene las economías de América Latina

Las remesas de los inmigrantes se han convertido en un pilar de varias economías latinoamericanas, hasta representar una quinta parte del PIB de Haití, El Salvador o Nicaragua, y una media del 2,5% de la economía del subcontinente. Según el Instituto Elcano,… las remesas hacia Latinoamérica se han multiplicado por 20 desde 1985 y son «el elemento mas dinámico» de la región.

En 2004, los inmigrantes que vivían en España mandaron 1.804 millones de euros a América Latina, el 52,6% de todas las remesas enviadas desde el país. La que hace 20 años era un fenómeno casi exclusivamente mexicano se ha generalizado hoy a todo el subcontinente, salvo las excepciones de Chile y Venezuela, dos de las economías americanas más dinámicas. Iñigo Moré, que estudió este fenómeno para el Instituto Elcano, afirma que sin el dinero que los latinoamericanos reciben de sus familiares exiliados, las balanzas de pagos de esos países serían negativas.

Los paises que en 2004 recibieron más dinero por parte de sus emigrantes fueron Mexico, Brasil y Colombia, pero si se toma en cuenta lo que representan estos importes en las economías locales, son Haití, El Salvador y Nicaragua los Estados que más dependen de sus ciudadanos que viven en el extranjero. En los tres últimos casos, el dinero recibido supera el 18,5% de su producto interior bruto.…

El País Digital (Madrid)

La radio hispana se diversifica para adaptarse a los cambios

¿Salsa? ¿Merengue? ¿Música tradicional hispana? No espere escucharlos en La Kalle 105.9 FM, la flamante radio en español.

En cambio si le interesan Daddy Yankee, Don Omar y muchos otros artistas de reggaeton, además de los astros de hip-hop y reggae, la emisora° se los ofrecerá en abundancia junto con locutores° y comerciales que usan «spanglish», una mezcla de español e inglés.

La emisora, que salió al aire hace unos seis meses, ha adoptado un formato denominado «hurban» para los hispanos urbanos, que se dirige a los jóvenes latinos…. Las emisoras «hurbanas» son el ejemplo más reciente de cómo la industria de la radio en español se está haciendo más diversa mientras trata de mantener la atención de una comunidad hispana cada vez más variada….

En otras partes del país, Entravision Communications Corporation ofrece José, una versión musical en español del formato en inglés conocido como Jack, que presenta música de una variedad de décadas y géneros. La compañía también tiene Super Estrella, que transmite pop y rock en español, como también emisoras que ofrecen música regional mexicana, tejano y tonadas románticas….

La diversidad de formatos tiene sentido si se considera la realidad de la comunidad hispana en Estados Unidos, dijo Frank Flores, un vicepresidente de Spanish Broadcasting Systems en Nueva York.

En Nueva York, por ejemplo, los puertorriqueños eran la enorme mayoría del público hispano en la década del 80, pero ahora coexisten con mexicanos, dominicanos y otros. Cada país tiene diferentes tradiciones musicales,

broadcaster

announcers

y los inmigrantes de esas diversas procedencias° quieren oír la música que les resulta familiar.

También hay un número creciente de jóvenes hispanos nacidos en Estados Unidos cuyas familias están aquí desde hace dos o tres generaciones, que hablan más inglés que español, y que han cre-

cido oyendo la música del ambiente°, como hip-hop….

«A lo largo de los años, a causa del crecimiento del mercado hispano, cada vez más emisoras han entrado a funcionar», agregó. «Las ciudades que tenían dos emisoras hoy tienen trece».

El Nuevo Herald (Miami)

Gael García Bernal critica a Hollywood

El mexicano Gael García Bernal, uno de los actores latinoamericanos más destacados° del momento —gracias a papeles° como el de Ernesto Che Guevara en la película *Diarios de motocicleta*, o a sus interpretaciones en *La mala educación, Y tú mamá también, Amores perros* o *El crimen del padre Amaro*—, ha criticado a la industria de Hollywood por perpetuar estereotipos negativos de los hispanos con su insistencia de encasillar° a los actores latinos en papeles de malos°. En estas declaraciones, recogidas por el diario británico *The Times* y realizadas durante el Festival de Cine de Londres, el actor reconoce que también hay un estereotipo de latino bueno, «que procede de° los suburbios, con perros que juegan

en la basura y gente por todas partes en cuartos llenos de niños. Para ser un buen hispano tienen que salir de allí, ir a la universidad y casarse con la chica blanca», señaló. «Para mí es un problema. Es importante no comprometer° tu identidad, no convertirte en cualquier cosa con tal de° ser aceptado. ¿Por qué tienes que blanquear° tu identidad si quieres formar parte de la sociedad°?», insistió. «Son tiempos duros. Este tipo de cosas se permiten ahora, tras el 11-S°. Como si Estados Unidos no se hubiera enriquecido° con toda la gente que vino de fuera y trajo su cultura consigo», añadió. Gael García Bernal ha interpretado su primer papel protagonista en inglés en *The King,* una película gótica que se ha estrenado en este festival de Londres, ciudad en la que estudió interpretación en la Central School of Speech and Drama.

El País (Madrid)

La tele

El Día de Independencia mexicana en Nueva York

12-16 Anticipación. Antes de mirar el video, haga estas actividades.

A. Conteste estas preguntas.

1. ¿Dónde viven los latinos en los Estados Unidos?
2. ¿Tiene algún idea de cuántos latinos viven los Estados Unidos?
3. ¿Sintoniza Ud. alguna emisora en español? Por qué sí o por qué no?
4. ¿Sabe por qué los puertorriqueños no son inmigrantes? ¿Son ciudadanos?

B. Vocabulario útil. Estudie estas palabras del video.

alcanzar *to reach, get to*
animar *to encourage*
el Caribe *the Caribbean*
la década *decade*
la emisora *station (radio, TV)*
la frontera *border (between nations)*
«el grito de Dolores» *cry of Dolores (Mexican independence shout)*
el Zócalo *Mexico City's main plaza*

12-17 Resumen del video. El número de hispanos en los Estados Unidos ha crecido mucho en los últimos años. También se nota que viven en todas partes del país. La designación «Hispanic» es un nombre que inventó el gobierno para no usar un término limitado como mexicano. El número de latinos ha hecho posible la existencia de medios de comunicación en español. Además del español los latinos frecuentemente mantienen otros aspectos de su cultura como las fiestas y celebraciones.

12-18 Sin sonido. Mire el video sin sonido una vez para concentrarse en el elemento visual.

12-19 Comprensión. Estudie estos ejercicios y trate de descubrir las respuestas correctas al mirar el video.

A. Comente estas oraciones con los compañeros de clase. Decida si son **verdaderas** o **falsas.**

1. El número de latinos es más o menos igual al número de africanoamericanos en la población de los Estados Unidos. _____
2. El grito de Dolores se oye en el Zócalo cada 15 de septiembre. _____
3. Ya hay muchas emisoras de televisión y radio en español en los Estados Unidos. _____

B. Escoja la mejor palabra o frase para completar estas oraciones.

1. El número de latinos ha aumentado desde 1990…
   a. en un 58%.
   b. casi nada.
   c. en un 85%.

2. Se ve en el mapa que los latinos viven…
   a. solamente cerca de la frontera.
   b. en todas partes del país.
   c. sólo en Los Ángeles y Miami.

3. Un elemento de la celebración de independencia en New York es…
   a. bailes indígenas.
   b. comida mexicana.
   c. el Zócalo.

4. El número de latinos hace posible la existencia de…
   a. mucha gente.
   b. medios de comunicación en español.
   c. celebraciones en español.

5. Los mexicanos en los Estados Unidos no pueden celebrar en el Zócalo porque…
   a. está en la Ciudad de México.
   b. es prohibido celebrar allí.
   c. está ocupado.

12-20 Opiniones. En grupos de tres o cuatro estudiantes comenten estos temas.

1. ¿Cree que si Ud. viviera en México celebraría el 4 de julio o el 15 de septiembre? Explique.
2. ¿Cuál es la solución más eficaz a la cuestión de la inmigración? ¿Debemos controlar mejor la frontera?
3. ¿Qué obligaciones debe tener una persona que quiere convertirse en ciudadano(a)?

Vocabulario

This vocabulary does not include articles, possessive adjectives, pronouns, numbers, or exact cognates. The gender of nouns is listed except for masculine nouns ending in **-o** and feminine nouns ending in **-a, -dad, -tad, -tud,** or **ión.** Adverbs ending in **-mente** are not listed if the adjectives from which they are derived are included.

Abbreviations

adj adjective
adv adverb
Am American
auxil auxiliary
conj conjunction

f feminine
fig figurative
m masculine
Mex Mexican
n noun

part participle
pl plural
pret preterite
prep preposition
pron pronoun

refl reflexive
subj subjunctive
s singular

A

abajo below
abandonar to abandon
abarcar to include, comprise
abarrotado(a) crowded, packed
abaratar to make cheaper, lower (costs)
abertura opening
abierto(a) open; opened
abogado(a) attorney, advocate
abolir to abolish
abrir to open
abrumador(a) overwhelming, wearying
absoluto(a) absolute
absorber to absorb
abstracción abstraction
abstracto(a) abstract
abuelo(a) grandfather, grandmother; **los abuelos** grandparents
abundancia abundance, plenty
abundante abundant, plentiful
abundar to abound, be plentiful
aburrido(a) bored; boring
abusar to abuse
abuso abuse
acabar to end up; **acabar de** to have just
académico(a) academic
acariciar to caress
acarrear to cause
acceder to accede, give in; to have access to; to reach
accesibilidad accessibility
acceso access
acción action; act; stock
aceite oil
acelerar to speed up, accelerate
acendrado(a) pure
aceptar to accept, admit
acerca de about, regarding
acercamiento bringing near
acercarse to approach
acierto good idea
aclarar to clarify

acoger to receive, welcome
acomodado(a) well-to-do
acompañar to accompany; to go along
aconsejable advisable
acontecer to happen, occur
acontecimiento event, occurrence
acorazado battleship
acordar (ue) to agree
acortar to shorten, cut short
acostar (ue) to put to bed
acostumbrado(a) accustomed; customary
acostumbrarse (a) to be used to; to customarily (+ verb); to become accustomed to
actitud attitude
acto act; action
actriz *f* actress
actuación performance
actual current, present, contemporary
actualidad current time, the present
actuar to act, act as; to perform
acudir to participate (in an election)
acueducto aqueduct
acuerdo accord; **de acuerdo a** according to; **de acuerdo con** in agreement with; **estar de acuerdo** to be in agreement; **ponerse de acuerdo** to reach an agreement
acumulación accumulation
acumular to accumulate
acusar to accuse, blame
adaptarse to become adapted, adapt
adecuado(a) adequate
adelante ahead; **más adelante** later on
además moreover, besides, in addition; **además de** in addition to
adepto(a) initiate, adept, member
adherente *m* or *f* supporter, adherent
adherir (ie) to be a member of
adhesión support, belief in
administrar to administer, run
admirable *adj* wonderful, awesome
admitir to admit; to allow; to accept
adoptar to adopt, take up

adorar to worship
adorno decoration, adornment
adquirir (ie) to acquire
adquisición acquisition
aduana customhouse; customs
adueñarse to take over, acquire
adulto(a) *n and adj* adult
advertencia warning
advertirse (ie) to be noted
aéreo(a) *adj* air
aeropuerto airport
afectar to affect
afición inclination; fondness; taste
afiliarse to join
afinidad affinity, resemblance
afín *m or f* related (e.g., an idea)
afirmación assertion; affirmation; statement
afirmar to affirm, assert
africano(a) African
afuera *adv* outside **afueras** *f pl* outskirts
agencia agency, bureau
agotar to exhaust, dry up, run out
agradable agreeable, pleasant
agrario(a) agrarian, agricultural
agravarse to become worse
agredido(a) assaulted
agresivo(a) aggressive
agrícola *adj m or f* agricultural
aguardiente *m* brandy, liquor
águila eagle
ahí: de ahí que thus
ahogado(a) drowned person
ahorro *n* saving
ahorrar to save (as money)
ahuyentar to chase away
aire *m* air; **al aire libre** outside, in the open air; **aire acondicionado** air conditioning
aislado(a) isolated
aislamiento isolation
aislar to isolate, keep separate
ajedrez *m* chess
ajeno(a) alien, separate
ajuste *m* adjustment
alarmado(a) alarmed
alba dawn
alborozado(a) agitated
alcachofa artichoke
alcalde *m* mayor
alcanfor *m* camphor
alcance: a su alcance *m* within one's reach
alcanzar to reach; to achieve; to gain; to catch up with
alcázar *m* castle; fortress
alcoba bedroom, alcove
aldea village
alegar to allege, claim, put forward
alejarse to move away, leave
alemán(ana) *n and adj* German
alentador(ra) encouraging
alentar (ie) to encourage, inspire
alfabetismo literacy
alfabeto alphabet
alfombra carpet
alfombrar to carpet

algo something; *adv* somewhat
algodón *m* cotton
alguien *pron* someone
alguno(a) someone; **algunos(a)s** some
aliado(a) *adj* allied; *n* ally
alianza alliance
aliarse to side with, ally with
aliento vigor, activity, breathing
alimentar to feed
alimento food, nourishment
aliviar to alleviate, lessen; soothe
allegado *m* having arrived
allí there, over there
alma soul, spirit
almacén *m* department store; warehouse
almohada pillow, cushion
almuerzo lunch
alpinismo mountain climbing, hiking
alquiler *n m* rent
alquimia alchemy
alrededor (de) around
alternativa *n* alternative
alto(a) high, tall
altura altitude, height
alucinado(a) hallucinatory
alumno(a) pupil, student
alza rise (in price)
amante *m or f* lover, mistress
amar to love
amarillo(a) yellow
ambiente *m* environment; atmosphere; **medio ambiente** the environment
ambigüedad ambiguity
ámbito *n* scope; sphere
ambos(as) both
ambulante *adj m or f* walking, strolling
amenaza threat
amenazar to threaten
ametrallar to machine-gun
amistad friendship
amo(a) master, mistress
amontonamiento crowding
amor *m* love; **amor propio** self-esteem
amoroso(a) amorous
amparo shelter
ampliado(a) widened, broadened, enlarged
ampliar to widen, broaden, enlarge
Anáhuac *m* Aztec name for valley around Mexico City
analfabeto(a) illiterate
ancho(a) wide
anciano(a) old, elderly
andaluz(a) Andalusian
andino(a) Andean
anécdota anecdote, story
anexar to annex
anexión annexation
anglicismo Anglicism, word borrowed from English
anglo(a) person of English descent
anglosajón(-ona) Anglo-Saxon
ángulo angle
angustia anguish
anhelo desire, eagerness
animar to stimulate, encourage

anonimidad anonymity
anónimo(a) anonymous
ansiar to yearn
antagónico(a) antagonistic, contrary
ante before, in the presence of
antemano: de antemano beforehand
antepasado(a) ancestor, predecessor
anteponer to place first
anterior previous, preceding; former
antes (de) before, earlier; **antes que** before, rather than
anteayer day before yesterday
anticipar to anticipate, expect
anticomunista m or f anticommunist
antiguo(a) old, ancient, antique; former, prior
antiperonista m or f opponent of the Peronista party
antropología anthropology
antropólogo(a) anthropologist
anular nullify
anunciar to announce
anuncio announcement, advertisement
añadir to add
año year
aparato apparatus, machine
aparecer to appear
aparentemente apparently
aparición appearance; apparition, vision
apariencia appearance
apartado(a) distant; separated
apartamento apartment
aparte adv separate
apegado(a) close
apellido surname, family name
apenas barely, hardly, just, only
apertura opening
apetito appetite
aplauso applause
aplazado(a) crushed
aplicar to apply
apoderarse to take control
apodo m nickname
aportación contribution
aportar to contribute, add
apoyar to support, uphold, aid
apoyo support, aid
apreciado(a) esteemed
aprecio appreciation
aprender to learn
apresar to take prisoner
aprestarse to get ready
apretado(a) close together, crowded
aprobación approval
aprobar (ue) to approve; to pass (a course, etc.)
apropiado(a) appropriate
aprovechar(se) (de) to take advantage of
aproximadamente approximately
aproximar to draw near, make close
apuntar to point out
aquel, aquella that; **aquellos(as)** those
aquí here
árabe m or f Arabic or Arabian; n Arab
arabesco(a) arabesque
arábigo(a) adj Arabic, Arabian
arbitrario(a) arbitrary

árbol m tree
área region, area
arenal m sandy ground
argentino(a) Argentinean, Argentine
argamasa f mortar (for bricks)
argumentar to sustain, defend
argumento basis; argument, reasoning
árido(a) arid, dry, barren
arma weapon; pl arms
armado(a) armed
arqueólogo(a) archaeologist
arquitecto(a) architect
arquitectura architecture
arraigado(a) rooted, deep-seated
arrastrar to carry
arreglar to arrange
arrepentirse (ie) to repent
arriba above, up
arriesgar to risk
arrogante arrogant
arrollador(a) sweeping
arroyo stream, brook
arruinado(a) ruined
arte m or f art; skill
artesanía handicraft
artista m or f artist
artístico(a) artistic
asamblea assembly
ascendencia origin, ancestry
ascendente ascending
ascender (ie) to rise to
ascenso promotion
asegurar to assure; **asegurarse** to make sure of; to satisfy oneself
asemejarse to be similar
asentar (ie) to place, seat; refl to settle (down)
asesinar to murder
asesinato murder
asesino(a) murderer
asesoramiento advising; consulting, tutoring
así thus, in this manner, so, that way; **así que** therefore
asiático(a) Asian
asiento seat
asignatura (school) subject
asilo asylum
asimilar to assimilate, incorporate
asimismo likewise
asistencia attendance
asistente m or f one who attends, attendee
asistir (a) to attend
asociado(a) associated
asociarse to associate, be related
asombrado(a) surprised
asombro awe, wonder
asonada demonstration
aspecto aspect, look
aspirar to aspire
astrología astrology
astronomía astronomy
astronómico(a) astronomical
asumir to assume, take upon oneself
asunto matter, subject, affair
asustar to scare, startle

atacar to attack
ataque *m* attack
atardecer *m* dusk
ataúd *m* coffin
Atenas Athens
atender (ie) to attend to
atendiendo in response to
atentado attack
atentar to attack
atmosférico(a) atmospheric
atracción attraction
atractivo(a) attractive; *n m* attraction
atraer to attract
atrajo *pret of* **atraer**
atrapado(a) trapped
atrasado(a) backward
atravesar (ie) to go through; to spread across
atreverse to dare
atribuir to attribute
atributo attribute, characteristic
atrocidad atrocity
audacia audacity, nerve
aumentar to increase, augment, grow
aumento increase, growth
aun even
aún still, yet
aunar esfuerzos to join forces
aunque although, even though
ausencia absence
auspiciar to sponsor
austeridad austerity
autocrático(a) autocratic
autodidacto(a) self-taught
autoimposición self-imposed
automotor *m* automobile
autonomía autonomy, independence
autonómico(a) of an autonomous region (in Spain)
autónomo(a) autonomous
autor(a) author
autoridad authority; *pl* officials
autoritario(a) authoritarian
autorización authorization, permission
autorizar to authorize, permit
autoservicio self-service market
avalado(a) enacted
avance *m* advance
avanzado(a) advanced
ave *f* bird
avenida avenue
aventura adventure
averiguar to find out
ayer *m* yesterday
ayllus *Quechua* Incan community
aymará *m* Aymara
ayuda help, aid
ayudante *m* or *f* assistant, helper; *adj m* or *f* helping
ayudar to help, aid, assist
azar *m* chance; **al azar** at random
azteca *m* or *f* Aztec (Indian)
Aztlán *m* legendary place of origin of the Aztecs—sometimes thought to be the southwestern U.S.
azúcar *m* or *f* sugar
azucarero(a) relating to sugar

azucena white lily
azufre *m* sulphur
azul blue, azure
azulado(a) bluish
azulejo glazed tile

B

bachiller *m* or *f* bachelor (holder of degree)
bachillerato bachelor's degree
bahía bay
baile *m* dance
baja fall (in price)
bajar to descend, go down, lower
bajo(a) low; **bajo** *adv* beneath, under
bala bullet
balcón *m* balcony
balón *m* soccer ball
bananera pertaining to bananas
banano banana tree
bancario(a) relating to banking; financial
banco bank, financial institution; bench
banda band (music)
bandido bandit
banquero(a) banker
barato(a) inexpensive, cheap
barba beard
barbarie *f* barbarism; ignorance
barco *m* ship, boat
barrial *adj* neighborhood
barril *m* barrel
barrio neighborhood, section, or district of a city
basarse (en) to be based on
base *f* base, basis
básico(a) basic, fundamental
bastante *m* or *f* enough, sufficient; *adv* quite, rather
baste it's enough
basura trash, garbage
batalla battle
batir to break (e.g., a record)
bautismo baptism
bautizado(a) baptized
beber to drink
bebida drink
belicoso(a) warlike, bellicose
belleza beauty
bello(a) beautiful, pretty
beneficiar to benefit
beneficio benefit
benévolo(a) benevolent, beneficial
betabel *m* beet
biblioteca library
bicicleta bicycle
bien well; **más bien** rather; **los bienes** wealth, goods
bienestar *m* well-being
bilingüe bilingual
billón *m* billion
biodiversidad biodiversity
blanco(a) white; *n m* target
bloque *m* block
basura trash, garbage
bobería idiocy, foolishness
boca mouth
bocanada mouthful

boda wedding
bolsa stock market
bolsillo pocket
bomba bomb
bombardeo bombardment
bombazo bomb blast
bondad goodness, good quality
bono bond
boquiabierto(a) open-mouthed
borrador *m* first draft
bosque *m* forest, woods
botánica botany; **botánico(a)** *adj* botanical
bravo(a) wild, savage
brecas *n f pl dialect* brakes
brecha breach, gap
breve brief; **en breve plazo** shortly
brigada brigade
brillante brilliant, shining
brillar to shine
brillo shine, brilliance
brote *m* outbreak, bud
buen, bueno(a) good; **bueno** *interjection* well
burguesía bourgeoisie, middle class
burlarse (de) to mock, laugh at
burocracia bureaucracy
burro donkey
busca search; **en busca de** in search of
buscar to look for, seek, try to
búsqueda search

C

caballo horse
cabeza head
cabo end; **llevar a cabo** to carry out, complete
cada *adj* each, every; **cada vez más** more and more
cadáver *m* corpse, dead body
cadena chain
caer to fall
café *m* café; coffee; *adj* brown
caída fall; downfall
calabozo dungeon, jail
calar to catch on
calavera skull
calcular to calculate, figure
calefacción heater
calendario almanac, calendar
calidad quality
cálido(a) hot, tropical
califa *m* caliph, Moslem ruler
calificar to grade (exams, etc.); to classify, categorize
callar(se) to be quiet, shut up
calle *f* street
callejero(a) *adj* street
caló Gypsy dialect
calor *m* heat, warmth
cama bed
cámara chamber
cámara cinematográfica movie camera
cambiar to change; to exchange
cambio change; **a cambio de** in exchange for; **en cambio** on the other hand; **libre cambio** free trade
caminante *m or f* walker, traveller
caminar to walk, to travel, to go

caminata walk, stroll
camino road, street, way
camión *m* truck; *Mex* bus
camiseta t-shirt
campaña campaign; countryside
campeador champion
campesino(a) *n or adj* peasant, rural
campestre *adj m or f* rural, country
campo country, field; campus
camuflado(a) camouflaged
canalizado(a) channeled
canción song
candidato(a) candidate
canoa canoe
canonización bestowal of sainthood, canonization
canonizado(a) canonized, admitted to sainthood
cansarse to become tired
cantar to sing; *m n* song
cantidad quantity
canto chant
caña sugar cane
cáñamo hemp
cañón *m* canyon
capacidad capacity; ability
capear el temporal to ride out the storm
capita: per capita per person
capital *m* capital, money; *f* capital city
capitalino(a) from the capital
capitalista *m or f* capitalist
capitán *m* captain
capítulo chapter
captar to capture
cara face; side
caracola percussion instrument
carácter *m* character, nature
característico(a) *adj* characteristic; *n f* trait
caracterizar to characterize
carbono carbon
cárcel *f* jail
carecer to lack, be lacking
carga load, burden
cargar to carry; to load; to charge
cargo job, assignment
Caribe *m* Caribbean
caribeño(a) *adj* Caribbean
caridad charity
cariño affection
carisma *m* charisma, personal magnetism
carismático(a) charismatic
carnaval *m* carnival, esp. the week before Lent, Mardi Gras
carne *f* meat, flesh
carnicería meat market
caro(a) expensive, dear
carrera career; race; course
carretera highway
carroza wagon
carta letter; decree
cartel *m* poster
cartero(a) mail carrier
casa house; home; firm
casado(a) married
casarse to marry, get married
casero(a) *adj* home

casi almost, nearly
caso case, occurrence
castellano(a) Castilian; *n m* Spanish language
castidad chastity
castigo punishment
castillo castle
cataclismo disaster, cataclysm
catalán(ana) Catalonian; *n m* the language of Catalonia
catástrofe *f* catastrophe
catedral *f* cathedral
catedrático professor
categoría category; status, rank
católico(a) Catholic
caudal *m* abundance; volume of water
caudaloso(a) abundant, voluminous
causa cause, movement; **a causa de** because of
causar to cause
cautivo(a) captive
cayera *past subj of* **caer**
ceder to cede, turn over; to give in
celebrar to celebrate; to praise
celestial heavenly, celestial
celo zeal
celtíbero(a) Celtiberian
cementerio cemetery, graveyard
cena dinner, supper
cenar to eat dinner
ceniza ash; *pl* ashes
censo census
censurar to censure; to criticize
centenar *m* hundred; *pl* hundreds
centenariamente for centuries
centenario centenary, 100th anniversary
céntrico(a) centrally located
centro center; downtown; middle; headquarters
Centroamérica Central America—the region from Guatemala to Panama
cepillo collection plate
cerámica ceramics
cerca (de) nearly, close to; **de cerca** closely, close
cercanía *n* proximity
cercano(a) nearby
cercar to fence in
cerebro brain
ceremonia ceremony
cero zero
cerrar (ie) to close, shut
certificado certificate
Chaco area of jungle around border between Paraguay and Bolivia
chanza *dialect* chance
charla chat
charlar to chat
chatear to chat (as on a computer)
che *Argentina* pal, buddy
chicano(a) person of Mexican heritage in the U.S.
chicha corn-based brandy
chico(a) *n* youngster, youth; *adj* small
chileno(a) Chilean
chiquito(a) small child; **rechiquito(a)** *adj* very little
chistoso(a) funny
choque *m* shock, collision, clash
ciclo cycle

cielo sky, heaven
ciencia science
científico(a) scientific
ciento hundred; **por ciento** percent
cierto(a) certain, sure, a certain; **es cierto** it is true; **lo cierto** the truth
cifra number; cipher
cine *m* movies, movie theater
cinismo cynicism
cinturón *m* belt
circo circus
circular to circulate
círculo circle
circunstancia circumstance
cirugía surgery
cita date, appointment; quote
citado(a) cited
citar to cite, quote
ciudad city
ciudadanía citizenship
ciudadano(a) citizen
cívico(a) civic, civil
civilizado(a) civilized
clandestinamente secretly
clarividencia clairvoyance
claro(a) clear; light (color); **claro que** of course
clase *f* class, type, kind
clásico(a) classic, classical
clasificar to classify, characterize
clavar to plunge (a knife, sword, etc.)
clave *f* key (to a map, puzzle, etc.)
clero clergy, clergyman
cliente *m* or *f* customer
clima *m* climate
coalición coalition
cocer (ue) to cook
coche *m* car, automobile
cocina kitchen
códice *m* codex; original manuscript
coexistencia coexistence
coexistir to coexist
cohabitar to cohabit, live together
coincidir to coincide, happen simultaneously
colectivo(a) shared; collective; *n m* fixed route taxi or bus
colega *m* or *f* colleague, cohort
colegio secondary school
cólera *m* cholera
coletazo slap with a tail
colgar to hang
colibrí *m* hummingbird
colina hill
colocar to place, locate
colombiano(a) Colombian
colombino(a) of or belonging to Columbus; **precolombino(a)** before the arrival of Columbus
Colón Columbus
colonia colony
colonizar to colonize, take, or settle colonies
colono colonist, settler
colorado(a) *adj* red
coloso colossus, giant
columna column
comandante *m* or *f* commander

combate *m* combat
combatir to fight
combinar to combine, join
comentar to comment, discuss
comentarista *m or f* commentator
comenzar (ie) to begin, start
comer to eat
comercio commerce, business
comestible *m* foodstuff, edible substance
cometer to commit
comida food; meal
comisaría police station
como as, like, about; **¿cómo?** how? what?
comodidad comfort
cómodo(a) comfortable
compañero(a) companion, comrade
compañía company
comparación comparison
comparar to compare
compartir to share; to divide
compatibilizar to come together
competencia competition
competir (i) to compete
competitivo(a) competitive
complacer to comply with
complejidad complexity
complejo(a) complex, complicated
completar to complete
completo(a) complete, whole
complicado(a) complicated
componer to compose, make up; to fix
comportarse to behave oneself, act
compra purchase
comprar to buy, purchase
comprender to understand
comprendido(a) included
comprensión comprehension, understanding
comprobar (ue) to prove, verify
comprometer to compromise; to commit
comprometido(a) engaged; committed (politically)
compromiso commitment
compuesto(a) composed
común common, ordinary, customary
comunal communal
comunicado comuniqué (press release)
comunicarse (con) to communicate (with)
comunidad community; commonness
comunista *m or f* communist
comunitario(a) from a community or the European Community
concebir (i) to conceive
conceder to concede
concejal(a) council member
concentrar(se) to concentrate
concepto concept
concesión concession, grant
concha seashell, shell
conciencia conscience; consciousness
concierto concert; agreement
concluirse to conclude, come to an end
concurso contest, competition
condecorar to decorate (with a medal)
condenar to condemn
condominio condominium

condonar to forgive, cancel (a debt)
conducir to conduct, lead
conducta conduct, behavior
condujo *pret of* **conducir**
conectar to connect, join
confección candy
conferencia meeting, lecture
confesar (ie) to confess, admit
confianza confidence, trust
confiar to confide
conflicto conflict, struggle
confundir to confuse, confound
congestionado(a) congested, crowded
congregación congregation, group
conjunto(a) *adj* joint; **conjunto** *n* group, system, aggregate
conjurar to ward off
conmemorativo(a) *adj* memorial
conmoción unrest
cono cone
conocer to know, be acquainted with
conocido(a) known, well-known
conocimiento knowledge, skill
conquista conquest, conquering
conquistador(a) conqueror; *adj* conquering
conquistar to conquer, subdue
consagrar to consecrate, hallow, dedicate
consciente conscious, aware
consecuencia consequence
conseguir (i) to attain, get, obtain, succeed in
consejero(a) adviser, counselor
consejo advice
consentir (ie) to consent, agree
conservador(a) *n adj* conservative
conservar to conserve, preserve
considerar to consider, think over
consignado(a) recorded
consignar to record; to set (write) down
consistir (en) to consist (of), be made up (of)
consolador(a) consoling
consolar (ue) to console
consolidar to consolidate
constante *n f* constant; *adj m or f* constant, continual
constar to consist of; **constarle a uno** to be apparent to
constituir to constitute, make up
constituyente *adj* constitutional
construcción construction, building
constructor(a) builder
construir to build, construct
consuelo consolation
consulta consultation, referendum
consultar to consult
consultor(a) consulting firm; consultant
consumidor(a) consumer
consumir to consume
consumo consumption
contabilizar to account for
contacto contact
contaminación pollution
contaminado(a) contaminated
contar (ue) to count; to relate; **contar con** to depend on, rely on; to have use of
contemplar to look to, consider
contemporáneo(a) contemporary, current

contener (ie) to contain
contenido *n* contents
contestar to answer, respond
contexto context
contiguo(a) adjoining
continente *m* continent
continuar to continue
continuo(a) continuous
contra against
contrabandista *m or f* smuggler
contrabando contraband, smuggled goods
contracara other side
contraer to contract; to acquire
contrapartida compensation, price
contrario(a) contrary, opposed
Contrarreforma Counter-Reformation
contrastar to contrast, distinguish
contraste *m* contrast, difference
contratar to make a contract
contribuir to contribute
contribuyente *m or f* contributor
controlar to control, dominate
convencer to convince
convenio agreement, compact
convenir (ie) to suit, fit
convertir (ie) to convert, change
convivencia act of living together
convivir to live together
convocar to convoke
cooperación cooperation
cooperar to cooperate, join in
cooperativo(a) coop (living arrangement)
coordinar to coordinate
copar to win
copla couplet, verse
corajudo(a) courageous, brave
corazón *m* heart; nerve center
corolario corollary
corona crown; monarch
corregir (j) to correct
corresponder to correspond, fit
correspondiente *m or f* corresponding
corrida bullfight
corriente *f* current; *adj m or f* common, current
cortar to cut
corte *f* royal court
cortijo farm
cosa thing; matter, affair
cosecha crop, harvest
cosechar to harvest
cosmopolita *n m or f* cosmopolite; *adj* cosmopolitan
costa coast
costar (ue) to cost
coste *m* cost (in money)
costo cost
costumbre *f* custom, habit, tradition
cotidiano(a) everyday, daily
cráneo skull
creación creation
creador(a) creator; *adj* creative
crear to create
crecer to grow, increase
creciente *adj* growing

crecimiento growth
crédito credit
credo creed
creencia belief
creer to believe
creíble believable
cría raising, breeding, rearing
criar to raise (a crop); to bring up (a child)
crimen *m* crime
criollo(a) Creole, person born in the colonies of Spanish
    parents
cristiano(a) Christian
cristianización conversion to Christianity
cristianizar to convert to Christianity
criterio criterion, opinion
crítica criticism
criticar to criticize
crítico(a) critic
crónico(a) chronic
cronista *m or f* chronicler, historian
cruce *m* intersection
cruz *f* cross
cruzada crusade
cuadra city block
cuadrado(a) square
cual which, as, like; **el (la) cual** the one who, who; **¿cuál?**
    which? which one? what?
cualquier(a) *adj or pron* any, whichever, any one
cuando when, whenever; **¿cuándo?** when?
cuanto(a) as much as; *pl* as many as; **¿cuánto?** how much?,
    pl how many?; **en cuanto a** regarding
cuaresma Lent
cuarto room; **cuarto(a)** *adj* fourth
cubrir to cover
cuchillo knife
cuenta account; **darse cuenta de** to realize; **por su cuenta** on
    one's own; **tener en cuenta to** keep in mind
cuentista *m or f* writer of short stories
cuento story, short story
cuerpo body; group, corps
cuestión matter, subject, question
cuidado care, caution
cuidador(a) caretaker
cuidadoso(a) careful, cautious
cuidar to care for, take care of
culminar to complete
culpa blame, fault
culpable *adj* guilty
culpar to blame, place guilt
cultivar to grow, farm, develop
cultivo cultivation, farming
culto(a) cultured, sophisticated; *n m* cult
cultura culture; politeness
cumbre *f* summit, top, height
cumpleaños *m* birthday
cumplimiento fulfillment
cumplir to fulfill, perform, obey
cuna cradle
cuñao *dialect* **cuñado** brother-in-law
cuota fee
cupo quota, maximum number
cura *m* priest
curado(a) cured

curiosidad curiosity
curioso(a) curious
cursar to follow a course
curso course; degree requirements
custodia custody
curtido(a) hardened, experienced
cutáneo(a) *adj* skin
cuyo(a) whose

D

danza dance (style or type)
dañar to harm, damage
daño harm
dar to give, render
dardo dart
dársena harbor, dock
datar to date, set in time; **datar de** to date from
dato datum, piece of information **datos** *m pl* data; **base de datos** *f* database
debatir to debate, discuss
deber to owe; must, ought; *n m* debt, duty, obligation
debidamente duly
debido (a) due (to)
débil weak
debilidad weakness
década decade
decadencia decadence, decay
decaer to decay
decididamente decidedly
decidido(a) decisive
decidir to decide
decir (i) to say; *n m* saying; **es decir** that is to say; **querer decir** to mean
decisivo(a) decisive
declarar to declare
decorado decoration, adornment
decorativo(a) decorative
decretar to decree
decreciente *adj m* or *f* decreasing
deculturación deculturation
dedicar to dedicate
deducir to deduce
defecto defect
defender to defend
defensa defense
deficiencia deficiency
definir to define, outline
defunción death, demise
dejar to leave; to permit, let; **dejar de** to stop (doing something)
delegado(a) delegate
delante ahead, in front; **por delante** in front of
delinear to delineate, outline, set out
delirante delirious
delirio *n* delirium
delito crime
demanda demand
demandar to demand
demás: lo demás the rest
demasiado *adv* too, too much; **demasiado(a)** *adj* too much
demócrata *m* or *f* democrat
democrático(a) democratic
demografía demographics, study of population

demográfico(a) demographic
demostrar (ue) to demonstrate, show
denominar to call, give a name to
densidad density
dentro (de) in, into, inside (of)
denunciar denounce
departamento apartment
dependencia dependence
depender (de) to depend (on)
deponer to depose; to lay down arms
deporte *m* sport
depositar to deposit
depósito deposit
derechista *m* or *f* rightist (politically)
deprimido(a) depressed
derecho legal right, privilege, law
derivar to derive, trace (from the origin)
derretir to melt
derribar to overthrow, tumble, tear down
derrocar to overthrow
derrota defeat
derrotar to defeat
desacostumbrar to break of a habit
desacreditado(a) discredited
desafiar to challenge
desafío challenge, duel; struggle
desagradable disagreeable
desalentar (ie) to discourage
desaparecer to disappear
desaparición disappearance
desaprobar (ue) to fail, condemn
desarrollar to develop, improve
desarrollo development, evolution; **en vías de desarrollo** developing
desastre *m* disaster
desastroso(a) disastrous, wretched
desatendido(a) law-breaker, truant
desbarrancar to tumble down
descansar to rest
descanso rest
descartar to discard, leave aside
descender (ie) to descend, come from
descendiente *m* or *f* descendent; *adj* descending
descifrar to decipher
descomunal *adj* grotesque
desconfianza mistrust, suspicion
desconfiar to mistrust, lack confidence in
desconocido(a) unknown
descontaminación decontamination
descontento discontent, unhappiness
describir to describe
descripción description
descrito *past part of* **describir**
descubierto(a) discovered
descubridor(a) discoverer
descubrimiento discovery
descubrir to discover, find
descuidar to neglect, forget
descuido neglect, lack of care
desde since, from, after; **desde hace** for (a length of time)
deseable desirable
desear to want, desire
desembocar to lead to

desempleado(a) unemployed
desempleo unemployment
desenfrenado(a) unchecked, wild
desenterrado(a) unearthed, disinterred
desenvolver (ue) to develop
desenvolvimiento development
deseo desire, want, wish
desestabilizar to destabilize
desfavorecer to slight, disfavor
desfile *m* parade
desgracia misfortune; **por desgracia** unfortunately
desgraciadamente unfortunately
desierto desert
designado(a) designated, named
designar to designate, name
desigualdad inequality
desilusionarse to become disillusioned
desligar to loosen, untie
deslumbrante dazzling, awesome
desocupación unemployment
desocupar to vacate; to empty
desorden *m* disorder
desorganizar to break up, disperse
desorientado(a) disoriented
despectivo(a) pejorative
despegue *m* take-off
despertar (ie) to awaken; *refl* to wake up
desplazamiento displacement
desplazar to move, displace
desposeído(a) dispossessed
despótico(a) despotic
despreciar to scorn, look down on
después (de) after, afterward
desregulación deregulation
destacado(a) outstanding, prominent
 destacar to emphasize; *refl* to stand out, be prominent
desterrar (ie) to get rid of; to exile
destinado(a) destined (for)
destinar to assign
destino destiny, future, fortune; destination
destitución discharge
destrucción destruction
destructivo(a) destructive
destruir to destroy
desvelar to awaken; to turn up
desventaja disadvantage
detalle *m* detail
detectar to detect
detención arrest
detener (ie) to detain, stop
determinado(a) specific, determined
determinar to determine
deuda debt
devaluación devaluation
devenir (ie) to become
devolución return
devolver (ue) to return
día *m* day; **de día a día** day by day; **hoy día** nowadays
diablo devil
diario(a) daily; *n m* newspaper; **de diario** *adj* everyday
dialecto dialect
dibujar to draw, sketch
dibujo sketch, drawing

dictador(a) dictator
dictadura dictatorship
dictar to teach, lecture; to hand down (a sentence)
dicho saying; past part of decir; **lo dicho** what was said
diferencia difference
diferir (ie) to differ
difícil *m* or *f* difficult, unlikely
dificultad difficulty
dificultar to make difficult
difundir to disseminate
difunto(a) dead person, deceased one
dignidad dignity
digno(a) worthy
dijo *pret of* **decir**
dilema *m* dilemma, difficult choice
dimitir to resign
dinamita dynamite
dinero money
dios(a) god, goddess
diplomacia diplomacy
diplomático(a) diplomatic; diplomat
diputado(a) representative, congressperson
dirección direction; address
directiva directive
directo(a) direct
dirigente *m* or *f* director, leader; *adj* ruling, leading
dirigir to direct, lead, manage
discoteca discotheque
discriminar to discriminate
discriminación discrimination
discriminatorio(a) discriminatory
discurso speech
diseñar design
disfrazar to disguise
disminución decrease
disminuir to diminish, decrease
disparado(a) unleashed
disparate *m* folly
disponer to provide, set out
disponibilidad availability
disponible available
disposición disposition, inclination
dispuesto(a) disposed, ready; aimed at; **lo dispuesto** what was put forth
disputar to dispute, fight for
distar to be distant
distinción difference; distinction
distinguir to distinguish, differentiate
distinto(a) distinct; different
distribuir to distribute
diversidad diversity, variety
diversificar to diversify
diversión entertainment, amusement
diverso(a) diverse, various
divertir (ie) to amuse; *refl* to have fun
dividir to divide
divorcio divorce
divulgar to divulge; to popularize
doblado(a) dubbed
doble *m* double; *adj* twice as much
docena dozen
dócil tame, docile
doctrina doctrine

documental documentary (e.g., film)
documento document, paper
dólar *m* dollar *(esp. U.S.)*
doloroso(a) painful
doméstico(a) domestic; **animal doméstico** pet
dominación domination
dominador(a) dominating
dominancia dominance
dominante dominant, domineering
dominar to dominate
dominio dominion; control, rule
donde where, in which; **¿dónde?** where?
dormido(a) asleep, sleeping; **dormirse (ue)** to fall asleep
duda doubt
dudoso(a) doubtful
dueño(a) owner, possessor
dulce *adj* sweet
dupla *n* double, dualism
duplicar to duplicate, double
duración duration
durante during
durar to last, go on, endure
duro(a) hard, difficult

E

eclesiástico(a) of or relating to church
ecología ecology
economía economy
económico(a) economic, economical
ecosistema *m* ecosystem
echar: echar el auto encima to run over with a car
edad age
edición edition
edificio building, edifice
edilicio(a) municipal
editorial *f* publishing house
educar to educate, raise
educativo(a) educational; cash
efectivo(a) effective
efecto effect, result
efectuar to effect, cause to happen
eficacia efficiency
eficaz *m* or *f* efficient
egipcio(a) Egyptian
Egipto Egypt
egocentrista *n m* or *f* egocentric
eje *m* axis; axle
ejecutado(a) executed
ejemplar *m* specimen, copy (of a book, record, etc.)
ejemplificar to exemplify, serve as an example
ejemplo example; **por ejemplo** for example
ejercer to exercise, practice
ejército army
elaboración working out, elaboration
elaborar to decorate; to work out; to create
elección election; choice
electoral *adj* electoral, election
elegante elegant, luxurious
elegir (i) to elect, choose
elemento element, aspect
elevar to elevate, raise, increase
eliminar to eliminate
elogiar to praise

embarazo pregnancy
embargo: sin embargo nevertheless, however
emboscada ambush
emergente emerging
emigrante emigrant
emigrar to emigrate, migrate
emisora broadcasting station
emocionado(a) touched
empeño aim, effort
emperador emperor
emperatriz *f* empress
empezar (ie) to begin
empleado(a) employee
emplear to hire, employ
empleo job
empobrecido(a) impoverished
empobrecimiento impoverishment
emprender to undertake, engage in
empresa enterprise, business
empresario(a) businessperson
enajenación alienation
enamorado(a) person in love, lover
encabezar to head, lead
encajar to fit together
encalado(a) whitewashed
encarcelado(a) jailed, imprisoned
encarcelamiento imprisonment
encauzado(a) on the track
encender (ie) to light (candle, fire, etc.)
encerrar (ie) to enclose, close up, confine
encima (de) above, on top of; **por encima** over
encomendero(a) holder of an **encomienda**
encomienda Spanish colonial land grant
encontrar (ue) to find, discover; *refl* to find oneself in a state or condition
encuentro encounter, meeting
encuesta survey, poll
endémico(a) endemic
enemigo(a) enemy, opponent
enemistad enmity, hostility, hatred
energéticas *adj* energy (not energetic)
energía energy
énfasis *m* emphasis, stress
enfermarse to become sick
enfermedad sickness, illness
enfermo(a) ill
enfocar to focus, concentrate
enfrentamiento confrontation
enfrentar to confront, face
engrandecer to glorify; to make larger or greater
enmascarado(a) masked person
enmendar (ie) to amend
enorgullecer to make proud; *refl* to be proud
enorme enormous
enriquecer to enrich; *refl* to become rich
enriquecimiento enrichment
ensanchar to widen, enlarge
ensayista *m* or *f* essayist, writer
ensayo essay; rehearsal
enseñanza teaching
enseñar to teach; to show, point out
entender (ie) to understand
entendimiento understanding

entero(a) entire, whole, complete
enterrar (ie) to bury
entidad establishment, place
entierro burial, funeral
entonces then; **hasta entonces** up to that time
entrada entrance; admission; access
entrañar to be involved
entrañas innards, entrails
entrar to enter
entre between, among; within
entrega: entrega mensual monthly installment
entregar to deliver, hand over
entrenado(a) trained
entrenamiento training
entretanto meanwhile
entretener to entertain
entrevistarse (con) to have an interview (with)
entusiasmarse to become enthusiastic
entusiasmo enthusiasm
entusiasta *adj* enthusiastic
envase *m* packaging
envejecerse to become old; to age
envenenado(a) poisoned
envenenamiento poisoning
enviar to send
épico(a) epic, heroic
epidemia *n* epidemic
época epoch, period, age, era
equidad equity
equilibrado(a) balanced
equilibrio balance
equipaje *m* luggage
equipo equipment
equivalente equivalent, the same (as)
equivaler to be equivalent
equivocación mistake
era *n* age, epoch
erótico(a) erotic, sexual
escala scale
escalar to climb, scale
escándalo scandal
escapar(se) to escape; to avoid
escarlata scarlet
escasez *f* scarcity, shortage
escaso(a) scarce
escena scene; view
escenario scene
esclavo(a) slave
esclusa lock (in a canal)
escoger to choose, select
escolar *adj m or f* school; *n m or f* student
escolaridad school attendance
escolarizar to send to school
escoltar to accompany
escombro ruins, rubble
esconder(se) to hide oneself
escribano(a) scribe
escribir to write
escrito(a) *past part of*
escritor(a) writer
escritura writing
esculpir to sculpt
escultura sculpture

ese, esa that; **esos, esas** those; **eso** that
esencia essence
esencialmente essentially
esfera sphere; area
esforzarse (ue) to make an effort
esfuerzo effort; try
eslabón *m* link (of a chain)
esmerarse to take pains with
esotérico(a) esoteric, rare
espacio space
espantar to scare, frighten
espanto scare, fright
espantoso(a) scary, frightening
español(a) *adj* Spanish; *n* Spaniard
especial special
especialista *m or f* specialist
especialización specialization; major (in school)
especializado(a) specialized
especializarse (en) to specialize, major (in)
especie *f* species, kind, sort
espectacular spectacular, notable
espectáculo spectacle, show
esperanza hope; **esperanza de vida** life expectancy
esperar to hope; to wait; to expect
espesor thickness
espíritu *m* spirit
espiritual spiritual, of the spirit
espiritualidad spirituality, fervor
espléndido(a) splendid
esquela note, notice
esqueleto skeleton
esquema *m* scheme
esquina corner
estabilidad stability
estabilizar to stabilize
estable stable
establecer to establish
establecimiento establishment
estaca stake, piling
estacionado(a) parked
estacionamiento parking lot
estadidad statehood
estadística statistics
estado state, condition; political subdivision; *past part of* estar; **los Estados Unidos** the United States
estadounidense of or relating to the United States
estallar to explode
estampado(a) imprinted
estanciero(a) rancher, owner of an
estancia (large ranch)
estaño tin
este *m* east
este, esta this; **estos, estas** these; **esto** this
estela stele, inscribed stone slab
estera straw mat
estereotipado(a) stereotyped
estética esthetics; **estético(a)** *adj* esthetic
estilo style, way; **al estilo** in the manner of
estimar to estimate
estimular to stimulate
estímulo stimulus
estirar to stick out; **estirar la pata** to die
estirpe *f* ancestry

estratagema stratagem
estratégicamente strategically
estrecho(a) narrow; close; *n m* strait
estrella star
estreno debut, premier
estribar (en) to rest (on)
estrictamente strictly
estructura structure
estudiante *m or f* student
estudiantil *adj* student
estudiantina student musical group
estudiar to study
estudio study, investigation; studio
estufa stove
etapa stage; station
eterno(a) eternal, unending
etiqueta label
etnia ethnic group
étnico(a) ethnic
europeo(a) European
evadir to evade, avoid
evaluación evaluation
evangélico(a) evangelical
evangelio gospel
evasión flight
evasivo(a) evasive
evento event
evitar to avoid; to shun
exacto(a) exact, precise
exagerar to exaggerate
examen *m* examination, test
examinar to examine, test
excavar to excavate
excepción exception
excesivo(a) excessive
exceso *n* excess
excursión tour
exhortar to exhort, call to action
excitar to rouse, stir up
exclamatorio(a) exclamatory
exclusivo(a) exclusive
exigencia demand, exigency
exigir to demand, require, need
exilado(a) exiled
exiliarse to go into exile
exilio exile
existente existing
existir to exist, be
éxito success; **tener éxito** to be successful
exitoso(a) successful
éxodo exodus, emigration
exorcismo exorcism
exótico(a) exotic, foreign, strange
expandible expandable
expansivo(a): onda expansiva shock wave
expedición expedition
expensas expenses; **a expensas de** at the expense of
experiencia experience; experiment
experimentar to experience; to try, experiment
experto(a) expert
explanada esplanade, open space
explicación explanation
explicar to explain

explícito(a) explicit
explorar to explore
explosivo(a) *adj* explosive; *n m* explosive
explotación exploitation
explotar to exploit; to work, develop
exponente representative
exportación export, exportation
exportador(a) exporting
exportar to export
expresar to express
expropiación expropriation
expropiar to expropriate, confiscate
expulsar to expel, throw out
extender (ie) to extend; *refl* to stretch out; to extend to
extenso(a) extensive, extended
exterior *n m, adj m or f* exterior, outside; foreign; **relaciones exteriores** foreign relations, affairs
externo(a) external
extranjero(a) foreigner, stranger, alien; **el extranjero** abroad
extraño(a) strange
extraordinario(a) extraordinary
extremado(a) extreme
extremaunción extreme unction, last rites
extremo *n* end; **extremo(a)** *adj* extreme

F
fábrica factory
fabricación manufacture
fabricado(a) manufactured
fabricar to manufacture, make
fabuloso(a) fabled, legendary
facción faction
fachada façade, front of a building
fácil *m or f* easy, likely
facilitar to facilitate, make easy
factible *m or f* possible, feasible
factor *m* factor, element
facultad faculty, school or college of a university
facultar to empower
faja strip
falla fault
fallar to fail
fallecer to die
fallecimiento death
falso(a) false
falta lack
faltar to be lacking, be needed
fama fame, reputation
familiar *adj m or f* familiar; family; *n m or f* family member
famoso(a) famous, well-known
fantasma *m* ghost
farmacia pharmacy, drugstore
farolillo small light
fascinar to fascinate, enchant
fascista *m or f* fascist
fastidio annoyance
fatalismo fatalism, determinism
favor *m* favor; **por favor** please
favorecer to favor, promote
favorito(a) favorite, preferred
fecha date
fecundidad fertility
fecundo(a) fertile

femenino(a) feminine
feminidad femininity
feminista *m or f* feminist
fenómeno phenomenon
feria fair, carnival
ferretería hardware store
ferrocarril *m* railroad
fértil fertile
fertilidad fertility, fecundity
festejar to celebrate
festivo(a) festive
feudalismo feudalism, medieval economic system
fidelidad fidelity
fiel *adj* faithful, loyal
fiel *m or f* faithful; **los fieles** the congregation, the faithful
fiesta party, celebration, holiday, festival, feast
fiera beast
figura figure; image
figurar to figure in, show up
figurativo(a) figurative, symbolical
fijar to fix; to establish; **fijarse (en)** to notice; to pay attention to
fila row (of seats, etc.)
filología philology, historical study of language
filólogo(a) philologist
filosofía philosophy
filosófico(a) philosophical
filósofo(a) philosopher
fin *m* end; **a fin de** in order to, with the motive of; **a fines de** at the end of; **al fin** finally, in the end
final: a finales de near the end of
finalidad goal, purpose
financiación financing
financiamiento financing
financiar to finance, fund
financiero(a) *adj* financial; *n* financier, supporter
fingir to feign, pretend
firma signature; signing
firmar to sign
físico(a) physical
flaco(a) skinny
flagelador(a) *adj* punishing
flamenco type of music with Gypsy influence
flojo(a) weak, lazy
flor *f* flower
florecer to flourish; to flower
florecimiento flowering, flourishing
florido(a) flowery; choice, select
flotar to float
flote: a flote afloat
fluir to flow
fluvial *adj m or f* of a river, river
fogón *m* fire
follaje *m* foliage
fomentar to foment; to develop, further
fondo *n* bottom, base; *pl* funds
fonético(a) phonetic
forma form, shape; way
formación formation, shaping; training
formalizado(a) formalized
formar to form, shape, make up
formativo(a) formative
formular to formulate
foro forum

fortalecer to fortify, strengthen
fortuna fortune, luck
forzar (ue) to force, break into
fotógrafo(a) photographer
fracasar to fail
fracaso failure
fragilidad fragility
francés(-esa) *adj* French; *n* French person
Francia France
frase *f* phrase, sentence
fraternidad fraternity, brotherhood
fraude *m* fraud
fraudulento(a) fraudulent, phony
frecuencia frequency; **con frecuencia** frequently
frecuentar to frequent
frenar to slow, brake
frente *m* front; **frente a** in the face of; **al frente de** in charge of; **hacer frente a** to confront
fresco(a) cool, fresh
frío(a) cold
friolento(a) susceptible to the cold, chilly
frontera border, frontier
fronterizo(a) of or relating to frontier
fructífero(a) fruitful
frustración frustration
frustrar to frustrate
fruta fruit
frutería fruit store or stand
fuego fire; **a fuego lento** over a low fire
fuente *f* fountain; source; spring (of water)
fuera (de) outside of, besides
fuere: sea cual fuere whichever it may be
fuerte strong
fuerza force, strength; **por la fuerza** by force
función function; performance
funcionamiento functioning
funcionar to function, work, perform
funcionario(a) functionary, official
fundación foundation, founding
fundador(a) founder
fundamentalista *adj m or f* fundamentalist
fundar to found, establish
fundirse to fuse, blend
funerario(a) funerary, of or relating to funerals
furia fury
fútbol *m* soccer, football
futuro future; *adj* future, coming

G

galería gallery
gallego(a) *n or adj* Galician
gana desire; **con ganas** willingly
ganadero(a) of or relating to cattle raising; *n* cattleman
ganado cattle
ganancia profit
ganar to earn, win, gain
garantía guarantee
garantizar to guarantee, assure
gasolina gasoline
gastar to spend
gasto expense, expenditure
gaucho Argentine cowboy
generación generation, time period

generador(a) creator
generalizado(a) generalized
generar to generate, create
genérico(a) generic, general
género type, kind; gender
generoso(a) generous
gente *f* people
geografía geography
geográfico(a) geographical
germánico(a) Germanic
germen *m* germ, seed
gesticular to gesture
gigante *adj m or f* giant
gira tour
giro *n* turn
gitano(a) gypsy
gloria glory, fame
glorioso(a) glorious
gobernador(a) governor, one who governs
gobernar (ie) to govern
gobierno government
golpe *m* blow, coup
gordo(a) fat; thick
gorra cap, hat
gótico(a) Gothic
gozar (de) to enjoy
grabar to record (audio, video)
gracia grace; **gracias** thanks
grado grade, title, degree
graduado(a) graduate
gramática grammar
gran, grande great, large, vast
grandeza greatness, vastness
grano blemish, sore
gratis *adv* free
gratuito(a) free
grave serious
gravedad seriousness, gravity
gregario(a) gregarious, outgoing
griego(a) *n or adj* Greek
gripe *f* flu
gris gray
grito shout, yell
grueso(a) thick
grupo group
guaje *m* percussion instrument
guapo(a) handsome; pretty
guardar to guard, keep
guardia guard (body of soldiers)
guerra war
guerrero(a) warrior, fighter
guerrilla skirmish; party of **guerrilleros**
guerrillero(a) guerrilla
guía *f* guidebook
gustar to please, be pleasing to
gusto taste; pleasure; **a gusto** at ease

H

haber *auxil verb* to have; **hay** there is, there are
hábil able, capable, skillful
habitación room
habitante *m or f* inhabitant
habitar to inhabit, dwell

hábito habit
habla *f* speech, language; **de habla española** Spanish-speaking
hablar to speak, talk
hacer to do, make; **hace cinco años** five years ago; **hace un mes que** for a month; **hacer falta** to need
hacia *prep* toward; around
hacienda ranch
hallar to find
hallazgo find, discovery
hambre *f* hunger
hambriento(a) hungry
hasta until, up until; even
hay there is, there are
hecho deed, fact; *past part of* **hacer; de hecho** in fact
hectárea hectare (10,000 sq. meters)
hegemónicamente predominantly
heladera refrigerator
helicóptero helicopter
hemisferio hemisphere
heredar to inherit
heredero(a) heir, heiress, inheritor
hereditario(a) hereditary
herencia inheritance, legacy
herida wound
herido(a) *adj* wounded; *n* wounded person
hermanado(a) *adj* joined
hermano(a) brother, sister
hermoso(a) beautiful
hermosura beauty
héroe *m* hero
heroicamente heroically
herramienta tool
hervir (ie) to boil
heterodoxo(a) heterodox, heretical, unbelieving
heterogéneo(a) heterogeneous
hidalgo minor noble
hidráulico(a) hydraulic, moved or operated by water pressure
hierba grass; herb
hierro steel, iron
higiene *f* hygiene, sanitation
hijo(a) son; daughter; child; *pl* children
hilo strand, string
hilvanar to baste, tack
hincapié: hacer hincapié en to emphasize
hipócrita *m or f* hypocrite
hiriente hurtful
hispanista *n m or f* Hispanist
hispanohablante *adj m or f* Spanish- speaking; *n m or f* Spanish speaker
hispanoparlante *adj m or f* Spanish-speaking; *n m or f* Spanish speaker
historia history; story
historiador(a) historian
histórico(a) historical
hogar *m* home, hearth
hogareño(a) *adj* home, pertaining to home
holandés(-esa) *adj* Dutch; *n* Dutch person
hombre *m* man
homenaje *m* homage, honor
homicidio homicide
homogéneo(a) homogeneous
homosexualidad homosexuality
hondo(a) deep

honrar to honor
hora hour; time; **¿Qué hora es? ¿Qué horas son?** What time is it?
horario schedule
hostil hostile
hoy today
huelga labor strike
hueso bone
huir to flee
humanidad humanity
humanitario(a) humanitarian, humane
humano(a) human
humilde humble, simple
humillación humiliation
hundirse to be submerged

I

ibérico(a) Iberian
ícono symbol
ida going, outward trip; **de ida y vuelta** round trip
identidad identity
identificar to identify
ideográfico(a) ideographic
ideología ideology
ideológico(a) ideological
idioma *m* language
ídolo idol (object of worship)
iglesia church
igual equal; **igual que** like
igualado(a) equaled, alike, even
igualar to match
igualdad equality
igualitario(a) egalitarian
ilegal *adj* illegal
ilícito(a) illegal
ilustrado(a) illustrated
ilustrar to illustrate
ilustre illustrious, famous
imagen *f* image; appearance
imaginar to imagine
imán *m* magnet; attraction
imitar to imitate
impago(a) nonpayment
impedir (i) to impede, stop
imperio empire
implantación implantation, implementation
implantar to establish
implicación implication, meaning
implicar to imply; to implicate
implícito(a) implicit
imponer to impose
importación importation, importing
importador(a) importer
importante important
importar to import; to matter; **no importa** it doesn't matter
impotencia impotence
imprescindible indispensable
impresionante impressive
impresionar to impress, make an impression
impuesto(a) *adj* imposed; *n m* tax
impulsado(a) promoted
impulsar to push; to support
impulso impulse, urge

imputación charge
inaccesible inaccessible
inaceptable unacceptable
inapropiado(a) inappropriate
inarticulado(a) incomprehensible, inarticulate
inaudito(a) unheard of, strange
inaugurar to inaugurate, dedicate
incaico(a) Incan
incapacidad inability, lack of skill
incapaz incapable, unable
incendio fire
incertidumbre *f* uncertainty
incienso incense
incierto(a) uncertain
incitación incitement
inclinación inclination, tendency
incluir to include
incluso(a) *adj* included; *adv* even, including
incomodar to make uncomfortable, bother, upset
incómodo(a) uncomfortable, uneasy
inconfundible unmistakable
inconveniente objection
incorporación incorporation, inclusion
incorporar to incorporate; *refl* to join
increíble incredible, unbelievable
incrementar to increase
indebido(a) improper
indefectiblemente unfailingly
independentista *m or f* person who is in favor of or fights for independence; *adj.* of or relating to independence
Indias Indies, original name given to the New World
indicar to indicate, point out
índice *m* index
indicio indication, sign, mark
indígena *m or f* indigenous, native; *(Am)* Indian
indio(a) Indian
indiscutible unquestionable
individuo *n* individual
indudablemente undoubtedly
industria industry
industrialización industrialization
industrializado(a) industrialized
ineficaz inefficient
inestabilidad instability
inevitable inevitable, unavoidable
inexistente nonexistent
infancia infancy, childhood
inferior inferior; lower
infierno inferno; hell
infinito(a) infinite; *n m* infinite
influencia influence
influenciar to influence
influir to influence
informar to inform; to shape
informe *m* report
infrecuente infrequent, seldom
ingeniería engineering
ingeniero(a) engineer
Inglaterra England
inglés(-esa) *adj* English; *n* English person
ingresar to enter
ingreso entrance; admission; income
iniciar to begin, initiate

iniciativa initiative
injusto(a) unfair, unjust
inmediato(a) immediate; **de inmediato** immediately
inmenso(a) immense, large
inmigración immigration
inmigrante *m or f* immigrant
inmueble *m* building
innecesario(a) unnecessary
innegable undeniable
innovación innovation
inolvidable unforgettable
inoperante inoperative
inquietud concern, worry
inquisición inquisition, hearing
inscripción registration
insecto insect
inseguridad insecurity, uncertainty
insistir to insist
insoportable unbearable
inspeccionar to inspect
inspirar to inspire
instalación facility
instalar to install
institucional institutional
institucionalizado(a) institutionalized
instituto institute
instrucción instruction; schooling
insultar to insult
insulto insult
insurgente *adj m or f* insurgent
insustituible irreplaceable
integración integration
integrantes members
integrar to make up; to be part of
intelecto intellect
intelectualidad intellectuality
inteligencia intelligence
inteligente intelligent
intencionado(a) intentioned
intensificar to intensify
intensidad intensity
intensivo(a) intensive, intense
intenso(a) intense, concentrated
intentar to try
intento attempt
interacción interaction
interactivamente interactively
interamericano(a) inter-American
intercambio exchange, interchange
interceptar to intercept
interés *m* interest; stake
interesante interesting
interesar to interest, be interesting
interino(a) interim, temporary
internacional international
internar to enter, penetrate
interno(a) internal, inner
interpretar to interpret
intérprete *m or f* performer
interrumpir to interrupt
interrupción interruption
intervención intervention

intervenir (ie) to intervene, interfere
intimidar to intimidate
íntimo(a) intimate
intrigar to intrigue, arouse interest
introducir to introduce, insert
inundación flood
inútil useless
invadir to invade
invasión invasion, attack
invernal *adj* winter
invencible invincible, unbeatable
inventar to invent; to create
invento invention
inversión investment
inversionista *m or f* investor
invertir (ie) to invest
investigación investigation, research
investigar to investigate, research
invitar to invite
invocar to invoke
inyección injection
irónico(a) ironic, sarcastic
irrelevancia irrelevance
irrigación irrigation
irrumpir to burst into
isla island
islámico(a) Islamic, Moorish
istmo isthmus
izar to raise
izquierdista *m or f* leftist
izquierdo(a) left; *n f* the left (political or direction)

J

jactarse to brag, boast
jamás never
jardín *m* garden; yard
jarope *m* syrup
jefe *m* chief, boss, leader
jerarquía hierarchy
jeroglíficos *pl* hieroglyphics
jesuita *m or f* Jesuit
jornada working day
joven *m or f* young; youthful person
jubilado(a) retired person
judío(a) *adj* Jewish; *n* Jew
juego game; **Juegos Olímpicos** Olympic Games
juez *m* judge
jugar (ue) to play (a game or sport)
jugoso(a) juicy
juguete *m* toy
junta governing committee
juntar to join; *refl* to join with, ally with
junto(a) together; **junto con** along with, together with
jurisdicción jurisdiction; territory
jurisprudencia jurisprudence, law
justicia justice
justificar to justify, explain
justo(a) just, fair
juvenil juvenile, of or relating to youth
juventud youth; young people
juzgado court of justice; **juzgado(a)** *adj* person judged
juzgar to judge, adjudicate

K

kilómetro kilometer

L

labio lip
laboral *adj* work, labor
laboratorio laboratory
labrar to carve (wood); to work (iron)
lado side; **por todos lados** on all sides, everywhere
ladera mountainside
ladrillo brick
ladrón(ona) thief
lago lake
laguna lagoon, small lake
lamentar to lament, regret
lana wool
lanzado(a) advanced, put forth
lanzamiento launching
lanzar to throw; *refl* to launch
largo(a) long
lástima pity
lata tin can
latino(a) Latin (American)
latir to beat
laúd *m* lute
lavado de cerebro brainwashing
lavado de dinero money laundering
lavar to wash
lavarropas *m* washer
lazo tie, bond; lariat
lealtad loyalty
lechería milk store, dairy
lector(a) reader
lectura reading
leer to read
legalidad legality
legalizar to legalize
legendario(a) legendary; legislation
legislativo(a) legislative
legítimo(a) legitimate
legumbre *f* vegetable
lejano(a) distant, far
lejos *adj* far away, far; **lejos de** far from
lema *m* motto, slogan
lengua language; tongue
lento(a) slow
letra letter (of the alphabet); *pl* letters; literature
letrero sign, poster
levantar to raise; *refl* to get up, rise up
leve gentle, light
ley *f* law; *pl* law studies
leyenda legend
liberación liberation
liberalizar to liberalize
liberar to free, liberate
libertad freedom, liberty
librar to unleash, free
libre free
librería bookstore
libro book
licenciado(a) lawyer; used also as equivalent of master's degree in other fields
liceo lyceum, high school

líder *m* leader
liderazgo leadership
liga tie, connection
ligado(a) tied, attached
ligero(a) light (weight, food, clothing, etc.)
limitarse to be limited
límite *m* limit, boundary
limpiar to clean
limpio(a) clean
linaje *m* lineage, ancestry
linchamiento lynching
línea line
lingüístico(a) linguistic; *n f* linguistics
lino linen
lío *n* fuss, mess, fix
lirismo lyricism
lista list, roll
listo(a) ready
literal *m or f* literal, to the letter
literario(a) literary
literatura literature
liviano(a) light
llama llama
llamado(a) so-called
llamar to call; *refl* to be called, named
llamativo(a) interesting
llegada arrival
llegar to arrive; **llegar a ser** to come to be
llenar to fill
lleno(a) filled, full
llevar to carry; to wear; to lead; **llevar a cabo** to carry out
llorón(-ona) whiner; *f* legendary ghost, used to scare children as is the "bogey man"
lluvia rain
lobo wolf
localidad locality
localizado(a) located
locutor(a) announcer (radio, TV)
lodo mud
lograr to achieve, get, manage to
logro achievement, accomplishment
Londres *m* London
loza pottery, clay
lucha struggle, fight, conflict
luchar to struggle, fight
luego then; later, afterward; presently
lugar *m* place; **en lugar de** instead of; **lugar común** commonplace, cliché; **tener lugar** to take place
lujo luxury
luna moon
lustro lustrum, period of five years
luto mourning; **guardar** or **llevar luto** to be in mourning
luz *f* light

M

machacón(-ona) bothersome
machismo virility, manliness
madera wood
madre *f* mother; **madre patria** mother land, mother country
madrileño(a) person or thing from Madrid
madrugada morning, dawn
maduro(a) mature
maestro(a) teacher, instructor

mágico(a) magic
magnífico(a) magnificent
maíz *m* corn, maize
mal *adv* badly, poorly; *n m* evil, harm
malcriado(a) ill-mannered
malo(a) bad, evil; sick
mandar to order, send
mandatario leader, chief, president
mandato command, mandate, term (of office)
mando rule, command
manejarse to get around
manejo use, management
manera way, manner; **de manera que** so that, so as to
manifestación manifestation, demonstration
manifestar (ie) to show, manifest
manifiesto(a) manifest, evident
mano *f* hand; *fig* control; **a manos de** at the hand of; **en manos de** in the hands of, controlled by; **mano de obra** worker, labor, manpower
mantener (ie) to maintain, support; to keep
manual *m* manual, handbook; *adj m* or *f*
manual, by hand
manufacturado(a) manufactured
maoísta *m* or *f* Maoist (follower of Mao Zedong)
mapa *m* map
maquinaria machinery
mar *m* or *f* sea, ocean
maravilla wonder, marvel
maravillarse to marvel at
maravilloso(a) marvelous, awesome
marca brand name; cattle brand
marcar to mark, stamp; to note
marcha march
marco frame
margen *m* margin, edge
marginado(a) marginalized
marido husband
marina *n* navy
marinero(a) sailor
mariposa butterfly
marítimo(a) *adj* sea, maritime
Marruecos Morocco
masa mass
más allá *m* the beyond
máscara mask
masculinidad masculinity
masculino(a) masculine, male
masivo(a) massive
matanza killing, slaughter
matar to kill
matemáticas *usually pl* mathematics
materia subject, matter, topic; **materia prima** raw material
maternidad maternity
materno(a) maternal
matiz(-ces) *f* hue, shade
matrícula registration (in school)
matricularse to register in school
matrimonio matrimony, marriage
matriz *f* matrix
mausoleo mausoleum, burial structure
maya *m* or *f* Maya (Indian)
mayor larger, greater; **el (la, los, las) mayor(es)** the largest, greatest; older, oldest

mayorazgo primogeniture, practice of leaving family goods to the oldest son
mayoría majority
mecánica mechanics
mecanismo mechanism, device
mecanizado(a) mechanized
media average
mediados: a mediados de about the middle of, midway
mediano(a) medium
mediante by means of, through
medicina medicine
medición measurement
médico(a) doctor of medicine
medida measure; means
medio(a) half, mid-; *n m* middle; means, way; **en medio de** in the midst of; **medio ambiente** environment; **medio-ambiental** environmental; **por medio de** by means of
mediodía *m* noon, midday
medir (i) to measure
mediterráneo(a) *adj* Mediterranean
mejor better; **el (la, los, las) mejor(es)** the best; **mejor dicho** rather; **a lo mejor** probably
mejora improvement, betterment
mejorar to improve, better
melancólico(a) *adj* melancholic, sad
memoria memory
mencionar to mention, name
menester: es menester it is necessary
menor smaller, younger, less; **el (la los, las) menor(es)** the smallest, youngest
menos *adv* less, minus; **al menos** at least; **por lo menos** at the least; **más o menos** more or less; **menos que** or **de** less than
mensaje *m* message
mentira lie
mentiroso(a) liar
mercado market
mercancía merchandise
merced *f* grant, favor, gift
merecer to deserve
mermar to diminish
mes *m* month
mesa table; mesa, land plateau
mestizo(a) mestizo (combination of Spanish and Indian blood)
meta goal
meteórico(a) meteoric
meterse to go into, get into
método method
metro meter (39.37 in.); subway
metrópoli *f* city, capital
metropolitano(a) metropolitan
mezcla mixture, mix
mezclado(a) mixed
mezclarse to mix into, take part; to meddle
miedo fear
miembro *m* or *f* member
mientras (que) while, as long as
migración migration
migrar to migrate
mil *m* a thousand
milenio millenium
miliciano(a) militia member
militante *m* or *f* militant

militar *m* or *f* military
milla mile
millón *m* million
mina mine
minero(a) *adj* referring to mining; *n* miner
miniatura *n* miniature
minimercado minimart
minimizar to minimize
mínimo(a) minimum
ministro minister (of government)
minoría minority
mirar to look (at)
misa mass
miseria misery
misionero(a) missionary that, in order that
mojado(a) wet; wetback
molestar to bother
molesto(a) annoying, bothersome
momento moment
monarca *m* or *f* monarch, king, queen
monarquía monarchy
monasterio monastery
moneda coin; money
monetario(a) monetary
monopolio monopoly
monopolístico(a) monopolistic
monóxido monoxide
montado(a) mounted; **montado a caballo** on horseback
montaña mountain
montón *m* a lot
monumento monument
moralidad morality
morar to live, dwell
mórbido(a) morbid
moreno(a) brown; **gente morena** blacks
morir (ue) to die
moro(a) *n* Moor; *adj* Moorish
mortal mortal, fatal
mortalidad mortality, death rate
mosca fly; **mosca muerta** one who pretends meekness; hypocrite
mostrar (ue) to show; to prove; *refl* to show oneself to be
motivación motivation
motivo motive, reason; impulse, motif
mover (ue) to move (something); *refl* to move
móvil mobile, movable
movilidad mobility
movimiento movement
muchacho(a) boy, girl
mucho(a) much, a lot; *pl* many
mudarse to move, change lodging
muerte *f* death, demise
muerto(a) *adj* dead; *n* dead person
muestra sign, sample
mujer *f* woman; wife
multicolor *adj* multicolored
multiétnico(a) multiethnic
multinacional multinational
multitud *f* multitude
mundial of the world, worldwide
mundo world; **el Nuevo Mundo** the New World, the Western Hemisphere
municipio municipality

muralista *m* or *f* muralist
museo museum
música music
musulmán(-ana) Moslem, Mussulman
mutuo(a) mutural

N
nacer to be born
nacido(a) born
nacimiento birth
nacionalidad nationality
nacionalismo nationalism
nacionalista *m* or *f* nationalist
nacionalización nationalization
nacionalizar to nationalize
nada nothing, anything, nothingness
nadie no one, nobody
náhuatl *m* Nahuatl (language of the Aztecs)
narcotráfico drug trade
narrativa *n* narrative; **narrativo(a)** *adj* narrative
natalidad birth, birth rate
nativo(a) native
naturaleza nature
navaja razor; knife
Navidad Christmas
necesario(a) necessary
necesidad necessity
necesitar to need
necio(a) foolish
negar (ie) to deny; **negarse a** to refuse to
negativo(a) negative
negociación negotiation
negociar to negotiate
negocio business deal; *pl* business
nena colloquial form of **niña,** child
neolatino(a) neo-Latin, romance
neotrópico neotropics
neoyorquino(a) New Yorker
nepotismo nepotism
nervioso(a) nervous
neutralidad neutrality
nevado(a) snow-covered
nieve *f* snow
ningún, ninguno(a) no, none, not any
niño(a) child, little boy, litle girl
nivel *m* level
noble *m* nobleman
noche *f* night
nocturno(a) noctural, night
nómada *adj m* or *f* nomadic
nomádico(a) nomadic
nombramiento nomination, naming (to a position)
nombrar to name; to nominate
nombre *m* name; noun; reputation
nopal *m* prickly-pear cactus
nórdico(a) Nordic
norma standard; law
normal: escuela normal school for training teachers
normalidad normalcy
normalizar to normalize
normativo(a) regulations
noroeste *m* northwest
norte *m* north

norteamericano(a) North American (used for a person or thing from the United States)
nota grade (in a class)
notable notable, noteworthy
notar to note, take note of
noticia notice; *pl* news
notorio(a) noteworthy
novela novel
novelista *m or f* novelist
noveno(a) ninth
nube *f* cloud
núcleo nucleus
nuera daughter-in-law
nuestro(a) our
nuevo(a) new
nulo zero
numéricamente numerically
número number
numeroso(a) numerous
nunca never, not ever

O

obedecer to obey
obispo bishop
obituario obituary
objetivo objective
objeto object
obligación obligation, duty
obligado(a) obliged
obligar to oblige; to obligate
obligatorio(a) obligatory, required
obra work; labor
obrar to work, toil
obrero(a) *n* worker; *adj* working
observador(a) observer
observar to observe, watch
observatorio observatory
obsesionado(a) obsessed
obsesionar to obsess; *refl* to become obsessed
obstaculizado(a) impeded
obstaculizar to create or present an obstacle
obstáculo obstacle, barrier
obstante: no obstante nevertheless, notwithstanding
obtener (ie) to obtain, get
obvio(a) obvious
ocasión occasion
occidental occidental, western
occidente *m* west; **Occidente** the West
océano ocean
ochenta eighty
octavo(a) eighth
ocular *adj* eye
ocio idleness
ocultista *adj* related to the occult
ocupar to occupy, hold
ocurrir to occur, happen
oeste *m* west
ofender to offend
ofensa offense, crime
ofensivo(a) offensive
oferta offer
oficial *adj* official
oficina office, workshop

oficio trade, task, business
ofrecer to offer
ofrenda offering, gift
ofrendar to offer up
oído(a) heard
ojo eye
ola wave
oler a (huele) to smell like
oligarquía oligarchy
olvidarse (de) to forget
onda wave
ondear to wave
operar to operate; to fund
oponerse to oppose, be opposed to
oportunidad opportunity
oposición opposition
opresión oppression
opuesto(a) opposed; opposite
oración sentence, prayer
orden *m* order
ordenar to order
ordinario(a) ordinary
organismo organization
organizador(a) organizer
organizar to organize
órgano organ; medium
orgullo pride
orientación orientation, direction
oriental oriental, eastern
oriente *m* east; **Oriente** the East, the Orient
origen *m* origin
originalidad originality
originarse to originate
orillar to push toward
ornamentación ornamentation, decoration
oro gold
ortodoxo(a) orthodox
osado(a) impudent, shameless
oscilar to vary
oscurecer to get dark, darken, obscure
oscuro(a) dark, obscure
oscuridad darkness
ostentaciones airs
ostentar to show
otorgar to grant, give, donate
otro(a) another, other, the other
ozono ozone

P

paciencia patience
pacificar to pacify
pacífico(a) peaceful, gentle
padecer to suffer from
padre *m* father, priest; *pl* parents
padrino(a) godfather, godmother; *pl* godparents
pagar to pay
página page
pago payment
país *m* country, nation, region
paja straw
pájaro bird
palabra word, term
palacio palace

pampa *Argentina* plain
pan *m* bread, loaf of bread
panadería bread store, bakery
panamericano(a) Panamerican
pandilla street gang
pantalla screen (movie, TV, etc.)
pantano swamp
pantanoso(a) swampy
panteón *m* pantheon
pañuelo scarf, handkerchief
Papa *m* Pope
papel *m* paper; role
papelería stationery shop
par *m* pair
para for, in order to, towards, by; **para que** so that
paracaídas *m* parachute
parada stop (train, bus, etc.)
paraguayo(a) Paraguayan
paraíso paradise
páramo high plain
parar to stop; to stay
parcela parcel, piece
parcial partial, part
parecer to seem, look
parecido(a) similar, alike; *n m* resemblance
pared *f* wall
pareja *n* couple
pariente, -ta relative, relation
parlamentario(a) parliamentary
parlamento parliament
paro: en paro laid off
parque *m* park
parquear to park (a car)
párrafo paragraph
parranda binge, party
parroquial parochial
parte *f* part, portion; place; **de parte de** on behalf of; **por parte de** on the part of; **por todas partes** everywhere
participante *m* or *f* participant
participar to participate
particular private, personal, particular
partida certificate (of birth, etc.)
partidario(a) partisan, supporter
partido political party; game, match; group
partir to leave; **a partir de** starting at, begin with
parto childbirth
párvulo(a) small child, preschool child
pasado(a) *adj* past; *n m* past
pasajero(a) passenger
pasante passing
pasar to pass, go, pass through, go over to, come to; to spend (time)
pasear(se) to stroll, take a walk, drive
paseo stroll, walk; drive, ride
pasión passion
pasivo(a) passive, inactive
paso step, mountain pass
pata foot (of an animal)
patente clear
paterno(a) paternal, fatherly
patio patio, yard, courtyard
patológico(a) pathological
patria native country, fatherland; **madre patria** motherland

patriarca patriarch
patriarcal patriarchal
patrimonio patrimony, inheritance
patriota *m* patriot
patrón(-ona) patron, patroness, boss
patrulla patrol
pavo real peacock
paz *f* peace
peana portable platform
peatón *m* pedestrian, walker
pecado sin
pecar (de) to commit the sin (of)
pedagógico(a) pedagogical
pedazo piece, shred
pedir (i) to ask for, request, solicit
pegar(se) un tiro to shoot (oneself)
pelea fight, quarrel
película film
peligro danger
peligroso(a) dangerous
pelirrojo(a) redhead
pelotero baseball player
pena pain, sorrow; **bajo pena** under threat; **en pena** in purgatory
pendiente *f* slope
pendiente watchful
pensión support payment
peninsular *adj m* or *f* (thing or person) of the peninsula
penoso(a) sorrowful
pensamiento thought
pensar (ie) to think; to intend
peor worse; **el (la, los, las) peor(es)** the worst
pequeño(a) small, little
percibir to perceive
perder (ie) to lose
pérdida loss
perdiz *m* partridge
perdonar to pardon
perdurar to last long; to remain
perfecto(a) perfect
perfilarse to outline
periódico newspaper
periodista *n m* or *f* journalist
período period (of time), age, era
perjudicar to prejudice, damage, impair
perjuicio damage
permanecer to remain, stay
permanencia permanence, stay
permanente permanent
permiso permission; permit
permitir to permit, allow
perpetrado(a) perpetrated
perpetuo(a) perpetual, eternal
perplejidad perplexity, confusion
perro(a) dog
persecutorio(a) persecuting
perseguir (i) to persecute; to pursue
perseverar to persist
persistencia persistence
persistir to persist
persona person
personaje *m* personage, literary character
personal *m* personnel

personalidad personality
personalmente personally
perspectiva perspective; prospect
pertenecer to belong, pertain
perteneciente belonging
peruano(a) Peruvian
pesado(a) annoying; heavy
pesar to weigh; **a pesar de** in spite of
pescadería fish market
pese: pese a despite
pesimista pessimistic; *n m or f* pessimist
pésimo(a) very bad, worst
peso weight; currency unit
peste *f* plague
petición petition, request; **a petición de** at the request of
petróleo oil (crude), petroleum
petrolífero(a) of or relating to oil
peyorativo(a) pejorative, derogatory
pico a bit
pie *m* foot; **a pie** on foot
piedra stone
pilar *m* pillar
pintar to paint
pintor(a) painter
pintoresco(a) picturesque
pintura painting
pirámide *f* pyramid
pisar to step on, set foot on
piso floor, story; **piso bajo** ground floor
pistola pistol
pistolero(a) armed bandit
placer *m* pleasure
plan *m* plan, scheme
plana page (of a newspaper)
plancha iron
planear to plan
planeta *m* planet
planificar to plan
planta plant; floor
plantación plantation
plantar to plant; to put down
plantear to propose
plata silver; *slang* money
plataforma platform
plato plate; dish; **plato típico** traditional dish
playa beach
plaza plaza, square; marketplace
plazo term, period; **a largo plazo** long term
pleno(a) full
plomo lead
pluma feather
población population
poblacional *adj* pertaining to population
poblador(a) settler, colonizer
poblar (ue) to populate, settle
pobre poor; *n m or f* poor person; *pl* the poor
pobreza poverty
poco(a) little, scanty; *pl* a few, some; *n m* a little bit; *adv* a little, somewhat, slightly
poder (ue) to be able to, can, may; *n m* power, authority
poderoso(a) powerful, strong
poema *m* poem
poesía poetry, poem

poeta *m* poet; **poetisa** poetess
polémica polemic, debate
policía *f* police; *n m* policeman
policíaco(a) of or by the police
político(a) political, *n f* politics; policy; *n m* politician
polución pollution
polvo dust
pompa splendor
ponderación *n* thinking, consideration
poner to put, place; *refl* to become, turn; **ponerse de acuerdo** to reach an agreement; **poner de relieve** to emphasize; **poner (a alguien) en solfa** to make (someone) look ridiculous
pontífice *m* pontiff
popularidad popularity
popularizar to popularize, make popular
por by, through; for, for the sake of, because of; **por ciento** percent; **por eso** for that reason; **por favor** please; **por lo general** generally; **por lo tanto** therefore; **¿por qué?** why?; **por su cuenta** on its own; **por tanto** thus
porcentaje *m* percentage
porción portion, part
porque because, for, as
portador(a) bearer
portal *m* gate, doorway
portarse to behave, act
porteño(a) *adj* of Buenos Aires
portugués(-esa) Portuguese
pos- *prefix* after
posado(a) posed, perched
poseer possess, have
posesionado(a) possessed
posibilidad possibility
postergación delay; omission
postergar to delay
posterior later, behind, after
postura posture, position
potencia power
potencial potential
potenciar to give power to
potente powerful
potestad power
practicar to practice to, perform
práctico(a) practical; *n f* practice, act, habit
precedente *m* precedent
precio price
precioso(a) precious, dear
precipitadamente hurriedly
precisamente exactly
preciso(a) necessary
preconizar to advocate
predecir (i) to predict
predicción prediction
predominantemente predominantly
predominar to predominate
preferencia preference
preferente preferred
preferible preferable
preferir (ie) to prefer
premiar to reward
premio prize, premium
prensa (printing) press
preocupación preoccupation, worry

preocupar(se) to worry
preparar to prepare
prescrito(a) prescribed
presenciar to attend, be present at
presentar to present; to take (exams)
presente *m* present, present time
preservar to preserve, maintain
presidencia presidency
presidencial presidential
presidente(a) president; **presidente(a) electo(a)** president elect
presidir to preside over
presión pressure
presionar to pressure
preso(a) *n* prisoner; *adj* captured
préstamo loan
prestar to lend; **prestar atención** to pay attention
prestigio prestige
prestigioso(a) prestigious
presumiblemente presumably
presunción presumption; conceit
presupuesto budget
pretender to aim to; to endeavor
pretendido(a) pretended; object of love
prevalecer to prevail, dominate
prever to foresee
prima: materia prima raw material
primario(a) primary, elementary
primer, primero(a) first; **lo primero** the first thing
primitivo(a) primitive, early, first
primo(a) cousin
primogénito(a) first-born
principio principle; beginning; **al principio** at first
prioridad priority
prisa haste; **darse prisa** to hurry
prisionero(a) prisoner
privado(a) private
privar to deprive
privatización privatization
privatizar to privatize, sell to private interests
privilegiado(a) privileged
privilegio privilege
probar (ue) to prove; to test
problema *m* problem
problemática (set of) problems
profesar to profess
procedencia origin, source
procedente coming from
proceder to come from, originate
procedimiento procedure, process
procesión procession, pageant
proceso process
proclamación proclamation
proclamar to proclaim, pronounce
procreación procreation
procuraduría prosecutor's office
producción production
producir to produce
productividad productivity
producto product, result; **producto interno bruto (PIB)** gross domestic product (GDP)
profesor(a) professor, teacher
profesorado professoriate, group of professors, faculty

profundo(a) deep, profound, radical
progenitor(a) direct ancestor
programa *m* program; plan of action
progreso progress, advancement
prohibición prohibition, forbidding to prohibit, forbid
prolífico(a) prolific
prolija dreary
promedio *n* average, mean
promesa promise
prometedor(a) *adj* promising
prometer to promise
promover (ue) to promote
promulgar to promulgate, proclaim
pronosticar to predict
pronóstico prediction
pronto *adv* soon, promptly
pronunciar to pronounce, speak
propensión propensity, learning
propicio(a) favorable, propitious
propiedad property
propietario(a) owner; proprietor; landowner
propio(a) one's own; appropriate; **amor propio** self-esteem
proponer to propose
proporción proportion
proporcionar to provide, make available
proposición proposal, proposition
propósito purpose, intention
propuesta proposal
prosperidad prosperity
prostitución prostitution
protagonismo significant presence
protagonizar to star in, play the lead in
protección protection
proteger to protect
protesta protest
protestante *m* or *f* Protestant
protestantismo Protestantism
protestar to protest
prototipo prototype, model
proveer to provide, furnish
provenir (ie) to arise (from), originate
provincia province, political division
provisión provision; *pl* supplies
provocar to provoke
proyectado(a) projected
proyecto project; plan
proximidad proximity, nearness
próximo(a) next; near
proyectar to plan, project
prueba proof; test
psicológico(a) psychological
psicólogo(a) psychologist
publicar to publish; to publicize
publicidad advertising
publicista *m* or *f* advertising person
publicitario(a) *adj* advertising
público(a) public; *n m* (the) public
pueblo small town; the people, nation, citizenry
puente *m* bridge
puerto port
puertorriqueño(a) Puerto Rican
pues *adv* then; *conj* since
puesto(a) put, placed; *n m* job, position; **puesto que** since

puma *m* puma, American panther
punto point, dot, period; **al punto de** on the point of; **punto de vista** point of view
puntualizar to put the finishing touch on, to complete
pureza purity
purgatorio purgatory
puro cigar
puro(a) pure

Q

que that, which, who, whom, than, when; **el (la, los, las) que** the one(s) who; **lo que** that which; **¿qué?** what?, which?; **¿para qué?** what for?; **¿por qué?** why?
quebrantado(a) broken; desecrated
quebrar (ie) to break
quechua *m* Quechua (language of the Incas)
quedar(se) to remain, stay; **quedar** to be located
quejarse to complain
quemar to burn
querer (ie) to want; to love; to try; **querer decir** to mean
querido(a) beloved, lover; dear
quien who, whom; **¿quién?** who?; **¿a quién?** whom?
quincenal *adj* biweekly
quinina quinine
quiosco kiosk, vending stand
quizás perhaps, maybe

R

racional rational, reasonable
racismo racism
racista *m* or *f* racist
radical radical, basic
radicar to live, settle
raíz *f* root; basis; **a raíz de** soon after, as a result of, caused by
rancho mess hall; hut; *(southwest Am)* cattle ranch
rápido(a) rapid, fast
raro(a) rare, strange
rascacielos *m* skyscraper
rasero: medir con el mismo rasero to treat impartially
rasgo trait, characteristic
raso(a) flat, clear; **soldado(a) raso(a)** enlisted person, foot soldier, soldier of low rank
rastro trace, trail
ratificar to ratify
rato while, short time
rayo ray; lightning bolt
raza race; cultural group or people
razón *f* reason; **con razón** with reason, rightly; **sin razón** without reason, wrongly
reaccionar to react
real royal; real
realidad reality
realismo realism
realizado(a) realized, brought to fruition, fulfilled
realizar to complete; to carry out
reanimar to revive
reata rope, lasso
rebelarse to rebel, rise up
rebelde *m* or *f* rebel
recapacitar to reconsider, mull over
recargo surcharge
recaudación receipts
recelo suspicion, misgiving

receptor *m* receiver
receta prescription; recipe
rechazar to reject, turn down
rechazo rejection, rebuff
recibir to receive, get
reciente *adj* recent
reclamación claim, demand
reclamar to claim, demand, complain
recobrado(a) recovered
recoger to gather, pick up, collect
recomendar (ie) to recommend
recompensa reward
recompensar to compensate, repay
reconciliar to reconcile
reconocer to recognize
reconocimiento recognition
reconquista reconquest
reconquistar to reconquer, retake
reconstrucción reconstruction
reconstruir to reconstruct, rebuild
récord *m* record
recordar (ue) to remember, remind
recordatorio reminder
recorrer to sweep through, travel through
recorrido route
recreativo(a) recreational
recto(a) straight; **ángulo recto** right angle
recuento vote count
recuerdo memory, reminder, remembrance
recuperar to recover
recurrir to recur, happen again
recurso resource
red *f* web (Internet) network
redistribución redistribution
reducir to reduce
reemplazar to replace, substitute
referencia reference
referendo policy election
referirse (a) (ie) to refer (to), have relation (to)
refinado(a) subtle, polished, refined
refinar to refine, purify
reflejar to reflect
reflejo reflection
reflexión reflection
reforma reform; Reformation; **reforma agraria** redistribution of land (in Spanish America)
reformar to reform, remodel
reformista *m* or *f* reformer, person or thing favoring reform
reforzar (ue) to reinforce, strengthen
refrán *m* refrain, proverb
refrescarse to cool off
refugiarse to take refuge
regado(a) sprayed, irrigated
regalar to give a gift
regalo *n* gift
regañar to scold
regar (ie) to irrigate, spray
régimen *m* regime, political system
región region, area
regir (i) to rule, govern
registrar(se) to record; to be noted, seen
regla rule, principle
regresar to return

regreso return
rehén *m* hostage
rehusar to refuse, decline
reina queen
reinar to reign, rule, govern
reino kingdom; reign
reiterar to repeat
reivindicación claim
reivindicar to claim; to recover
relación relation, relationship
relacionar to relate; *refl* to be related, connected
relatividad relativity
relativo(a) *adj* relative
releer to reread
relegado(a) relegated; banished
relevante relevant
relevo change, relief
religiosidad religiosity, religiousness
religioso(a) religious
remarcar to note
remesa remittance
remedio remedy
remoto(a) remote
renacentista *adj m or f* of the Renaissance
renacimiento rebirth
rendirse (i) to surrender, give in to; **rendir culto to** honor
renovación renovation
renovador(ra) *n* renovator; *adj* renovating
renovar (ue) to renew
renta income, profit
rentable profitable
renunciar to renounce
reorganizar to reorganize
reparación repair
reparar to notice
reparto distribution
repatriar to repatriate, return to one's country of origin
repente: de repente suddenly
repercusión repercussion
repetir (i) to repeat, do again
reponerse to replace itself
reprender reprimand
representante *m or f* representative
representar to represent; to put on (play, show, etc.)
represión repression
represivo(a) repressive
reproducir to reproduce, recreate
república republic
republicano(a) republican
repunte *m* rebound
requerimiento requirement
requerir (ie) to require, need
requisito requirement
resaltar to emphasize, make stand out
resbalarse to slip out, down
rescatar to rescue
rescate *m* ransom, ransom money
resentido(a) resentful, offended
reserva reserve
reservado(a) reserved, held back
residencia dormitory, residence
residente *adj m or f* residing
residir to reside

resignarse to be resigned to, resign oneself to
resina resin
resistencia resistance
resistir to resist
resolver (ue) to resolve; to solve
respaldo support, backup
respectivamente respectively
respecto respect; **al respecto** in that respect
respeto respect (for something)
respiratorio(a) respiratory
responder to respond, answer
responsabilidad responsibility
responsable *adj* responsible; *n m or f* responsible person
respuesta reply, answer, response
restaurante *m* restaurant
restaurar to restore
resto rest, remainder; *pl* remains
restricción restriction
restringir to restrain, restrict
resucitado revived
resultado result
resultante resulting
resultar to result, turn out
resumen *m* summary
resumir to summarize
resuscitar to revive
retener (ie) to retain, hold
retomar to take up again
retornar to return, come back
retrasar to delay
retraso *n* delay
retroceso *n* setback
reunión meeting, reunion, gathering
reunirse to meet, gather
revalorización revaluation
revelar to reveal, show
revista magazine, review
revolución revolution; revolt
revolucionario(a) revolutionary
rey *m* king
rezar to pray
rico(a) rich; delicious
riego irrigation
riesgo risk
río river
rioplatense *m or f* of or from Argentina or the Río de la Plata
riqueza riches
risa laughter
ritmo rhythm
rito rite
ritual *adj* ritual; *n m* ceremony
robar to rob, steal
robo robbery
rodado(a) vehicular
rodear to surround; to round up
romaní *m* Romany (Gypsy language)
romanizar to romanize, make like Rome
romano(a) Roman, esp. of ancient Rome
romántico(a) romantic; idealistic
romper to break
ropa clothing, clothes
rosa rose
rótulo label

rudeza roughness
rueda wheel
ruido noise
ruidosamente noisily
ruina ruin
rumano(a) Romanian
ruso(a) Russian
ruta route, way

S

saber to know, know how (to); to find out
sabiduría knowledge, wisdom
sabio(a) wise; wise person
sabor *m* taste, flavor
sacar to take out, remove
sacerdocio priesthood
sacerdote *m* priest
sacrificar to sacrifice
sacrificio sacrifice
sacudir to shake
sagrado(a) sacred, holy
saguaro a type of cactus
sajón(-ona) Saxon
sala room, salon, hall, living room
salario salary
saldo balance
salida exit, way out
saliente outgoing
salir to leave, go out, come out; **salir al paso** to come up against
salud *f* health
saludable healthy
saludo salute
salvación salvation
salvadoreño(a) El Salvadoran
salvar to save
San (*abbreviation of* **Santo**), **Santo(a)** Saint; **santo** saint's day
sangre *f* blood
santero(a) maker of images of saints
sarampión *m* measles
satisfacer to satisfy
satisfactorio(a) satisfactory
sanitario(a) health
sección section
secretariado secretariat
secretario(a) secretary
secreto *n* secret
secta sect
secuestrar to kidnap, abduct
secuestro kidnapping, abduction
secundario(a) secondary
sede *f* seat, headquarters, locale
sedentario(a) sedentary, settled
sedicioso(a) *adj* seditious, *n* rebel
sefardita *adj* Sephardic
segmento segment
segregación segregation
seguidor(a) *n* follower
seguir (i) to follow; to continue, keep on
según according to
segundo(a) second
segundón *m* second son

seguridad security; certainty; **con seguridad** with certainty, surely; certain
seguro(a) sure, safe
selección selection, choice
sello stamp (e.g., postage)
selva jungle
selvático(a) of the jungle
semana week
semejante similar
semejanza similarity
semestre *m* six months
semilla seed
senado senate
sencillo(a) simple
senderista member of **Sendero Luminoso**
Sendero Luminoso Shining Path (Peruvian guerrillas)
sensual sensual, relating to the senses
sensualidad sensuality
sentar(se) (ie) to sit down, be seated
sentencia (judicial) sentence
sentenciar to declare
sentido sense, meaning
sentimiento sentiment, feeling, sense
sentir(se) (ie) to feel, feel like
señal *f* sign
señalar to signal; to mark, stamp; to indicate
señor Mr., sir; feudal lord
señora Mrs., madam
señorío lordship, domain
señorita Miss, young lady
separación separation
separado(a) separate; **por separado** separately
separar to separate
separatismo separatism, secessionism
separatista *adj m or f* separatist, secessionist
séptimo(a) seventh
sepulcro sepulchre, tomb
sepultura grave, burial place
sequía drought
séquito retinue
ser to be; **a no ser** except; **ser humano** being, human being
serie *f* series
serio(a) serious; **tomar en serio** to take seriously
serpiente *f* serpent
servicio service
servir (i) to serve; **servir de** to serve as
severo(a) severe, harsh
sexo sex
sexto(a) sixth
sexualidad sexuality
sicología psychology
sicológico(a) psychological
sicólogo(a) psychologist
siempre always, ever
sierra mountain range
siesta nap, midday rest
siglo century, age
significado meaning
significar to mean, signify
siguiente following, next
silencio silence
simbólico(a) symbolic

simbolismo symbolism
simbolizar to symbolize
símbolo symbol
simetría symmetry
simpatía support, fellowship
simpático(a) congenial, likeable
simple simple; mere; silly
sin without; **sin embargo** however, nevertheless
sinceramente sincerely
sincrético(a) syncretic
sindical relating to a union
sindicato labor union
sino but, but rather, but also, except
sinónimo synonym
sintetizar to synthesize, summarize
siquiera *adv* even
sistema *m* system
sistematizar systematize
sitio site, place; siege
situar to situate, locate
soberanía sovereignty
sobre over, on, above; about; towards; **sobre todo** above all;
  n m envelope
sobrecoger to startle
soberano(a) sovereign
sobrenatural supernatural
sobresaliente excellent, outstanding
sobresalir to excel
sobresaltado(a) startled
sobreviviente *adj m or f* surviving
sobrevivir to survive
sobrino(a) nephew, niece
sobrio(a) sober, staid
sociedad society
socio(a) partner
sociológico(a) sociological
sociólogo(a) sociologist
sofocar to suffocate
sol *m* sun
solamente only
solar solar, of or relating to the sun
soldado(a) soldier
soledad solitude, loneliness
solemne solemn, holy
soler (ue) to be in the habit of, used to, accustomed to
solidaridad solidarity
solidario(a) to feel solidarity
solidez *f* solidity
sólido(a) solid
solitario(a) solitary, lonely
solo(a) alone; only, sole
sólo *adv* only
solsticio solstice (when sun is farthest from equator)
soltar (ue) to release
solucionar to solve
sombra shadow, shade
someterse to submit oneself
sondeo survey, poll
soneto sonnet
sonido sound
soñar (ue) to dream
soporte *m* pillar, support

Sor *f religious* Sister
sorprender to surprise
sorpresivamente in a surprising way
sosiego tranquility, quietness
soslayar to ignore
sospecha suspicion
sospechar to suspect
sostén *m* support
sostener (ie) to sustain
soviético(a) Soviet
sótano basement
subcultura subculture
súbdito(a) subject (as of a king)
subir to rise; to go up; to raise
subjetivo(a) subjective
subocupado(a) underemployed
subrayar to underline
subsecretario(a) undersecretary
subsuelo subsoil
subterráneo(a) subterranean, under ground
subtítulo subtitle
suburbano(a) suburban
subversivo(a) subversive
subyugación subjection
subyugado(a) subjugated
suceder to happen
sucio(a) dirty
sudamericano(a) South American
sueldo salary, wages
suelo soil, ground, earth
sueño dream
suerte *f* luck, fortune
suficiente sufficient, enough
sufrir to suffer; to undergo
sugerir (ie) to suggest
suicidarse to commit suicide
suicidio suicide
suma sum, total; **de suma importancia** very important; **en
  suma** in short, summary
sumar to add, total
suministrado(a) supplied
sumir to sink
súper *m* (**supermercado**) supermarket
superador(a) *adj* surpassing; that over comes
superar to surpass; to pass; to overcome
superior *adj* superior, higher, upper
supermercado supermarket
superstición superstition
supervivencia survival
superviviente *n m or f* survivor
suponer to suppose
supremacía supremacy
supresión suppression
suprimir to suppress
sur *m* south
sureño(a) southern
sureste *m* southeast
surgir to break out, come forth
suroeste *m* southwest
surtido selection, supply
suscrito(a) signed
suspender to suspend; to discontinue

suspensión suspension, interruption
sustantivo substantive; noun
sustentar(se) to sustain; to be sustained, held up
sustento sustenance
sustitución substitution
sustituir to substitute (for)
sutil subtle

T

tabaco tobacco
tabaquería tobacco shop
tabú *m* taboo
tacho de basura trash can
taco *Mex* type of sandwich made with a tortilla
táctica tactics, policy, way of operating
tajante sharp, cutting
tal such, so, as; **tal vez** perhaps; **un (el) tal** a certain
tallar to carve
talento talent
tamaño size
también also, in addition, too
tampoco either, neither
tan so, as
tanto(a) *adv* so much, as much; *pl* so many, as many
taquillero(a) popular, moneymaker, box office success
tardar to delay; be late, take a long time
tarde *f* afternoon; *adv* late, too late; **más tarde** later
tardío(a) late
tarea task, homework
tarjeta de crédito credit card
tasa rate
teatro theater
techo roof; ceiling
teclado keyboard
técnica technique
técnico(a) technical
tecnología technology
tecnológico(a) technological
teja tile (of clay)
tejedor(a) weaver
tejer to weave
tejido woven cloth, textile
tela piece of cloth
tele *f* television
televisor *m* TV set
teléfono telephone
tema *m* theme
temblar (ie) to tremble
temblor *m* earthquake, tremor
tembloroso(a) trembling
temer to fear, be afraid
temor *m* fear
templado(a) temperate (e.g., climate); tempered
templo temple
temprano(a) early; **temprano** *adv* early, early on
tenaza pincer
tender (ie) to tend to, have a tendency toward
tener (ie) to have, possess, hold; **tener que** to have to
teniente *m* or *f* lieutenant
tensión tension, strain
tenso(a) tense
tentativa attempt, try

tenue tenuous, delicate, subtle
teocracia theocracy
teología theology
teoría theory
teórico(a) theoretical
teorista *m* or *f* theorist
teorizar theorize
tercer, tercero(a) third
tercio one-third
terminar to end, terminate, finish
término term
terminología terminology
termómetro thermometer
ternura tenderness
terraza terrace
terrenal earthly
terreno parcel of land, terrain
terrestre of the earth; *m* or *f* "earthling"
territorio territory, region
terrorista *m* or *f* terrorist
tesoro treasure
texano(a) Texan
texto text
tiempo time; weather
tienda store, shop
tierra earth, land
tifus *m* typhus
tinte *m* aspect
tío(a) uncle, aunt
típico(a) typical, traditional
tipo type, kind, sort
tiránico(a) tyrannical
tirano tyrant
tiro shot
titulado(a) titled, entitled
titular *m* head, chief; headline
título title; degree
tiza chalk
tocado(a) wearing on the head
todavía still, yet
todo(a) all, each, everything; *pl* everyone; all of; **de todos modos** anyway; **del todo** completely; **todo el mundo** everyone, everybody; **todo un (el)** a (the) complete, a (the) whole
tolerancia tolerance, tolerant, forgiving
tolerar to tolerate, allow
tolteca *m* or *f* Toltec Indian
tomar to take; to drink
tono tone
tontería foolishness, nonsense
toparse con to run into, bump into
toponímico place name, toponymic
torear to fight a bull
torero(a) bullfighter
tormenta storm
tormento torment, anguish
toro bull
torre *f* tower
tortura torture
totalidad totality
totalitario(a) totalitarian
traba obstacle, impediment

trabajador(a) worker
trabajar to work
trabajo work, job
tradicional traditional
traducción translation
traducir to translate
traductor(a) translator
traer to bring, carry
tráfico traffic; **tráfico rodado** vehicular traffic
tragedia tragedy
trágico(a) tragic
traidor(a) traitor
traje *m* suit, costume
tramar to design, devise (a plot)
trámite *m* process
tramo section, stretch
trance *m* difficulty
transformar to transform, change
tránsito traffic
transitorio(a) transitory, temporary
transmitir to transmit, relay
transportar to transport
transporte *m* transport, transportation
transversal transverse, crosswise
tras after
trascendental of great importance
trasladar to transfer
traslado transfer, removal
tratado treaty, treatise, tract
trastorno upset, trouble
tratamiento treatment
tratar to treat, discuss; to try
través: a través across, through
trazar to trace, draw
trébol *m* clover
trecho distance
tremendo(a) tremendous, huge
tren *m* train
tribu *f* tribe
tribunal *m* jury; panel
triste sad
tristeza sadness
triunfante triumphant
triunfar to triumph, win
triunfo triumph
trono throne
tropas troops
trozo excerpt, selection (of a larger work)
turbar to disturb
tumba tomb, grave
tumulto tumult, riot
tuna student musical group
Túpac Amaru Incan leader
Tupamaros *pl* Uruguayan guerrilla band
turístico(a) of or relating to tourism
tutela guardianship

U

ubicado(a) located, placed
ubicarse to be located
ubicuo(a) ubiquitous
último(a) last, ultimate; **por último** finally
ultratumba *adv* from beyond the grave, the afterlife

único(a) only, unique
unidad unity; unit
unido(a) united; **Estados Unidos** United States
unión union; combination; **Unión Soviética** Soviet Union
unir to unite; *refl* to join
unitario(a) unitarian; *Am* one who favors a strong central government
universalidad universality
universidad university
universitario(a) of or relating to the university; *n m or f* university student
universo universe
urbanización urbanization
urbanizar to urbanize, group in cities
urbano(a) urban, living in cities
urbs *Latin* city
urgente urgent
usar to use; to wear
uso use; **hacer uso de** to make use of
utensilio utensil, tool
útil useful
utilidad utility, usefulness
utilitarismo utilitarianism
utilizar to utilize, use

V

vaca cow
vaciar to empty
vacilar to hesitate
vacuno: ganado vacuno beef cattle
vagar to wander
valer to be worth; **valer la pena** to be worthwhile; **valerse (de)** to make use of
validez *f* validity
válido(a) valid
valiente valiant, brave
valioso(a) valuable
valle *m* valley
valor *m* value; bravery, valor
valorar to value, place a value on, appraise
vanguardia vanguard, advance guard, leaders of a movement
vanidad vanity
vaquero(a) cowboy, cowgirl
vara rod, line
variar to vary, mix
variedad variety
varios(a)s various, several, some, a few
varón *m* male (person)
vasco(a) Basque; **País vasco** Basque country
vascuence *m* Basque language
vaso glass, cup
vasto(a) vast, extensive
vecindad neighborhood
vecino(a) neighbor
vedado(a) prohibited
vehículo vehicle
vejamen *m* humiliation
vejez *f* old age
vela candle
vellón *m* tuft
velorio wake, vigil
vencer to defeat, win
vendedor(a) seller, salesperson

vender to sell
veneración honor, veneration
venganza revenge
vengarse to take revenge
venidero(a) coming
venir (ie) to come
venta sale
ventaja advantage
ventana window
ventilador *m* fan
ver to see; *refl* to find oneself
verbo verb
verdad truth
verdadero(a) true, real
verde green
verificar to verify, confirm
verso line of verse, verse
verter (ie) to pour into, put into
vestido(a) dressed, clad
vestir to wear; **vestirse (i)** to get dressed
vez *f* time; turn; **a su vez** in its turn; **en vez de** instead of; **tal vez** perhaps
vía way; **vía acuática** waterway; **vía fluvial** waterway; **en vías de desarrollo** developing; **por vía** by means, in a manner
viajar to travel
viaje *m* trip
viajero(a) traveller
vicepresidente(a) vice-president
victoria victory
victorioso(a) victorious
vida life; **en vida** while living
viejo(a) old, elderly; *(colloquial)* old man (father), old lady (mother)
viento wind
viga wooden beam
vigilar to watch over
vigesimal *adj m or f* based on the number twenty
vigésimo(a) twentieth
vigilante *m* vigilante, citizen police
vigilia vigil
vigor: en vigor in effect
vigoroso(a) vigorous

vincular to tie, connect
vínculo tie, bond, connection
violar to violate
violencia violence
violento(a) violent
virreinato viceroyalty
virrey *m* viceroy
virtud virtue
viruela smallpox
visigodo(a) Visigoth
visita *n* visit, visitor
visitante *m or f* visitor
visitar to visit
vislumbrar to glimpse, make out
vista view; **punto de vista** point of view
vital vital; life; **promedio vital** life expectancy
vitalidad vitality
viudo(a) widower, widow
vivienda dwelling, housing
viviente living, alive
vivir to live, dwell
vivo(a) alive
volar (ue) to fly
voluntad will
voluntario(a) voluntary; volunteer
voluntarioso(a) willful, arbitrary
volver (ue) to return
votivo(a) votive; offered by a vow
voto vote
voz *f* voice
vuelta return; **ida y vuelta** round trip
vulgar common, low, vulgar

Y

yarda yard (measurement) *dialect* lawn
yendo *pres part of* **ir**
yerno son-in-law

Z

zanahoria carrot
zona zone, area of a city
zozobrar to capsize

Credits